淬火军刀

钢刀初成

兄弟联盟★著

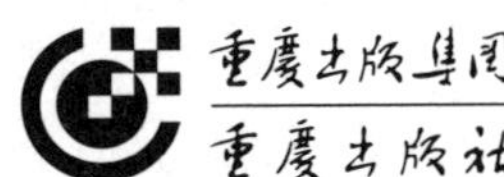

重庆出版集团
重庆出版社

图书在版编目（CIP）数据

淬火军刀 . 钢刀初成 / 兄弟联盟著 . — 重庆 : 重庆出版社，2020.12

ISBN 978-7-229-15659-6

Ⅰ . ①淬… Ⅱ . ①兄… Ⅲ . ①长篇小说－中国－当代 Ⅳ . ① I247.5

中国版本图书馆 CIP 数据核字 (2020) 第 255714 号

淬火军刀：钢刀初成

CUIHUO JUNDAO: GANGDAO CHUCHENG

兄弟联盟　著

责任编辑：陶志宏　何　晶
策划编辑：冀　晖　俞凌娣
责任校对：刘小燕
封面设计：仙境设计

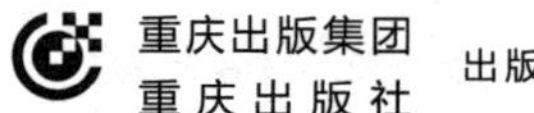
出版

重庆市南岸区南滨路162号1幢　邮政编码：400061　http://www.cqph.com

大厂回族自治县德诚印务有限公司制版、印刷

重庆出版集团图书发行有限公司发行

E-mail：fxchu@cqph.com　　邮购电话：023-61520646

全国新华书店经销

开本：787mm × 1 092mm　1/16　印张：21.25　字数：428 千
2020 年 12 月第 1 版　2020 年 12 月第 1 次印刷
ISBN 978-7-229-15659-6

定价：53.00 元

如有印装质量问题，请向本集团图书发行有限公司调换：023-61520678

目

ONTENTS

录

目录

CONTENTS

第四十一章　投弹训练

新兵训练又持续了一个星期，除格斗基础的训练之外，主要进行自救互救、防护等项目的训练。在龙云的严格要求下，这些看似普通技能的训练，也成了艰难的科目。龙云总是根据自己的想法，尽可能多地给新兵们设定一个又一个实战课题。像战场救护，原本是要求新兵懂得一些战场上的救助理论和简单操作方法，可龙云硬是设计了许多实际案例，要求新兵们在各种可能发生的艰难条件下进行对战友和自身的救护。这样一来，新兵十连的训练难度和强度，就又与其他新兵连之间拉开很大一截差距。用龙云的话说，平时训练多流汗，战时战场少流血，训练的时候不要怕艰难和辛苦，再艰难的训练，也没有战场上艰难，只有平时熟练克服这些困难，才能换来将来在战场上的临危不乱。十连又多了个口号，那就是："用训练时的血汗，换战场上的生命！"

一大早，照例的5公里结束后，吃过早饭做完操课，十连来到投弹训练场。这是综合训练场的一侧，沙石地面上有一道用青砖侧埋进去，由砖面组成的投弹训练线。

"同志们，今天我们进行手榴弹的投掷训练。现在在你们面前的就是投弹训练场，投弹分为立姿和跪姿两种，立姿35米合格，跪姿20米合格。投弹时不但要投得远，还要投得准，你们看到这条‘V’字形线了吧，不管你们投得多远，如果弹头出了这两条线，就是偏弹，考核的时候也是不合格的。首先说明，如果训练不合格，到投掷实弹的时候不准参加！”龙云站在队列前，手里拿着一颗教练弹，将动作要领讲解完毕。

龙云站在原地给大家做示范投出一颗，教练弹在空中画出一道弧线，不断地旋转着掉在了地面上。

“76米！”坐在投弹场侧面的赵黑虎报出成绩。

龙云蹲在地上又投出一颗。

“42米！”

“这应该很简单吧，我小时候在家扔石头都能扔出好远。”伞立平看着龙云说道。

“是不难，刚才我已经给大家示范讲解了动作，大家现在体会一下。按照从排头到排尾的顺序，一人投三颗，其他人坐下！”

李大力第一个扔，铆足了劲扔了一颗出去。李大力这动作，根本不是按照龙云讲的动作要领投出去，而是甩出去的。

“38米！偏弹！”赵黑虎将成绩报出。

“哎呀，我们大力是牛人呀，随手一抛就是38米。你那什么动作，怎么不按我刚才说的动作要领去做？”龙云厉声道。

“班长，我觉得这样好使劲！”李大力显得有点儿委屈。

“你这样是没有准头的，知道吗？按照动作要领重投一颗！”龙云又将动作给李大力讲解示范了一遍。

“是！”说着李大力按照龙云刚才讲解示范的动作要领再投出一颗，手榴弹在空中就没有转，直接飘了出去。

“36米，偏弹！”

“班长，我按照你的动作投的，怎么还偏？而且刚才我看你投的时候手榴弹在天上猛转着，我的为什么不转？”李大力有点儿不解了。

“那是当然了，你刚才投的时候我观察了一下，你根本就没掌握动作要领，首先手抓的位置就错了，然后撤步转身送胯的动作也不协调。手榴弹投出去的时候是大臂带动小臂，最后靠抖手腕的力气投出去的，而你不是这么做的，所以就造成偏弹，而且不能将手臂力量完全发挥出来。明白不？”李大力呆呆地看着龙云，脸上带着似懂非懂的表情。

龙云苦笑着又给李大力讲解示范了一遍动作。李大力的第三颗手榴弹投了出去，又是偏弹。

“好了，好了，李大力，你先不要投了，到旁边拿一颗教练弹去练习转身送胯抖手腕的动作去。”龙云有些恼火了。

“下一个！”

钱雷跑了出来，按照动作要领投出。

“41米！”

他连续又投出两颗，都达到了合格成绩。

“嗯，不错，你合格了，但是不知道准头怎么样，拿上3颗手榴弹到那边去，看到那边地上的坑了吗？”龙云问道。

“看到了，班长！”

“嗯，自己用脚步量上30米，然后看准往坑里投，一直练到10颗有9颗都可以投进去，你这个科目就真正合格了。”

“是！”

接着，剩下的新兵都投了一遍，除钱雷、赵四方、胡晓静、陈立华、刘强5个人合格转换成练准度外，其他人都不合格。李大力、张海涛、余忠桥3个人是远度够，就是一扔就偏。特别是余忠桥，左撇子，一投一个偏。钟国龙和伞立平是不偏，但投的距离不够，一投就是十几二十米，尤其是伞立平，整个儿就是打高射炮，手榴弹扔得那个高呀，第一次投出去说怎么不见了，后来手榴弹从上面掉下来差点儿把自己砸了，幸好龙云眼疾手快，一把将他拉开，避免了“惨剧”发生。休息时大家都对他开玩笑说：“以后打仗的时候，你千万不要和我们在一起，不然你发现敌人碉堡要投手榴弹出去，一定是敌人碉堡没炸掉，把我们都玩完了。”

休息过后，龙云将全班10个新兵划成3组，一组练准确度，一组练动作，一组特殊加强训练。当然，钟国龙和伞立平两位同志很荣幸地被划分到了特殊加强组。这个小组的组长由赵黑虎担任，其他两个小组由龙云组织训练。赵黑虎拄着拐杖，钟国龙给赵黑虎拿着凳子，与伞立平在后面跟着走到侦察连前面的院子里。

“你们两个，先回宿舍把你们的宽背包绳拿出来。”赵黑虎坐在凳子上说道。

“宽背包绳，要那个干什么？”两个人有些纳闷儿。

“哪儿这么多屁话，叫你们拿就拿，等下你们就知道为什么了。”

“是！”

不一会儿，两个人拿着宽背包绳跑了出来，在赵黑虎的面前站好。

“好，现在你们看到我右边的双杠了吗？”

“看到了。”两个人继续不解。

“嗯，双杠一边站一个，把你们手上的宽背包绳的一头绑上去，然后将背包绳的另一头打个结捆在自己的右手上，再自己定个适当距离，按照投弹的动作要领拉动，我喊一，你们拉，喊二，恢复，明白了吗？”

“明白！”两个人按照赵黑虎的要求绑好背包绳。

“你们不要小看这个动作，算是训练的土方法，但是十分奏效，我当年就是靠这个方法合格的。”

“班副也是靠这个合格的，不可能吧？”钟国龙和伞立平有点儿不相信地看着赵黑虎。

“好了，不要问了，准备开始！1、2、1、2……”

整整大半个上午，将近3个小时，钟国龙和伞立平就在这项枯燥无味让人发疯的练习中度过，刚开始感觉还好，到后来，整个手臂和背部发酸发麻，感觉手都不是自己的了。

“好了，今天上午特殊加强训练就到这里，感觉怎么样？可能会不太好受，我也是过来人，拉得不比你们两个少，很快你们就会看到效果的。”

“哦！”两个人有气无力地回答着。

3天，整整3天的投弹训练，他们两个每天上午拉背包绳下午练投弹，每天中午的时候，大家都在休息，他们两个被赵黑虎带出去扔石头，伞立平感觉快要疯了。但是钟国龙兴趣挺大，因为他发现确实是有效果的，第三天，他的最好成绩已经是能投出32米了。

当然，3天的“特殊加强训练”，在投弹成绩提高的同时，也让他们两个人的身体经受了一场锤炼。晚上睡觉时两人浑身酸疼得要死，尤其是胳膊，感觉特别重，抬都抬不起。每天吃饭的时候，钟国龙和伞立平加入了余忠桥的左撇子“阵营”，学着用左手抓筷子吃饭。

后来又进行了其他训练和教育，缓和了两天后，周五上午，龙云组织全班进行投弹考核。

投掷线上摆了一排的手榴弹，李大力第一个上，按照正规的跑步动作跑到投掷线上，左脚向前踢出一步，弯下腰拿起一枚手榴弹起立报告：“李大力投弹前准备完毕！请指示！”

“投！”

“是！”李大力将手榴弹投出。

“45米，良好！”赵黑虎继续担当报分员。

“下一个！”

终于轮到钟国龙上了，说实话，他心里还真没有底，两天前在强化训练后他的最好成绩是32米，到底能不能投出35米的合格成绩对他来说还真是一次挑战。

“钟国龙投弹前准备完毕！”钟国龙右手除小指外四指紧紧握住手榴弹末端报告道。

“投！”

“是！”

这个动作钟国龙自己都不知道做过多少遍，不准助跑，撤退、右脚弯曲，左手放在小腹处，引弹、蹬腿、转身、送胯、大臂带动小臂扣腕将手榴弹投出。在这一串迅速连贯的动作中，钟国龙将手上的这枚教练弹投出。

“38米，合格！”赵黑虎报出成绩后自己也笑了，看样子这个徒弟没白带。

第二枚37米，第三枚还是38米。

从投掷线上跑下来，钟国龙坐在地上哈哈大笑，与曾经一起“患难”的伞立平对了一巴掌，“兄弟，看你的了！”

伞立平也没有让赵黑虎和龙云失望，虽说35米刚刚合格，但对于将立蹲姿合格标准各提高5米的龙云来说，全班能全部达到这个成绩，他还是比较满意的。“今天的考核完成得还不错，全班都达到了合格标准。我曾经说过只有平时多流汗，战时才能少流血，训练的时候不要怕艰难和辛苦，再艰难的训练，也没有战场上艰难，只有平时把这些困难都完全克服，才能换来将来在战场上的临危不乱。所以大家要时刻把训练场当作战场，也只有这样，我们才能做到真正的第一！”

钟国龙这一段时间的训练水平突飞猛进，各项训练成绩不断提升，他此时也没有任何的骄傲情绪，在他看来，一个人如果还没有傲视群雄，就没有任何理由骄傲。每天早上，钟国龙还是一如既往地早起床一个小时，在全班合练之前，他先跑上个5公里，身上还绑着龙云的沙袋，咬着牙一路坚持下来，钟国龙每次都有快断气的感觉，坐在被寒冷冻得发硬的跑道上大口地喘着粗气。

钟国龙向来不承认自己是一个弱者，但他万万没有想到，在老家“叱咤风云”，在这里竟会有如此多的不足，这些不足曾经使他很震惊。各项训练成绩的落后，使钟国龙终于顿悟：在训练场上，他钟国龙确实还是一个弱者。

龙云曾经告诉过他，这个世界上，没有天生的强者，也没有天生的弱者，强者之外还有强者，弱者也不会永远是弱者。

钟国龙想做一个强者。他身体里流着的是不服输的血，在龙云的引导下，钟国龙明白了一个战士的存在意义，然后这股不服输的血在他体内不安分起来，血在沸腾，在燃烧，在每时每刻地冲击着钟国龙的内心世界！而这种冲击，是他每天加练体能的原动力所在。

自己负重5公里，没有班长的鼓励，没有战友的喝彩，也没有任何的奖赏。钟国龙咬着牙在操场上默默地跑着，跑完，躺在冰冷的跑道上拼命地喘气，汗水从脸上流下来，滴到跑道上，迅速结成冰。晚上也是如此，钟国龙发狂地做着俯卧撑、仰卧起坐、哑铃推举，做了100个，再来100个，一直做到筋疲力尽为止。

此时的钟国龙，虽然已经来到部队两个多月，在他的心中，也还没有完全树立起为国家人民的大目标，支撑他每天艰苦训练的动力只有一个，就是不能让人看不起，要做就做到最好！钟国龙时刻在心中提醒自己，我钟国龙一定能行！别人能做到的，我也一样能做到，而且我要做得更好！钟国龙总能在最难以坚持的时候想到龙云。龙云在他的心中既是班长也是偶像，同时还是一个谜一样的人物。说他冷血，他却能时刻关心自己的战士，像父亲，像兄长；说他温柔，龙云在训练场上却始终像一头发疯的雄狮。这个有着10年当兵经历的老兵，两个多月以来，不止一次地震撼着钟国龙原本狂傲的心灵。钟国龙感觉自己似乎每时每刻都在龙云身上吮吸着“营养”，这个坚强的龙云，给了钟国龙无数动力，钟国龙此时的目标，就是要成为像龙云那样的铁血战士。

每次钟国龙跑完步回宿舍整理内务时，龙云总习惯性地在他肩上猛拍一下，之后不再说什么。但钟国龙明白，班长这一巴掌代表了很多含义，其中有鼓励，也有赞许，还有关切。每当这时候，钟国龙的心中都会涌上一股热流。在这股热流的燃烧中，钟国龙的各项训练成绩突飞猛进，基本上已经达到龙云那原本苛刻的要求，有些项目钟国龙现在甚至已经悄悄赶超其他战士了。这种感觉很微妙，钟国龙很幸福。

单杠训练场上，龙云站在队列前面，赵黑虎也来到训练场，坐在一根板凳上。他旁边放着一组用绳子绑起来的砖，每边两块，砖在两头，中间是绳子。新兵们看着地上这东西，不知道班长又有了什么新花样。

“同志们，最近一段时间大家训练都很辛苦。”龙云看着新兵们，话锋一转，“但是，我仍然认为我们每个人的潜力是无限的！在上次和老兵部队一起执行作战任务时，我很高兴地看到，我们十连的新兵，并没有被艰苦的高原环境所吓倒，也没有被长时间的潜伏、作战所累垮，我很欣慰！这说明，我们十连的新兵，已经和老兵们站在同一起跑线上了。正是因为这种欣慰，我坚定了继续现在这种训练方式的决心！”

龙云扫视一遍，继续说道："我希望你们不要跟别的新兵连去比谁更轻松，也不要跟老兵们去比谁最潇洒。十连就是十连！在十连的性格中，有的只是胜利。第一！不管对手是谁，不管如何艰苦，十连永远不会跟别人比什么轻松和潇洒。要比，就比谁更优秀，谁更坚强，谁更铁血！我们十连的战士，要时刻有被敌人用钢刀架在脖子上的紧迫感！训练场上，也照样需要血汗交织，需要铁血沸腾！"

龙云坚定的话语震撼着每一个新兵，声音响彻操场的上空，寒冷的空间似乎也被龙云的热情所融化。新兵们感受着这股激情，也在心中默默坚定着自己的信念。

训练开始了，新兵们明白了那组砖头的用处：龙云将砖头挂在新兵的脖子上，再要求新兵做引体向上，4块砖头挂上去，新兵们立刻感觉到了压力，每上挺一次，都会付出比平时多很多的辛苦，没有一个人抱怨，也没有一个人叫苦。新兵们练得脖子上青筋暴起，砖头的重量使绳子与脖子之间产生了巨大的摩擦，新兵们的脖子很快被蹭红了，龙云没有喊停，也没有让新兵采取任何措施，一个，两个……

"快，加快速度！上，杀——"龙云瞪着眼睛，对每一个新兵怒吼着。

轮到钟国龙了，单杠是他的弱项，他第一次上杠，就是被抬上去的，不但没能上一个，双手还被冰冷的铁管粘下来一大片肉皮。钟国龙后来经过反复练习，已经可以上五六个左右了，此时站在单杠下面，钟国龙忍不住猛吸一口凉气。

"钟国龙，你可以不用挂砖了。"龙云手里拿着本子，对钟国龙说道，"今天你的目标是10个，准备一下！"

钟国龙有些气恼，大声说道："班长，你不要老把我当弱者看！我钟国龙确实曾经丢过人，但不能代表我一辈子都不行！别人挂上砖，为什么我不行？"

龙云神色中露出一丝不易察觉的微笑，不再说什么，让旁边刘强把砖头挂上去。刘强特意将砖头挂到钟国龙训练服的领子上，避免他被擦伤，钟国龙倔强地将绳子直接挂到脖子上，眼睛一瞪，飞身上了单杠。

钟国龙双手抓着单杠，立刻感觉到了4块砖的压力，猛吸一口气，大喝一声："上去一个！"

"好，不错啊！"

旁边的赵黑虎没想到钟国龙能上去，忍不住喝彩起来，新兵们也围过来给钟国龙打气，只有龙云板着脸，不知道在想什么。

"再来一个！"

钟国龙顶住压力，咬着牙，又上去了一个。这次比较费力，双臂哆嗦了一下，钟国龙努力控制着自己，一声大吼，又拉上去一个。

已经3个了！新兵们忍不住开始给他加油打气，在战友们的鼓励下，钟国龙咬紧牙关，又猛做了两个。这下是真的困难了，钟国龙平时最多也就是五六个，这个项目也一直是他的老大难。现在脖子上挂着不下20斤的砖，不但重量增加了，关键是由于绳子的压力，他必须低着头。做过引体向上的都知道，这个项目除了需要良好的臂力之外，身体特别是上半部分向上的引力也很重要。连平时能做50多个的刘强，今天也才做了21个，钟国龙能上去5个已经很不容易了。

钟国龙此时吊在单杠上，汗已经湿透了全身，脖子挂绳子的地方也已经红了起来，他不想就这么放弃，尽管现在双臂已经酸得要命，胳膊都开始颤抖了。

“老大，再坚持几个！”刘强喊了一声。

陈立华忙碰了他一下，示意他：“老大已经很不容易了，你还起什么哄？”

“钟国龙，能不能坚持？”龙云走过来，看着憋得满脸通红的钟国龙。

钟国龙咬着牙，从牙缝里挤出一个字来：“能！”

说完，钟国龙再次抬起头，将4块砖挑了起来，眼睛看着天，双臂用力，奋力地大吼一声：“杀——”又一个！

“杀！”

7个了！新兵们开始给钟国龙喝彩。

“钟国龙，坚持住！拼了！”龙云也开始大喊。

钟国龙此时感觉自己眼前发黑，两个耳朵也嗡嗡作响，脸色估计也不太好看了。他调整了一下姿势，强忍住绳子在汗水磨破的皮肤上造成的疼痛，努力使自己不要掉下来。

钟国龙，一定要坚持住啊！钟国龙嘱咐着自己，脑海里又浮现出他当时跟龙云说的那句话来：“班长，我钟国龙总有一天会做出个样子给你看！”

是时候了！钟国龙暗下决心，我钟国龙来部队这么长时间了，训练没有什么出彩的，好不容易赶上执行任务，全班都有奖励，只有我钟国龙受了处分，现在区区一个单杠我都上不去，还有什么脸面对全班？上吧，上啊！刚才班长不让我挂砖头，不就是说明他看不起我，不相信我能上去吗？就凭这个，今天我钟国龙就是把胳膊拉断，也不能下来。拼了！

“啊——”

钟国龙忽然发出一声大吼。整个身体猛地一震，双臂重新用上了力量。8……9……10……“好！”龙云也急了，“钟国龙，坚持住！你记住，你钟国龙不是孬种，也不是混混儿兵！你能比任何人都强！”

龙云的吼声和新兵的喝彩、加油声此时都已经不存在了，钟国龙的脑子里只有一个念头："杀，拼了！我能上去，我一定能行！"

在场的新兵都被钟国龙的这股精神感动了。钟国龙还在一个又一个地上着，每上去一个，钟国龙都要大吼一声！

11、12……17、18!

18个！创了钟国龙平时的纪录了！他从来就没做到10个以上。钟国龙终于坚持不住，两手一松，从单杠上掉了下来。龙云眼疾手快地接住他，钟国龙感觉自己的两条胳膊已经不存在了，大口地喘着粗气，还在咬着牙说道："班长，你看到了吧？我钟国龙能行，我不比别人差！"

"好样的！"龙云感动地点点头，一股豪情顿时迸发出来。

第四十二章　集体荣誉

自新兵报到第二个星期后，4面流动红旗好似固定地钉在了十连连队门口的墙上。赵黑虎受伤后，除了训练时间一直在房间里手把手监督大家整理内务，大家水平提升很快。流动红旗挂在新兵十连的墙上就没有离开过，新兵十连的人走到哪儿大家都另眼相看。为此，龙云极为满意。

春节假期过后第一周周六上午的评比竞赛，4面流动红旗又被十连稳稳地拿到。在带回的路上，新兵九连连长带着九连战士和十连一起走着。九连连长从另一个军区野战团刚调来不久，也是提干的，各方面训练自然不弱。他对龙云等人都不熟悉，上次拉歌100多号人没拉过十连12个人，心里本来就很不服气，此时看龙云带着新兵们兴高采烈地回宿舍，有些酸溜溜地说道："龙连长，这人少就是有优势啊，整天手下就带着10个兵，省心多啦！"

龙云知道这小子不服气，正色道："九连长，话不能这么说，人少可不算什么优势，上次拉歌比赛，我们10个人对你们100多号人，这也算优势？"

一句话正说到九连长痛处，九连长很不高兴，不满地说道："老虎也有打盹儿的时候，上次被你们十连给算计了，要说实力，还真说不准咱们哪个连更强！要不我们找机会交流交流？也算是两个连队之间互相切磋了，怎么样？”

钟国龙看不惯九连长那副虚伪的嘴脸，白了九连长一眼，说道：“不服气就不服气，还说什么交流交流，虚伪。”

九连长没想到这个新兵敢这么说话，吼道：“你这个新兵蛋子屁话真多，我和你们连长说话，有你插嘴的份儿吗？十连有没有规矩？什么玩意儿！”

“你骂谁呢？”钟国龙大怒，挥拳准备揍九连长，其他新兵连忙把他拦住。

“怎么着，你还想动手啊？”九连长根本没把钟国龙放在眼里，他在原部队也是骨干人物，平时自然骄横一些，哪儿受得了这个？当下大喊：“九连的，给老子上！”

九连新兵有些犹豫，听连长发话了，不敢不服从，100多人一拥而上，把十连围在中间。

钟国龙瞪着眼睛大吼：“你少给老子摆官架子！吓唬谁呢？”

十连的新兵们没有一个害怕的，一个个杀气腾腾地站在那里，倒把九连的100多人给镇住了，当下也不敢轻举妄动。九连里面的排长、班长都是老兵了，对龙云的威风早有感触，心想，连长这回有麻烦了！他龙云怕过谁啊？

“九连长，你脾气果然不小啊！”龙云面不改色，眼神之中却已经有了怒气，“我有两点要告诉你，第一，作为解放军军官，你应该知道煽动自己连队和兄弟部队发生冲突，是什么后果！第二，你要是真觉得应该和我龙云打一架，别看我们人少，这一场十连奉陪到底！”

龙云一下子说到了关键，九连长刚才也有些不冷静，龙云这么一说，他才醒过神来，摆摆手，双方散开，说道：“龙连长，我没有别的意思……”

“意思不意思的不说了，钟国龙说得也没错，你就是不服，不服不要紧，我们十连也没有逼着谁服气。这样，时间地点你定，人数也是你定，比赛项目还是你定，怎么样？”龙云大度地看着九连长。

九连长想了想，说道：“那就吃饭后下午2点操场见，就比所有体能项目，各连出一个干部10个新兵。一起参加比赛，但是单独计算成绩，营部那里我去汇报，怎么样？”

陈立华喊道：“你就明说要我们十连全参赛不就得了？”

“嘿嘿，但愿你们十连个顶个是精英！”九连长冷笑一声，带着部队走了。龙云转身对着这帮新兵说道：“有人给咱们下战书了，人家可是十几个人里选一个对咱们，敢不敢上？”

“敢，十连怕过谁呀！”新兵们异口同声地吼道。

中午吃完饭，龙云准时把十连带到操场，九连已经先到了，架势很大，九连长亲自带队，后面站着10个人高马大的新兵，其余没有参赛的人抬着锣鼓在营区跑道上围成一圈，当啦啦队。今天星期六，其他没有训练任务的新兵连也有不少观战的，一时间热闹得很。

第一项比徒手3公里，龙云笑道：“什么3公里，我们十连没练过！要比就比5公里！”

九连长心一横：“5公里就5公里。比前三名和集体时间，卡各连最后一个到终点的时间。10分钟后开始！”

龙云带着大家在一旁活动身体，安排战术，赵黑虎和九连指导员卡表。22个人在起跑线上站成一排。

根据龙云的安排，余忠桥、胡晓静、张海涛3个人什么都不用管，奋力跑，争取拿到前三名；钱雷、陈立华、赵四方几个体能好的带上钟国龙、李大力和伞立平。千万不能让他们掉队；刘强负责押后，到后面为大家打气、加油。

钟国龙心里很不舒服，为什么我就要人带，我钟国龙一定要做出个样子给班长你看，让大家看看我钟国龙不比任何人差！

因为干部是单独比赛，所以不能协助带领大家，需要同志们自己安排。龙云对大家说道：“长跑的技巧以前说过，在这里怕大家心急，再提醒一次。前3公里不要急，最多用上70%的速度，第四圈用上80%的速度，最后一圈全力冲刺，就这样平均分配体力。当然这是一般的科学的方法，如果你们体力超群，我也不反对一直全速冲进。首先，我们不能轻敌，其次，同志们要记住，每一次训练，每一次比赛，都是一场战斗！我们新兵十连只有第一，没有第二，第二就意味着失败，死亡！都清楚没有？”

“清楚！”

“我们新兵十连的战士在战场上是什么？”

“利刃！”

“我们新兵十连的战士在训练场上是什么？”

“猛虎！”

“我们新兵十连的性格是什么？”

“第一！”

“我们的偶像是谁？”

“我自己！”

接着，龙云叫大家把右拳举起，11个人将拳头凑成一圈，齐声大喊：“杀！”顿时杀声震天，战场利刃，训练猛虎，勇夺第一的气势在这一刹那全部爆发。

副团长张国正刚打开机关大楼的窗户，猛然发现操场上的阵势，看着楼下操场上的动静，笑了笑，饶有兴致地看了起来。

10分钟后，22个人站在5公里起跑线上。九连的战士也被九连长调动起来，声势浩大的加油声响彻整个操场，参赛的新兵个个精神抖擞，他们都是九连平时训练中冒出的尖子，但此时谁也不敢马虎。十连是所有人一起参赛，更是杀气腾腾，大家憋足了劲，非要拿第一不可。

九连指导员哨音一响，十连所有人员大喊一声“杀”冲了出去，把旁边九连参赛的新兵包括九连长心里震了一下，连忙也冲了出去。

果然不出龙云所料，第一圈九连新兵把十连拉了一段距离，十连并不着急，速度不慢，但没有使出全力，紧紧咬住对方，九连拉开一段距离之后，就再也甩不开十连了，双方一前一后，一时间胜负难料。

龙云和九连长这边，情况可就不一样了！只怪九连长有眼不识泰山，以为自己以前在C军区野战团作为×军的训练尖子提干，一直自以为是。一开始，龙云以百米的速度跑了出去，第一圈就领先九连长200多米的距离。

九连长还在暗笑，心里想着：“龙云肯定是个傻子，一开始就跑这么快，看他后面怎么办！”

想不到龙云是越跑越有劲，速度一直不减，一圈，两圈，三圈，到第三圈的时候，龙云已经甩了九连长大半圈。龙云一看手表，用时8分32秒，对着身边比他慢一圈的十连新兵大声喊道：“兄弟们，加油！差不多了！”

龙云一句话说完，十连开始起变化了！余忠桥猛地加速，也不知道哪来的一股子力气，百米冲刺一般，稳占新兵第一名，他边跑边大声喊胡晓静和张海涛跟着他的步速跑，3个人很快将九连新兵压在后面。后面，李大力、伞立平从来没有用过这么快的速度跑5公里，已经是气喘吁吁，被陈立华和钱雷拽着跑，边拽边大喊：“杀！”

“兄弟们加油啊，前进！”刘强在最后面压阵大喊。

九连就不一样了，3个新兵因为刚开始求胜心切，耗费了过多的体能，再说九连两个月以来一直训练的是3公里跑，虽然他们都是九连3公里的尖子，但一跑5公里就显得耐力不足了。跑到第四圈时，已经有点儿力不从心，拖着变缓的脚步掉到后面去了，而十连不同，从入伍开始就跑5公里，而且龙云还缩短了合格时间。这样一来，明显的差距就出来了。

最让人吃惊的就是钟国龙，原本以为比赛肯定要人拉的钟国龙，却一直处于新兵的中间位置，保持着匀速向前跑着。原本是帮助他们3个体能弱的赵四方就没管钟国龙，和钱雷一块拽着大块头李大力向前跑着，伞立平感觉整个人已经散架了，被陈立华拽着跑，龙云此时已经超过了他们一圈半，领先九连长也将近大半圈，还有500来米就到终点了，一看时间，才用时14分28秒。龙云一看伞立平不妙，后面几个九连新兵也快超过他们了，立马跑到他们身边，一把将100多斤的伞立平扛在肩上，对着余忠桥几个喊道："除了钱雷和赵四方继续带着李大力跑，你们几个奋力往前冲。"

龙云说完，扛着伞立平就往前猛冲，似乎速度并不受影响，旁边的新兵一看傻眼了，这还叫人吗？九连长心里也大惊。一直以为自己很牛，想不到还有这人。龙云扛着伞立平跑了半圈到终点，赵黑虎和九连指导员卡表，16分13秒。大吃一惊，龙云到终点后并没有停止，又扛着伞立平跑了一圈。

"这个龙云，牛脾气又上来了！这不是欺负人吗？"张国正在窗边看见龙云越跑越带劲，忍不住苦笑。

九连长跑到终点，17分56秒，他傻傻地看着龙云扛着伞立平，不相信似的擦了擦自己的眼睛。龙云此时正和余忠桥几个人跑在一起，边跑边给他们鼓劲加油。

"杀，杀！"

跑到第五圈时，钟国龙忽然大吼一声，突然提速，好像吃了兴奋剂一般，一下超过九连所有的新兵，直追余忠桥几个！九连新兵们正跑得着急，猛然间看钟国龙跟跑百米似的冲了过去，简直不敢相信！连长牛，怎么这个新兵也这么牛？现在的十连，让人不敢相信的事情太多了。钟国龙瞪着眼睛，几乎跑出了忘我境界，杀声四起，什么终点？什么落后？我钟国龙跟落后再也没关系了！我来部队不是让人当反面典型的！拼了！

钟国龙已经完全突破极限，先从余忠桥身边蹿了过去，已经跑在第一的位置了。

"钟国龙，你慢点儿跑！咱们已经赢了！"余忠桥怕他累坏掉，在后面大喊。

钟国龙没有理会，一直往前跑，第一个冲过了终点！

"19分52秒！钟国龙，够了！"赵黑虎喊着，看钟国龙像没听见似的，还在往前冲。

"这小子，又疯了！"龙云心中大喜，猛跑过去，一把拽住钟国龙，"够了，够了！停下！"

"够了？"

钟国龙这才缓过神儿来，胸口憋着的一股气一泄，身子一软，一下子趴在龙云身上，龙云也不客气，一使劲把钟国龙也扛了回来。

赵黑虎撑着一条腿跳了过来，抱住钟国龙，欢喜道："行啊，钟国龙！第一名啊！我的天神啊！"

第二名余忠桥，20分03秒。第三名胡晓静20分12秒，第四名是龙云身上扛着的伞立平，20分15秒，但是九连文书又不晓得该不该记这个成绩。第五名张海涛，20分18秒。随后就是九连的几个新兵到达终点，十连最后的李大力在钱雷和赵四方的带领下，大喊杀声，在十连同志的加油声中，以22分09秒到达终点。全连欢呼！九连最后一个到达终点的成绩是23分49秒。

九连连长不断喘着气，傻傻地看着龙云说道："龙连长，你有点儿夸张哈……我以前在我们军可是全能第一，今天5公里败在你的手上，我认了，我不得不承认，在这个项目上你确实比我强，你的兵也更团结，我们还是后面的项目见分晓吧！"

"哈哈，好，后面的项目见分晓！哈哈……"龙云豪爽地笑着，无形之中露出的一股铁血军人独有的霸气，震撼了全场的官兵。

第二项是百米。毕竟参赛的都是新兵，体能有限，不能搞体能一条龙。九连长要求所有新兵休息10分钟，10分钟后所有参赛人员走到百米起跑线上。由于跑道限制，一次只能放10名，由赵黑虎下开始口令，九连指导员袁树生在终点卡时间。

龙云举起握紧的右拳，用信任的眼神对着全班每一名新兵说："第一！"

第一次上场，龙云安排余忠桥、伞立平、李大力、张海涛、刘强5名新兵。新兵九连也派出5名新兵。结束了刚刚的5公里比赛，大家的身体都活动开了，感觉浑身都变得更轻了。10名新兵在百米起跑线上呈起跑姿势做好准备。

赵黑虎坐在凳子上。

"预备……开始！"

口令一下，10名新兵犹如离弦之箭冲出。冲到50米的位置，10名新兵开始拉开距离，刘强凭着良好的爆发力冲到了第一，余忠桥和九连两名新兵并排紧随其后，后面一块跟着的是张海涛和九连的一名新兵，再稍后一点儿就是伞立平、李大力和九连的两名新兵。这是一场强者的竞争，谁也不服谁，都奋力地向终点冲刺着。

龙云带着钟国龙等5名新兵站在终点线上大声呐喊，为自己的兄弟们助威加油，钟国龙显得尤为激动和张扬，刚刚缓过来的他脱掉作训服上衣，右手在头顶挥舞着，大喊："十连，加油！老六加油！"

60米、70米、80米，依然是刚才的次序，名次似乎已成定数。然而就在最后20米的冲刺中，情况发生突变，紧紧跟在刘强身后的那名九连新兵猛地一个全力加速，可能是提速有些过猛，身体控制不住，动作变得有些不协调起来，身体前倾一下撞到了前面的刘强背部，正在高速运动中的刘强猛然受到这么一撞，感觉背后就似被人重重一击，人向前栽了几步倒在地上。余忠桥猛然一惊，冲到已经倒在地上的刘强身边停下，迅速用自救互救中的“扛”姿，将刘强扛到跑道旁边。旁边观赛加油的其他新兵一片哗然，和余忠桥跑在一起的另一个九连新兵趁着这个机会加速反超，跑到了第一，撞到刘强的那名新兵稳住身子加速冲刺终点。

“后面的不要管，加速冲！”龙云看到这情况，带着钟国龙等人一边心急地往刘强这边跑，一边对着后面其他参赛新兵大喊。九连连长也从起跑线那边跑了过来。

“叮叮……”后面的新兵不断冲到终点，九连指导员手中的卡表不断地响起。

“第一名13秒04，第二名13秒42，第三名13秒58，第四名14秒19……”念完成绩后，九连指导员袁树生跑到刘强身边。

“老六，怎么样？”钟国龙跑到刘强身边一把抱住了他，用手上的作训服擦着刘强脸上不断渗出的鲜血。旁边的其他新兵和九连连长指导员也关切地问着。

“我没事，老大！”刘强看着钟国龙，勉强笑着的右脸现出十几道血痕。

龙云把刘强的裤腿和袖口卷起，膝盖上和右胳膊上满是血痕，尤其是右膝盖上血肉模糊，骨头隐约都可以看到。

“还看什么看，赶快送卫生队！”龙云冲着旁边的新兵吼道。

“班长，这点儿小伤，没事，不……”刘强话还没说完，身旁的钟国龙大吼起来，犹如一匹发狂的野狼。

“敢阴我兄弟，我弄死你！”钟国龙猛然站起，将满是血渍的衣服扔在地上，从路旁捡起半截砖头，冲终点线上正在喘息的那名九连新兵快速冲去，蹲在刘强身边的陈立华也大怒，正准备冲出去，被龙云一把按住，叫余忠桥几个看住他。

“钟国龙，你想干什么？”龙云对着已经冲出去的钟国龙喊道。

这个时候的钟国龙已经听不到任何声音，心里只有一个念头，就是要干死阴我兄弟那小子。

龙云一看钟国龙好像没听到自己的话，继续向那名新兵冲去，心里一急，也跟着冲了过去。

听到钟国龙发疯似的吼声，那名九连新兵转头一看，钟国龙手上拿着一块砖头正向自己猛冲过来，早就听说过钟国龙“四把菜刀闹革命”英勇事迹的他心中大惊，此刻哪里顾得上喘息，掉头就朝操场的另一边狂逃。

旁边的九连长一看到这情况也大吃一惊，冲着终点线上刚跑完百米的战士喊道：

“你们在看戏吗？赶快给我拦住他。”

路旁九连新兵听到连长的喊声，几个胆小的哪里敢上，九连两个胆子大点儿的和李大力、张海涛跑到钟国龙身边准备拦住他。钟国龙停下，用拿着砖头的右手指着面前的4个人，冲他们狂吼：“今天谁也不要拦我，谁拦我我砸谁，给我闪开！”

就在这时，龙云追到了钟国龙身后，走到他的面前吼道：“来，你砸我！”说完低着头伸到钟国龙的面前。

钟国龙的大脑“唰”的一下清醒了，“班长，我……那个王八蛋阴我兄弟。”龙云抬起头一把夺过钟国龙手上的砖头，对着地面猛地一砸。砖头砸在地面被摔得粉碎。“你当你们班长是瞎子吗？就你钟国龙长眼睛了！”龙云的声音令钟国龙感到畏惧。

“我……我就受不了。”钟国龙也吼了起来。

相反，龙云这一次并没有回吼，而是用平静低沉的声音说道：“记住，在部队，一切由班长做主，刚才的事情，也不是那名新兵所能控制的，我能看出来，他是由于提速过猛控制不住自己的身体才撞到刘强背上。”

“那……”钟国龙不知道说什么了。

“所以，我说你小子在这里撒什么野，把我们新兵十连的老脸都丢了，如果你要给兄弟争口气，那就在比赛场上争，而不是在这里提着砖头耍横。你明白吗？”龙云的声音变得大了起来。

“好，班长，我明白了，我一定要在接下来的比赛里为我兄弟、为班长、为我们十连也为我自己争口气。”钟国龙坚定的回答让龙云心里舒坦了不少。

“班长相信你！”

经过一番处理，龙云要求刘强去团卫生队，刘强怎么也不去，说要继续参加比赛，不然十连就少了一个人，于是送到新兵营卫生所后，卫生员只给刘强进行了消毒包扎，又给了一些消炎药。

10分钟后，比赛继续进行。这一次十连上场的分别是钟国龙、陈立华、胡晓静、钱雷和赵四方，九连那边派出了剩下的5名新兵。

10名新兵活动好身体，在百米起跑线上做好起跑准备。钟国龙咬着牙，眼睛射出一股骇人的杀气。钟国龙用这种眼神看着右边的几个九连新兵，一个新兵对视过来，不由得心中一惊。

“各就各位，预备——跑！”

赵黑虎口令一下，钟国龙猛地大吼一声：“杀！”似鬼哭狼嚎。在杀声中，钟国龙等人已经冲出去十几米了，而钟国龙右边两名九连新兵还怔怔地停在原地，可能是被钟国龙这一声骇人的杀声给吓住了。已经冲出去的其他新兵也许心理素质好些，但在钟国龙杀声吼出的那一刹那，心里也是猛跳了一下的。

“你们两个还待在原地干什么？赶快给我跑！”九连长跑到站着还没回过神来的两名新兵身边，在其中一名肩膀上拍了一巴掌吼道。

平时的每天加班训练这下见到了效果，钟国龙在百米冲刺中身体稍向前倾，双手在腰间两侧不断地快速摆动着，穿着迷彩鞋的前脚掌部分点着地。第一，他心中只有第一，百米跑道上的第一，就是他，钟国龙！此时的他就如一只追捕猎物的猎豹，咬着牙瞪着眼，脖子上青筋暴起。

当然，班里一向以爆发力强著称的胡晓静也不会差到哪里，紧紧跟在钟国龙后面，后面也在咬牙奋力冲刺的是陈立华。钱雷、赵四方和三个九连新兵跑作一堆，也不知道谁前谁后。最后面的是两名被钟国龙的杀声镇住的九连新兵。

最后10米，随着一声钟国龙特色的“杀”声，他第一个冲过了终点线。

“叮——”随着一连串的卡表声音，所有参赛选手冲过终点线。

“钟国龙，好样的！像个男人！”一直在终点线上为大家加油的龙云拍了一把钟国龙的肩膀说道，“大家都是好样的，还有胡晓静，我能看出来，你们都尽力了。”

“老大！”刚刚从营部卫生出来的刘强在余忠桥的搀扶下，对着钟国龙竖起大拇指。

“大家记住刚才自己的名次，我现在报时间，记录员将成绩记录好，我报到第几名谁就报名字，这样记录员好记。”九连指导员看着气喘吁吁的大家说道。

“第一名，12秒37。”

“钟国龙！”听到这个成绩，钟国龙的心中翻滚着一股热血和自信，自己的努力没有没费，汗水流得有价值。

“第二名，12秒53。”

“胡晓静！”

“第三名，13秒12。”

所有成绩公布出来了，新兵百米成绩排名。第一名钟国龙，第二名胡晓静，第三名新兵九连王伟。

第一，又是一个第一，钟国龙终于用自己的行动和表现实现了当初对龙云说过的一句话：班长，你放心，我一定会做出个样子给你看。确实，他做到了。

第四十三章　不可战胜

两位连长已经在起跑线上做好起跑准备。他们两位的每项比赛结果决定着各自以后在连队的威信。部队经常说，打铁还须自身硬，如果自己的各项训练成绩都不行，那拿什么来说教连队战士，怎么能让战士信服。九连长在起跑线上暗下决心，在这个项目上要让龙云看看自己作为C军连续四年训练标兵的实力。

龙云脸上似乎没有任何表情，眼睛盯着前方的终点，显得有些让人难以捉摸。但是稍微了解一点儿龙云过去的干部战士都知道，龙云会将赛场当作战场，任何一个敌人他都不会轻视，他只会全力以赴。

坐在跑道旁凳子上的赵黑虎看着两位强人的比赛，脸上轻笑着。

“各就各位，预备——跑！”

两名连长几乎是同时冲出起跑线。旁边两个连的战士大声为各自的连长助威加油，九连人数众多，声音明显大了许多，但是十连新兵在钟国龙的带领下，加油助威，气势一点儿也不弱。10名新兵包括受伤的刘强，手上都拿着脱下的作训服上衣在头顶挥舞着大喊：“班长，加油！加油，班长！”刚开始两人跑速差不多，但就在40米后，情况出现了变化。龙云突然爆发，就几秒钟，九连长被龙云甩出有七八米的距离。九连长看着前方的龙云，脸上露出一种不可思议的神情，怎么可能？

龙云已快到终点，终点线上十连呐喊加油的新兵赶紧往旁边散开。龙云冲过终点，李大力感觉有阵风从身边刮过。“哦，我们班长赢了！”十连新兵一阵欢呼。紧跟着，九连长也冲过终点，旁边原本为自己连长高喊加油的九连战士噤了声，情绪显得有些低落。

“十连长，10秒48。”

“九连长，11秒51。”九连指导员将成绩大声报出，引起旁边的战士一阵唏嘘。

“我的天爷爷呀，10秒48，我们班长不是人呀！”李大力听到成绩，呆在地上大发感慨。

“大力！”龙云眼睛盯着李大力。

“到！”李大力站得笔直，不明白地看着龙云。

“我是不是人？”

“是，班长当然是人。”李大力唯唯诺诺地手挠着头小声回答。

“哈哈……”旁边的十连新兵哄笑起来。

“笑什么笑！钟国龙，去把你们副班长扶过来，准备下个项目的比赛！”

“是，班长万岁！”钟国龙看着眼前自己的偶像，他再次让自己看到什么是真正的强者，对着龙云敬了一个礼，钟国龙转过身提起双拳，以标准的跑步姿势慢慢跑离。

“去你的，快去！”龙云笑着跑过去，对着钟国龙的屁股就是一记小飞脚。

九连长盯了龙云半天，不相信，他真的不相信，但眼前的事实使他又不得不信，“龙连长，你赢了，10秒48，你可以进国家田径队了。”

此时赵黑虎已在钟国龙的搀扶下走了过来，听九连长这么说，接话就说：“我们班长以前……”

“虎子！”龙云瞪了一下赵黑虎，赵黑虎没敢再说，“九连长，我就是平时练得多一点儿，其实也没有什么。好了，我们继续下一项？”

“好，就下一项。现在虽然是0：2，我们九连暂时落后，但是后面的项目我们连不会输给你们。”九连长说这话时声音放大了许多，他就是想说给九连战士听，后面的项目一定要放翻新兵十连。

几分钟后，所有人员在两位连长的带领下来到操场上。在九连的保障人员准备下，这里早已经摆上了一条十几米长的红色地毯，这是为俯卧撑和仰卧起坐比赛项目准备的。

“规则按照新训练大纲不变，俯卧撑两分钟，仰卧起坐三分钟，比谁做得多，姿势一定要标准，否则取消成绩。由新兵九连出勤务兵数个数，每名参赛人员自己也边做边数。”九连指导员在参赛人员的面前宣布比赛规则。

“第一项，俯卧撑。”

“报告班长，我要求参加！”刘强对着龙云喊了起来。

“你，一边看着去！”龙云大声回答。

“班长，你以前和我们说过，比赛场就是战场，没有第二，只有第一，第二就意味着失败和死亡！我现在还没有牺牲，我也不想死亡，请班长允许我参战。”九连长和九连指导员听到这番话，心里也是激动不已，想不到一个新兵竟然有这样的觉悟，龙云带兵真的有一手，能将原来10个全新兵营最差的“刺头兵”带成这样。

“好，班长批准！但要注意不行了就报告，班长和全班兄弟不会怪你。”

“是，班长！”刘强高兴地一瘸一拐走到地毯前面立正站好，对着钟国龙和班里其他兄弟打招呼。

“第一项，俯卧撑。俯卧撑准备！”所有参赛人员左腿向前踢出一步，弯下腰，两手撑在地毯上，坐好俯卧撑准备。

“开始！”九连指导员和赵黑虎同时按下手中的秒表。

“1、2、3……地毯另一侧的勤务兵站在参赛人员的前侧不断地数着。

刘强脸色惨白，咬着牙不断做着，心里数着个数，他似乎已经感觉不到伤口的疼，感觉不到身体撕心裂肺的疼痛。殷红的鲜血正从刚刚护理过的伤口不断向外渗着，渗透白色的纱布，浸过袖口和裤管淌到地上。

赵黑虎撑着拐杖站在刘强的身后，看到刘强腿上和袖口处不断渗出的血滴，脸色凝重，他知道，现在刘强怎么也不会停下来。

在地上做得起劲的龙云、钟国龙、陈立华和班里其他人也不时转过头看着刘强。

“停！”九连指导员和赵黑虎几乎是同时喊出。刘强手臂一软，眼前一黑，趴在了垫子上。

“刘强！”“老六！”龙云、钟国龙和全班新兵跑到刘强身边。钟国龙不知道哪里来的力气，一把将他抱起。

陈立华急得在旁边叫着：“老六，老六，你怎么了？”

刘强的衣服膝盖处和手肘处都被鲜血染成了红色，不断从伤口渗出的血液透过裤腿和袖口滴在地上。

“我和钟国龙送刘强去团卫生队，其他人员由赵黑虎带领继续比赛！”龙云说完，急忙和钟国龙朝卫生队方向跑去。

突然，龙云回过头对九连长喊道："老袁，没比完的项目下次找时间我们再来。"

"不了，我输了，我输得心服口服。"九连长想了一下，朝着已经跑远了的龙云的背影大声喊道。

九连长命令全连集合，赵黑虎和十连剩下的新兵看得有些纳闷儿。

整完队后，九连长跑到赵黑虎身边，"十连副，龙连长回来你告诉他，我们新兵九连输了，也输得服气。你们新兵十连的新兵确实比我们强，龙连长的体能也比我强多了。说句心里话，本来我还想在后面的几个小项目里战胜你们十连，可是看到你们的新兵，在身体受伤的情况下还不要命地为自己的连队争取荣誉，我终于知道了，这样的连队，这样的战士是不可战胜的。以前我一直不服气，就想和龙连长，和你们新兵十连比一比，你们为什么就能每个星期将4面流动红旗都拿走。今天我终于明白了，也明白了为什么在团里，其他连长、战士都服他龙云，因为就龙连长能带出这样的兵，这样的连队。我不比了，再比下去也没什么意义，今天我输得心服口服。"

"向右转，向十连学习！"九连指导员带着新兵九连的新兵，对着新兵十连这边齐声高喊道。

赵黑虎把剩下的8名新兵集合好，对着新兵九连也回喊道："向九连学习！"两个连队的声音不断地在营区上空回荡着，久久没有消散……

与九连的比赛，使十连的名声一下子更响了。龙云就不用说了，在整个新兵营几乎已经成为神话般的人物，就连10个新兵，也在上次集体三等功之后，再次成了明星。

一个星期紧张的训练过去了，又逢周末，钟国龙、刘强、陈立华、余忠桥几个早早地洗完了衣服，开始了他们蓄谋已久的计划。

钟国龙跑到龙云面前，"班长，我和刘强、陈立华、余忠桥想请假，去看看老乡。"

"看老乡？"龙云疑惑地问，"你们和余忠桥一个是湖南，一个是湖北，看什么老乡？"

"班长，正好我老乡和他们的老乡是一个班的……新兵四连七班的，我们约好一起去看看，顺便也买点儿洗衣粉香皂什么的。"余忠桥早有准备，话说得滴水不漏。

龙云想了想，也没往心里去，说道："给你们一个小时时间，快去快回！注意军容军纪，别给我惹事！"

"是！"

钟国龙他们4个一阵欢喜地跑出来，直奔服务社。一进门，余忠桥掏出钱来，大声喊着："10瓶啤酒，两袋花生米，再来4盒午餐肉，火腿肠来10根！"服务社的人疑惑地看着这几个新兵，心想这几个家伙是要干什么呀？

"别看了，我们班长让我们买的，再顺便拿个空箱子给我们。"钟国龙瞪着眼睛就喊，又和余忠桥抢着付钱，余忠桥死活不同意，钟国龙也不好争下去，刚才还说是班长让买的，再争容易露馅儿啊！

几个人把东西全放进纸箱子里面，一路往服务社后边小跑。

"老余，你说的那地方靠谱吗？"陈立华边跑边问，略显怀疑。毕竟，这事是绝对违反纪律的。

"放心吧！上次咱帮锅炉房运煤的时候，我尿急偶然发现的，那地方，简直是天然的酒吧！"余忠桥笑道，"保证没人去，还保证舒适。"

"快走！"几个人兴奋起来。

几个人跑着穿过操场和体能训练场，又转过后面的部队锅炉房，一直往最里面跑，七拐八绕，终于到达了目的地。看着余忠桥得意的样子，这兄弟几个全晕了：眼前是一排低矮的小房子，大约有七八间，因为长期没有使用，房子已经破旧不堪，矮墙和屋顶上长满了荒草，房屋中间是一条布满积雪的小道。

刘强瞪着眼睛，不解地问道："老余，这就是你说的天然酒吧？"

"这不是猪圈吗？"陈立华也惊了。

余忠桥笑道："兄弟们，知足吧！咱这军营里面住着几千人呢，也只有这个地方没人来了。听说这里是团里的老猪圈，早就没有猪了，环境是差点儿，可安全啊！"

钟国龙看着眼前，忽然笑起来，兴奋地说道："不错啊，果然不错！有一种很特别的感觉！老余说的对，安全第一！咱们稍微改造一下，以后就是咱兄弟的酒吧啦！"

几个人连忙行动起来，把墙上的荒草拔了一大堆，找了个房顶最完好的猪圈，在里面铺上草，又把纸箱子拆开铺上，就算是桌子了，啤酒、零食放上去，钟国龙又给每个人发了一根烟，几个人优哉游哉地坐到干草上面，一个个脸上笑开了花。

"好地方，好地方！"陈立华也改口了，"这么一装修，还真有点儿浪漫的情调了，猪圈就猪圈吧，有酒喝就好啊！"

余忠桥也深有感触地说道："这部队里面，可不像外面那么自由，能有这么个地方喝喝酒聊聊天，也是很幸福的了。"

"时间不多了，开酒！"钟国龙早等不及，不顾他们俩在那里抒情，自己先打开一瓶酒喝了一大口。

其他人一看钟国龙已经开始了，也纷纷打开酒，先是个人一阵猛灌，然后才开罐头吃东西，一时间兴高采烈，忘乎所以。

“老余，咱兄弟这是不打不相识啊，来干一个！”钟国龙又找到了老家的那种感觉，举起酒瓶子敬余忠桥。

余忠桥笑道：“咱们几个都是不打不相识，当初咱俩龙争虎斗一场，后来在宿舍我又被刘强他们俩揍了一顿，哈哈，说真的，我还真是十分佩服你们3个的兄弟情谊。这酒，算我敬你们兄弟3个的！”

4个人猛干了一大口，钟国龙多半瓶啤酒下肚，心情舒畅极了，擦了擦嘴，开始自豪地说道：“说到我们兄弟几个的感情，那是没得说！比亲兄弟还要亲呢！我们7兄弟在老家，那是威风极了！大草坪一战，上次不是给你讲过了？我们兄弟7个人，人家来了几十号，我们谁也没害怕！本来我们兄弟7个都要来当兵的，后来体检，就我们3个合格，那兄弟几个还在老家等我们呢！”

钟国龙这么一说，刘强和陈立华也开始了，3个兄弟一番调侃，直把余忠桥给羡慕死了。

两瓶啤酒下肚，钟国龙喝得有些急，头稍微有些晕。来到部队以后，经过两个多月的训练和龙云的时刻教导，钟国龙思想上已经发生了很大的变化，可是埋藏在他骨子里的那份豪气并没有变化。在这种场合下，万千感触凝聚心头，钟国龙有些怀念从前那“自由潇洒”的日子了。

酒已经喝完，兄弟几个这才从刚才的兴高采烈中恢复过来，急忙看表。

“不好！咱就请了一个小时假，时间到了！”几个人猛地站起身，“快跑，晚了就坏了！”几个人慌忙钻出猪圈，撒腿往外就跑。

操场上，九连长一个人正在散步，心情很郁闷。他和他带的连队彻彻底底地输给了龙云的十连，这让原本狂傲的他心中实在难以忍受。自己在原部队的时候，各方面都是拔尖的，这才被部队提干，又作为重点人才调到了全军的主力团，本来他很骄傲，没想到遇见了龙云。自己在龙云面前，差距真是太大了。

九连长在操场上漫无目的地走着，一直走到了部队的锅炉房前，高大的烟囱此时正往外冒着煤烟，锅炉房担负着整个营区的取暖供热，在这个异常寒冷的季节，是一刻也不能停的。九连长看着高高的烟囱，心里还是想着龙云。龙云这个神秘的家伙，还真就像这一刻不停燃烧着的锅炉，自己充满热量不说，还总是能把这股热量传输给手下的每一个士兵。看看十连那10个如狼似虎的新兵，九连长仍心有余悸，那哪是什么新兵啊，老兵也未必有那样的杀气，尤其是钟国龙，这家伙拼起来不要命一般。5公里、百米勇夺第一的事实，一直到现在九连战士们还震惊不已。

锅炉房后面忽然传来急促的跑步声，九连长有些奇怪，转过去想看个究竟，冷不防一个人影猛冲出来，一头撞在他胸口上。

“哎呀！谁？”九连长大惊，愤怒地看着来人。

撞到他的，正是玩命往宿舍跑的钟国龙，钟国龙正低头猛跑，冷不防撞上了九连长，也是大吃一惊，虽然对九连长没什么好印象，钟国龙还是连忙敬礼：

“连长好！”

“连长好！”陈立华他们3个也跑了过来，见到九连长也十分吃惊。

九连长猛地闻到一股酒味，顿时有些明白了。十连的，哈哈，这次老子有机会翻盘了！当下问道：“你们干什么去了？”

“报告连长，我们去撒尿了！”钟国龙说完就要走，却被九连长拦住了。

“撒尿？怎么还满身酒气呀，你尿的是酒吗？”九连长冷笑道，“你们十连的，表面上一溜儿的先进，原来是外强中干啊。私下喝酒，问题不小。这可是个大问题！”

九连长说着就往里面走，抓贼要抓赃，他明白。

“哎——等等！”钟国龙眼看事情要败露，也顾不了那么多，转身拦住了九连长，“连长，后面脏！”

“钟国龙你干什么？闪开！”九连长得理不饶人，“后面脏？后面有酒瓶子吧。”

说完，九连长把钟国龙推到一边，径直就往里面走，钟国龙又跑过去拦在了他身前，“连长，你还是别去了，没什么好看的！”

“没什么好看的？”九连长冷笑一声说道，“我可得去看看！我得把你们的酒瓶子找出来拿到营部去！你们几个新兵蛋子，胆子也太大了！我们当干部的都不敢随便喝酒，你们倒蹬鼻子上脸了！我要把你们带到营部去，让副团长也看看，这就是十连的兵！什么优秀连队，什么作风优良？狗屁！这就是龙云带出的兵？”

钟国龙一听他这么说，当时就怒了，大声说道：“没错，你不用看，我们是喝酒了！但是九连长我告诉你，喝酒是我们4个的问题，你随便去营部报告去，有什么处罚我们兄弟几个认了！但是这跟十连没有关系，你为什么要扯上我们十连？这跟我们班长更没有关系！”

“没关系？你是不是十连的兵？是就有关系！龙云怎么了？上梁不正下梁歪！自己的兵这么无组织无纪律，说明他龙云也不是什么好东西！”九连长真是过瘾极了。

第四十四章　怒不可遏

九连长直接把矛头对准了龙云，这下让钟国龙实在难以忍受，说我钟国龙行，说班长绝对不行！

钟国龙眼睛都红了，一个箭步蹿上去，用刚学过的格斗技巧，猛地将九连长放倒在地，骑上去就打。

“你才上梁不正呢！”

九连长做梦也没想到，这个新兵敢对自己动武。一个没防备，被钟国龙放倒在地，不禁又惊又怒。他在部队训练多年，也不是吃素的，翻身一个侧摔，把钟国龙猛地摔了出去，起身就要打。

钟国龙此时已经失去了理智，站起身来，疯了一般又冲向九连长。

一直在旁边的刘强、陈立华、余忠桥本来就看不惯九连长，此时见钟国龙打得兴起，他们先是一愣，很快反应过来，打吧。

4个新兵一起围上来，对着九连长就是一顿拳打脚踢，九连长原本也是一员猛将，此时倒被这几个新兵给困住了，这4个家伙完全是一种不要命的打法，尤其是钟国龙，眼睛瞪得血红，跟拼命了一般。几个回合下来，九连长可就吃了亏，被4个新兵一阵乱打，又压在了地上。“绑上他！”钟国龙大吼一声，和余忠桥一起压住他，刘强、陈立华扯出九连长的腰带，把他双臂倒扣捆了个结结实实。

九连长大惊，嘴里大叫道："浑蛋，浑蛋！你们干什么？放开老子！"

"放你×个屁！"钟国龙一把拽过九连长，瞪着眼睛骂道，"今天就让你小子见识一下你龙爷爷的厉害！你不是告吗？你告去呀！你还敢污蔑我们班长，我他×杀了你！"

"钟国龙，我记住你了！你就等着挨处分吧！你个浑蛋东西，喝酒违纪不算，还敢殴打上级！"九连长怒吼着。

"老大，怎么办？"刘强瞪着眼睛问钟国龙。

"把他扔猪圈去！"钟国龙招呼一声，4个人抬着九连长一路小跑，一起用力将九连长扔进了积雪的猪圈院墙里，"你就在这里慢慢喊吧！"

4个新兵撒腿就跑，只剩下九连长在猪圈里面浑身是雪地大吼。

刚跑出操场，几个人这才开始后怕了。钟国龙想了想，对其他人说道："你们3个听着，今天所有的事情都算我一个人的，跟你们没关系！到时候谁也别抢先，听见没有？"

"那怎么行？"余忠桥说道，"事情是咱们一起做的，要出事，咱们几个一起担责任！"

"就是，有难咱们一起当！"陈立华和刘强异口同声。

"先不要争了，快点儿买些口香糖去！"

几个人又跑回服务社，每个人嘴里塞了几颗口香糖，一边往宿舍走一边使劲嚼。

"老大，九连长不会冻死吧？"陈立华有些担心。

"没事，他腿又没绑着，自己会跑出来的。"钟国龙说道，"一会儿回去都别出声，九连长未必敢告咱们，他被咱们搞了一通，也怕自己丢人啊！"

"那小子？未必！"余忠桥担心地说道，"我看他不是那种特别要脸的人。"

"管他呢，我们赶快回去销假！"

4个人跑回宿舍，宿舍里面，胡晓静和张海涛陪着赵黑虎去卫生队换药了，其他人都在，龙云躺在床上看书，见他们4个回来，也没太在意，钟国龙跟没事人一样，躺到床上，睁着大眼睛四处看看，其他3个人有些担心，心里跳个不停。

果不其然，不到20分钟，宿舍门被猛地推开了，张国正虎着脸闯了进来，后面跟着鼻青脸肿的九连长。

龙云不明就里，看见张国正进来，连忙跳下床敬礼："起立！报告副团长，新兵十连正在休息，请指示！"

新兵们也都站起来敬礼，除了钟国龙他们4个，谁也不知道发生了什么事。

“龙云，你出来一下！”张国正不等龙云报告完毕，叫他出了门。龙云看了一眼九连长，心中有一种不好的预感。

“老大，怎么办？”陈立华慌了，看着钟国龙。

“什么怎么办？等着！”钟国龙知道事情已经不可挽回，心也横了。

宿舍外面院子里，张国正站在龙云面前，脸色阴沉，冷声说道：“九连长，说说刚才的情况吧！”

九连长一脸悲愤，将事情的经过添油加醋地说了一遍，大体是他如何发现钟国龙他们喝酒，他是如何批评教育，钟国龙等人不但不接受批评，还打了他又绑了他，云云。

“龙连长，我真没想到你们十连居然有这样的流氓兵痞！这次，我非得看着你是怎么处理这件事情的！”九连长一脸屈辱，“一群什么东西啊！”

龙云听到这里，已经气得脸色发青，双拳攥得嘎巴嘎巴直响，恨声说道：“副团长放心，我会查清楚事情真相，要真是我的兵违反纪律，我龙云第一个不饶他们！”

“什么叫真是啊，你以为我在撒谎吗？龙云，这件事情没完！我倒要看看你怎么处分他们！”九连长有张国正在旁边，腰杆很硬。

“你先回去！”张国正忽然对着九连长说道。

“回去？副团长，我……”

张国正厉声说道：“让你回去你就回去，事情我来处理！一个老兵了，被几个新兵给抓了‘俘虏’，你也好好反思一下去！”九连长没想到副团长这么说，当下愣住了，悻悻地离开。

张国正看九连长走了，这才瞪着龙云，厉声说道：“龙云！这就是你带的好兵是吗？喝酒的事情先不要说，就新兵殴打上级这件事，你知道不知道，除了当年你小子犯过一次，咱们威猛雄狮团已经整整9年没有发生过了！名师出高徒啊！浑蛋！这件事情处理不好，你小子就趁早给我转业滚蛋！”

龙云从来没见过副团长发这么大火，一下子意识到了事情的严重性，当下大声说道：“副团长放心，我知道该怎么做！”

“知道就好！”张国正努力压住自己的怒火，“这件事情，我要你马上给我一个结果，也得给全营和九连长一个说法！你回去调查清楚，准备开全营大会！带上你们连的作风纪律红旗来见我！”

“是！”

张国正气呼呼地回去了，龙云有些气急了，眼中像要冒出火来，转身回到宿舍门口，怒吼道："钟国龙、陈立华、刘强、余忠桥，都给老子滚出来！"话音刚落，钟国龙他们几个早有了准备，挨个跑了出来，站到龙云面前。

龙云瞪着他那快要杀人的眼睛，审视着这几个家伙，气得说不出话来。

钟国龙一见龙云这副表情，心里也有些害怕，想了想，仍旧站出来大声说道："报告班长，喝酒和打架都是我一个人干的！跟他们3个没什么关系！"

"你大英雄是不是？"龙云上去就是一脚，再也忍不住心中的愤怒，"你小子又来这一套，你唬谁呢？你们几个挺能打是不是？刚打了九连长，是不是也想着把我这个十连长也打一顿？来呀，动手啊！"

钟国龙被龙云一脚踹得一个趔趄，仍倔强地站起身喊道："班长！我打九连长，不是因为他发现我们喝酒，是他侮辱咱们十连，侮辱你！就凭这个，我认为我打得没错！"

"你小子，浑蛋！"龙云厉声喝道，"你还挺有理的是吗？那我问你，你在向我撒谎请假的时候，想没想过十连的荣誉和我的面子？你们违纪喝酒的时候有没有想过十连的荣誉和我的面子？你们殴打上级，惊动全团的时候，有没有想到过十连的荣誉和我的面子？钟国龙你不是说自己没错吗？那好，你马上给老子收拾行李，准备滚蛋！"

"班长，我……"钟国龙一下子傻了。

"班长，事情是我们一起做的，要处分也是我们一起扛！"余忠桥和刘强他们也在旁边喊。

龙云气急了，刚要发作，身后营部通信员跑了进来，通知新兵营所有人员到操场集合开军人大会。

"龙连长，副团长特别交代要你带着4个新兵先去营部。"通信员说完走了。

"还愣着干什么？准备准备，接受'表彰'啊！"龙云大吼，"拿着墙上那面作风纪律红旗，跟我去营部！"

钟国龙一听龙云说要拿走红旗，才知道问题严重了，这才开始后悔自己太鲁莽了。

"班长，我……我知道我错了。"钟国龙站在那里低声说道。

"行了，走吧！"龙云不想多说，转身进到宿舍，一把将作风纪律红旗扯下来，出门摔到钟国龙怀里，带着4个人来到新兵营营部。

"报告！"

“进来！”

龙云和4个新兵进到副团长张国正的办公室，张国正坐在那里，目光像两把钢刀一样。

“说说事情的经过！”张国正点燃一根烟，皱着眉头。

钟国龙主动上前，把事情的经过说了一遍，着重说买酒是他的主意，打九连长也是他动的手，其他人没有什么关系，更没有龙云什么干系，因为是他撒谎骗的龙云。

“副团长，所有的事情都是我一个人的责任，您要处分就处分我吧，跟其他人没关系，跟班长更没关系！”钟国龙诚恳地看着张国正。

张国正黑着脸站起来，大步走到钟国龙面前，钟国龙感觉到了一种让他窒息的压力。果然，在几秒钟的沉默后，张国正爆发了。

“钟国龙，又是你钟国龙！我可是对你印象深刻了！分兵当天跑去抽烟的是你，菜刀大战的也是你，执行任务无组织无纪律冲进山洞的也是你，这次喝酒殴打上级的，还是你钟国龙！钟国龙你现在名声不小啊！你好像很勇于承认错误，也十分愿意替兄弟揽责任是不是？狗屁！你以为你揽过责任，他们就没事了是吗？刘强他们3个，别说是参与了斗殴，就是你一个人上，他们没拦住你，都算是违纪！还有你的班长，你替他揽得好干净啊！钟国龙我告诉你，不管你怎么揽责任，你是他龙云的兵，你犯的每一个错误，都会有他一份儿。这才叫责任！不光你们有责任，你们整个十连都有责任，因为你们是一个集体！你是集体的一员！你以为部队是监狱吗？揽了责任，你就可以给他们顶罪了？”

张国正大声教训着钟国龙，越说钟国龙越感觉到错误的严重性，也越来越后悔自己的行为。副团长的话以前龙云都跟他讲过，怎么自己脑子一热就全忘了呢？钟国龙啊钟国龙，这次又因为自己的冲动，给集体也给班长带来了污点!

操场上，新兵营全体人员已经集合完毕，副团长张国正严肃地站在主席台上，目光冷得能杀人。台下的新兵连，有的知道些消息，有的不明究竟，此时看到张国正阴沉的脸，预感到是有大事发生了，鸦雀无声，1000多人的会场安静得能听见针掉地上的声音。

各连集合完毕，张国正站到了主席台正中。

“同志们，今天我们召开的这个军人大会，是临时安排的，和昨天的评比表彰大会不同，今天这次大会，是一个批评的大会！”张国正站在那里，表情严肃。

“昨天上午，新兵十连再一次拿走了4项评比的红旗，这是一个不大不小的奇迹，很好！上个星期六，我看到新兵九连向十连发出挑战，两个连队在这操场上好好地比试了一番，很好，很好啊！我很高兴能看到这样的场面，也被两个连队之间的这种你追我赶的劲头深深感动了，我们的部队，需要这样的精神。

“但是，就在今天下午，就在一个多小时以前，发生了一件令我们整个新兵营震惊的事件。新兵十连的4名战士，不顾条令条例严格禁止饮酒的禁令，偷偷到锅炉房后面畅饮了一番。喝完酒之后，又被九连连长撞见，言语之间发生矛盾，4个新兵把九连长狠揍了一顿，反绑着扔进了猪圈里。天壤之别！浑蛋行为！

“短短的几天之内，在优秀表现的背后，居然发生了这样的事情！我感觉很意外！九连长对十连曾经战胜过他耿耿于怀，十连又因为九连长的言语不逊打了他，那我问问，九连的100多号人是不是还要给连长报仇呢？那侦察连是不是还要给龙云报仇呢？那我们的部队还叫不叫部队？是不是该叫黑社会了？

“训练输了，不丢人！九连长为什么不在自己身上找找原因，刻苦训练，把十连再比下去？十连的几个新兵啊，你们想过没有，你打的是你们的战友，是你们的上级？”

张国正激动的发言使全场更加安静了。龙云和4个新兵，以及九连长本人，都羞愧地低下了头。

张国正顿了顿，说道：“下面，我们就让十连的连长龙云，带上十连的这几个新兵，上来做检查！”

在全营官兵的注视下，龙云带着钟国龙、余忠桥、陈立华、刘强走上台，钟国龙站在台上，面对着台下一双双锐利的眼神，内心充满了自责，都是自己的散漫，都是自己的冲动。钟国龙看了一眼表情严肃的龙云，更加羞愧。自己已经在刚入伍时的菜刀大战中为龙云“争取”了一个警告处分，这次，龙云因为自己犯下的错误站在台上丢人。

龙云站了出来，表情严肃，目视着前方，大声说道：“尊敬的营首长及新兵营的全体官兵，首先我深深地表示我的歉意！我龙云是十连的连长，出了这样的事情，是我龙云没有带好兵！十连只有10个新兵，营首长却是十分重视，派我龙云去做了这个连长。从我到十连那天起，我们就是一个整体了。确实，我们十连拿过很多的荣誉，但是，这些荣誉和十连所犯的每一个错误比起来，一文都不值！这次事件，是整个十连的耻辱，我要负主要责任，在这里，我向九连长郑重道歉！对不起……”

龙云向九连长鞠躬，腰一弯下去，钟国龙眼泪都快下来了，班长这一躬，真像是一把刀刺进了他的心脏啊！班长是何等的硬汉，又是多么在乎连队的荣誉和脸面？却因为自己的愚蠢而弯下了腰，钟国龙感觉自己这辈子都对不起班长了。

龙云直起身，继续做检讨："我辜负了营首长对我的期望，也为自己的错误深深地自责。我愿意接受营党委任何形式的处分，再次向九连长和营首长道歉。对不起！"

钟国龙再也受不了了，猛地上前一步，大声说道："班长！这次都是我的责任啊。是我骗你说去看老乡，又去偷偷喝了酒，打架也是我先上的手，你完全不知情啊！凭什么责任全是你负？要负责任也是我钟国龙的责任。"

"那你钟国龙就说说，你的责任在哪里？"张国正抢先训斥道。

钟国龙站到台前，沉痛地说道："都是我的错！我没有把班长平时对我的教育放在心上，又一次为我的散漫付出了代价。我不是不知道喝酒违反纪律，也不是不知道殴打上级的严重性。可是，事到临头，我性子一上来，总是把这些抛在脑后。现在想起来，我十分后悔，我对不起我们班长，也对不起3个战友兄弟。是我钟国龙又一次给十连抹了黑，请上级处分我！但是，我坚决不同意班长负连带责任！"

"钟国龙，你要是真不想你的连长受处分，就应该在事情发生前想清楚。归列！"张国正喊道，"下一个！"

接着，陈立华、刘强、余忠桥也分别做了深刻的检查，营党委的处分意见已经下达了，张国正当场宣读："……新兵十连战士钟国龙，不顾部队纪律，私自瞒骗领导后在军营内喝酒，酒后又因为与九连长发生言语冲突动手打人，性质十分恶劣，经过营党委讨论决定，对于钟国龙做记大过一次的处分，以观后效。陈立华、刘强、余忠桥3名战士，参与饮酒，并在随后的斗殴中，见钟国龙上前动手，非但没有劝阻，还一齐参与，性质十分恶劣，各给予记过处分一次。十连连长龙云在此次事件中，负有领导责任，给予严重警告处分一次。同时，鉴于这次事件的恶劣性和不良影响，决定取消新兵十连作风纪律红旗……"

钟国龙听着处分意见，肠子都悔青了。后面张国正又说了什么，他一概没听见，脑子里嗡嗡乱响。

"龙云，对于这次事件的处罚决定，你还有什么意见？"张国正看着这个视集体荣誉为生命的老部下，有些于心不忍。

龙云脸色铁青，忽然大声说道："报告首长！我认为，此次事件中，营党委对钟国龙同志的处分过轻，我申请给予钟国龙再加上禁闭处分！请营首长认真考虑！"

一句话说完，所有人都一愣，心想这十连长是怎么了？自己的兵处分轻了，应该庆幸啊，哪有主动给自己的兵申请加码的？

钟国龙就更不明白了！班长这是怎么了，对我恨之入骨了？怎么还主动要求给我加处分呢……禁闭处分到底是个什么东西呢？钟国龙印象中，关禁闭无非是在一个房间里面待上几天而已，想了想，班长为了我受了这么大委屈，关我几天解解恨也行啊。

张国正倒是没感觉意外，也许只有他才能理解老部下的良苦用心吧。转身和教导员以及其他营干部商议一下，最后宣布："批准龙云同志的请求，将钟国龙禁闭5天！"时间不长，接到通信员电话的两个纠察兵跑步上台，将钟国龙双臂一压，就往台下拽。钟国龙一下子急了，这是干什么？怎么还跟抓逃犯似的？

"你们干什么？放开我！"钟国龙像野兽一样剧烈地挣扎着，两个纠察兵死死按住他。

"钟国龙！没关过禁闭是不是？"张国正在旁边大吼，"你以为关禁闭会拿八抬大轿抬你吗？不习惯你以后就争取别再被关！"

副团长这么一喊，钟国龙也就不抵抗了，看了一眼龙云，龙云面无表情，又看了看身后的兄弟，3个人倒是急得要命，最后，钟国龙在两个纠察兵的押送下，往禁闭室走去。

台下所有的新兵都震撼了，同时也在钟国龙的身上看到了犯错误的严重后果。一个个在心中发誓，自己可别犯错误啊，这军法不是闹着玩儿的！

军人大会散会。会后，张国正又把龙云叫过去，两个人在办公室里面谈了很久。

钟国龙这边已经不再反抗了，两个纠察兵也放松了许多，一路上钟国龙的心情也没有平静，班长为什么要这么做呢？本来已经宣布记大过处分了，怎么还要申请关我的禁闭？关禁闭是什么意思呢？班长已经对我失望了吗？唉，关就关吧！自己捅了这么大娄子，班长和整个十连都跟着我一起丢人，关几天也认了！钟国龙啊钟国龙，你还真是对不起班长啊！

想到这里，钟国龙反倒稍微轻松了一些，转过来问两个纠察兵："班长，关禁闭到底是什么样的？"

"嘿嘿，你是那个打了连长的新兵吧？"一个纠察兵笑着问，"你小子挺能耐啊！我当兵快5年了，从来听说老兵打新兵，还有个别新兵下老兵连后打老兵的，但是我还真头一次听说新兵打新兵连长的！兄弟，禁闭室条件'好'着呢，你就慢慢享受去吧！"

钟国龙不再问了，他哪里知道，龙云就是想让他好好吃吃苦，也好好整治一下这匹时不时尥蹶子的"野马"！

第四十五章　语重心长

钟国龙被纠察兵带到了禁闭室，它位于侦察连后面的地下室里，地下室里面有一排小房间，纠察兵将钟国龙带到其中一个小房间里，里面黑乎乎的，整个禁闭室就只有4平方米，左上方有一个长宽不足30厘米的小窗户透着一点儿亮光。里面又湿又潮，还不断散发出一股发霉的味道。

纠察兵指着墙角一个铁架子床说道：“那就是你睡觉的位置。”

随后又指着另一边墙角的一个木桶，说道：“那就是你大小便的地方，每天早上有人来清理。一天三顿饭，你们连队的同志应该会给你送过来。”

说完，两名纠察兵转身向门外走去，其中一名回过头来诚恳地说道：“兄弟，你要为你所做的事情付出代价，在这里有5天时间，你要是能睡着就尽量睡，要是睡不着，就多想点儿事情吧。”

说完，两人走出门外，“哐当”一声将铁门关上，没有电灯的禁闭室里变得更加阴暗。

钟国龙被关在这样的环境里简直欲哭无泪。这是人待的地方吗？又黑又矮又臭又小。站起来，直不起身子，躺着也是如此，铁架子床只能勉强地铺开身子，两只脚还得顶着墙，想翻翻身也不行，太窄了，一翻身估计就得到地上，这一切大大出乎钟国龙的预料，他在老家时住过看守所，心想这部队禁闭室总比看守所强一点儿吧，谁想到是这么个玩意儿。

刚才还对龙云满怀愧疚的钟国龙，此时有些恨龙云了。班长啊班长，都是因为你我才来这里的！你就那么恨我？这地方不是人待的地方啊，你还不如打我一顿呢！

“有人吗？”钟国龙冲着铁门喊。

周围静悄悄的，没人回应，看来这几间房子里面就他一个了。钟国龙在房间里低着头转了几圈，又坐下，不一会儿又站起来，做点儿什么呢？确实没什么可做的。睡觉是睡不着了，钟国龙趴到地上做了几十个俯卧撑，气喘吁吁地又转了几圈，一种特殊的孤独感顿时袭上心头。

钟国龙终于骂开了：“他×的！什么禁闭室？比看守所还差100倍呢！部队还真会整人啊！这和鸡笼子有什么区别？有人吗？来人啊！憋死我了！”

钟国龙在禁闭室又骂又闹将近一个小时，连一个人也没盼来，这个时候天色已经暗下来，禁闭室更加阴暗了，钟国龙不闹了，蜷着腿躺在铁架子床上。

想想今天一天发生的事情，钟国龙又从头过了一遍，喝酒，确实是不对！这是违反纪律的。打架的事情，钟国龙想起九连长那些尖酸刻薄的话来，仔细琢磨，很矛盾，打架是不对，但九连长又确实该打！早看他不顺眼了。流动红旗的事情也够难受的！好端端的，这是第二次因为自己的过错失去了。钟国龙又想到班长龙云，想起龙云面对上千人鞠躬的那一幕，对龙云又愧疚起来，再看看这个阴暗逼仄的禁闭室，又气愤不已……

天色逐渐晚了，钟国龙胡思乱想了好多，想到老家的几个兄弟，此时一定不知道自己在这里受苦，又想到爸爸妈妈，他们要是知道我被关在这“鸡笼子”里，会怎么想呢？妈妈会心疼得掉眼泪吧，爸爸呢？一定又得大骂我了！这兵当的，什么长脸的事情没干，处分挨了一大堆。

地下室里忽然有了脚步声，钟国龙顿时激动了。

“钟国龙，钟国龙！”

“大力？”钟国龙激动地喊，终于见到活人了，“大力，大力呀！我在这儿呢！”纠察兵过来打开了铁门，李大力端着饭盒走了进来。此时钟国龙见到任何人都像是过年了，更不要说是自己班的兄弟了。

“大力啊，你可来了！”

李大力用手电筒照了照四周，同情地说道：“真是苦了你了。我给你送饭来了，快吃吧。”

钟国龙高兴地说道：“先不着急吃！反正熄灯还早呢，快跟我聊聊，我他×的快憋死了！”钟国龙兴奋异常。

李大力苦笑着说道：“不行啊龙哥，班长就给我10分钟时间，说10分钟我要是不回去，就得做200个俯卧撑，你就饶了我吧。快吃吧！”

钟国龙傻眼了，愤怒地站起来，问道：“班长这是想干什么？存心整我是吗？”“快吃吧，快吃吧！有意见等你见到班长再提。”李大力催促他。

钟国龙没办法，边吃边问：“外面情况怎么样，立华他们干什么呢？也不说来看看我。”

李大力笑道：“看你？一是班长不允许，再说了，就是班长允许，估计他们3个也来不了了！班长感觉你们今天下午居然把九连长给打了，大家体能一定很富裕，于是就让他们3个做了500多个俯卧撑，什么扛人下蹲，仰卧起坐，一顿猛整，现在这哥儿仨瘫在床上，死的心都有！”

钟国龙知道没什么指望了，也不再说话，埋头吃饱了饭，一头躺到铁架子床上。李大力收了饭盒，一看时间不多了，撒腿就跑。

悲惨啊！钟国龙躺在床上，一种难以忍受的孤独感涌上心头，感觉自己就像与世隔绝了一般，没有光亮，没有声音，大冬天的，连个蚊子苍蝇也没有！连外面的风声和各连队吹哨点名声他都会激动一阵子，因为有声儿了啊！到了半夜，风停了，钟国龙想遍了所有能想起来的事情，终于睡着了，梦见自己变成了大闹天宫的孙悟空，被压在五行山下，一压就是500年，寂寞啊！

确实是累了，钟国龙这一觉一直睡到第二天中午，伞立平来送饭，告诉他班长也很烦，今天早上没跑5公里，全班跑了足足8公里……

钟国龙这一觉确实很舒服，可新的问题又来了，睡足了觉，接下来他可就再也睡不着了。数羊吧，数到2800多只，越数越精神，最后数得满脑子都是羊，山羊、绵羊、羚羊、小尾寒羊……天亮钟国龙还好受一些，因为禁闭室里还有亮光，还能听到外面战士们训练的声音，还能在三顿饭的时候和班里送饭的兄弟聊上短短的一会儿天。钟国龙站起来，转着圈又骂了半个小时，然后就开始做俯卧撑、仰卧起坐，做着做着累坏了，躺下真就困了，睡到半夜又醒了，此后再也睡不着了。

第三天的时候，钟国龙的情绪终于稳定下来，开始认真地思考一些事情了。也许，我真的做错了？想想自己从小就拥有超强的逆反心，长大以后，从来没让父母省心过，除了打架就是喝酒，后来又开始想着做什么县城的老大，一直到认识龙云，来到部队，训练跟不上，自己通过努力，算是赶上来了，部队艰苦，我钟国龙也习惯了。还有什么方面呢？

思想，对，是思想！我的思想还是有问题。受了好多的教育，但这个坏脾气就是改不了。从来不以大局为重，也从来不考虑后果，老想着随心所欲地做事情，最后不但自己犯傻，还连累到集体，连累到班长龙云。我也该成熟一些了。钟国龙想到这里，心里顿时亮堂许多，他开始感觉到，自己的这个性格，虽然有很多优点，但是缺点同样存在。想想自己因为余忠桥的一句话大打出手，想想在山洞口上不顾一切地冲进去导致副班长受伤，再想想那天下午因为九连长的言辞而又打架。钟国龙逐渐感觉到，自己的主要毛病是，对事情的后果欠考虑，这不是一个成熟的人该犯的错误，每当自己冲动时，就会把平时已经意识到的集体荣誉和为他人着想完全抛至脑后，最终往往是当时痛快，后患无穷！班长申请把我关到这里，大概也是让我多想想这些问题吧？

钟国龙想通这些，心情好了许多，还有两天就出去了，我得好好地想明白！接下来的两天里面，钟国龙不再闹也不再骂了，也不再烦恼，脑子里反复想着自己以前的错误，想着龙云平时对他的教导，一想就是大半天。这匹野马，还真在这4平方米的“鸡笼子”里面安静了下来。

第五天上午，铁门打开，钟国龙看见了架着拐杖的赵黑虎。

“副班长！”钟国龙惊喜地站了起来，对于赵黑虎，钟国龙心中一直怀有愧疚，正是自己的鲁莽致使副班长受的重伤啊！看到赵黑虎站在面前，钟国龙有一种特殊的亲切感。

“怎么样，钟国龙？现在是不是特别想有个人跟你聊聊？”赵黑虎笑嘻嘻地问。

“想啊，想死了！现在我想跟任何人聊，从心里面想！”钟国龙扶着他坐到铁架子床上。“看来我是来对了，今天我就是专门来跟你聊天的。”赵黑虎笑道，“这几天自己也想了不少事情吧？”

“副班长，我敢保证，我长这么大也没像这几天这样沉着地想事情！”钟国龙认真地说道，“想了很多，想了自己的优点，也想了自己的缺点，想了来部队这几次犯的错误，什么都想了。”

“那就好，那咱们就聊聊吧。也许，我能帮你点儿忙。”赵黑虎拿出烟来递给了钟国龙一根。

“副班长，这里能抽吗？”钟国龙很惊喜，却又有些担心，自己可是在关禁闭啊！

“哈哈，你还能问问能不能抽，看来进步太大了！”赵黑虎大笑。

他这么一笑，钟国龙还真奇怪了，我怎么问这个了？要是以前，我早点着了，确实是进步了，学会考虑后果了。

钟国龙在禁闭室里面憋了4天，终于盼来了赵黑虎，心情别提多好了，唯独龙云没有出现，让他多少有些遗憾。

赵黑虎早就看出了他的心思，笑道："钟国龙，现在想什么呢？是不是在想班长呢？"

"副班长，你说班长为什么主动申请把我关禁闭呢？他是不是已经对我失望透了？"钟国龙迫不及待地问出了他最关心的问题。

赵黑虎笑了笑，没有正面回答，说道："我给你讲个故事吧。几年前，咱们这个团里，来了一个历史上最牛的新兵，这个家伙的脾气和你差不多，甚至比你还不是东西，哈哈……他来了以后，他所在的班、排就没消停过，第一天训练，他就不去，在被窝里面装病，炊事班给他做病号饭，他说做少了，和人家吵了起来，把碗都摔了，班长过来劝他，结果他上来就打班长。几个老兵也没客气，立马把他放倒捆到了连部，当时的连长问他，你有什么感受啊？他说，我就想早点儿回班里。连长说，这么说你认识到自己错了？他说没有，刚才那帮王八蛋一起围攻我一个，我得回去和他们挨个儿单挑！"

赵黑虎说到这里，可把钟国龙给笑坏了，"还有这么有个性的呢！后来呢？"

"是啊！后来这个新兵就成了连队的头号老大难，训练有一搭没一搭的，每次连队评比，都是他拉后腿，平时不是吸烟就是偷偷跑出去喝酒，时不时地跟战友打架。最后，领导终于忍受不了了，就决定把他遣送回老家，退兵！报告打完还没上传的时候，部队干部调整，来了一个新连长。老连长和新连长交接完工作后，第一件事就是把他的退兵报告转给新连长，语重心长地说：'你来这个连队，别的没什么问题，千万得把这个新兵弄走，要不你累吐了血你们连成绩也上不去！这哪是新兵啊，就是个活土匪！'谁知老连长走后，新连长竟然把退兵报告给撕了。

"新连长把那个新兵找来，问为什么不训练，新兵说没意思！整天除了跑就是跳，我是来打仗的，不是来锻炼身体的！新连长想了想，说那我给你找个有意思的事情吧，你每天上午训练的时候都来我这里，我陪你练格斗。新兵一下子高兴了，每天都来找连长，每次都被连长打得鼻青脸肿。一连打了10多天，新兵就不来了，每天疯子似地训练，简直成了训练标兵。后来，就发生了一场战斗……"

"战斗，结果怎么样？"钟国龙急切地想知道这个新兵以后的情况。

赵黑虎有些沉痛地说："就是这场战斗，他打过的班长，为了掩护鲁莽的他，替他挡了一颗致命的子弹，牺牲了……回来以后，连长就申请把他关到了这个禁闭室里面。这个新兵在禁闭室里不吃不喝想了三天三夜，最后连长来了，问他想明白了吗，新兵说，想明白了！连长没说话，指着饭盆子说，吃饭！”

“后来呢？”

“后来，这个牛新兵就没有了，连队里多了一个全能兵王。每项训练都是团里面绝对的第一。当然后面还有很多事情，我一时半会儿可能讲不完。”赵黑虎强忍住笑。

钟国龙没察觉赵黑虎脸上的表情，着急地问：“副班长，这个新兵还在咱们部队吗？复员没有？”

“没有，在呢。”赵黑虎笑道，“现在是咱们新兵十连的连长了。”

“什么？”钟国龙惊讶地站了起来，看着笑眯眯的赵黑虎，他无论如何也不能把那样一个新兵与龙云联系起来，怎么可能呢？现在的龙云，哪个方面都是榜样，看不出任何混混儿兵的痕迹啊！

“错不了！不过你得保密，这件事情整个侦察连除了连长可就我一个人知道，你可得保密，要不班长可要收拾我了。”钟国龙还没缓过神来，呆呆地站了一会儿，又问：“那……那个新来的连长是谁呢？”

赵黑虎笑道：“不就是现在的副团长嘛！笨，你没发现连长现在见了副团长都有点儿害怕？全团除了副团长他怕谁呀？”

钟国龙一下子全明白了！他明白了为什么副团长要龙云亲自带他们这些混混儿兵了，因为副团长从龙云的经历上得到了启发，他也明白为什么龙云会申请把他关到这个禁闭室里了，班长是想让他想明白啊！一下子，钟国龙激动起来，真恨不得狠狠给自己几个耳光！

赵黑虎又说道：“所以，钟国龙，你不要老感觉班长不喜欢你了，或者是想整你，想放弃你。我告诉你吧，别的不说，你一开始拿菜刀追砍战友，战场上违抗军纪，还有这次酒后殴打上级干部，这三样，无论哪样都足可以让部队把你送回老家去了！正是因为班长的不放弃，才一次又一次帮你求情，替你向营部做保证，你才能待到今天。现在你明白了吧？”

钟国龙点点头，默默地坐回铁架子床上，许久，忽然抬起头问：“副班长，你说，我还能像班长那样，成为一个好兵吗？”

赵黑虎说道：“这个，谁说了也不算，关键得靠你自己了。人这一生，其实会面临很多选择。重要的不是你选择了什么，而是你做出选择以后，这条路怎么走下去。

你选择了当兵，不代表你一定是个好兵，班长是个浪子回头的好例子这没错，但你想过没有，咱们部队这些年来，不都是班长这样的，还有好多好多基础资质比班长好上几倍的，最后被遣送回家，或者干脆犯了罪直接进了监狱。这就是怎么走这条路的问题！我感觉，班长的历史，应该是你的榜样！”钟国龙百感交集，郑重地点了点头。

“你们两个说我什么坏话呢？”一声大喝，龙云端着饭盆站到了禁闭室门口。

钟国龙惊喜地站了起来，喊了声班长，感觉天都亮了起来。

“没有，我们正讨论你，说你对钟国龙很好，让他不要在意这次你要求副团长关他禁闭的事。”赵黑虎笑道。

龙云笑道：“狗屁！钟国龙现在指不定多恨我呢！这地方环境这么差，他还能感谢我？”钟国龙不好意思地低下头。“好了虎子，你先回去吃饭吧，不然就没你的份儿了，不要说我不照顾病号。班里下午的军事理论学习就你来组织吧，我跟钟国龙聊聊。”龙云扶着赵黑虎起来，赵黑虎的腿伤已经好了许多，自己拄着拐杖走了。

“班长，您坐。”钟国龙慌忙给龙云收拾地方，龙云坐到铁架子床一侧，钟国龙坐到了他旁边。

“怎么样，钟国龙？这几天想了不少吧？”龙云问。

钟国龙点点头。

“那就好！你先吃饭，吃完我听你汇报。”龙云把饭盒打开，指着里面一个鸡腿笑道：“声明一点，这鸡腿是我个人给你买的，跟炊事班可没关系。”

钟国龙心里涌上一股暖流，端起饭盒大口吃起来，这几天他憋得郁闷，吃东西也不香，这回跟副班长聊了一会儿，班长又亲自过来给他送饭，钟国龙的心理负担一下子小了许多，连肚子都饿了，一阵狼吞虎咽。

放下饭盒，龙云笑道：“好了，吃饱，开始说说吧！告诉我你小子这几天都想什么了。”

钟国龙想了想，说道：“班长，这几天我想了很多。一开始我想，你向副团长申请把我关禁闭，是对我失望了，放弃了，心里一直想不通。后来我想到，我来部队这些日子，犯了这么多的错误，实在是不应该，我自己犯错不要紧，关键是还影响了十连的荣誉，还连累你和班里的兄弟跟着我挨处分，真是不应该。”龙云看着钟国龙的脸，说道：“憋了你小子4天，总算是想明白一些了。我这次来，也是想谈谈我的想法，前面你犯的那些错误，我没少骂你，今天就不说了，我就说说你这次犯的错误。说实话，九连长确实该揍！”

“啊？”钟国龙简直不敢相信自己的耳朵，班长怎么会这么想呢？

龙云继续说道："没错，确实该揍，因为他侮辱了十连！但是你要想到，该揍和真的揍，是两个不同的概念。你小子犯的一系列错误的根源，就在这里。你缺乏一个大局观念。钟国龙啊，你要明白，这个世界上，该做的事情太多了，不能做的事情也太多了，不能依着性子来。很多大道理，其实你都明白，但一到了关键时刻，你的个性往往会压制住你的理智。你明明知道这件事情不能做却偏偏去做了，结果得不偿失。我相信你在喝酒之前，一定知道部队是不允许新兵喝酒的，连老兵都不行。但你一想起喝酒来，就把这件事情给忘了。我也相信，你小子在跟九连长动手之前，也一定明白不能打架，更不要说打上级干部这个道理，可脾气一上来，你又控制不住了，包括你在战场抗命，对不对？"

龙云一席话正好说到钟国龙的痛处，钟国龙感叹班长对于自己的了解程度，点了点头。

"钟国龙，今天我不想跟你讲什么大道理了，只想跟你谈谈关于怎么样把控自己。人这一生，会经受许多的诱惑，这些诱惑，有金钱美女的，也有权力地位的。除了这些利益上的诱惑，还有一种无形的诱惑，就是行为诱惑。赢了九连，高兴！啤酒摆在那里，就是一种诱惑。九连长站在那里，肆意地贬低咱们十连，给谁遇见都想揍他，这也是一种诱惑。这就是行为诱惑。你打了他，你就犯了错误。为什么不换个思维呢？他为什么讽刺十连？还不是因为他不如十连吗？那就应该通过自己的努力，让他永远赶不上咱们十连！

"你还年轻，性格方面有很多不成熟的地方。这个年龄，正是性格反复时期。突出的表现就是，一件事情摆在面前，你明明知道按道理该怎么做，可就是无法控制自己。结果往往会犯错。"

钟国龙听龙云的分析，句句说到了自己的心坎上，不禁对班长更加佩服了！龙云看出钟国龙的心理活动，顿了顿，动情地说道："钟国龙，你今年18岁了，这个年龄，说大不大，说小不小了，正是形成正确人生观的关键时期。你记住，人这辈子，年轻没有几年。就拿我来说吧，我比你要大上将近10岁，可是我现在就十分怀念像你这个年龄的日子，因为我再也无法回到年轻的时候了。但人这一生，往往要在后来为自己年轻时候的事情埋单、负责。想想你当兵离开家时，你爸爸妈妈送你的情景吧，再想想你们兄弟几个在县武装部门口抱头痛哭的场面吧，你钟国龙坐了几天几夜的火车，到底为了什么？你钟国龙在若干年后回去的时候，究竟要带给他们什么？是军功章还是记过处分？

"我龙云没有放弃你钟国龙，所有人都没有放弃你钟国龙，但是这些不是主要的，主要的是你自己有没有放弃自己！三国时候，蜀后主刘禅被魏国俘虏，当魏国人问他在这里过得好不好的时候，他笑着说‘此间乐，不思蜀。’说明什么？说明他自己放弃了，结果他再也没有了雄心壮志，终日乐不思蜀，成了一个亡国之君！一个人在部队的日子本来就不多，恐怕没有几个人能一辈子都留在部队吧。不单单是你将来会离开部队，我龙云也不例外。可是，我们需要给自己留下点儿什么，也需要给我们的回忆留下点儿什么。要让自己知道，自己在部队的日子没有白过。这件事情说起来容易，做起来又是多么难啊。

“钟国龙你要记住，军营的豪情万丈，战士的热血沸腾，是要靠自己的努力才能感受到的。当你真正放下所有压力和包袱，真正成为一个铁血战士的时候，你才能实实在在地享受身在部队的一切幸福！你才能对得起自己的青春，对得起自己在部队度过的每一分每一秒！”

钟国龙默默地听龙云说着，忍不住流下泪来。这是他来部队后的第二次流眼泪，第一次是想家，这一次是感动的泪。班长的话，像一股甘泉流入他的心扉，使他彻底明白了一些道理。

龙云一直和钟国龙聊到天快黑了才离去。在禁闭室的最后一天晚上，钟国龙放下了所有的思想包袱，终于美美地睡了一觉。

第四十六章 国之利刃

投弹训练结束后，新兵十连所有的训练科目完毕。

晚上的班会，气氛比较轻松，龙云在本子上迅速统计着这段时间的训练数据，脸上流露出一丝别人难以察觉的微笑。

钟国龙刚跑完步回来，到水房洗了洗，看大家已经整齐地坐好了，急忙跑过来坐好。

“龙哥，今天又整了多少？”李大力笑眯眯地问。

钟国龙很自然地说道：“5公里多一些。”

“佩服，佩服！”

这时候，龙云抬起头，环视一眼，将本子合上，说道：“现在开始开会。同志们，新兵十连原定两个月完成的训练项目，由于中间有执行任务，经过两个多月，到今天终于全部完成了。这算是我们在座各位在部队第一个阶段的结束。两个多月以来，咱们十连经过大家一起艰苦努力，各项训练指标的完成都在其他新兵连队的前面，也远远甩开了其他连队，这和大家的拼搏是分不开的，怎么样？呱唧呱唧？”新兵们群情振奋，有节奏地鼓掌，一个个得意得很，龙云话锋一转，说道：

“但是，这并不说明咱们连已经个个都是精兵强将了，因为咱们只是和别的连队的新兵们比较而已。接下来这段日子，为了等其他新兵连的进度，同时也是要更进一步提高大家的训练成绩，营党委决定，暂时将新兵十连编入侦察连三排编制，进行新老兵合练，改编后的新兵十连，暂为三排十班，还是由我来负责十班的全部训练生活。接下来咱们就讨论一下这新老兵合练的问题，大家有什么疑问和建议，现在都自由发言！”

一听说要和老兵一起训练了，这群新兵都满是好奇和激动，早就听说侦察连是威猛雄狮团王牌中的王牌，上次战斗两个连队也一起执行过任务，这次能和侦察连一起训练，一时间让新兵们很是得意。

“班长，这是不是意味着，咱们新兵十连全体编入侦察连了？”刘强高兴地问。

龙云笑道：“只是暂时！三排是我的排，经过老兵复员，现在就剩下20多人了，但这可不能代表大家都分到三排了，要想进我的三排，可不是那么容易的！再说，这也不是我能决定的。”

“班长，反正我们跟您都跟惯了，你就跟上级说说，让我们干脆编进去得了呗！”李大力这话代表了绝大部分新兵的想法，一说出来，立刻得到大家的支持。

龙云说道：“停！让你们讨论新老兵合练，怎么跑题了？”

钟国龙坐在那里，忽然问道：“班长，咱们跟老兵们都合练什么呢？”

龙云转怒为喜，说道：“这才是正经问题。主要合练的内容有格斗、体能、射击。另外咱们自己的基础训练也不能停，换句话说，咱们的训练比其他新兵们要多得多，甚至比侦察连的老兵还要多！”场面一下子寂静了，龙云一席话把他们全吓着了。

钟国龙又问道：“那……班长，咱们目前的训练水平，比老兵们差多少？”龙云严肃地说道：“差得远了，几乎没有可比性！”

“不会吧，班长？”陈立华瞪大了眼睛，“能差那么多？上次我和侦察连的狙击手讨论过，他还夸我说我的射击水平比他都不差呢！”

“你得了吧！”龙云笑道，“人家那是谦虚，你还当真啦？”

陈立华很受打击，低头不说话了。龙云说道：“同志们，我刚才说我们的训练水平比侦察连差很多，绝对不是危言耸听，也不是长他人志气，灭自己威风，三排是我的兵，你们也是我的兵，我没必要！我现在光说也没用，明天早上开始，十班就要第一次和老兵一起跑全副武装5公里了，以前我们都是徒手，这次身上要背几十公斤的装备，到时候大家再看看差距到底有多少吧！”

讨论继续进行，龙云又详细讲解了如果听到侦察连值班员吹全装紧急集合的哨音需要领什么。最后，龙云站起身，鼓动地说道：“同志们，大家也不要怕，有差距没关系，有差距才能证明我们需要加强的地方还有很多，都是普通的人，咱们刚刚训练几个月，能取得这样的成绩已经不错了，只是我们不能满足于现状！我也相信，只要大家努力，早晚有一天，咱们会成为最强的战士！”

新兵们听着龙云的话，也在心中默默加油，这群原来的混混儿兵，经过龙云的言传身教，龙云骨子里那种不服输的性格，早已经注入了他们的内心深处。此时人人憋了一口气，心想明天一定要拼命，让他们看看咱们这些新兵也不是好惹的！

一个晚上，这些新兵们都没有睡好，脑子里都在想象着明天和老兵合练的事情。钟国龙的脑子里更是反复记忆着班长交代的紧急集合时需要携带的物品：头盔，自动步枪，弹袋，4个教练手榴弹，还有防毒面具、水壶、挎包……

40多斤！来吧！我倒要看看，我钟国龙到底比那些老兵差多少！钟国龙暗自下定决心，脑海里浮现出他把老兵们远远抛在后面的情景，直到后半夜才沉沉地睡去。

边疆的上午9点，天才刚刚亮，新兵们想了半夜的心事，现在睡得正香，龙云已经悄悄起床，跑到三排去了。一推门，没有插门，三排九班长正在穿鞋，看见龙云进来，一阵惊喜。

“排长，你怎么来了？”

龙云笑道：“就知道你小子已经起来了，我过来看看，今天不是一起5公里越野吗？”九班长笑道：“排长，你那些新兵可是全团出了名，真不比老兵差啊！”龙云微笑一下，说道：“这些家伙可夸不得！稍微一惯着毛病就上来了。”

“嘿嘿，我听说那个钟国龙还把一个新兵连长给揍了，可真有你的风范啊！”九班长打趣。

龙云一瞪眼睛，说道：“扯淡！我有那风范吗？”

九班长连忙解释：“哈哈，我是说那火暴脾气像你。”“这小子，属驴的！”龙云说完自己先笑了。

这时候，九班其他战士也都醒了，一见龙云在，都围过来七嘴八舌说开了。

聊了一会儿，龙云说道：“兄弟们，今天我过来是想嘱咐你们几句，我带的这帮小子，一个比一个自满，一会儿越野的时候，你们可得拼了命地跑，能甩开他们多远就甩多远，让他们知道知道这天外有天！”

龙云这么一说，九班长先笑了，说道：“多亏你过来说呢，我昨天和七班八班商量着，怕我们跑太快，你上火，还说悠着点儿呢。”

“可千万不要！”龙云急道，“听我的，你们就玩命地跑！”

“嘀——嘀——”

正在这时候，门外紧急集合的哨声剧烈地响起来，龙云一下子跳起来往外跑，边跑边喊："九班长，你再跟老七老八说一声，一定得全力以赴！"

随着哨声响起，整个侦察连迅速地忙碌起来，训练有素的侦察连战士们快速从容地整理背包，领取武器物品。短短几分钟时间，全连已经集合完毕。新兵十连也不含糊，由于龙云平时的严格要求和反复演练，新兵十连并没有比老兵们晚多少，整齐地站在三排的队列里面，一个个精神抖擞，龙云对他们这次集合的速度十分满意。

连长许风也是全副武装，站在全连队伍面前，开始宣布越野路线："侦察连，立正！同志们，现在宣布此次全装奔袭任务，在我营区前方两点方位，发现有一股逃窜之敌，正聚集在距离我军营大约5公里处，上级要求我们第一时间，全装奔袭到目标地：一棵大杨树下，完成预先伏击任务。此次任务十分紧急，地形极其复杂，要求全体参战人员务必出击迅速，全装进行，是否清楚？"

"清楚！"

"稍息——立正！出发！"

许风一声令下，侦察连战士们像一只下山的猛虎，向着营区两点方位猛扑过去。

营区两点方位，举目望去，先是一片长约500米的开阔地，再往前行进，就进入沙丘地带了。一个个大大小小的沙丘横在那里，沙丘的质地不是很硬，偶尔生长着一丛荆棘，在沙丘的低洼地带，生长着几棵粗壮的杨树，战士们必须越过这些沙丘，按照杨树上提前做好的标记，一直前进5公里，才能来到连长指定的那棵巨大的杨树下。这一路下来，既要考验战士的负重能力，也要考验战士的沙地行进能力，十分考验体能。

新兵十连一个个精神抖擞，一开始就跑在了最前面，龙云则有意没带着他们前进。

翻过第一个大沙丘的时候，距离军营还有1公里的距离，新兵们已经掉到了整个队伍的后半部分，一个个大口地喘着粗气，这条路线他们并不陌生，以前也经常练习徒手跑，可这次身上背着几十公斤重的装备，再跑起来可就没那么容易了。每跑一步，都会有大半只脚陷进沙地中，下坡还好说，这上坡就十分吃力了。

再看侦察连的老兵们，身上的装备对他们而言轻若无物一般，一个个身轻如燕跑过沙地，体能十分充沛。越过沙丘之后，他们仿佛更加了一股力气，越跑越快。

跑到两公里的时候，十连这10个新兵已经全落在了后面，伞立平和钱雷两个人跑在最后，靠着余忠桥和胡晓静拽着往沙丘上爬，钟国龙也累坏了，大口喘着气，坚持跑在前面。

3公里的时候，再抬眼看，已经不见老兵的人影了。

“这群家伙还是人吗？”李大力连滚带爬跑下沙丘，望着远方，除了一溜儿杂乱的脚印，老兵们连个人影也没瞧见，龙云也不见了踪影，“班长怎么也跑远了……”

“快跑快跑，要不咱可真就丢人了！”钟国龙大喊着。

“得了吧！咱已经丢人了，根本追不上啊！”伞立平跑得脸色已是通红发紫，“要不慢慢走吧，还有两公里多呢，想赶上人家，还不得累死啊！”钟国龙咬着牙，大声喊道：“慢什么慢？尽量赶上吧，老四、老六跟上！”兄弟3个精神一振，拼了命地往前跑。

“我真服了钟国龙了！两个月，这小子成体能最好的了！”伞立平看着钟国龙的背影感叹。

等这10个新兵跑到目的地的时候，老兵们早到了，一个个坐在地上，打趣地看着这群累得半死的新兵。

“嘿，还可以啊！没有掉队的！”

“哈哈，枪也都在哈。不错不错！”

钟国龙喘着粗气，和余忠桥、胡晓静、刘强同时冲到终点，狠拍了一下树干，当时就趴地上了，后面的新兵也陆续到达，一个个累得全倒下了。

连长许风一脸赞叹之色，冲旁边的龙云挤挤眼睛，龙云笑着摆摆手，示意连长别露声色。

休息了好一阵子，新兵们这才缓过劲来，龙云跑到他们中间，大吼一声：“十班，集合！”

10个人迅速站了起来，集合完毕，龙云看了每个人一眼，问道：“都看到差距了吗？”

“看到了！”

“服气不服气？”

“不服！”

“好！”龙云笑了，大吼道，“不服怎么办？”

“练！练！练！”

“好，这才是我龙云的兵！十班全体都有——稍息！立正！向后——转！十班，目标，军营操场，跑步走！”

10个刚刚缓过劲来的新兵，一个个眼睛快要喷出火来，咬着牙往回接着跑5公里，老兵们惊得目瞪口呆，心想这些新兵还真是不怕死，累成这样又开始跑了。许风看着新兵十连的背影，自言自语：“龙云这家伙，快成功了。”

“侦察连全体集合！稍息——立正！向新兵学习，目标：营区操场，跑步走！”

一大早10公里全装越野下来，十连的新兵已经是筋疲力尽了，龙云却丝毫没有放松，其他训练科目照常进行。在龙云这里，训练的时候，是不容许任何温情之举的，他决不会在训练时怜惜自己的任何一个兵，不但如此，龙云自己也像铁人一样，不错过每一个训练科目。

再严酷的训练，能累死几个人？而由于平时没有足够的训练，战场上会死多少人？这就是龙云的逻辑！受不了我的训练，随时可以滚蛋，但战场上你们哪怕擦破一点儿皮，我龙云也会心疼。这就是龙云的情感！新兵们已经适应龙云的魔鬼训练了，不管多累，只有坚持！坚持再坚持！出汗了，擦一下，再出再擦！流血了，包一下，忍一下，继续训练！心中只有一个信念——训练场就是战场！

上午进行的是格斗训练，首先还是基本功，练拳法、腿法和闪躲。下午巩固新兵连训练的技能科目，就是一些战术基础。

一天的训练下来，全班新兵累得死去活来，倒在床上，就再也动弹不了了。

龙云站在宿舍中间，还是生龙活虎的样子，瞪着眼睛喊：“都起来都起来！玩玩扑克什么的！”

喊了半天，没一个搭理他的，龙云有些扫兴，说道：“这才第一天，就这德行了？”

“班长，我们十分理解你现在的心情，也十分想跟你在扑克方面切磋一下，可是，我起不来啊，这身体现在基本上不是我的了！”李大力在床上哀叹。

伞立平也揉着腰，半睁开眼睛说道：“班长，我真佩服你呀，还有心思玩扑克。我们现在死的心都有了。”

龙云笑道：“这点儿训练算什么？比这艰苦十倍的我都见多了！坚持吧！一开始的时候我也不行，挺挺就过来了！”

几个人正说着话，躺在床上死狗一般的钟国龙忽然站了起来，从床底下拿出沙袋就往腿上绑。

“老大，你干什么？”刘强吓了一跳。

“跑步！”钟国龙绑好沙袋，站起来就跑。

“疯了！”李大力撑起半个身子，感叹一句，又重重地躺下了。

“老大呀，是何方妖怪把你迷成这个样子？都这样了你还出去晃啊！”陈立华望着钟国龙的背影，夸张地喊。

钟国龙咬牙跑到操场上，他也很累啊！原本体能就很差的他，虽然经过两个月的加练，体能上升很快，但他还是没有达到最好的水平，这几次能取得好成绩，有一半的原因是他靠意志坚持的结果。今天一天的训练，对于钟国龙来讲不单单是劳累，更多带给他的是心灵的震撼。自己每天拼命地训练，自以为提高很多，但跟这些侦察连老兵比起来，差距居然还是这么大。真是人外有人，天外有天啊。钟国龙拖着疲惫的身躯，在操场上一步一步地跑着，积雪勾勒出的跑道，此时在路灯的照射下显得那么漫长，仿佛没有终点。钟国龙默默地想，我的终点在哪里呢？我还站在起跑线上啊！龙云、赵黑虎、许风，侦察连所有的老兵，更不要说那次任务中见到的三猛大队队员了。这些人，在钟国龙的眼里，还都是高高在上的人物。而他是不甘于落在别人后面的。正是这样，他才会感觉到自己的人生之路很长很长，还有那么多目标在等待自己去完成。

不知道跑了几圈，钟国龙几乎是拖着两条腿在跑道上跑了

“钟国龙，休息一下！”

操场口上，龙云站在那里。

“班长！”钟国龙眼前一亮，停下跑步，走了过来。

龙云就势坐到操场旁边的水泥台子上，钟国龙走过来坐到旁边，一直喘着气。

“钟国龙，你知道吗，有的时候，你小子挺让我欣赏的。”龙云笑嘻嘻地看着钟国龙，“比如说现在。”

“班长，我可不是只为了让你欣赏才这么拼命的。”钟国龙笑道。

“我知道，要是那样，你也就不是钟国龙了！”龙云笑道，“看来你已经明白了，一个人努力的结果，受到别人称赞只是附带的东西，真正的意义在于，他离自己的人生目标又近了一步。喘匀了没有？”钟国龙猛吸几口空气，说道：“好了！”“嗯，来一支。”龙云递过来一支香烟。

钟国龙接过烟，凑过去点着，狠吸了几口，忽然问道：“班长，你说我们在和平年代当兵，与战争年代相比，有什么区别？”龙云想了想，坚定地说道：“没有区别！”

“没有区别？”钟国龙有些意外。

龙云说道：“你听说过原子弹的故事吧。以前，就美国一家有原子弹，后来苏联感觉到了威胁，也研制了原子弹，再后来中国也造了出来。可到现在为止，除了投在日本的两颗，原子弹就再也没有爆炸过。尽管如此，拥有原子弹的国家还是每时每刻都在研究，每年花费大量财力来支撑核武器的研究。为什么呢？就是一种威慑作用。现在是和平年代不假，可你要知道，任何时期的和平都是相对的，永远没有绝对的和

平。我们这些不打仗的兵，意义就在于此。只要我们存在，只要我们在和平时期不懈怠，敌人就不敢轻易冒犯我们。这个意义，可远比战争还要重要啊。

“你以为ABL之类的恐怖分子，是自己吃饱了没事干，才拉着那几百人的队伍和我们这么大的国家对抗？你有没有注意到他们的武器？可以这么说，他们手中的武器，可不全是廉价又普通的AK47，他们有很大一部分武器，只有那些超级大国的制式装备里才有同款。再看看他们的战术和战斗素质，绝对也是受过那些大国专业训练的。事实证明，这些丧心病狂的家伙，是不会无缘无故跑来闹事的。他们是受着那些时刻觊觎着中国的大国的操纵，在得到他们的财力、物力支持后才出来挑衅的。这些大国，在国际上戴着伪善的面具，处处标榜着维护世界和平，没有合适的机会是不会光明正大地来犯的，而这些恐怖分子，正是他们的探路石。

“对于这样的匪徒，我们只有最快、最狠、最残酷地将他们消灭，才会真正地打击他们幕后的主子。让他们知道我们中国的厉害，知道我们中国战士的厉害，他们才会收敛起贪婪之心来。所以我说，咱们和平时代的士兵，绝对不是一把入鞘的锈剑，而是一把时刻悬在来犯之敌头上的钢刀！但侵一寸，刀下无还！”

“班长，我明白了！”钟国龙激动地站起身来，“咱们这些当兵的，不是来学武功的，也不是来消磨时间的，咱们是来这里替国家做盾牌的！”

“是可以进攻的盾牌！”龙云笑着站起身来，“来，我陪你再跑两圈！”

刷白的路灯下面，一个老兵和一个新兵，肩并肩地向前跑着，空旷的操场上，整齐的步伐是那样地有力。

诚然，所谓的和平年代，其实只能是相对的和平。曾有伟人曰，帝国主义亡我之心不死！不要以为和平的国家就没有利剑，不要以为温顺的友好之邦就没有钢刀！我们不愿意发生战争，可也永远不惧怕战争。看看吧，我们的人民子弟兵手中的钢枪，面对任何敌对势力，都会喷射出魂销骨碎的子弹！

晚上，躺在床上浑身酸痛的钟国龙，心中的火焰越烧越旺，好似一把鲁钝的毛铁，在军营的腾腾烈火中，正在慢慢成为无坚不摧的利刃。

第四十七章　少林弟子

第二天，艰苦的训练继续进行。今天主要是格斗训练，上午时间过去大半，新兵老兵们一丝不苟地操练着，由于昨天过多地耗费了体力，训练场面显得有些沉闷。

许风站在旁边，示意值班员吹哨休息。

“下面休息一会儿！”许风大喊。

老兵们一阵欢呼，迅速集合到一起，新兵们很奇怪，不是休息吗，怎么又集合了？没办法，他们也了站过去。钟国龙悄悄问龙云：“班长，不是说休息吗？这是做什么？”龙云笑道：“侦察连说的休息，就是玩游戏啦！看着就知道了。”听毕钟国龙还是摸不着头脑，玩游戏？有什么好玩的？

许风站在前面，笑着问：“今天玩什么？骑马打仗怎么样？”

“好！”老兵们一个个笑开了花。

“呵呵，新兵同志还不知道怎么玩是吧？”许风看新兵们大眼瞪小眼的，解释道：“简单，一学就会！两个人，一个当马，一个当骑士，当马的背着骑士，跟别的骑士争去，谁先被拉下马来谁就算输，注意不能击打，只能拽，会了没有？”

“这个呀，会了！”这些新兵也只有不到20岁的年纪，一听说是这么回事，一个个玩心顿时起来了，也不用怎么调动，积极性马上超过了老兵。

“那就开始！咱就一个班一个班地打淘汰赛，准备一下，有单数的就算替补！”许风说完，又笑道，“我就自由加入十班了，龙云，咱俩一组！”

“啊？不行不行！”战士们纷纷摇头，“你们俩一组？还有别人赢的份儿吗？”龙云笑道：“你们别红眼啊，我这可是新兵班，第一次玩这个，总得提高下综合实力吧？”

大家也不是成心争执，各班自己结组，最后班长过来抽签，10个班很快分成了5组，龙云的新兵班对阵的是二排五班。

各就各位之后，每班6组，一个个对了起来，这边龙云当马，许风当骑士，组成了一个超级组合，直把对面的五班长和机枪手看得直皱眉头。

“开始！”值班员一声令下，“马”们一声大吼，各自朝自己的目标冲了过去，场面顿时激烈起来。十班毕竟都是新兵，以前没有玩过，那边5个组和五班一碰面，没几个回合就已经“伤亡大半”，除了刘强和钟国龙闪躲比较快，那边李大力人高马大，陈立华在他后背上又比较灵巧，其他3组6个人已经被五班拉下了马。

李大力这儿，他这匹“马”比对面五班的要高出一头，对方骑士拽了几次都没拽着陈立华，陈立华正准备进行反击的时候，冷不防旁边五班的两组围了上来，一前两后，将他们连人带马拽倒在地，好在陈立华也不简单，倒地的瞬间拽下来一个，算是扯了个垫背的。

现在场面是五班5对2，十班这边只有龙云许风，还有钟国龙和刘强了。刘强背着钟国龙，也不进攻，四处躲闪，跑得溜溜转，五班一时也拿不下来他们俩，索性5组全冲着龙云冲了过去。

这边龙云背着许风，简直就是一匹野马。龙云连蹦带跳，左躲右闪，背着100多斤的许风，居然还能“撒欢儿”。许风也不含糊，找机会看准对方的“骑士”，上去就是一把，一时间已经有两组被他拽下马来。现在是3对1了，龙云在下面大喊：“钟国龙，你们两个小子看什么看？上来呀！”

“老六，上！”钟国龙拍了刘强一下，刘强憋足一口气，冲着五班长和机枪手这组就冲了过来，果然力道不小。五班长也不含糊，见他俩冲过来，一个闪身蹿到侧面，机枪手一把拽住了钟国龙的胳膊，用力一拉，钟国龙在刘强背上一个趔趄，好在刘强拼命拽住他的两条腿，这才没下来。

“老六，上啊！”

两个人又冲了过去，这次钟国龙抓住了机枪手的肩，机枪手拽住了钟国龙的脖领子，双方一起用力，不分胜负。

只听“咔嚓”两声，钟国龙的衣服扣子掉了一地，那边机枪手的肩章也被钟国龙扯了下来，一时间人仰马翻，4个人全趴地上了，旁边观战的战士看见这副惨相，顿时笑了起来。

龙云和许风果然名不虚传，三下五除二就把对方的两组骑士给拽了下来，十班胜！

比赛继续进行，十班凭借着龙云和许风的超级实力，一路过关斩将，最后终于被二排长和四班长的组合给拽了下来。一场大战过去，只见地上帽子、扣子、肩章，掉了一地。

说实话，这样的游戏在部队很普遍，除了这个，还有老鹰抓小鸡、丢手绢和斗牛等。

这些小孩子玩的游戏，部队这些“大孩子”也会玩得不亦乐乎。由于是加码的游戏，其运动量并不小于平时的训练，战士们管这叫作休息，其实也还是在训练。

休息完毕，侦察连的训练继续进行。经过刚才的游戏，战士们明显活跃了许多，原本沉闷的训练场一下子生机勃勃。

下午进行的是格斗对练，侦察连专用的训练场上，三排每个老兵带一个新兵练习拳法和腿法，主要训练目标是提高出拳出腿的力量和速度。

钟国龙对这个科目的喜爱程度远远大于其他人，几乎不用老兵提示，硕大的沙袋被他拳打脚踢得一刻没停。

“钟国龙，你小子别瞎打啊！”龙云苦笑着跑过来，“要注意速度，出拳速度越快，力量也就越大。打拳的时候注意手腕不要弯，把拳端平了，在出拳的时候不要用太大的力，在拳接近沙袋的瞬间拧拳发力。出左直拳时，左脚要轻微地往右扣。腰部要带出去，这样力量就比单一的打出去大多了。相同击打右拳时，右脚也要往左扣带动腰劲出去。”

龙云说完，腰一沉，大吼一声，一拳打在沙袋上，沙袋“嘭”的一声，差点儿被他给打爆掉，高高地荡出去好远。

“明白了吗？”龙云站起身，“你那种打法，在农村妇女中比较常见。”

“是！”钟国龙不好意思地笑了，按照龙云教的方法一拳打过去，顿时效果显著。

那边忽然传来喝彩声，众人齐齐看过去，只见胡晓静身体呈马步，双拳猛击，将沙袋打得“嘭嘭”直响。

“好样的，不错！”许风也跑了过去，“胡晓静是吧，以前练过吧？”

没等胡晓静回答，张海涛在旁边说道：“报告连长，他以前是少林俗家弟子！”

“是吗？人才啊！”许风很惊喜。

胡晓静不好意思地说道：“我家离嵩山很近，我从小跟和尚们学了些基本功，哪是什么俗家弟子啊。”

“嗯，不错。看你这出拳速度力量，就知道基础不错。”许风转身喊道，“一班长！”

“到！”一班长陈家林跑了过来。

“你们两个比试比试！一个少林学出来的，一个浙江省散打第三名，切磋一下。全连集合！”

全连立刻集合到一起，胡晓静本来就腼腆，看一班长把上衣都脱掉，只剩下背心，不禁有些紧张，看了龙云一眼，龙云大声喊道：“晓静，不用怕！少林拳加刚学的格斗，直接就能把这小子整趴下！”

队伍中立刻一阵哄笑，一班长笑道：“龙排长，可没你这样的！要说跟你打，我甘拜下风，跟你们班这新兵来，我可是志在必得呀！”

“少废话，开始！”许风有意想考察胡晓静，迫不及待地说道，“别伤着要害啊！”一班长不再玩笑，两个人站在队列前面，对峙起来。

几秒钟后，一班长大吼一声，扑了过去，一个飞腿，冲胡晓静前胸踹了过来，胡晓静大惊，连忙双手招架，“啪”的一声，一班长的腿正踹在他双掌上，胡晓静噔噔噔倒退了三步才稳住身形，一班长一脚被封挡，也是一愣，队列中立刻叫好声四起。

一班长又扑过来，一个前手直拳，直冲胡晓静的面门，胡晓静急忙抬手抵挡，一个不提防，一班长拳往回一撤，转身就是一个侧腿，直接踢中胡晓静胯部，胡晓静大叫一声，摔倒在地。

“没事吧？”一班长连忙上去要扶他，胡晓静早一个鲤鱼打挺跃了起来。

这边钟国龙急了，大喊：“晓静，你别老防守啊，进攻，进攻啊！”

“加油，胡晓静加油！”

“一班长加油！”

队伍里加油声四起。

胡晓静稳了稳精神，冲上去和一班长斗在一起。

双方你来我往，几个回合下来，一班长几次将胡晓静打倒，谁知道胡晓静实在顽强，倒下后马上起来，调整一下瞬即扑过去，一时间把旁边的战士们看得目瞪口呆。

一班长再次抬腿冲胡晓静前胸踹过去。

“完蛋了！”眼看胡晓静胸前空门大开，其他人都以为这次他又要中招了。

这个时候，奇迹出现了。只见胡晓静顺着一班长快速踢过来的腿，就势一仰，腿刚好擦着他的前胸踢了个空，胡晓静不等一班长收腿，双手向上一架，身体快速扭动，一个后摆扫堂腿过去，一班长右腿被他架住，支撑腿猛地被他扫中，一下子失去平衡，身体腾空摔出去老远。

“好啊！”十班的新兵们高兴坏了，一起为胡晓静鼓掌，连旁边的老兵们都喝彩起来。胡晓静连忙跑过去拉起一班长，不好意思地说道：“对不起，班长。”一班长拍了拍尘土，惊奇地说道：“好小子，这是什么招式？”

“这是少林伏虎拳里的一招，我以前看和尚们练过。”胡晓静低声说道。

这时候，许风走过来笑道：“好啊！一个新兵，把我们这一排散打王给干倒了，真不简单！”胡晓静还是不好意思地红着脸，这小子名字像女的，平时也腼腆得像个大姑娘，可总能在关键时刻显露一把，让龙云欢喜得不得了。

星期一，实弹投掷。上周班务会的时候龙云就给大家说了，实弹投掷是一项事故频发的危险科目，以往每年实弹投掷，团里都会出现一些问题，所以一定要注意安全。

新兵们终于等到了期盼已久的日子。

“这次手榴弹实投作业一定要圆满完成，绝对不能出任何问题！”张国正给各新兵连下了死命令。

一大早，新兵营全体官兵就向10公里外的实爆场进发了。选择在那么远的地方作业，团首长有自己的考虑，主要是想让战士们出去兜兜风，毕竟在大院里关了两个多月，该透透气了。

长长的行军队伍奔驰了3里多水泥路，然后拐进了一处黄土山路中。山路很陡峭，越往里去越窄，队伍最后变成一路队形前进。山野四周，随处可见破落的废弃民宅和荒坟。

“这里真阴森！”伞立平额头上都是汗，“有没有鬼？”

“鬼才知道。”钟国龙拉他一把。

一个小时之后，他们已经翻越了两座山峰。

下了山，又到了平地，四处全是菜园、公路和民居。

几百号人的队伍非常壮观，引起了百姓的注意。

“快看！解放军，那么多人！”各家各户阳台上都站着人。

“天哪！是不是要打仗了？”一位老太太惊呼。

钟国龙等人听了，一阵哄笑。

“严肃点儿，注意形象！”龙云斥责。

队伍三行两拐到了一处繁华地段，应该是一个小镇中心，大街上人流如潮水一般，他们看见了长长的迷彩队伍，立马散到了街道两边。“解放军呀！那个兵哥哥好帅，那个也是！”“还有那个，比你男朋友好看多了！”一群姑娘朝着他们指指点点，几个活泼胆大的还喊着：“帅哥，你叫什么名字？”行人们大笑，新兵们也抿着嘴乐。

“一群傻大兵！好好的日子不过，出来找罪受！”几个流里流气的青年叼着烟头跷着二郎腿在一旁冷嘲热讽。

战士们都十分气愤，一齐瞪着他们。

钟国龙更是气得头皮发麻，“如果是在家里，我一定会教训这群东西！”刘强的牙齿也咬得咯嘣作响。

几个人并不知趣，仍然在满嘴乱喷，“好钢不打钉，好男不当兵……”

“再不闭上臭嘴，我请你们去局子里喝茶！”两位民警走了过去。

几个小子收住了舌头，灰溜溜地跑了。

一位交警正在值勤，看到了开进的队伍，拿出了怀里的对讲机：“3、4、5号注意！前方有部队开进，注意疏散交通。”钟国龙欣赏地看了他一眼，多好的交警兄弟。

队伍继续向前走着，钟国龙看着眼前一望无际的戈壁，心情也随着环境的变化舒畅了许多。好久没有看到外面的景色了，一路上，新兵们兴奋不已，左顾右盼张望着，仿佛是刚娘胎里出来的孩子，用新奇的眼光看着身旁的一切。

终于到达了目的地，经过短暂的休整后，这些新兵军旅生涯中第一次手榴弹实投马上就要开始了。

投弹场设置在戈壁深处的峡谷中，分为3个区域，分别是准备区、领弹区和投掷区。新兵十连到达投弹场地后，在龙云的带领下来到了准备区坐下。

张国正夹着一支他特制的“雪茄”，围着投弹场地视察一番后回到了准备区。

“报告，战士钟国龙投弹前准备完毕！”

“投！”

“是！”

拉燃引信的弹体向前方飞去，轰声震天，烟尘四溅。

第四十八章　新兵考核

新兵十连和侦察连的合练已经进行两周了，整个新兵连的训练也已经接近了尾声。我的新兵连长工作也马上要结束了。这是我当兵10年以来，做得最奇怪的一个连长，但是，也是给我感触最深的一次带新兵经历。这帮家伙，总有让我感动的地方，也总能带给我一种说不出的激情。

这两周以来，这些新兵军事技能的成绩进步很大，尤其是格斗和射击。陈立华的射击水平已经超过了许多老兵，95式步枪卧式射击发发命中，他是我带新兵以来见过的，射击技能方面最有天赋的新兵。

钟国龙，钟国龙这小子！每次想起他我都会很兴奋。这个家伙，现在要是再有人说他是落后兵，我第一个不答应！现在，训练已经成了他生活最重要的组成部分。他每天加练的训练量，甚至已经超过了每天正常训练的强度。这小子现在身上有使不完的力气，他也终于明白自己每天训练的真正目的了，可喜可贺呀！今天的格斗训练上，他把一排长给撂趴下了，还不算完，还得意地看了我一眼，哈哈，他在向我“挑衅”呢！不过，我喜欢！我倒要看看，从钟国龙的身上，到底还能“榨”出多少能量来！

……

结束了，快结束了！但是我必须知道，这还只是起点。这并不矛盾！每次成功的结束，都必将是一次新的成功的起点！一个军人，他的人生之路也应该和他军人的职责一样，生命不息，战斗不止！

……

——摘自《龙云日记》

训练是残酷的，两周的训练，使这些新兵身上简直脱了一层皮，新兵们在梦里都在跑步，伴随着急促的呼吸和淋漓的汗水，徒手跑、越野跑、负重跑……没有终点，只有无止境地跑。一天的训练下来，新兵们都会瘫到床上，怀疑自己的腿到底还在没在自己的身体上。只有钟国龙，他会瞪着眼睛再做上100多个俯卧撑，然后躺到床上，一动不动地大口喘粗气。

钟国龙自打从禁闭室出来以后，整个人就和以前不一样了。如果说以前他每天加练只是为了给自己争一口气，只是不愿意龙云再“羞辱”他，那么现在的钟国龙，每天还是这样训练，可他的目的已经逐渐变成为了理想而训练，为了职责而训练。正如龙云所说，无论做什么事情，要想成功，就必须得搞明白为什么。改变了思想的钟国龙，就像忘记了疲惫一样，每天残酷的训练，在他面前成为了一种考验。

周六整个下午，龙云都在营部开会。新兵十连难得有了半天的休息时间。这可太珍贵了。出乎所有人的意料，也让新兵们议论纷纷，猜不出龙云这次为什么这么“仁慈”。

“班长今天这是怎么了？很值得琢磨呀。”李大力躺在床上边揉腿边说。

陈立华笑道：“我感觉，这次是要有事情发生了。看晚上班会吧！”

“钟国龙，平时你跟班长最贴心，怎么样，能不能大胆地猜测一下？”李大力又转过身来看钟国龙。

钟国龙刚洗完自己的衣服，手里拿着准备去刷的鞋，看了李大力一眼，笑道：“你猜？”说完，钟国龙转身去水房，一屋子人看着愣住的李大力一阵哄笑，李大力摇了摇头，只好走到伞立平那里，和他一起扯着杂志研究世界先进发型去了，两个人配合默契，一本《时尚发型周刊》，一个看发型，一个看模特，很和谐。

悠闲的下午时光很快就过去了，不出所料，晚饭以后，龙云果然组织全班开会。赵黑虎也被龙云命令接了回来，他腿好了很多，不用拐杖，但走起路来整个人还是一颠一颠的。

“怎么样？一下午的休息，感觉还不错吧？”龙云笑眯眯地坐在椅子上。新兵们大眼瞪小眼，谁也猜不透他什么意思，只好眼巴巴地看着龙云。

龙云今天有些兴奋，看新兵们不说话，自己揭开了谜底：“今天下午的休息，除了因为最近一段时间大家训练得比较辛苦之外，还有一个原因，那就是，你们的新兵生活就要接近尾声了！”

龙云的话说完，新兵们都没有说话。这些新兵明白龙云说这些话的意思，也终于清楚龙云今天让大家休息半天的含义了。是的，要结束了，结束，就意味着要分开了。几个月以来，龙云和大家朝夕相处，已经结下了深厚的友谊，虽然早晚有这么一天，但这毕竟是大家不愿意看到的。

“都怎么了，怎么整得跟复员似的？”龙云故作轻松地说道，“这可是刚开始啊！同志们，你们总不能永远都在新兵连吧？小孩子还有断奶的时候呢！都开心点儿！”龙云这么一玩笑，大家才缓和了一些，都看着龙云，等他继续说。

龙云忽然郑重起来，站起身严肃地说道：“同志们，今天我开完会回来，心情也十分复杂。但是，我现在要很肯定地跟你们说一些事情，也到了该说的时候了。3个月的新兵生活，我，还有副班长，和大家一起度过了这段难忘的时光。在这3个月里面，我们这个特殊的新兵连，经历了特殊的新兵生活，虽然我们还没有到最后开总结会的时候，但我还是想跟大家一起回顾一下。3个月里面，我们经历了真正的战斗，也经历了真正的生死考验，这宝贵的经历，是其他新兵们很难拥有的。3个月里面，我们新兵十连，夺得了无数的荣誉，这也是我们十连一起努力拼搏的结果！

“总的来说，我对大家的表现非常满意！这是3个月以来，我从来没有讲过的话，今天我讲出来了，是对大家的肯定，是对十连的肯定，也是我龙云对自己的肯定！”下面静悄悄的，所有人都瞪大眼睛看着龙云，也都跟着龙云一起回忆着3个月的新兵生活。

龙云继续说道：“你们的军旅生涯，还只是个开头，还远没有结束。新兵连的结束，也是你们新的起点！所谓养兵千日，用兵一时，今天，我们十连是练兵百日，在此一举！今天班会的主要内容，就是关于新兵营普考的事情。3个月的新兵训练，让我们基本掌握了士兵必需的所有技能。现在，伴随着新兵训练的结束，我们每个新兵马上要面临一次考试，这是你们的毕业考试，也是你们向上级首长汇报训练成绩的时候了！

“刚才我说过，十连这个特殊的新兵连，3个月以来夺得了无数的荣誉，但是，这些只能代表我们的历史。那么，我想说，这次新兵营普考，将会是我们十连的又一次爆发，也是我们在座的每个人最应该爆发的时刻！十连的性格，十连的精神，也将在这一刻得到一次最真切最强烈的体现，同志们有没有信心？”

"有！"

话音从新兵的嘴里喊出来，也是从心里发出来！3个月以来，龙云一手创造的"十连性格"，已经深切地印在了每个人的脑海里。此时，这种性格已经成了一股印在他们心底的霸气！这群特殊的新兵，此刻，已经不会再畏惧任何的考验了！

龙云满意地点点头，又说道："关于这次普考，我就不再多说什么了，程序大家也清楚，就是我们平时训练的那些科目，每个人，每个科目，都会进行测试，每个科目都会严格按照新大纲的考核标准来进行，这些科目，不是我龙云吹大话，咱们十连早已经不放在眼里了！我们的重点，是为团部夺得'冰山雄狮杯'而努力！"

"冰山雄狮杯？"新兵们还是第一次听说这个名词，不禁有些好奇。

"班长，这冰山雄狮杯是什么东西？"钟国龙的兴趣立刻被调动起来。

"嘿嘿，东西？这可是个好东西！"龙云笑道，"虎子，你给大家解释一下！"

"好！"赵黑虎清了清嗓子，"大家知道，部队每年都有新兵的到来，每个团都有设新兵营，而师则设有新兵团。每年在新兵营考核结束后，师新兵团就会派出考核组到各团新兵营进行抽考。考核成绩最好的新兵营，会得到这个冰山雄狮杯，这不但是对整个新兵营工作最好的肯定，也是对整个团很高的嘉奖。要说起这冰山雄狮杯的来历，那可厉害了。当年人民解放军进入边疆的时候，咱们师是当时兵团的主力师，这冰山雄狮杯，是兵团首长亲自题的名字呢！"

"是啊！"龙云接过话来说道，"咱们威猛雄狮团，也是咱们师的主力师，历届的冰山雄狮杯，咱们团是势在必得啊！去年的冰山雄狮杯，被咱们师装甲步兵团给拿走了，咱们团长和副团长上老大火了，这次，咱们说什么也要把它夺回来！"

"就是，得夺回来！"新兵们了解了冰山雄狮杯的历史以后，一个个都憋足了劲儿，"班长，你说吧，咱们怎么才能把它夺回来？"

龙云继续说道："这冰山雄狮杯的争夺程序是这样的：到时候，由咱们副师长领导的新兵团领导，会组成一个评比小组，下到各个团的新兵营中，以抽考的形式，从每个新兵营的每个连中随机抽取一个班，进行任意一个科目的考核。最后，把每个班的成绩汇总，总成绩就是冰山雄狮杯的最后成绩。只有总成绩第一的新兵营，才能得到象征荣誉的冰山雄狮杯！"

龙云喝了口水，忽然笑了，说道："兄弟们，听明白了吧？"

"听明白了！"陈立华反应最快，笑道，"也就是说，人家别的连的班，不一定被抽中，可咱们十连就一个班，肯定会被抽中！"

"对！"龙云坚定地说道，"这次冰山雄狮杯的考核，对于咱们十连来讲，是必答题。这才是关键呢！大家知道，当初团首长决定组建新兵十连的时候，是跟师里打了报告的。师领导当初也十分重视，对咱们十连的情况十分关注。上次执行作战任务，咱们十连也算是名扬全军了。这下子，连军长都给团里打电话了！咱们十连，可是在风口浪尖上了！这次冰山雄狮杯的考核，师领导也放话了，将对咱们十连进行重点考核。同志们，咱们副团长可代表团新兵营跟首长做了保证了。能不能给团里争脸，可就靠大伙了！”

龙云这么一说，可真是群情激昂啊！这帮新兵立刻红了眼睛，一个个都激动起来，钟国龙更是斗志昂扬，猛地站起身来，挥舞着拳头大喊：“没问题！这回，该让首长们看看咱们的厉害了！”

“就是，一定要把冰山雄狮杯夺下来！”

接下来的一天时间，整个十连都处于积极的“备战”当中，按照龙云平时的要求，十连的战士，应该视任何的训练和考核都是一场战斗，没有丝毫可松懈的理由，所有新兵这一天话都很少，连平时嘻嘻哈哈惯了的李大力和伞立平，此刻都显得十分严肃。陈立华和胡晓静两个人特意找到了一张大白纸，按照自己的想象，画了一幅冰山雄狮杯的图挂到了墙上，杯体被刻意染成了鲜红色，每个新兵走过这里的时候，都免不了看上一眼，仿佛这奖杯已经是自己的囊中之物一样。钟国龙的加练没有停，早早地带着刘强在操场上跑了10公里。

每个人都知道，这次是新兵阶段的最后一次考核了。尤其是钟国龙，想到自己这3个月的新兵生活，虽然训练进步很快，但由于自己的鲁莽，也闯了不少的祸，现在就要离开了，他打定主意，这次一定要拿个好成绩，真正为十连争光。

周一，新兵普考终于开始了。全团所有训练科目的场地上都设置了考核点。每个点上摆着一张桌子，由一名干部主考。

按照新兵营考核表安排，新兵十连首先考核的项目是射击。十连龙云带队，穿着特意洗得干干净净的军装，整齐地站到了营区射击场上。射击场已经被打扫一新，远处的胸环靶也换成了新的，担任主考的正是和龙云一起把钟国龙他们接到部队的左名友。

刘强看着胸环靶上那鲜红色的中心，小声对陈立华说道：“老四，今天的目标是多少？”陈立华扫了一眼环靶，笑道：“全中！”

两个人又看了一眼旁边的钟国龙，这家伙眯着眼睛，一点儿表情也没有，陈立华刚想说话，刘强看了一眼龙云，示意他少说话。

“稍息——立正！”

龙云向前一步，大声说道："主考同志，新兵十连参加考核人员带到，应到10人，实到10人，请指示！"

"稍息——"左名友大步来到十连队伍前面，打开手中的纸夹，大声诵读道，"按照新大纲新兵射击考核标准，对你连进行射击考核，考核要求如下：单发射，卧姿有依托，目标100米。胸环靶一个，子弹5发，听到'卧姿装子弹'口令后，3分钟内射击完毕。命中3发以上为合格。点射：卧姿有依托，目标100米。胸环靶一个，子弹10发，听到'卧姿装子弹'口令后，3分钟内射击完毕。命中3发以上为合格。考核要求宣布完毕，是否清楚？"

"清楚！"

新兵十连这次的回答有些迟疑，所有人齐刷刷向龙云看了过去！这不对啊！3发以上就算合格？这也太简单了！这和龙云平时要求的不是一回事啊！龙云在这个项目上定的标准很苛刻，不像是在带新兵，好像是在培养神枪手，要求新兵不看几发上靶，而是看环数。龙云对十连的要求是5发子弹点射，35环以上合格，40环良好，45环以上优秀。点射6发以上命中为合格。

龙云在旁边诡异地笑了笑，没有说话，左名友一脸奇怪地看了看龙云，心想你这家伙又玩什么花样呢？难道提前训练的时候没宣布合格标准吗？怎么这帮新兵看起来这么奇怪呢？

"准备考核！"

10个新兵也顾不得更多了，依次到发弹员那里领子弹，每人5发，领完后，全体立正，等待命令。

"各射击手就位！"

场地指挥员发布命令，全体新兵跑步到各自的靶位后面站好。

"卧姿，装子弹！"

指挥员命令发出，新兵们紧张有序地按照膝、手、肘的顺序卧倒，而后右手卸下空弹夹，从弹袋中取出实弹夹，打开保险，拉枪击子弹上膛，然后关上保险。

"射击！"

一声令下！新兵们转身，瞄准自己的靶位射击。

现场气氛开始紧张起来！这些新兵一个个神情异常严肃，两眼瞪着环靶，眼神中透出一股杀气，直把旁边的左名友看得暗自心惊！这种眼神，左名友是很熟悉的，他也是一个老兵，也数次参加过实战，而眼前这些新兵的眼神，他只在战场上见过。透过这充满杀气的眼神，他们眼前的胸环靶仿佛已经成了敌人的心脏。早就听说龙云带的这个十连不一般，今天算是领教了！龙云站在旁边，倒是一点儿都不紧张。自己带的兵，自己最清楚。3个月以来，他龙云在十连设定的内部考核目标，早就远远超过了新大纲的考核标准。眼前这10个新兵，通过和侦察连将近半个月的合练，各方面的素质已经提升了一大截，已“非吴下阿蒙”！这普考对于十连来说，合格早已经不是首要目标，龙云这次就是要看看，自己带的这些兵，到底能强到什么程度！

“砰”“砰”……

子弹一发发射出去，呼啸着直奔靶心，穿过靶心发出啪啪的穿透声，一时间，整个射击场硝烟弥漫，子弹的呼啸声把远处的乌鸦吓得四散飞去，一溜扑腾，飞得老远……

不到两分钟，所有新兵射击完毕，齐刷刷站起身来，等待着报靶。报靶员跑过来，个个惊讶不已，这哪是新兵普考啊？分明是一群训练有素的老兵在进行射击强化训练！再看看胸环靶上，被子弹穿透的弹孔处，还在冒着细微的青烟。

“钱雷，命中4发，1发脱靶！”

“余忠桥，5发全部命中！”

“刘强，5发全部命中！”

“李大力，4发命中，1发脱靶！”

……

除了钱雷、伞立平、李大力各有1发脱靶以外，其余报过的新兵，全部5发命中！

报靶员跑到钟国龙射击的环靶前，眼睛瞪得老大，他激动地喊道：“5发全中！4发击中靶心！”

再跑到陈立华的靶上，这次报靶员傻了，直瞪着眼睛，在胸环靶上反复地盯着，简直不敢相信，愣了好几秒，这才用有些颤抖的声音喊道：“5发全部命中靶心！”

“行啊，龙云！你这是训练神枪手呢吧？”左名友忍不住站起身，在龙云肩膀上重重地拍了一下，“这可是新兵！被你小子全给弄成狙击手了！”

龙云也得意了，笑道：“小意思，小意思！不是还有3发脱靶的吗？”

“你还不知足啊？”左名友笑着摇头。

“报告！靶面出现异常！”报靶员忽然在远处大喊，“张海涛6发命中！”

“什么？”左名友大惊，直冲着发弹员吼道，“小赵，你搞什么呢？”

发弹员小赵也吓坏了，赶紧低头又查了一遍子弹，委屈地喊道：“指导员，没错啊！每个人5发，我数了两遍！”

“那是怎么回事？”左名友奇怪了。

“报告！我刚才确实打了5发！”张海涛大声说道，“又不多，我都数着呢！”

龙云也奇怪了，怎么关键时刻出乱子呢？自己跑到靶位上，仔细看了看，用手摸了摸弹孔，又偏着头看了看弹孔的角度，猛地回头看了看新兵的方位，忽然怒吼道：“李大力！你他×的往哪儿打呢？”

果然，胸环靶上面，一颗打在边上的子弹，弹孔的穿透点明显是斜着的，方向正好对着旁边的李大力。虽然这东西普通人看不出来，可龙云是谁呀？别人都是5发命中，张海涛旁边就李大力一个人脱靶了1发，不是他是谁呢？李大力这时候十分尴尬，低头说道：“报告！我看错靶了！”

龙云跑了回来，冲着李大力就吼：“你小子平时看模特看得不是挺准的？怎么这么大个靶子愣给看错了？”一阵哄笑，李大力也不好意思了，红着脸低着头不说话。

接下来是点射，先前的程序是一样的，这次是领10发子弹，装弹后将枪保险拨到“2”的位置，手扣着扳机，打出去就是连发了，考核并不规定打几发，但一般来讲是一次打两发，这样命中率高，但高手就不一样了，一次将10发子弹扣完，只要能全中目标那也行。

准备间隙，陈立华小声对刘强说道：“老六，你的强项来了！加油啊！”

“嘿嘿！你就瞧好吧！”刘强轻松地笑了笑，轻拍了拍枪身。

“射击！”

“砰砰！”

又是一阵硝烟弥漫，刘强果然厉害，眼睛紧盯着靶心，右手食指连动，一连串清脆的点射声，子弹发发穿透靶心，还不到30秒就射击完毕了。

“刘强好样的！”旁边一直观战的龙云也忍不住大声夸赞起来。

点射成绩一公布，十连又是集体合格，平均命中6.5发，其中刘强给来了个10发全中，连报靶员都忍不住竖起了大拇指。要知道，点射对战士射击的准确性和连贯性要求很严格，一个从没摸过枪的新兵，能在不到3个月的训练中打出全中的成绩实属罕见！

“好小子！机枪手的材料啊！”左名友一边记成绩一边夸赞道，“这龙云平时都给你们吃什么灵丹妙药了？怎么全这么厉害？”“灵丹妙药？训练哪里有什么灵丹妙药啊！我一天让他们端着胳膊挑着哑铃待两个小时，你说这算什么灵丹妙药？”龙云笑道，“怎么样，没白练吧？”

新兵们全笑了，现在回想起来，要是没有龙云平时超标准的严格训练，他们哪会像现在这么轻松呢！

射击考核完毕，新兵十连创造了一个不小的奇迹，全连10个人，不但全部合格，而且个个优秀，总成绩算起来，就算是与老兵连队相比较，也能处在中上游水平，着实让人吃惊。

接下来的其他各项考核，包括队列训练、战术基础、自救互救、自动步枪操作、手榴弹及手雷投掷、防护、战备基础，新兵十连全部以成绩优秀通过！尤其是最后进行的防护考核和战术基础考核，新兵十连随着主考的情景设定，一会儿发现地火猛烈，迅速隐蔽观察，一会儿发现黄色不明化学烟雾，马上先用手弄点儿土扬起看风向，然后穿戴防毒面具，背风戴，迎风脱……

战术基础考核中，面对场地中的三道象征障碍的白线，十连全体新兵全副武装，低姿匍匐、侧高姿匍匐、跃进，整套动作整齐划一，迅速而果断，30秒的合格标准，十连在25秒钟之内全部通过障碍，直把负责主考的考官看得目瞪口呆，这样的新兵带出去，简直可以当主力尖刀班使了！

连续3天的考核过去，新兵十连胜利完成所有普考科目，考核成绩迅速上报到张国正手中。张国正欣喜地看着成绩单，眼中流露出激动的神情，越看越高兴，忍不住在办公室大声喊叫起来：“好个新兵十连啊！一群混混儿兵，3个月下来，成绩直逼侦察连了！奇迹呀！奇迹！龙云这家伙，还真有两下子！哈哈……”

张国正的大嗓门儿惊动了整个团部，团部首长们纷纷走过来看成绩单，个个赞不绝口。顾长荣团长满意地看着成绩单，也是不住地点头。

“这个龙云，愣是有两下子！”顾长荣团长操着浓重的地方口音，大声说道，“老张，你把他给我叫过来！”

“是！”张国正转身对通信员喊，“通信员，把龙云给我叫到营部来！”

通信员飞快地赶往十连了，张国正凑到顾长荣团长面前，欣喜地说道：“我张国正带兵这么多年，新兵部队也带得多了，这样的团队，我还是第一次遇见！您看看这个，就是这个叫钟国龙的，刚来的时候打架，训练一团糟，别说龙云了，我愁得都撞墙，再看看这小子现在的成绩，直接去老兵连当个骨干都绰绰有余了！看龙云平时大大咧咧的，带兵这方面，不服不行！我看，让他当个排长算是屈才了！”

顾长荣团长笑着点点头，说道：“钟国龙，哈哈！是不是上次把九连长绑起来扔到猪圈的那个？我也是久仰大名啊！老张你说得对，龙云咱们算是用对了！这组建十连的创意，咱们也成功了！不过，我可得给你提个醒，这个龙云，咱们团恐怕是保不住喽！师里面早盯上他了！那个三猛大队，也好几次打电话问我情况呢！”

“哼！老子不放就是了！”张国正瞪着眼睛吼，“他们特种兵有什么了不起的？

说要就要，说不要就不要，拿我的人当什么了？”

“嘿！你呀！哪儿都好，就是爱记仇！”顾长荣团长笑道，“你都到这位置了，怎么还斤斤计较？真是上边要重用你这老部下，你张国正还能不高兴？”

张国正笑了笑，顾长荣团长也是他的老战友了，此时倒并非是批评他。两个人正说着，龙云已经跑步赶到了，站在门外大声喊报告。

“进来！”

“是！”龙云大步走进来，看团长也在，连忙敬礼，路上通信员向他透露了一下，他知道这次不是坏事，整个人精神了许多。

军队里面就是这样，要是自己的兵受奖励得到认可，他们的班长、连长甚至团长、军长都会十分高兴，这种兴奋程度，甚至超过上级对他们自己的表扬。龙云很清楚，自己的十连这次普考又露脸了，此时看团长拿着成绩册不断地点头，他心里比喝蜜还甜。

“龙云，很不错啊！”顾长荣团长赞许地冲龙云说道，“九大项，全部优秀！”

“是！谢谢团长！”龙云兴奋地喊。

“龙云，你说说看，我是应该表扬你的兵呢，还是应该表扬你？”顾长荣团长兴致很高，故意逗龙云。

“当然是我的兵了！要是烂泥巴，再好的瓦匠也糊不上墙啊！”龙云认真地回答。

“好！”顾长荣团长满意地说道，“龙云，这次冰山雄狮杯的争夺，你带的十连是师里面考核的重点，师新兵团的王副师长，这次可是早打了招呼，要见识一下你的新兵十连！你可得有个思想准备！这个王副师长可不是一般人物，要是表现不好，他可是张口就骂！”

“请团长放心！新兵十连随时准备好接受上级首长的检查！”龙云目光坚定，底气十足。

“好！你们先谈，我走了，我等你十连的好消息！”顾团长转身离开。

等团长走了，张国正兴致没减，忙招呼龙云坐下，随手扔过一包“玉溪”，自己从桌子下边拿出漠河烟丝，卷起了“大炮筒”。

“副团长，我也来这个吧！”龙云笑嘻嘻地也拿了一把烟丝，用烟纸笨拙地卷了起来。

张国正皱了皱眉头，把自己卷好的一根给了龙云，自己又卷了一根，两个人吞云吐雾一番。龙云是他手底下的老兵了，两个人单独在一起的时候，向来如此。

“怎么样？有劲吧？”张国正猛吸一口，笑着问龙云，“极品漠河烟丝！过年时许风带队跟老乡联欢的时候，我托他给买了足足5斤！结果让这帮家伙给糟蹋了一多半儿！”

“嘿嘿，不错啊！”龙云笑道。

“怎么样，这几天王副师长就要来了，你那里有问题没有？”张国正问。

龙云自信地点点头说道：“没问题！”

“嗯！”张国正拍了拍桌子上的成绩册，点头说道，“要是按这个成绩，别说是师里考核了，放到全军新兵考核，我都不怕！不过，你也要注意，这个王副师长，脾气属炮筒子的，还是得好好准备一下！”

“副团长，你跟王副师长熟吗？”

“嘿嘿，太熟啦！”张国正笑道，“这家伙！当兵比我早4年，我新兵下连队的时候，他是我的班长，后来我们两个各带一个主力连，平时训练比赛没少较劲！我调到咱们团当连长的时候，这才分开。他这个人是个直性子，说话干脆，也是大嗓门子，脾气不小，一发火是六亲不认，心地却不错呢！”想起老战友，张国正眼中流露出怀念之情。

“管他呢，咱们好好表现就是了！”龙云抽完烟，又和张国正聊了一会儿，这才告别回自己连队。

张国正看着龙云走出去，眼中有种异样的神色，这个自己当年亲自带出来的新兵，此刻算是彻底成熟了。像龙云这样的基层连队骨干，在军队中确实发挥着中流砥柱的作用，一个优秀的连队，是和这些人的成长分不开的！我们的军队，之所以在几十年的和平时期还能保持优秀的革命传统，还能保持良好的战斗力，和一代又一代像龙云这样的骨干是分不开的！

一个军队，不管是在战争时期，还是在和平年代，都需要龙云这样的铁血战士，他们没有特殊的背景，也没有很高的军衔，他们和普通士兵吃一样的饭，睡一样的床，过一样的军营生活。可是，在我军长期的工作训练中，总是有这样的人涌现出来，其思想、素质、作风，都在他人之上，成为部队这台国家机器中必不可少的关键零件。像龙云这样的人，就是一支军队中最关键的组织架构。他们不单单使这支军队保持永远的革命精神，还能通过自己带动整个军队，从而使像他们这样的士兵不断涌现出来，使我们的军队永远保持刚强的作风。

张国正又想到了钟国龙，像钟国龙这样的战士，在他鲁莽、武断的表面之下，其实拥有一种可贵的血性！这种血性与生俱来，却是一种盲目的血性。需要有人来引导和激发。中华民族的历史上，其实并不缺乏这种血性，而整个中华民族的复兴，也正是依靠这种血性的一次次爆发。几千年的历史，中国有强有弱，仔细分析，每次中华民族的复兴与强大，从中都能很清晰地看到这种血性的升华！只要能把这种血性合理地激发出来，就能在瞬间形成强大的战斗力、团结力和凝聚力，进而在社会与国家建设中彻底地发挥出作用来。红军的二万五千里长征，体现了所有红军战士的血性，这种血性此刻是信念，是坚持，是民族大义。新中国成立后，全国人民齐动员，建设社会主义新中国，此刻，这种血性又成为了一种伟大的生产力。

像钟国龙这样的人，放在家里任其发展的话，他也许会成为一个争勇斗狠的小霸王，为害四方；放到军队，如果不加引导，他也会迅速堕落成一个混混儿兵，刺儿头兵；而像现在这样，在龙云这样经验丰富的老兵的带领下，钟国龙的身上爆发出巨大的能动性，这种能动性从表现上看是他的训练成绩突飞猛进，但从更长远来说，钟国龙正在向龙云的发展方向逐渐靠拢着，此时此刻，不能有丝毫的松懈！

第四十九章　冰山雄狮（一）

张国正正在办公室思绪联翩的时候，一辆军用越野车已经通过门卫快速驶进营区，直奔团指挥部所在的三层办公楼而来。车缓缓停下，走出来的是一位四十七八岁的大校军官，军官身材高大，足足有一米八五，古铜色的脸棱角分明，特别是那一双浓眉下的大眼睛，闪烁着异常严厉的光芒，左额头上有一条一寸长的疤痕，在帽子的遮挡下仍然显露一截。

大校不等随行人员全下车，自己快步朝办公楼走进去，门口的哨兵连忙敬礼，大声报告："首长好！"

大校挥起大手一个军礼，大声说道："新兵营办公室在哪里？"

"报告！在二楼左侧！我带首长过去！"

"不用了！"

大校说完快步上楼，直奔二楼新兵营营长办公室而去，还没进门，他那大嗓门儿已经冲进了张国正的办公室："嘿嘿！老张啊！老张！他×的大老远就闻到你小子那大炮筒子味啦！"

办公室中，张国正正在抽烟，猛地听到喊声，大吃一惊，连忙站起身，还没等说话，大校已经推门而入。来人正是副师长——师新兵团团长王成梁。张国正见他进来，两个人虽然是上下级关系，但彼此太熟悉了，也不客气，笑道："老王，你怎么突然就杀过来了？”

王副师长大嗓门儿喊道：“哈哈！我老王下部队，什么时候需要通知了？不给你个突然袭击，可对不起咱们老战友一场了！对了，这次我们到达的消息，你先保密！”

说完，王副师长大大咧咧地坐到沙发上，从裤兜里拽出一包玉溪来，伸手找张国正要打火机，张国正把打火机递给他，笑道：“怎么样？也来支我的漠河烟？”

“得了吧你！”王成梁挥了挥手，皱着眉头说道，“我可受不了你那核武器！”两个人闲聊了几句，这时候随行的师新兵团人员也都进来了，张国正一一握手，又吩咐战士倒水。一干人坐下，张国正这才说道：“顾团长去师里面开会刚走，你要是提前招呼一声，他就等你了。”

“等我干什么？我老王又不是大姑娘！”王成梁笑道，“半路上我碰见他了！”张国正笑着摇摇头，这个老战友，都快当将军了，还是一副口无遮拦的样子。

“说正事，老张，我听说你们今年新兵带得不错呀！尤其是那个新兵十连，听说很风光呀！”王成梁说道，“怎么样？我还准备让你到师新兵团介绍介绍经验呢！”

张国正笑着拿出十连的普考成绩表递给他，说道：“这是十连普考的成绩，还没来得及上报呢。”

王成梁一把抓过成绩单，仔细看了起来，连连点头，赞叹道：“很好啊！就这成绩，能赶上老兵连队了！看来你们团新兵营又出凤凰了！连长是谁？是那个龙云吧？”

“对！”张过正点点头。“这小子真有两下子！”

对于新兵十连组建的目的和为什么参战，早在新兵十连组建前，威猛雄狮团就向师里上报组建请求，是王副师长批示的；十连参加执行任务也是张国正报上去，作为新兵团长的王成梁呈上军区的。对于这个连队，他并不陌生。

“对了老张，你重点给我说说这个钟国龙的情况！”王成梁看着成绩单上钟国龙的成绩，急切地说道，“上次签发嘉奖令，全军因为违抗命令被处分的还就这小子一个！我听说还误打误撞地给三猛大队解围了？这成绩不错啊！”

“哈哈！你呀，还是老脾气，偏喜欢这刺儿头兵！”张国正笑看着老战友，他和王成梁当年是一个班的战友，说话要随便得多，要是换了其他的团长副团长，见到这个王副师长，还真是从心里发憷。当下坐到椅子上，给王成梁讲起钟国龙来，“这个钟国龙，湖南兵，当兵前是标准的问题青年，在老家带着一帮子小兄弟，把整个县城都能翻过来！是龙云把他接过来的，正好上级批了我团组建特殊的新兵十连，我直接就把这小子踹给龙云了。”

张国正娓娓道来，把钟国龙菜刀大战、战场抗命、殴打九连长的事件一个个讲给王成梁听，同时，也把钟国龙身上发生的巨大变化重点地讲述了一番，直把王成梁听得哈哈大笑。

“总之，这个新兵确实与众不同，从他身上，总能找到一些振奋人心的东西，也总能让人眼前一亮，但是，同时也具备着风险，说不定哪天这小子脾气一上来，就能把天捅个窟窿！”张国正苦笑道，“还真得是龙云了，龙云这家伙新兵的时候，比钟国龙强不了多少！这回我给他来了个以毒攻毒，嘿嘿！效果还真不错！”

“哈哈！有意思！”王成梁笑道，“老张你发现没有？咱们部队的这些个骨干，仔细统计一下，这中规中矩出来的还真是不多！我还真就喜欢这个钟国龙的血性，也许这样的兵，才能成为战场上的铁血战士，才能让敌人胆寒！‘三好学生’虽然能让人省心不少，可就是在关键时刻缺乏这股冲劲啊！这兵的种类有很多，好兵的种类也很多，像钟国龙这样的，是一个典型，代表了一种类型的兵啊！”

“是啊！”张国正点点头，“我也一直在思索，像钟国龙这样的新兵，如何培养好，甚至可以算是一个研究课题！正因为他代表了一个类型的兵，把他培养好，也能给我们的新兵建设工作提供很好的参考啊！我感觉，这些20世纪80年代出生的新兵，思想观念上和我们以前不同，甚至与70年代的兵也有很大不同，如何培养他们，使他们成为新时代的铁血战士，是摆在我们面前的一个大课题啊！”

“对！”王成梁操着大嗓门儿说道，“像这样的兵，不怕你给他施加多大的压力，他自己就跟一个火药桶差不多，我们只需要让这个火药桶在最需要的时候爆炸就可以了！”

张国正忽然笑道：“你这次突然袭击，又带什么花样来了？”

“嘿嘿！”王成梁笑道，“这回，趁老顾不在，我给你来个底朝天！”

凌晨两点，十连宿舍，新兵们睡得正香。普考刚刚结束，距离师新兵团“冰山雄狮杯”的考核估计还有几天，别的连都只安排了小量的训练，只有龙云还是老一套。一天的高强度训练下来，十连疲惫不堪，早早都进入了梦乡。

窗外，更是一片寂静，年后的边疆，寒冷依旧，距离冰雪消融还有一段时间，寂静的军营中，除了寒风吹过的声音，听不到任何响动。在这样的深夜，除了值勤的哨兵，整个营区都在沉睡着。

新兵营营部，此刻却是灯火依旧。

王成梁瞪着神采依旧的大眼睛，在他的身前，除了张国正，随行来的师作训科和军务科的参谋们全都身穿军大衣，有的手里拿着秒表，有的拿着笔和小册子，每个人的神色都显得有一些紧张。

王成梁看了看手表，转头对作训科的王参谋命令道："拉警报！"

王参谋手上拿了个警报器，快速跑到营区操场中间拉响了，尖厉刺耳的警报声立刻划破夜空，急促地响了起来！

"呜——"

后面，王成梁、张国正和参谋们快步下楼，赶到操场。这个警报是要求所有人员紧急集合，看样子王副团长是想连着老兵一起拉一拉，看看作为应急机动作战部队的威猛雄狮团的应急能力。

整个军营立刻从寂静转为沸腾，所有宿舍的灯全部打亮了，夜空中，集合声、口号声、脚步声逐渐增多。

1分38秒，侦察连已经背上背包、带着武器装具整整齐齐地站在操场上了！

"首长同志！威猛雄狮团直属侦察连全体集合完毕！应到92人，实到89人，请您指示！"

连长许风一看是王副师长站在主席台上，有些吃惊，但立刻明白了，这个王副师长不是第一次这么干了！

"稍息！"

王成梁很满意侦察连的快速反应能力，赞许地点点头。

又是一阵整齐急促的脚步声，两个老兵连队几乎同时到达操场。

"首长同志！威猛雄狮团一营二连集合完毕！应到103人，实到103人，请您指示！"

"首长同志！威猛雄狮团三营六连集合完毕！应到98人，实到98人，请您指示！

2分7秒！操场上出现了新兵十连的队伍！龙云紧急集合队伍，立正，转身，跑步，到达主席台前，大声吼道："首长同志！新兵十连紧急集合完毕！应到12人，实到11人，一名病号，请您指示！"

"稍息！"王成梁眼神中透出一丝欣喜。

操场上，先后到达的连队越来越多，参谋们紧张地记录着各个连队集合到达的时间。

老兵连队陆续全部赶到了，跑在末尾的全都是新兵连，这些连队普考完毕以后有些放松，哪里想到会有紧急集合，警报声一响，这才赶紧穿衣服领装备，一时间有些慌乱。

6分11秒，最后一个到达操场的是新兵五连，新兵们一个个如梦方醒般地集合到操场上，个别人背包散乱，武器装具也是杂乱不堪。

王成梁怒了，从主席台下来，直接冲到五连的队伍前面，冲五连长吼道："告诉我你的姓名和职务！"

"报告首长！路正海，原三营九连副连长，现任新兵五连连长！"五连长明显底气不足，眼睛都不敢对上王成梁那快要杀人的眼神。

"他×的狗屁连长！我问你，你们团要求的紧急集合时间是多少？"王成梁问道。

"报告首长，要求3分钟内！"

"你的时间是6分11秒，什么原因？"

"报告首长，我带的新兵……"五连长一句话还未说完自己先后悔了。

王成梁果然大怒，瞪着眼睛大骂："混蛋理由！新兵怎么了？是不是你带的兵？为什么其他的新兵连能在3分钟内到达？为什么新兵十连用了2分7秒？自己不行，倒赖起自己的兵来了？我最看不上你这样的干部！我看你这个什么副连长连长的也别当了，趁早回家锄地去吧！"

王成梁向来如此，从不会顾及什么脸面，一通臭骂，直把五连长骂得无地自容，胆战心惊。全团战士听着王成梁发火，都忍不住倒吸一口凉气。

王成梁快速回到主席台上，命令所有老兵连队带回，把新兵营十个连重新集合到一起。整个队伍异常安静，都在等待着这位出了名凶猛的副师长训话，王成梁扫视一下全场，用他那浑厚有力的大嗓门儿大声说道："介绍一下，我叫王成梁，是师新兵团的团长。今天搞了个突然袭击，不是我姓王的抽了风发了癫！我是想看看，威猛雄狮团的兵到底怎么样！刚才大家都看到了，有的连队，我很满意，提出表扬的是新兵十连，全团新老兵20多个连队，新兵十连装备整齐，反应迅速，第四个就到达了操场。3分钟以后到达的，全部都是新兵连队，这让我很恼火！你们以为自己是学生吗？考完就等于放假了？回去你们当连长的一人给我写一份检查！

"同志们！现在虽然是和平时期，但是，我们这些维护和平的战士们，却绝对不能有任何天下太平的想法！我们要时刻准备着应付任何突发的情况。一句话，我们应该每一分、每一秒都在准备着战斗！任何理由和托词，与我们军队铁的纪律和肩负的使命比起来，都是混账话！希望大家能够真正理解这句话的含义！

"除新兵十连留下之外，其他连队解散！"

所有连队带回了，只有新兵十连还留在操场上，好在十连这次是露了脸，否则大家还指不定多紧张呢！

王成梁走下主席台，换了一副笑脸，微笑着在每个人身上打量了一眼，十连全体人员装备整齐，纹丝不动，这让王成梁很满意，最后，他的目光集中到龙云脸上。

“你是龙云吧？我们以前见过！”

“是！首长！我们去年在全军大比武上见过！”龙云回答道。

“嗯！早就听说你带的这个十连现在成了你们营的宝贝，今天我也算是见识了！”王成梁就是这么个怪脾气，刚才还瞪着眼睛要吃人，现在看见自己喜欢的兵，整个人变得像慈父一样，眼神和蔼，声音也和善，“怎么样？这回冰山雄狮杯比赛，你们连是必考连，有没有信心？”龙云坚定的眼神中不见任何的犹豫，自信而有力地回答道：“新兵十连随时准备接受师首长的检阅！”

“好！良将出雄兵，你们呢？有没有信心？”王成梁的目光又转向新兵们。

“有！”

齐声怒吼，10个新兵的声音足可以与其他一个连相媲美。

王成梁真是越看越喜欢了，忍不住在队伍前面来回走了一溜，整整这个的衣领，拍拍那个的肩膀，真有些爱不释手，把旁边的张国正看得直笑。王成梁又走到钟国龙的身前，笑着问道：“你是不是叫钟国龙？”

“是！”钟国龙回答，又奇怪地问，“首长，您怎么知道我叫钟国龙？”

“哈哈！”王成梁笑道，“因为刚才我骂五连长的时候，你小子都快笑开花了。刚才表扬你们连，还就你最得意，这会儿你眼睛又瞪得最大，你要不是钟国龙，可对不起你自己啦！”

“哈哈！”新兵们都笑了，钟国龙有些不好意思了。

王成梁又说道：“不光钟国龙，你们这里有单射全中靶心的神枪手陈立华，点射冠军刘强，还有体能最好的余忠桥，对不对？”

一句话说完，连张国正都惊讶了。王成梁下午看了一遍成绩单，居然连名字都记住了，这家伙还真是粗中有细啊！

“好了，不多说了！明天，就看你们的表现了！解散！”王成梁宣布解散了。

新兵们兴高采烈地往回走，一路上开心极了，心想这个王副师长还真有意思。只有龙云有些莫名其妙的担心，总感觉在王副师长那深邃的眼神中，似乎隐藏着什么，却又说不出来。

第二天，新兵营全体集合，师考核组进行抽考。一个连队抽一个班，当然，毫无意外，十连正好一个班，是必考的，对这点龙云和十连新兵心里也是早有准备。

“新兵一连，一班，出列！”作训科许科长大声喊着。

“是，一班，跑步走！”

“新兵二连五班，出列！”

“是！”

被抽中的班，在班长的带领下跑步出列，一个个神情紧张，眼前这个王副师长，他们昨天晚上已经见识过了，打心底里有些惧怕。许科长又准备往下点，王成梁忽然走了过来，说道：“好了！其他的我来点！”

“是！首长！”做训科长准备将手中的花名册交给王副师长。

王副师长看了一眼：“不用了，你拿着！”

说完，王成梁走下台阶，开始从每个新兵连前面依次走过，炯炯有神的眼睛扫视着每个他看到的新兵。气氛紧张到了极点，所有新兵和他们的班长一起，心跳都加速了！王成梁那深邃的眼神，似乎能穿透到每个人的心底。

“这名班长，你们是哪个新兵连的？”王副师长站在一名一级士官面前问道。

“报告首长！我们是新兵八连的。”这名一级士官站得笔直，胸脯挺得高高的，大声回答道。

“带你们班出列！”

“是！七班，跑步走！”

一个班选出来，王成梁继续踱着步子，走走停停，5分钟不到，王成梁已经将其他连的接受考核的班全点出来了。

最后，王成梁的目光定格在龙云身上，龙云依旧面色严肃，眼神自信且坚定。

“新兵十连，出列！”

“是！”

十连在龙云带领下出列，他们是全员必考的，全连早有准备，此刻就等着安排他们连考哪个科目了！昨天晚上回去，这帮家伙集体讨论了1个多小时才睡着。最后讨论的结果是，九大科目，哪个科目他们都稳拿第一，就算副师长把九大科目全考一遍，十连也绝对没问题。这种信心不是吹出来的，3个月的强化训练成绩就能说明一切。

许科长跑到王成梁那里汇报了一番，王成梁看了看花名册，又指点了几处，最后眼睛居然朝龙云这里看了一眼，龙云看了站在台阶上背着手，神情严肃的王副师长一眼，两个人一对视，龙云的目光并没有退缩，王副师长微笑了一下，这让龙云有些不明白了，总不能真是全考吧？

许科长跑回队伍前面宣布：“按照新兵团抽考要求，其他未被抽中的人员解散！

下面宣布考核班名单：新兵一连一班、二连五班、三连九班、四连……十连全体！全体抽中参加考核班班长，除十连外，其他班由班长代表进行抽签，决定考核项目！”

各班班长出列，走到主席台去抽签了，龙云和十连新兵们傻在了那里！什么意思？为什么除了十连呢？他们齐刷刷看向王成梁，可王成梁根本没往这边看，正背着手看班长们抽签。龙云忍不住看了看张国正，想从他那里得到答案，没想到张国正也是神秘地笑了笑，转过身去了。

抽签完毕，科长宣布考核地点和时间。有的是射击，有的是战术基础，唯独没有宣布十连的。这下，龙云再也按捺不住了，跑出列向王副师长敬礼！大声问道：“王副师长，我们新兵十连为什么没有考核项目？”

王成梁转身盯着龙云，忽然笑了起来，说道：“龙云，你紧张什么？你们十连可是我这次来的主要目的之一！十连的普考成绩我也看了，从普考成绩上看，你们十连是绝对的明星连队！所以，对于你们的考核，也不能跟别的连一样。你只需要耐心准备考核就好，怎么，担心了？”

“不担心！”龙云说不出话了。

“还有其他问题吗？”

“没有！”

“入列！”

“是！”龙云一个敬礼，向后转，无奈地又跑回队列。

各班已经按照抽签的结果各自带到场地去了，只有龙云的十连站在操场上发呆。王成梁也准备走了，看了看发呆的龙云，忽然喊道：“新兵十连全体都有，稍息——立正！科目：5公里徒手跑，跑步——走！”十连无奈，只好沿着操场跑了起来。

“班长，副师长这是想干什么？不考核，怎么让咱们跑起步来了？”钟国龙奇怪地问龙云。

“不会是考核跑步吧！”伞立平也说。

“别说话，执行命令！”龙云低声吼了一句。大家不敢说话了，只好在操场上猛开始跑步。

射击考核场地上，刚刚从军里参加完学习的团政委李可农奇怪地问王副师长：“王副师长，十连您准备怎么考核？这都两个5公里了，您总不会是想累完了他们再考吧？”

王成梁笑道：“那多没意思，人家该说我故意刁难他们了！再说，就这群家伙，听你们团张副团长说，他们天天跟着侦察连武装越野，再跑上两个5公里也难不倒他们！别着急，我自有办法！”

李政委还是不明白，旁边张国正笑了笑，从裤兜里面习惯性地掏出他的漠河烟烟袋和一圈裁得方方正正的纸片卷起烟来，然后又把李政委拉到一边，说了几句。

李政委恍然大悟，笑道：“哈哈！副师长还真有办法！这回够龙云他们受的了！”

这时候，操场上的十连已经没有怨言了，不就是跑吗？既然是首长命令，那就跑吧！谁知道首长到底想怎么考呢？龙云索性不再去请示了，跑完5公里，又跑到操场边上练单杠，练俯卧撑，练匍匐，练跃进……王成梁在远处看着训练得热火朝天的十连，脸上流露出会心的微笑。

他对龙云这样的干部的喜爱之情已经溢于言表。以龙云的个人素质和带兵经验，论起水平来，别说是班长排长，当个营长也够格了。他现在考虑的是，像龙云这样的干部，部队中还有很多，他们任劳任怨地处在连、排的位置上，有的甚至还在当班长。要是论资历和位置，似乎是委屈了他们，可是部队的连、排、班之中，却必须要有这样的干部存在。只有他们在最基层的岗位上工作，部队才能培养出一批又一批的优秀士兵，他们在基层的带动作用，是任何教科书都不能替代的。

第五十章　冰山雄狮（二）

终于，王成梁带着张国正和李政委，以及许副科长，转头回到操场。

“新兵十连，全体集合！”许副科长高声命令。

“老天爷！终于轮到咱们了！这回让副师长看看咱们的厉害！”

十连全体人员立刻紧急集合，迅速跑步回到主席台前。所有人都盯着王副师长，等待他下达考核内容命令。

王成梁走过来，看着这些汗流浃背的新兵，嘴角露出一丝笑意，又走了一圈，忽然停下，盯着龙云。龙云被王副师长这样盯着，一时不知所措，好在龙云对自己连队的这九项考核还是有底的，否则非被王成梁给盯毛了不可！

“新兵十连！”王成梁忽然大声宣布，“新兵十连考核项目为：军事理论与政治理论。第一项，检查军事政治笔记本，第二项，理论口试。准备时间10分钟，10分钟后带上小凳和笔记本操场集合！”

一席话说出，把龙云在内的所有人都说傻了。大家万万没有想到，王成梁放着训练科目没有考，偏偏考起军事政治理论来了。龙云更是吃惊，要说训练科目，他龙云敢拍着胸脯说自己的连队没有任何问题，可是，因为十连参加上次任务，耽误了一些时间，后来又和侦察连合练，把时间都用在训练上了，而且平时他上课都是给大家讲实在的，没有按照教案上的大话套话讲。这一下不好过关了！

“怎么，没听明白？”王成梁看十连发呆，大声喊道。

“明白！”

龙云顾不了许多，连忙带队，一溜烟儿往宿舍跑。

“班长，怎么会考起理论来了？普考的九个科目里面也没有这条啊？”李大力急地说道，“要说训练科目咱还有把握，可是理论这东西，咱平时还真没背呀！”

“就是啊！这不是寻咱们的短处吗？”伞立平也跟着说。

“吵什么？”龙云边跑边瞪眼，“谁告诉你冰山雄狮杯非考训练科目了！把笔记本都给我准备好，能过多少就过多少，要是没过关也怪咱们平时没背那些条条框框。还有，一会儿口试的时候，你们能背出多少就背出多少来，都不要慌！”龙云这么一说，大家也就不说话了，跑回宿舍，拿了笔记本和凳子，又快速跑回操场，按队列准备完毕，每个人的心中还是忐忑不安，不知道王副师长到底要考什么。

王成梁走下主席台，从李大力开始，挨个儿检查笔记本。十连的笔记本内容，和其他连队的差别很大，笔记本上没有任何的大话和套话，都是按龙云平时要求的大道理简单化的表述，然后是心得体会。与其说是政治笔记，还不如说是心情日记。

怪事情出现了！王成梁看着这些按道理完全不合格的笔记，紧皱的眉头居然舒展开来，在那里看得津津有味，尤其是看到钟国龙的笔记，更是深感奇特，除了一些必要的摘引，其他什么理论、条款一句没有，全都是自己每次经历事件后的心得体会，这里面有他不成熟的第一篇思想日记。王成梁对其中的一段来了兴趣，反复看了起来：

班长又和我谈了半宿，我终于明白我以前所犯错误的究竟，现在想起来，一个战士，什么叫忠诚？就是随时随地听从上级命令，把自己融入整个集体之中。什么叫情义？就是无论在多么艰苦的环境下，无论在多么危急的时刻，都不能放弃自己身边的每一位同志。什么叫无所畏惧？就是要永远跑在冲锋的道路上，就是死了，血也要向前喷！什么叫战友？就是能在最关键的时刻，为自己挡子弹的人！明白了这些，才能明白我以前的愚蠢。

王成梁有些感动了，这段话也许并不全面，并不华丽，但是，相对于那些动不动上升到祖国和人民的套话来，不知道要强上多少倍，只有这样的话，才是一个战士真正的心声！

王成梁将笔记本还给钟国龙，又继续看其他人的笔记，越看越感动，几乎每个本子上都记载着一名新兵的成长历程，里面有伞立平从刚开始的怕苦怕累到思想的转变，也有刘强看到钟国龙的进步的感慨，还有陈立华练习射击付出的艰辛，也有胡晓静表达出的对十连的热爱……

说实话，一开始我真的埋怨过自己为什么会被分到新兵十连，每天无休止地训练，比其他连队多几倍的训练强度，每周一次严格的考核，还有班长对我们超乎寻常的严格要求……但是，在我们十连取得了一个又一个让其他连队可望不可即的荣誉之后，在十连从战场上胜利归来之后，在新兵生活将要结束的时候，我又深深地感受到，庆幸自己来到了十连，我为我在这里度过的每一天而自豪……我想，无论到了什么时候，我都会想念十连！

在我们十连，没有什么困难是不可战胜的，因为我们是十连，我们有十连的性格！我们的性格就是，见红旗就扛，见第一就争，所有的胜利，都是属于我们十连！

是人民养育了我们，该怎么做，我们自己看着办！

我们吃着老百姓种的粮食，我们从老百姓中走出来，我们的父母、兄弟、姐妹，都需要我们努力地训练，努力地工作。我们抓住了ABL！那些躲在幕后指手画脚的恐怖分子的主子，应该也因为我们的强大而颤抖吧！放弃吧，投降吧！别以为我们这些和平时期的兵是一群花花公子，你就是再来100回，最后在我们面前，还是失败，何必呢？

……

真的，严格意义上讲，这些内容都不是合格的军事政治学习笔记，上面很少涉及学习资料上的那些内容，但是，这些类似心情日记的笔记上，又无不和那些大道理相印证。十连用自己的真实感受与行动，进行着自己独有的军事政治理论学习，而这些朴实的语句中体现出来的理论，强过所有书本的内容。这些笔记中所体现出来的自信与自豪感，是多么珍贵啊！

从这些语句中，王成梁甚至又找回了战火硝烟时代的那种激情。当年自己趴在南部边陲的战壕中，所体会到的不就是这种精神吗？这些20世纪80年代出生的新兵，给了他足够的震撼！

笔记看完，王成梁满意地点了点头，又一次看了看龙云，这些笔记汇在一起，也就是眼前的龙云了。

“好！下面进行理论口试吧！”王成梁暂时不动声色，“首先，先集体给我背一下军人誓词！”这个倒是难不倒十连，在部队，牢记军人誓词是每个士兵的必修课。

十连在龙云的带领下，集体高声宣誓：“我是中国人民解放军军人，我宣誓，服从中国共产党的领导，全心全意为人民服务！服从命令，严守纪律，英勇战斗，不怕牺牲，忠于职守，努力工作！苦练杀敌本领，坚决完成任务！在任何情况下，绝不背叛祖国，永不叛离军队！”

王成粱点了点头，又指着胡晓静问起了士兵职责，还好是胡晓静，这些东西是他最擅长的。

看来这只是刚刚开始，副师长“处心积虑”，绝对不会只问这么简单的东西。十连每个人都在脑子里翻腾着平时抽时间背诵的那些东西，可又实在想不起来太多。王成粱大步走到陈立华面前，盯着他的眼睛，忽然问道：“如果你被敌人俘虏，你会怎么办？”

“啊？”

陈立华愣了几秒钟，这东西书上没有啊！王成粱又重复了一遍，陈立华只好实话说道：“我会继续维护中国人民解放军的尊严，决不向敌人低头。不透露任何我军机密给敌人，就算他们把我打死、折磨死也一样。”

“好！”王成粱忽然又转向钟国龙，问道，“钟国龙，如果你被敌人俘虏，你会怎么办？”

“报告首长！我从来没想过我会被俘虏！”钟国龙大声回答道。

王成粱颇感兴趣地问：“没想过？为什么？”

钟国龙瞪着眼睛，大声回答道：“报告首长！因为，我认为，一个战士成为俘虏，是平生最大的耻辱。就算是在战场上，敌人很强大，我也可以拼死一战，子弹没了有刺刀，刺刀没了我还有手有脚，死了我也不当俘虏！”

“哈哈！不错。”王成粱笑道，“好！那我问你一个别的问题！你给我说说95式自动步枪的构造、射速、技术参数！”

“是！”钟国龙开心了，这是他最擅长的东西呀！这小子平时没事光研究这个了！当下大声回答道，“95式自动步枪由刺刀、枪管、导气装置、瞄准装置、护盖、枪机、复进簧、击发机、枪托、机匣和弹匣11部分组成……报告，回答完毕！”

“哈哈！你还是个百科全书啊！”王成粱满意得直点头，接着又问了其他人员诸如在战场上作为一名士兵该怎么做、为什么部队要练体能、队列训练有什么用等实际问题。每个问题中，他又时不时地插入许多现实的小问题，十连新兵们逐一进行了回答。这些问题，特别是那些实际的小问题，都是书本上没有的，这反倒让新兵们容易回答，大家也不用想什么书本笔记了，干脆想怎么答就怎么答，反倒说得头头是道了。

最后，王成梁走到了龙云面前，忽然问道："龙云，你给我说说，你的带兵理念。注意，我不是要你背书本，是让你用自己的实际经历来谈谈你的想法！"

"是！"龙云仔细思考了一下，大声回答道，"我的带兵理念是，在我的眼里，没有不好的兵，只有不行的将。作为一个军官，应该时时刻刻把必胜的思想灌输到每个战士心中，训练必胜，比赛必胜，战斗必胜，时时必胜，刻刻必胜！在我所带的部队中，听不到'失败'这两个字！我们来，就是来争取胜利的！"

"好，说说你十连的训练吧！"王成梁很感兴趣。

站在一旁的张副团长看着这边的考核，感觉像是一次记者采访，他的神色变得轻松起来，右手从口袋里拿出烟袋卷纸，熟练地卷起烟来。

"在十连，我们的训练强度，相比任何老兵连队都不逊色，甚至超过了老兵连队的强度。我们确实很辛苦，许多战士一开始也是吃不消的，但是，我们一起坚持过来了！在3个月的紧张训练中，我丝毫不敢松懈，而我的这些新兵，也时刻给我的内心带来感动。我认为，十连的进步，不单单是新兵的进步，也是我龙云的进步，我严格要求他们，而他们的实际行动，也时刻鼓励着我，十连的进步，是全体的进步！"龙云说到这里，自己也有些感动了。

王成梁若有所思，看了一眼张国正和李政委，他们也被龙云的话所感染了，不住地点头。王成梁没有评价，走到旁边的作战参谋身旁说了几句话，命令他把成绩登上。

"十连考核结束，带回！"

王成梁一声令下，十连带回了。一路上，龙云和新兵们都摸不着底，不知道考核成绩到底怎样。回到宿舍，龙云也不踏实，和赵黑虎商量了一下，决定还是等等再说。接下来的几天，十连都悬着一颗心。

张国正看着龙云他们离开，这才走到王成梁身边，笑着问道："副师长同志，这十连的表现怎么样？还满意吗？"

"你小子还没看出来？"王成梁笑着对老战友说道，"岂止是满意？我这些年就没见过这么好的连队！不过，今天李政委和你这个副团长都在呢，有件事情我可要说了！"

张国正倒吸一口凉气，他最担心的事情终于发生了。果然，王成梁斩钉截铁地说道："龙云这个人，这次我要定了！"

王成梁之所以用这种语气，也是有他的想法的，现在各部队里面，都把自己的尖子兵看成手中的宝贝，不说话“狠”一点儿，恐怕是要不来的呀！当下又补充道：“这是命令！龙云要调到我师部去！”“不行！”还没等李政委说话，张国正就不干了，瞪着眼睛冲王成梁喊道，

“王副师长，你别官大一级压死人的样子！龙云这个人，我可不放！”

“张国正！你他×的少给老子摆小家子气！我说要就要了，龙云窝在你这小庙里面，你感觉不到老子还感觉心疼呢！李政委，你就表个态吧！顾团长那里，我回师部时也跟他说一声！到时候师部调令会下到你们团。”

王成梁和张国正是老战友，彼此关系在那儿呢，张国正才敢横两句，一看这硬的不行，张国正急忙换了语气，笑眯眯地凑过来说道：“老王，是这样的，我不是不同意放龙云，这小子是我一手带出来的兵，现在呀，你看他挺优秀的，其实时间长了你就知道，这小子好多棱角还没磨平呢！这万一到师里出了问题，不但给我们团丢脸，也让你这副师长面子上过不去不是？我看啊，还是等等吧！等我把龙云彻底教育好了，到时候我亲自给师里推荐过去！”

“嘿嘿！你小子！硬的不行，这下又来迂回的了是吧？还什么棱角没磨平，等他×的磨平了，估计我都退休了吧？你少给我耍这缓兵之计！不多说了，你就等着师部下调令吧！”

旁边性格内向的李政委笑了笑，没说话。他知道王成梁的脾气，何况，要真是师部下令调人，他拦也拦不住，索性就站在旁边看这两个老战友互相“掐”了。

张国正还想说什么，王成梁干脆不理了，又跑去看一连一班的射击考核。

3天后，师里召开了新兵营电视电话会议，每个新兵营一个分会场，师部为主会场。威猛雄狮团所有的新兵都集合在大会场，紧张地等待着，谁都明白，这次会议除了做新兵训练阶段总结、宣布各团新兵营考核成绩外，还有很重要的一个内容，就是要颁发“冰山雄狮杯”。

这时候，连张国正的心都是悬着的，说实话，能不能拿奖张国正心里也没有底，据师部的作战参谋透露，今年其他几个团的新兵营也是红了眼在争夺这个荣誉，而且得到的消息是，其他团新兵营的训练水平并不低，这次“冰山雄狮杯”究竟花落谁家，大家都等着呢！

此时，龙云正坐在师部的主会场内，心中更是焦急，他前一天忽然接到师部通知，要到师部参加新兵训练阶段总结大会，副师长王成梁点名要他参加。

会议按照流程，首先宣布了各团新兵营普考的考核成绩，新兵十连果然是一枝独秀，总成绩高居全师前列，让其他团的新兵营领导羡慕不已。

“下面，我要宣布这次冰山雄狮杯评比的抽考成绩。经过师新兵团紧张的各地抽考和总评，最后决定，本年度冰山雄狮杯的获得者是——威猛雄狮团！”

威猛雄狮团总成绩第一获得今年“冰山雄狮杯”！原本直挺挺坐在团军人俱乐部里盯着大屏幕看的新兵们大声欢呼起来，有些新兵激动地从凳子上站了起来。副团长张国正也是兴奋地站起来鼓掌，几日来悬着的心终于放踏实了！

新兵十连这些家伙更是异常的兴奋，要不是在会场，他们早跳起来了！钟国龙更是兴奋，仿佛憋在心底的那口“恶气”，如今终于舒舒服服地吐了出来，什么训练的残酷、平时加练的辛苦，此时此刻全被喜悦和兴奋所代替了！

王成梁等场面安静下来之后，站到了前面，开始做新兵团工作总结。他表情严肃，又满怀激情，铿锵的语音回荡在师部会场和每个新兵营的会场中：“今年的新兵工作，我想重点说说威猛雄狮团的新兵十连。我可以很明确地说，威猛雄狮团今年之所以获得冰山杯，是和十连的超优异表现分不开的！许多在座的首长和各营干部都知道，当初雄狮团计划组建这个新兵十连的时候，不单单是他们的营部，就连我们新兵团部甚至军委，都悬了一颗心啊！因为，这次的尝试看似简单，却是我军在和平时期大练兵中进行的一次重要的实验。

“那么，这10个当初的刺儿头兵，当初哪个连队都不想要的兵，这些退兵‘潜力’很大的新兵们，3个月以后，给我们带来了什么呢？是的！他们给我们带来了全新兵团最优异的训练成绩，他们给我们全师的新兵工作提供了一个标准的范本，他们给我们每个人带来了异乎寻常的心灵震撼！现在，我问一句，还有哪个连队不愿意要十连的兵？这些兵下到连队里，我王成梁敢保证，他们个个是骨干，个个是精英！”

所有的会场顿时安静下来，所有人都若有所思。新兵十连这里，每个人的眼睛都已经湿润了。他们没有想到，师首长给了他们这么高的评价，人生中为数不多的被别人肯定的经历，深深打动了他们。

王成梁继续说道：“我王成梁这个人，一向不会隐瞒自己任何观点，你们在座的人中，也有的曾被我骂得狗血喷头，但是正因为如此，我王成梁同样不会隐瞒我心中对优秀的人的任何赞美！训练就不用说了，成绩就摆在那里，再说说十连的政治军事理论学习吧，他们的笔记本，我都挨个儿看了。没有看到一句空话与套话，我看到的是，真正的铁血军人的思想境界！

“不要以为十连表现这么优秀，是谁给他们吃了助长灵了，开了绿灯了。要说十连与众不同的地方，那有两点：第一点，是因为十连时时刻刻在艰苦努力地训练，他们的训练强度甚至超过了侦察连的老兵。第二点，就是我们给十连配备了好的领头人！一个真正全方面过硬的新兵连，在某些科目的训练成绩超过了老兵，这和该新兵连连长的严格管理、严格训练是分不开的，新兵十连取得今天的成绩，与他们的连长龙云是分不开的！要说原因，我想引用一段龙云自己的话，这段话已经深深印到我的脑子里去了。他说，‘在我的眼里，没有不好的兵，只有不行的将。作为一个军官，应该时时刻刻把必胜的思想灌输到每个战士心中，训练必胜，比赛必胜，战斗必胜，时时必胜，刻刻必胜！在我所带的部队中，听不到失败这两个字！我们来，就是来争取胜利的’！”

王成梁说到这里更加激动了，“大家都看到了，这就是龙云的带兵理念，这也是他能带出这么好的兵的直接原因。我相信，这段话，应该可以算作新兵十连的兵魂了，那么，我也倡议，这段话，要成为每个带兵干部的灵魂！”

掌声就这样激烈如潮水一般响了起来。所有人都被王成梁动情的话语所感染了，也被龙云和他的十连所感动！龙云坐在师部，这个硬汉子也忍不住激动得眼睛湿润了，师首长此刻的总结表扬是对他和十连全体最大的肯定，一个军人，现在是最幸福的时刻！

“下面宣布嘉奖名单，优秀新兵连教官：龙云、梅海清、胡朝贵、李夏；师嘉奖：赵黑虎、李成汗、薛进明、牛双志……”

名单宣布完毕，王成梁停顿一下，说道：“经团党委研究决定，今年的新兵团，要颁发一个特殊的奖项，也是历年新兵团中第一次设置这个奖项，这就是，授予威猛雄狮团新兵营十连‘钢刀新兵连’的称号！下面，我们就请十连的连长龙云亲自上台领奖，也请他说说自己的获奖感受吧！”

在热烈的掌声中，龙云昂挺胸头，走向前台。从王成梁手中接过那沉甸甸的锦旗，龙云感慨万千：“各位首长，同志们，‘钢刀新兵连’的荣誉，是我没有想到的，但是此时我很激动，这是部队对我们全体十连官兵的肯定。经过3个月的艰苦训练，今天，是整个十连收获的日子。在此，除了对首长和部队的关怀表示感谢之外，我还要在这里感谢十连的全体兄弟们，这个荣誉，属于我们十连的每一个人！我相信，十连的脚步，永远不会停下！敬礼！”

威猛雄狮团会场上，十连全体新兵和受伤的赵黑虎，面对着屏幕上庄严敬礼的龙云，全体起立。

“敬礼！”赵黑虎一声大吼，十连全体敬礼！

“向新兵十连学习！敬礼！”

全会场的新兵起立，敬礼！掌声！

接下来的几天里，十连并没有过多地沉浸在巨大的荣誉之中，每个人的神色间都有一种说不出的忧郁。训练还是照常进行，大家都在等待着龙云回来。

钟国龙这几天时常发呆，他知道，十连马上要解散了，现在团里面已经开始讨论新兵下连的分配名单。自己舍不得龙云！每当想到这里，钟国龙的心里就堵得慌。他一圈又一圈地在操场上跑着，跑着跑着，眼泪就要下来。在钟国龙的记忆里，还没有哪次分别是这样的难受。与父母、兄弟分别的时候，虽然也很难受，但是，现在不一样，这种感觉令他更加不知所措，他不知道自己一旦离开龙云，会是什么样的状况。

第五十一章　最后班会

难熬的两天终于过去了，傍晚时分，龙云终于拿着那面象征着十连永久荣誉的锦旗从师部赶了回来。张国正、赵黑虎带着十连全体新兵在营区门口迎接龙云。龙云跳下吉普车，向着张国正敬礼，将锦旗郑重地交到他的手中，又转身跑回到车里，从里面提出两个沉甸甸的大黑塑料袋子来。

龙云看了一眼塑料袋子，冲张国正小声说道：“副团长，我买了些啤酒，不多……”

张国正“严肃”地说道：“我什么都没看见，赶紧回去吧！”

“是！”龙云笑嘻嘻地把黑袋子递给了钟国龙，钟国龙偷偷一看是啤酒，顿时眉开眼笑，拎着大袋子转身就往宿舍跑。

十连在赵黑虎的带领下已经参加完团的新兵训练总结。十连这次破天荒地获得师授予的“钢刀新兵连”称号，为威猛雄狮团争了光，并且在师考核中表现优异，因此团决定给十连每名新兵授予团嘉奖一次。

一路上，新兵们拥簇着龙云，叽叽喳喳问这问那，看那样子，仿佛龙云去了不是3天，而是3年。回到班里，龙云把弹药和口粮放进内务柜，接过陈立华递过来的热水喝了几口。休息了一会儿，龙云宣布召开班务会，总结新兵阶段的工作，所有人的心情顿时沉重起来，每个人都知道这个班会将意味着什么。

“同志们，今天的班会，我想分两部分内容，第一部分，是要对我们十连这3个月的新兵工作做一个最后的总结。是到了该总结的时候了！第二部分嘛，是咱们十连的庆功会，也是分别会！”

无论龙云怎样故作轻松，新兵们都高兴不起来。虽然大家在3个月前来到新兵连的时候，都知道新兵连的训练只有3个月，也有这个心理准备，可真到了这最后一刻，还是无法接受这样的现实。

龙云也知道这些新兵们都在想什么，顿了顿，还是继续说道：“今天，咱们十连还是老样子，不说那些大话和套话！虽然新兵连结束了，可你们下到连队以后，咱们还是一个营区的战友，经常都会见到，我和虎子，与大家战友一场，以后你们有什么困难和需要我们帮助的，尽管说话！记住，不管走到哪里，咱们都还是一个班的兄弟！下连队以后，大家就都到老兵连了，在那里，我希望你们每个人都忘了之前的这些荣誉。老兵连对于你们来说，又是一个新的起点，大家又是站在同一条起跑线上，最后的结果如何，那就要看大家自己的努力了。下到老兵连，就犹如大家新兵刚来时一样，都是一张白纸，画笔就在自己的手中，到最后，白纸上是一条龙还是一条蛇就要看每个人自己的了。”

“班长，就不能跟上级领导说说，咱们还在一个班？把我们全分到你的三排不就得了？咱们十连取得那么多好成绩，以后肯定也是一样地努力呀！”钟国龙湿润着眼睛天真地说。

龙云笑道：“那不可能！这么说吧，我不否认你们之中的一个或几个，也许会分到侦察连，但是，要想全都建制不变地分到一起，咱们建军史上都没有这个先例！”

钟国龙沉默了，此时此刻，他感觉有很多话想跟龙云说，又不知道该怎么说出口，急得眼泪都快下来了！

龙云继续发言，他总结了新兵十连在3个月训练中的得失，也对全体新兵表达了自己的感谢之情，最后，龙云拿出自己的日记本，找到自己在师部的时候刚刚写的一页，真诚地说道：“兄弟们，昨天晚上，我没有睡觉，把咱们十连每个人的性格都总结了一下，我的想法，要对你们这3个月的表现做一个总体评价，这个评价，不是建立在你们训练成绩上的，而是作为你们的老大哥，我要说的一点儿心里话。

“李大力，你小子虽然脑子笨了一点儿，反应迟钝了点，但是却激情无限，这个世界上，只要勤奋，就没有笨蛋，把你的激情补在训练上，你就一定还能进步！

“伞立平，你是十连里面我第一个曾经想放弃的人，但是很高兴你能够认识到自己的不足，我当初和虎子讨论过你的事情，最后还是决定让你自己来帮自己，看来，我们做对了，现在你的表现很好，你很聪明，我很放心。

“胡晓静，你的性格很内向，却总能给人带来惊喜，这在我们家乡，叫作‘内秀’，好好干吧！前途无量啊！”

龙云一个个念着写在笔记本上的对朝夕相处3个月的兄弟的评价，这些评价没有什么套话，却很深刻地写到每个人内心的最深处，新兵们默默听着班长对自己的评价，眼泪忍不住流了出来。龙云这个硬汉，永远不缺乏应有的细心！

龙云念过了所有人评价，唯独没有钟国龙，钟国龙有些紧张了，急切地问道：

“班长，我呢？你还没评价我呢！”

龙云合上了笔记本，有些意外地说道：“钟国龙，我确实没有评价你，因为我认为，你根本不用评价！我等着看你的继续进步！”

龙云说到这里停顿了一下，想了一下接着说道：“钟国龙，评价我就不给了。形容你一下，你就是一个站在肉案边卖肉的人，自己动手割自己身上肉的人，边割边卖不知道疼，只知道笑嘻嘻地数着卖肉的钱。最后送你 句话，以后的军旅生活包括你以后的人生中，凡事三思而后行，冲动是魔鬼他爹！”钟国龙低下头，陷入了深思……

龙云讲评完毕，又让大家自由发言。新兵们问了一些老连队的情况，龙云和赵黑虎都一一做了解答，两个经验丰富的老兵，此刻没有任何保留，把自己当年经历的事情，全都跟新兵讲了一番，大家一起聊了很久很久。

这个时候，谁也不愿意提到那个字眼儿，龙云没有了往日的严厉，像一名真正的兄长，和这些新兵谈天说地，时间一分一分过去，整个十连人的心已经凝聚到了一起，每个人心中的那股热血，此刻都在澎湃着。

“分别”这个词，曾让多少人黯然神伤？也曾让多少英雄豪杰肝肠寸断啊！即使不是永别，也不是长别，即使大家每天还会见面，即使也许有几个人还会在一起。但今天仍是沉重的，因为新兵十连马上就要解散了！这个给每个人带来辉煌荣誉的十连，这个记录了每个新兵血泪历程的十连，这个让大家的心跳都统一到一个节奏上的十连！如今的分别，大家怎么能接受呢？

宿舍的气氛变得沉寂了，所有人都不说话。每个人的眼泪，也终于顺着已经晒得黝黑的脸庞流了下来。刚刚安静的宿舍，立刻被新兵的哭泣声所填满了，整个十连，顷刻间成了悲伤的世界。

龙云和赵黑虎眼睛湿润着，看着这些新兵，没有劝阻，他们也是从新兵上来的，完全能够理解新兵们此刻的心情。这个时候，龙云不愿意用任何语言来劝阻他们，只是默默地感受着新兵们流露出的真情……

钟国龙越哭越伤心，自己长这么大还从来没有像今天这样伤心过，他也说不清原因，只是眼泪忍不住就流出来。3个月的时间不长，可是，钟国龙在这3个月中所体会到的点点滴滴，却是自己从来没有经历过的。

过了很久，不知道是谁，拿过黑塑料袋中的啤酒，放到桌子上，没有菜，没有语言，大家打开啤酒，重重地相互碰着，易拉罐撞击的声音那么响，那么满含深情。

"兄弟们！来！为我们的十连干了这杯！"龙云终于站了起来，举起啤酒，眼神中透着庄严，将酒一饮而尽！

"干！"

新兵们站了起来，啤酒和着眼泪，大口地饮了下去！

就这样，没有豪言壮语，没有欢声笑语，十连全体12个人喝着啤酒，一罐又一罐地喝，喝一罐，哭一会儿，再打开一罐，干！龙云买回来的100罐啤酒，正像是他们一起度过的这100天，每一罐喝下，都别有一番情谊在心头。

不知道是谁，又开始唱起了那首不记得是谁唱的军营民谣：

深秋的海风已经渐渐变冷了，吹在了脸上已经不那样清爽。

营区里的树木渐渐地褪去了绿衣，离别的日子将即离别的绪太浓。而心疼已渐渐弥漫开去，我们将告别挚爱的军旅。

战友别哭。

为我们军营中这段最美好的日子，请把我们已授衔的军装整好，给茶缸里斟满离别的酒，告别了两年的部队生活，为过去日子的怀念，为未来能再次相聚，

来干杯吧——战友别哭——

歌声从一个人，逐渐变成大家合唱，歌声中带着悲伤，此刻的十连战士，充满了铁血柔情。

终于到了新兵期待已久的日子——授衔仪式！授上军衔，说明这些新兵就要成为一名真正意义上的军人。

在向操场走过去的路上，新兵们很是兴奋，全班战士精神抖擞，口号声响彻云天。

天很晴朗，阳光洒满大地，蓝蓝的天空上面点缀着几朵白云，一切显得那么舒适与安详。偌大的操场上，站满了一排排整齐的新兵，新兵们的脸上露出笑容，新兵很兴奋，队列里面显得朝气蓬勃。中国人民解放军威猛雄狮团机关大楼操场上，全体新

兵整装集结，等待着一个光荣而神圣的时刻。

“全体新兵都有！上军衔！”

伴着雄壮的《中国人民解放军进行曲》，新兵们既兴奋又激动，相互之间钉领花，装帽徽，上肩章。

“快点儿，快点儿！”新兵班长们小声催促着自己的兵。

“好了没有？”钟国龙跟陈立华一组，两人一直在忙活着，汗都出来了。

“好了！好了！”陈立华正在给他钉左边那颗领花。

“快点啊！”钟国龙性子急，“人家都弄好了，都在盯着咱俩呢！”“好了！好了！”终于搞定了，陈立华很是欢喜，打量着眼前的钟国龙，怎么看怎么觉得不对劲。

“怎么了？”钟国龙被他看得发毛。

“肩章装错了！我说怎么会朝里边拐呢！”

“快点儿换过来！”

两个人窃笑，一阵手忙脚乱。

“停！”张副团长大声命令道，“迎军旗！”

“敬礼！”

随着张国正的口令，掌旗手左手抓握旗杆，向前挥动，右手握住旗杆抵在腰间，护旗手左臂由摆动变手扶枪托，同时3人齐步换正步。主席台上团九大常委举起右手，目视军旗行举手礼，团首长和台下1000多名官兵行注目礼，军旗手正步走过主席台，张国正命令道：“礼毕。”

3名旗手由正步换齐步走到左侧停住，呈扇形面向众官兵。

“向军旗宣誓！”

钟国龙感觉自己的心都快跳到嗓子眼儿了，这一刻的心情真的激动得不知道如何控制。这时别说是立正的动作要领，他已经连手怎么放都不知道了。钟国龙看着面前的“八一”军旗，仿佛军旗鲜红的颜色由无数烈士的鲜血所组成，他感觉到了一种强烈的责任感。钟国龙深深地吸了几口气，想要控制住自己激动的心情。

鲜红的“八一”军旗挂在前面住宿楼的墙上，旗很大很鲜艳，在阳光的照耀下仿佛被点点金光点缀着。张国正庄严地站在军旗前方，凌厉的目光扫过队列里新兵的脸庞，看着一张张经过3个月训练，黝黑、消瘦，又透出一股坚毅的面庞。

军务股长刘鸣深吸一口气，缓缓举起右手，用坚定有力的声音说道：“所有的新兵跟着重复，当读到我宣誓这句话时，全团新兵右手握拳举起，拳眼向下与眉同高。”操场上响起全团新兵庄严的宣誓声，全体军人朝着那面血红的军旗挥起了右拳，“我是中国人民解放军军人，我宣誓：服从中国共产党的领导，全心全意为人民服务！服从命令，严守纪律，英勇战斗，不怕牺牲，忠于职守，努力工作！苦练杀敌本领，坚决完成任务！在任何情况下，绝不背叛祖国，永不叛离军队！”雄浑的声音震彻戈壁，在灿烂的阳光里，士兵们的军徽、领花闪闪发光。

宣誓完毕，张国正继续宣布：“大会进行第三项，新兵代表发言。”

张国正话音落了好一会儿，下面没人动弹，所有人都在奇怪怎么回事，钟国龙也正在纳闷儿，会是谁呢？通常新兵代表都是在众新兵中出类拔萃的，谁能当上新兵代表呢？这时，龙云从前面小跑过来：“钟国龙，快上，你是新兵代表。”

钟国龙一愣：“什么，班长你不是逗我吧？这个时候才告诉我我是新兵代表，这不开的国际玩笑吗？”

“这段时间比较忙，把这个事给忘了。别说了，快上。”龙云急促道。

钟国龙心想：头一回听说还有能把这么大的事给忘记的，现在把我给逼上梁山，这不玩人吗？龙云拉着钟国龙从礼堂侧面向主席台走去：“快点儿，我相信你没问题。”一句话把钟国龙推到了风口浪尖，这时候钟国龙就是想下也不行了，只好正了正帽子，整理了一下着装，跑步到发言台前站定，面向主席台各位首长敬礼，然后又面向下面的1000多名官兵敬礼。手里也没个发言稿，憋死牛硬上吊，钟国龙开始硬往下套词：“尊敬的各位首长，亲爱的战友们，你们好。”

稍停顿一下，钟国龙在脑子里飞快地回忆着以前存下的关于此方面的记忆：

“此刻，我心里感到无比激动和自豪。当我们举起右手郑重宣誓的时候，我知道我们已经是一名真正的共和国军人了。首先，我代表所有新战友，对各位首长、领导无微不至的关怀，对各位班长的悉心教育、严格训练，表示最由衷的感谢和最崇高的敬意。3个多月前，我们全体新战友满怀报效祖国的热情，肩负着家乡父老的重托来到这里，而我其实当初只是想到部队学武术。但现在不一样了，大家都怀着自己的理想来到部队，从祖国各地应征入伍，会集到祖国的边疆，成为部队的一员，实现了我们多年来梦寐以求的愿望，我们感到无比的自豪和光荣。

“3个月的新训生活从这一刻就结束了，感谢3个月来各位新兵班长、排长、连长和各位团首长对我们这些新兵的关心、教导和无微不至的关怀。是你们的谆谆教导使我们了解部队，立足部队，成长于部队；是你们的严格要求使我们提高了军事素质，增强了身体素质；是你们的言传身教让我们学会独立生活，坦然面对困难。我代表所有新兵，真心地向你们表示敬意。”

说完，钟国龙面向主席台再一次敬礼，然后转过身面向全团官兵敬礼，台上台下立刻爆发出一阵掌声。待掌声停歇后，钟国正接着道：“我们不会忘记团首长对我们的关怀，不会忘记辛辛苦苦带领我们3个月的新兵班长、排长和连长为我们付出的汗水，我代表全体新兵，向各位班长、排长、连长、团首长们做保证，请你们放心，未来的团队，在我们的手里一定会创造出一个又一个辉煌，我们不会让你们丢脸，不会辜负你们的期望，我们会一直向成为一名合格的战士而努力奋斗。谢谢，我的发言完了。”

敬完礼，钟国龙走下发言台。张国正坐在主席台上拍了一下桌子，满脸的兴奋：“好，这小子，稿子都没拿，好，说得好。”

团长顾长荣这时也在旁边竖起大拇指，冲着张国正道：“这小子是块好料，老张你还真没看走眼，我敢说在部队他是块好料，但还是要好好磨炼！”直到钟国龙回到队列上，礼堂里的掌声还一直在响着。

过了好一会儿掌声才停，张国正接着主持：“大会进行第四项，新兵班长代表发言。”

新兵四连一班班长从队伍中跑上台去，拿着稿子有声有色地照读了一遍，然后此项结束。

“大会第五项，请团长致辞。”

顾长荣从主席台站起来，敬礼，也没有拿稿子，看着下面的官兵道：“今天，我们在这里举行授衔仪式，为新战友们授予军衔、帽徽和领花，从这一刻开始，你们就肩负军人的使命，享有军人的荣誉，成为绿色方阵中光荣的一员。首先，祝贺你们成为一名光荣的中国人民解放军军人，希望你们牢记使命，牢记职责，时刻不忘自己的军人身份，走好军旅每一步。

“经过将近3个月的强化训练，我们欣喜地看到，你们已经适应了部队生活，基本完成了从一名地方老百姓向一名军人的转变，队列、体能、战术等素质都有了较大提高，这与你们的刻苦训练和干部骨干的严格要求是分不开的，但这仅仅是你们军旅生涯的第一步，你们的面貌已经焕然一新，但下一步还需要脱胎换骨，需要锤炼军人的意志和培养军人的气质，在此，我向你们提出三点希望。

“第一，希望你们珍惜机会。部队是个大学校，只要肯下功夫，就一定能学到过硬的本领。希望你们努力学习科学文化知识，苦练军事技能，扎根军营，多出成绩。

“第二，希望你们珍惜荣誉。我部是一支有着优良传统的军队，在这个光荣的集体里，涌现出无数的英雄人物，你们要以他们为榜样，牢记使命，不负重托，为军旗添彩。

“第三，希望你们珍惜青春。你们都是十八九岁的小伙子，是早晨八九点钟的太阳，是充满朝气和活力群体，趁着年轻，要为自己的人生画卷描上浓墨重彩的一笔，为美好的未来奠定坚实的基础，为祖国和人民做出有益的贡献。

“我相信你们都能成为合格的军人，都能不愧对这身军装，都能做一个好兵，你们有信心吗？”

“有！”

第五十二章　新兵下连（一）

威猛雄狮团团长办公室里，顾长荣手中拿着一沓文件，翻了几下，放在桌子上，抬眼看了看刚刚从训练场上下来的龙云。

“龙云，我现在把侦察连交给你了，有没有信心干好？”

“啊？”龙云对团长突如其来的话大吃一惊。

“怎么？很意外吗？”顾长荣笑道，“从我来这个团那天起，从排级干部直接跨级升到正连，你小子是第一个！经过团党委研究决定，由你正式担任侦察连连长！”

龙云还是不敢相信自己的耳朵，担心地问道：“那……那许连长呢？”

“顺调一级，调任师侦察营副营长。龙云，你先不用考虑别人的事。你就给我说说，你担任侦察连连长以后，打算怎么干？”顾长荣目光中满是期待。

龙云仔细想了想，回答道：“报告团长，我想，我的带兵理念不会改变！”

“嗯，好！”顾长荣语重心长地说道，“龙云，我们这些带兵的，有一个原则一定要讲，你带一个兵，心里面就要装得下一个兵，你带十个、百个、万个兵，心里也要装得下这十个百个万个。一个指挥员的胸怀是需要无比宽广的，从排长到连长，要的是一个胸怀啊！”“是，请团长放心！”龙云的目光恢复坚定。

“嗯，这次新兵营的工作已经结束，我和张副团长沟通了一下，所有的新兵，你龙云先选！但是有言在先，你的那个十连，只能给你一半！否则，其他连队该说我这个团长偏心过头了！”

“是！”龙云一听团长这么说，顿时高兴万分，对于一个连长来说，让他随便选兵简直是太奢侈了。

龙云转身离开，不一会儿，张国正走进顾长荣的办公室，看着龙云兴冲冲地下楼，张国正叹了口气。

“团长，让龙云带侦察连，咱们一百二十个放心，可我还是担心留不住这家伙啊！上次你没看到老王那吃人的样子呢，我担心师里的调令还是会下啊！”张国正坐到椅子上，一脸的惆怅。

顾长荣摇头苦笑道：“天要下雨，娘要嫁人，随他去吧！反正，我把龙云提了上来，这身价也就涨啦！他调我一个连长出去，可没那么容易呢！”

今天，是一个离别的日子。

新兵连的日子尽管漫长得令人难以忍受，但真正过去后，又觉得它是那么的短暂，恨不能重来一次。

早前，大家是天天盼着新兵连的生活结束，希望早点儿下连队后日子能够好过一些，现在这一天终于来到了。早晨一起床，龙云就宣布，不用叠被子了，都打好被包，上午各老兵连队的干部就会来接你们。伞立平一听高兴得差点儿唱起歌来，三下五除二就将被包打好放到床上。吃过早饭没一会儿，各个连队来接人的干部或士官就来到了侦察连的大操场里，龙云也开始和来接兵的干部们紧急协商。其实兵早就分好了，现在只不过是个别有点儿关系的兵想分到好一些的连队去，不过新兵十连倒是没有这种情况，再者就是有的接兵干部通过各种渠道了解到某个兵有特长，便通过与龙云的个人关系或者仗着自己是上级机关的优势来“要”兵。在部队里特长兵并不是很多，刚入伍没多长时间就已经被许多单位盯住了。有的是龙云和许风觉得不错的兵，就直接留在了侦察连，谁要也不给。

当然钟国龙属于没关系的那种，知道分到哪个连队自己说了不算，便抱着听天由命的想法等待宣布命令。当然钟国龙也有自己的小九九，就是希望能分到侦察连。

正想着呢，龙云在院子里吹哨集合了。钟国龙和其他的新兵们背上背包提上东西，像刚来时那样，往院子里走去。

钟国龙犹然还记得昨天清晨，自己站在训练场的主席台上大喊：“我们将要下连了！”哨兵误以为是神经病跑过来抓住他，然而他们不知道，作为一名新兵，对新兵连，对和自己一同摸爬滚打3个月的战友的那种留恋。时光逆转成红色的晨雾，昼夜彼此轮回逐渐平分，它带走了大家的依恋，只剩下赤裸裸的遗憾。

授衔完毕阅兵时，当新兵们在方队里踢正步走过主席台时，新兵十连的新兵们才真正意识到新兵连彻底结束了，新兵十连将不复存在。他们感觉心脏被狠狠刺痛，一切都将被无情的时间拆散，曲终人散，物是人非。

当龙云宣布大家的去向时，一个个都面无表情。

“李大力，侦察连。”

听到自己分到侦察连，李大力憨憨地一笑，显得十分高兴。

“赵四方八连，钱雷防化连，陈立华侦察连，刘强侦察连，张海涛一连，余忠桥侦察连，伞立平通信连，胡晓静侦察连……”

钟国龙也被分到了侦察连，意料之外，想象之中。下到老兵连也就意味这些新兵很难再相聚，很难在一起偷抽一根烟，偷喝一瓶酒，很难很难……

在接到宣布解散的命令之后，大家便收拾好行囊站在楼下，伞立平眼角湿润却装出一脸笑意，那么勉强。他缓缓向大家走来，和其他新兵道别。

时间在此刻是如此无情，它奢侈地把新兵们最后的时光收走，当大家拖着行李走出新兵十连时，每个人都不经意地回头望了一眼自己生活了91天的宿舍，每个角落都保留着大家的气息，而现在剩下的就是几张空床。

大家在楼下等待，等待那刻残忍地将大家分开。每个人的脸上都布满泪痕，这时大家才感觉到男人有泪不轻弹是多么的可笑，在和自己共同生活了3个月、共同忍受寂寞与孤独、共同在训练场摸爬滚打、共同依偎彼此安慰的兄弟面前，谁都无法控制即将分别带来的疼楚，也许这就是男人，在情义面前都会低下高傲的头。和钟国龙想象的一样，宣布完命令龙云回房后没有来送大家，此时他应该站在楼上的某个角落看赵四方等人离去，然后流下那隐藏已久的眼泪，像个孩子一样，无所适从再次陷入孤独与思念当中，无法自拔。他想龙云今天晚上肯定会喝酒吧，烂醉如泥，用酒精来麻醉自己，度过第一个与我们分开的夜晚，看到“新兵十连”的牌子被揭下来，好像一切都应该结束了。

轰轰烈烈的3个月新兵集训使这些来自天南海北的士兵会聚到了一起，经历那么多苦累、寂寞、欢笑，如今马上就要挥手再见，感情上都不好接受。尤其是钟国龙这么一个重感情讲义气的人，自然是依依不舍，惆怅万分。

“哭，有什么好哭的！又不是生离死别！”陈立华搅着哭成泪人的赵四方，自己也红了眼圈。

“龙哥，再给你点支烟！有机会去看我啊。”伞立平感情也很丰富。

“好的！好的！”倒是钟国龙最为洒脱，拍着战友们的肩膀哈哈大笑。

“兄弟们！有机会再见！”新兵们同分到其他连队的战士互相告别。

“再见！”

“不要忘了新兵连！”

赵四方、钱雷、伞立平、张海涛依依不舍地松开手，对着侦察连大声喊道：

“别了，我的老班长，别了我的新兵兄弟，别了新兵连……”

赵四方、钱雷、张海涛、伞立平最后对其他留在侦察连的新兵们说了声“走了”，便拖着沉重的步伐向集结地走去。在他们回头向钟国龙等新兵挥手道别的那一瞬，大家最后的防线都崩溃了，原本一个个强迫自己装出一脸微笑的新兵们眼角都流出了两行眼泪，曾经一起挨训的战友，曾经在班里一起吹牛、一起训练、一起执行任务，流血流汗、生死与共的战友正在一步步远去。离别的疼痛在每名新兵体内蔓延，无法阻挡。

“兄弟们一路顺风。”钟国龙对着赵四方他们大喊挥手。

最后，看到战友离自己越来越远，还是钟国龙哭得最厉害。

伞立平、张海涛、钱雷、赵四方在老兵连干部的带领下缓缓走出侦察连院门，他们被泪水模糊了视线，院子里的大红标语隐约可见——

流血流汗不流泪，掉皮掉肉不掉队！

为了中华民族而时刻准备着！

首战用我！全程用我！！用我必胜！！！

当然，还有那句——军人，男人中的极品。

新兵连是一个结束，又是一个开始……

新兵连，有说不完的义；新兵连，有道不完的情。啊，亲爱的战友，当岁月的年轮在你的背包上留下泛白的印痕，当生命的轨迹在你的双颊上雕刻出成熟的皱纹，当火红的青春在你的人生经纬上熠熠生辉，请不要忘记那最纯、最真、最美的新兵连！

钟国龙在新兵日记中对自己3个月的新兵生活是这样总结的：

1. 被揍了两次，一次是踢正步偷懒，代价是大脚趾上少了一块指甲盖。一次是喝酒打九连长，被班长踹了个狗啃屎。

2. 入伍时体重96斤，身高1.72米。新训结束体重115斤，身高1.75米。

3. 从此以后走路不再驼背，不再会走当初认为很牛的“海步”。自认为到现在走路有了军人的姿态，目前走路约等于风速。

4. 3个月洗过10次澡。洗脸大约140次，刷牙160次。

5. 从来没有给人写过这么多信，基本上能想出来的人全写了，包括七大姑八大姨。学会几十首军营歌曲，并每天开饭前、集合、点名时都要唱上一曲，古惑仔歌曲似乎已离自己远去。

6. 第一次受到正式表扬：团嘉奖一次，三等功一次。

7. 处分两次：一次记过，一次大过加禁闭5天。

8. 执行一次任务，经历了生与死的考验，同时明白了军人服从的重要性，搞懂了很多大话、套话的真理，知道了很多东西要体会过了才明白。

9. 从前起床用时超过15分钟，目前用时1分钟。从前如厕5分钟以上，目前用时3分钟以内。

10. 第一次几个月没见过女人，从上街后到现在。当然不包括母猪、母鸡、母羊等雌性动物。

11. 当前体能指数达到十。估计跑20公里不会有什么大问题。俯卧撑一口气做个七八十个小意思。

12. 学会了叫军用胶鞋为军跑。知道了什么是新兵蛋壳、新兵蛋子、熊兵、棒槌，各地方言基本初通。

13. 现在可以分辨二毛四和一毛三的区别了。同时我也知道了我的军衔最小，一杠。列兵=新兵蛋子。

14. 目前可以吃一大盘肥肉而不皱一下眉头，同时可以大声要求能否再来一盘。二两一个的馒头一次性可以干掉8个，如果需要可以再来两个，加一大碗粥。

15. 可以对所有比我军衔高的人大喊：“班长好！”当然看到军官会大喊：“首长好！”虽然首长不一定会说：“小同志，你辛苦了。”

16. 我想我是一个合格的中国人民解放军战士了。

然而此时，家里的兄弟们混得风生水起，在老三王雄的一手领导、老二老蒋的出谋划策、老五李兵的具体实施下，他们所组建的“龙之会”也发展得更加壮大。在别人的介绍下，王雄甚至背着兄弟们开始插入了原本是“三合会”在县里的软毒品生意。对金钱的欲望迷晕了这个青春小伙子的脑袋，他踏进了罪恶的边缘且有越走越深之意。

老七谭小飞拒绝了三哥要求他别读书继续“混江湖”的建议，满怀心事地给远在边疆的钟国龙等兄弟写了一封信。

老大：

我是小飞，这是我自己一个人给你写的信。老大，你和四哥、六哥还好吗？训练累吗？有没有想我们呢？真想你马上回来啊！

老大，给你写这封信，我其实是很无奈的。你知道，在我的心中，一直有一个学习的梦想，想好好学习，想将来考一个好点儿的大学。你在的时候，不是也很支持我吗？你们走了以后，我们4个还经常在一起，可是，老大，我现在有些担心。我总感觉，三哥他们现在做的事情有些悬。三哥带着我们成立了一个"龙之会"，说是要把兄弟们组织起来，给你看好地盘，等着你回来咱们一起好好过日子。

"龙之会"成立以后，名声越来越响，已经有好多小弟靠过来了，三哥又发动手下的弟兄，在各个学校收学生的钱，用来养活这些人，也赚了很多钱，他都分成几份，给咱们兄弟们留着呢。现在，事情闹得越来越大，我有些担心，我很害怕，老大，你说是不是因为我很懦弱呢？老大，我不知道这件事情你怎么看，但我确实有些承受不住了，总感觉我自己和兄弟们距离越来越远，越来越生疏了。

我想退出了！

我不是不讲义气，也不是有别的想法，我只想好好学习。现在我已经高三了，明年就要高考，我想在这段时间里面好好复习功课。

老大，我真的是不愿意再这样下去了！我想安静下来，等我考上大学，你们还是我的好兄弟，等你回来，我还是老大的好弟弟。

老大，我错了吗？

谭小飞

×年×月×日

就在这封信寄出去没几天，王雄在一次酒后回家的路上被"三合会"老三毒蝙蝠带着两个弟兄埋伏枪击，所幸只是击中腹部，没有伤及要害。

这一枪不但没让这个心中充满欲望的小伙子退步，反而激发了他心中的那股暴虐之气……

3月1日上午，晴，操场。

龙云站在队伍中间，旁边是赵黑虎。他腿已经基本痊愈了，但还不能进行剧烈运动。

钟国龙、陈立华、刘强、余忠桥、胡晓静、李大力6个人站在那里，脸上是掩饰不住的兴奋，刚刚进行的新兵下连队分配会结束了，他们得知了龙云升任连长的消息，当然，最让他们兴奋的是，他们6个得以幸运地进入了梦寐以求的侦察连！留在侦察连，就意味着他们还可以和龙云、赵黑虎朝夕相处。这对于他们几个新兵来讲，真是莫大的荣幸了。其他4个新兵也不简单，被另外的主力连队像宝贝一样接了去。

很快，和他们一起分到侦察连的另外21名新兵也聚集过来，27名新兵排成两列，龙云左看右看，一脸的兴奋。这27个新兵，是他千挑万选找来的，团长没有食言，都是各连的尖子，整整齐齐往那里一站，个个精神抖擞，对于这些新兵来说，能进入全团闻名的侦察连，这兵当得真是“高人一等”了！

龙云站在队伍前面，声音高亢自豪，“同志们！从今天开始，你们就是侦察连的准一员了！之所以说是准一员，是因为你们还没有参加入连仪式，但是，我希望你们从现在开始，就把自己看成一个侦察连的士兵，你们真正的军人生活，马上就要开始了！”

整队，齐步走，新兵队伍直奔侦察连营房。

“班长，这就是传说中的侦察连吗？”钟国龙同战友们下了车，眼前他住了3个月熟悉的地方变得陌生了起来。还是这一座营院，楼房南北列开，白色楼梯，红顶琉璃，阳光下分外耀眼。营院一角的单杠、双杠、拳靶、铁杠铃，这些东西都是钟国龙曾经用过的，可真到了这里，他还是下意识地问了一句，连他自己都不知道为什么要问。

“对，这就是我们的侦察连，你大脑进水了，问这样的问题。”龙云笑问，

“钟国龙，你想分到几班？”

“这又不是我能决定的，”钟国龙笑道，“如果让我选择，我还是想跟着你，从一而终嘛！”

“跟着我？我现在可不是班长了，你跟我当通信员啊？”龙云笑道。

“那不行！通信员多没劲啊！”钟国龙把嘴一撇，不屑地说道。

龙云笑而不答，心中早就盘算好了。

“立正！欢迎新兵来我连报到！敬礼！”忽然一声大吼，连长许风带着侦察连的老兵已经站到了连宿舍门口，老兵们一起敬礼，又热烈鼓掌，新兵们顿时兴高采烈，心想都说侦察连的兵眼光高，目中无人，现在看来可不是那回事，看老兵们一脸善意的微笑多热情啊！新兵们被老兵拥簇着安顿下来，时间不长，许风宣布全连集合进行新兵入连仪式。

侦察连营院正中，所有人员集合完毕，许风站在队列前面，大声说道：“同志们，在仪式开始之前，我宣布一件事情，根据上级指派，我侦察连进行人事变动如下：从今天开始，由龙云同志接替我，担任侦察连连长。一排长从文辉，担任三排排长。原三排九班班长赵黑虎，调任一排代理排长兼任一排一班班长。”

许风宣布完毕，队伍中有些骚动，但很快恢复平静，许风继续说道：“下面，我们就欢迎新任侦察连连长龙云讲话，宣布新兵入连！”

队伍集体鼓掌，龙云有些意外，但很快被感动了。按照惯例，这仪式还是应该由许风主持的，可许风此时让给龙云，很明显是让龙云迅速上任工作，也在这些新兵面前从一开始树立威信，这对于龙云接下来的工作开展显然十分有利。

龙云感激地看了许风一眼，走到队伍前面，大声说道：“同志们！我龙云，也是咱们侦察连的老兵了！今天在这里，客气话我就不说了！上级把侦察连交给我龙云，我今天就表个态，我龙云是站在侦察连建连以来无数优秀连长的肩膀上上任的，所以，我们侦察连没有任何理由退步！我们将沿着前辈留给我们的道路，继续冲锋！”

简短的讲话完毕，新兵入团仪式正式开始。龙云站在前面，大声吼道：“新兵同志们！你们现在所在的连队，是威猛雄狮团直属侦察连！这个连队成立于解放战争时期，到今天已经有68年的光荣历史！这个连队，经历过南征北战，经历过抗美援朝，经历过南部丛林的腥风血雨！这个连队，牺牲了无数的战士，也得到了无数的荣誉！

“因此，侦察连把军人的铁血精神和集体荣誉看得比生命还重要！在侦察连的精神中，只有冲锋，只有胜利！永远没有退却、懦弱和投降！你们在侦察连流的每一滴汗水，淌的每一滴鲜血，都将光荣地记录在侦察连历史上。

“我宣誓，我们是侦察连的士兵，我们的青春与鲜血，都将全部奉献给这支英雄的连队。我们勇往直前！我们无所畏惧！我们的头颅，将永远朝着代表胜利的前方！”

新兵们静静地听着，听得热血沸腾，钟国龙更是浑身充满了力量，这回终于来到侦察连了！他准备要在这里大干一场，要像龙云说的那样，把自己的青春与热血，都交给这个钢铁连队。他不知道接下来自己将面临怎样新的考验，他此刻心里想的只有冲锋，只有胜利！

新兵入连仪式在最后庄严的宣誓中结束了。龙云打开花名册，开始宣布新兵的分班名单：“左明立，三排八班。齐双进，二排六班……钟国龙，一排一班。刘强，一排一班。陈立华，一排三班。余忠桥，二排四班。李大力，二排六班……”

名单继续公布，钟国龙他们3个已经笑开了花，心想班长还真是不错，虽然没能全分在一个班，可好歹是在一个排，而且排长又是他们再熟悉不过的赵黑虎！这下子好了，3个人感觉自己跟到了天堂一般！

分兵结束，各班带回。赵黑虎走到龙云面前，问道：“连长，你还真把他们3个全分在我们排啊？”

龙云边在本子上写字边说：“怎么？我故意的！这3个家伙，也就你能管得住！培养好了，都是你的骨干力量！”

“不至于吧，连长！”赵黑虎笑道，“这3个可跟刚开始来的时候大不一样了。尤其是钟国龙，转变可够快的！应该不至于管不住吧？”

“哼！”龙云冷笑一声，“你呀！光想着钟国龙的进步了！我告诉你，他还早着呢！这才哪到哪儿啊？现在他们和以前又不一样了！周围都是老兵，我总担心钟国龙这小子的性格会惹事。要想改变一个人的心里想法容易，想改变一个人的性格，难啦！所以，平时你得给我多盯住他，多给他灌输正确的思想，把这颗‘定时炸弹’的引信给我拔掉！”

第五十三章　新兵下连（二）

龙云说完，就急匆匆地和许风交接工作去了，赵黑虎站在原地百思不得其解。

钟国龙和刘强，还有另外三个新兵，被一排一班的副班长戴诗文带到了一班，赵黑虎现在是排长，一班的日常事务全部都是戴诗文在管，这个戴诗文名字很斯文，却没多少文化，长相倒是和名字很接近，身体略瘦，面容少有的白皙，就是两只小眼睛，让钟国龙想起社会上那些爱拈花惹草的主儿。

“向大家介绍一下啊！这是钟国龙，这是刘强，这是王晓伟、谭凯、陈明。以后他们就是咱们一班的兄弟了！大家欢迎！”戴诗文热情地向老兵们介绍着，老兵全体起立，宿舍里响起了掌声。

戴诗文又开始给钟国龙他们介绍老兵，老兵们大多很友善地点点头，也有几个酷的，只是淡淡地“嗯”了一声就忙自己的去了。

分配完铺位、柜子，戴诗文把他们5个带到连队训练场的坑道里面，招呼大家坐下。戴诗文掏出香烟，给每个人叼上了一根，这可把钟国龙他们给高兴坏了，以前都说老兵派头大，看来不是这样的！戴诗文好像看出了钟国龙他们的心思，笑道：“看你们挺高兴的哈！怎么，很愿意来侦察连？”

几个新兵接着烟点燃，简直是受宠若惊。

“当然！当兵就当最强的兵！”钟国龙享受地吸了一口说道。

其他几个人连忙附和，又吵着让戴诗文讲讲侦察连的情况。戴诗文抽了几口，微笑着说道：“好吧！那我就给你们讲讲。刚才入连仪式上那些，我就不说了，基本上每个连队都有一段光荣的历史。我就给你们讲讲侦察连的现状，也有利于你们迅速融入集体。

“咱们这侦察连，要说威风，是真威风。全团主力尖刀连，团首长手中的利器，心中的红人儿。装备最先进，武器弹药配给也最足，别的不说，就说实弹射击，咱们侦察连的实弹射击机会是其他连队的3倍都不止，子弹可劲地喂！每次大演习，都是咱们侦察连冲在最前面，要多风光就有多风光！

“不过，这世界上的事情啊，有利就有弊。你们来到咱们侦察连，也就跟来到地狱差不多啦！侦察连是一个有着光荣传统但又极其恐怖的地方。来到这里，你就得时刻准备着被剥下一层一层的皮来！侦察连的训练，也是咱全团甚至全师最苦的，训练任务重、标准高、科目多，这是咱们侦察连训练的三大特色！你们啊，就准备着挨训吧！”

钟国龙说道：“这个我们都有准备，我新兵连班长就是咱们连长，咱们排长就是我们新兵连的副班长。”

“十连的是吧？”戴诗文笑道，“早就久仰你们大名啊！真不简单！遇见的两位都是重量级人物啊！一个龙阎王，一个赵魔鬼！”

“哈哈！”

钟国龙和刘强第一次听到班长和副班长有这个绰号，不禁有些奇怪，忙问为什么。

“为什么？嘿嘿，这两位可不一般！你们不是都领教一二了？但也只能算领教一二了！你们之前是新兵，他们估计还有些顾面子呢。这回你们再感受一下吧，估计又得重新认识你们这两位领导！”戴诗文又看了看王晓伟他们，意味深长地说，“你们就更惨了！人家好歹还见识过，你得重新适应啊！”

王晓伟有些不知所措地看着戴诗文，戴诗文笑道：“不过你们也有幸运的地方，那就是，你们遇见我了！我这个班副，和其他老兵不一样，我不会为难你们的。”

“为难，什么为难？”钟国龙从来没想过这些，一时之间不明白班副什么意思。

“呵呵，怎么说呢？”戴诗文笑道，“这个东西啊，要是上纲上线来说，应该算是军队陋习一类的，可是这东西又是现实存在的。这新兵刚到连队，难免会遭遇一些……不近情理的地方，你们要谦虚、谨慎、忍耐，同时还要坚强、自信、不怕吃苦！每个人都是从新兵过来的，过了就好了！”

“我还是有些不明白……”刘强晃着脑袋问，“您能说具体一点儿吗？”

“这个让我怎么说呢？”戴诗文为难地说道，“举个例子吧，你们平时兜里总得揣盒好烟吧？见到老兵呢，递上一支，总不会错吧？还有，老兵的脾气，大多不是很好，你们要是有什么咬牙放屁嘎巴嘴的毛病，最好能收敛一下……总之，过去就好了！你们得努力让老兵们接受你们，明白了吗？”

“明白，明白！班副你抽我这个！”陈明从兜里掏出来一包“中华”，分给大家，有些得意地说道，“嘿嘿！我在老家的时候就听说过这规矩，无所谓！谁让咱们是新兵呢？这不，好烟我早预备好啦！我爸爸在老家包工程，钱这东西咱不缺！”

“哼！”钟国龙一听是这个，顿时火了，大声说道，“这也算规矩？这不就是老兵的优越感吗？老兵就能高我们新兵一等了？我看这就是臭毛病！”

“行了，行了！”戴诗文一看钟国龙发火了，有些意外，马上制止道，“我就这么给你们介绍介绍，你们自己看着办。”

戴诗文又继续给5个人介绍了连队形势、指导员的脾气、班长的性格以及三五杂碎等鸡毛蒜皮的事。戴诗文告诉他们，每一支连队都有自己的文化和风气，他第一年就是这么过来的，当时也想放弃，现在回头想想，每一笔苦难和磨砺都是财富啊！连长和班长对他们真是太好了！

“我还是有点儿不明白。”王晓伟摸摸脑袋。

“一开始谁都不明白，想不开就不要想，咬牙挺下去，到最后肯定是对的！慢慢你们熬成了老兵，就什么都明白了！”戴诗文慢悠悠地说道，这一刻，他还真像很有学问的样子。

前三天，全连都在组织新兵熟悉环境，参加教育，学习连史写心得。钟国龙心中老想着班副说的那些话，好在新老兵除了每天晚上睡觉，并没有太多在一起的时间，也算相安无事，只是钟国龙偶尔从老兵的眼神中感觉到许多和以前不一样的东西，这种眼神和龙云、赵黑虎不一样，甚至和戴诗文也不一样，有些陌生。

第四天晚上，钟国龙心事如潮，怎么也睡不着觉，迷迷糊糊3个钟头刚要入梦，黑暗里响起了紧急集合哨。

大家“嗖”的一声掀开被子，房间里伸手不见五指，只听见呼呼啦啦一片。

赵黑虎急匆匆走进一班宿舍，大声吼道：“老兵打背囊，新兵打背包！快！”一班全体新老兵更着急了，好在大家训练有素，钟国龙和刘强曾经接受过龙云的魔鬼训练，紧急集合自然不在话下，但可苦了王晓伟他们3个了。这几个小子以前的连队训练强度没有这么大，加上又是刚来不熟悉情况，更加手忙脚乱起来，钟国龙自己装备完毕，又和刘强忙着帮他们整理，几个人好不容易鼓捣完，总算是没晚。

“全连注意！目标——革命烈士纪念碑，出发！”

革命烈士纪念碑距离营区足有5公里，又全都是山道，全连成两路队形顺着上山道路奔袭，深夜急行军对战士的体能和方向感、协同性都是极大的考验，这些科目对于侦察连的老兵来说，算得上是看家本领，但新兵们适应不了起伏陡峭的地形，很快就气喘吁吁、汗水淋漓，总体速度明显慢了下来。

“快点儿跟上！连长在卡全连时间！”班长和老兵们催促着，新兵们咬牙继续冲锋。

时间要比以往慢了许多，等全连到达的时候，龙云已经站在那里不耐烦地转圈子了。

“向右看齐！向前看！稍息！”

整队完毕，龙云就骂开了：“速度！速度！你们这是什么速度？怎么了？全成了乌龟了？天都快亮了！”

队伍异常安静，新兵们站在队列中，看着眼前忽隐忽现的纪念碑，不知道发生了什么事情。龙云止住怒火，开始讲话，此时他戴着上尉军衔，面容冷酷，声音极具穿透力：“侦察连的传统——每年新兵下连，都要用这种方式把全连人员集合在这里。也许很多新同志不明白，连长怎么会这样折腾？刚刚下连就不得安生！这与我军倡导的官兵友爱、以人为本明显不协调嘛！

“同志们，我来告诉你们，从现在开始你们将不再是新兵蛋子了，至少在我们眼里不把你们当新兵蛋子看了。每一支部队都有自己的脾气和风格，在我们旅没有什么新兵老兵之说，每一个人都必须是合格的战斗员！这是由部队自身任务和性质决定的。作为机动作战部队，尤其是担负应急任务的作战部队，你们必须明白，责任重于泰山，使命高于生命！

“很多人会认为我是在高姿态说大话。是啊，现在是什么时代了，21世纪了！大战是那么遥远，英雄的概念变得如此模糊，军人的价值在有些人眼里根本就不值得考虑。如果我这番话被他们听到了，没准会把我当疯子，而你们就是一群傻子。

“不要笑！真的，或许你们中间就有很多人不认可我说的话。这不要紧，以后会慢慢明白的！总而言之，我要提醒你们，威猛雄狮团不是混日子的地方，而我们侦察连更不是！在这里没有舒服日子可以过，想舒服你就没必要来当这个兵！说句实在的，穿上了这身军装，咱们就等于献身给了党和人民，咱们身上就肩负着祖国的兴亡和民族的使命。怎么才能具备这个能力？归根到底，还是要能打仗，能打胜仗！怎么才能做到这些呢？一个字——练！

“作为军人，我们要为祖国负责；作为指挥官，我要为你们负责。平时多流汗，战时才能少流血，所以，今天连长丑话说在前头，从今往后，你们将要经历一个痛苦的过程，这是每一个顽强军人必须经历的过程！这是必须的，它是锻造军人作战素质的一个关键。我希望你们什么都不要想，咬牙挺到底，一切都会豁然开朗！”

钟国龙站在寒风里直打哆嗦，紧急集合要人命，他连绒衣都没来得及穿！班里的王晓伟早就不耐烦地贴着钟国龙的耳朵嘀咕：“这连长真他妈的能吹！说了那么多豪言壮语还不是要我们好好训练，不怕吃苦！有话直说算了，偏偏折腾全连都在这里受罪！我看啊，是有点儿故意的！”

“你敢这么议论连长？”钟国龙听到这话心里直冒火，右拳紧握，正准备挥出去的时候。突然王晓伟身子向后退了几步，感觉屁股上挨了一脚，他瞪眼过去，看清楚了是赵黑虎，吓得面色土灰动都不敢动了。

“钟国龙，你也给我老实点儿！”赵黑虎在黑暗中低声斥责。钟国龙不敢再说什么了，狠狠瞪了王晓伟一眼。

“人骨子里的惰性是无法克服的！肉体与意志遭遇极限挑战的时候，必须有人逼你、压你、强制你才有可能超越，尤其是在训练中！不管你恨也好，怨也罢，只要能让你们提高训练水平，强化作能能力，我们决不含糊。但是有一点，同志们要明白，干部、班长跟你们无冤无仇，对你们要求严格是为你们好。大家放心，我们会有限度的，如果谁做出了不合规矩的事情，你随时都可以来找我！你们必须重新开始，新兵连里学的东西在这里门都入不上！苦了累了没什么，那是肉体上的，只要你精神上保持振奋，什么难关都过得去。我就怕你们心里想不开，精神上受到伤害，那才是最可怕的后果。所以，给你们提个建议，苦了累了难过的时候就想一想这纪念碑下的革命烈士吧！”

龙云打开了探照灯，山野顿时亮如白昼，纪念碑下的荒坡上是一座又一座土坟和石碑。

“这些土坟下面埋葬的，是我们人民解放军在这块土地上牺牲的烈士！这里面，有很大一部分是咱们威猛雄狮团的，而这些咱们团的烈士里面，有很大的比例，就是我们侦察连的兵！这些烈士中，有我们已经不认识的前辈，也有我龙云当年的班长和战友！他们默默地躺在这里，可他们的军魂，在时刻注视着我们每一个人！

“人最宝贵的是生命。想一想这些失去了生命的先辈，我们还有什么想不开的？还有什么苦累是我们难以承受的？”龙云瞪着眼睛，杀气腾腾，“你们说，有没有？”

“没有！”全连官兵高呼，山野里回音不绝。

“同志们，前辈们虽然牺牲了，可他们的理想和抱负，需要我们来继续实现，我们怎么去实现？需要用我们手中的钢枪去实现！而我们这钢枪，是用我们的汗水和血水来擦拭的！我们平时的每一项训练、每一次战斗都积累在你们自己的身上，这些东西积累到一起，就是你们每个人的兵魂！铁血兵魂！”

新兵老兵在这一刻都心潮澎湃，跟着龙云一起大吼：“铁血兵魂！铁血兵魂……”侦察连全体战士的第一次训练课，就从烈士纪念碑开始了！

一天下来，所有人都“被迫”接受了龙云的训练强度，钟国龙他们也终于领教了龙云之所以被叫作“龙阎王”的真正含义了：今天一天的训练量是他们在十连的3倍！这个数字很惊人，因为他们没来侦察连之前，自以为十连就是最艰苦的训练了！

龙云训练的时候从来不笑，眼睛里也时刻杀气腾腾，满操场都是他的吼声：

“三排！你们是格斗还是健身呢？慢慢腾腾地练太极呢？二排的俯卧撑做完没有？什么？做不动了？那就每人再做200个……那个新兵，你他×的哭什么？要哭滚回家去哭！侦察连的训练场不是你们家炕头……”

一整天，侦察连的人全忘了自己是血肉之躯了，也忘了自己究竟跑了几圈，做了多少个俯卧撑……

终于可以休息了，几个新兵走在老兵后面，相互搀扶着，钟国龙、刘强、谭凯还好些，王晓伟和陈明快趴下了。

“我说钟国龙，你们当初在十连也是这么过来的？”王晓伟喘息着问。

钟国龙挺烦他怪话连篇的样子，点点头没说话，这小子也聪明，知道他和连长关系熟，昨天晚上逃过一劫，今天也不敢惹他，拍了拍旁边陈明的肩膀问：

“你怎么样？”

“哎呀，我说你轻点儿！”陈明被他拍疼了，哭丧着脸说道，“怎么样？我都快死了！都怪我爹，家里又不是没钱，早够我花一辈子的了，非让我来当兵，真是想不开啊！”

戴诗文这个时候走过来，问新兵：“怎么样？顶得住吗？”

“没事没事！班副你放心吧！”陈明不等别人说话，立刻换了一副笑脸说道。

“刚第一天就顶不住怎么行呢？”

“那就好！”戴诗文点点头走了。

“我说陈明，你小子不刚才还说自己快死了吗？怎么一见了班副就跟打了兴奋剂似的？”王晓伟笑着问。

陈明被他说到心事，有些尴尬，没理他，旁边钟国龙看着直想笑。

回到宿舍，战士们急忙跑到水房一阵大洗，常年的训练让侦察连的兵养成了一个过硬的习惯，不管天多么冷，到水房把衣服一脱，接上冷水就往头上浇，一盆子浇下去，发出一声痛快的大吼，那种舒服劲真是从头到脚。这是常年坚持才练出来的，相当于北方的冬泳，几个新兵惊讶得张大了嘴，躲得远远的，仿佛看着一群外星人。

好不容易等老兵们都走光了，新兵们才开始洗，钟国龙很羡慕这些老兵的壮举，准备要试一下，他脱光了衣服，只穿着一条短裤站在水房，接起一大盆子水来，慢慢举过头顶，其他人连忙撤退。

“啊——”

一声大叫，满盆子冷水从钟国龙头上浇下来，钟国龙顿时感觉自己像一口吞了个冰坨子一样，彻骨的冷气迅速传遍全身，浑身起了鸡皮疙瘩，头也被浇得疼起来。

“老大，你快得了吧！你哪受得了啊！”刘强连忙扶住快倒下的钟国龙，一脸心疼地看着他。

钟国龙缓了一会儿，哆嗦着说道：“没事，我就想试试！”

几个人洗完，回到宿舍，钟国龙连忙穿上衣服，还是冷。老兵们已经在宿舍了，钟国龙一边哆嗦着一边瞧这些老兵，努力把名字和他们本人联系起来。

最靠边上的那个赵喜荣是甘肃人，人高马大，充分体现了西北人的健硕，这家伙一天的训练始终跑在前面，现正躺在床上，手里还拿着两个哑铃一上一下，钟国龙上午听戴诗文介绍过了，这家伙据说在侦察连体能仅次于龙云，和赵黑虎并列“黑白双煞”，是个训练不要命的主儿。

这边正在写信的叫侯因鹏，这个人性格不错，只是有些爱吹牛，不训练的时候只有写信才安静一些，据说是交了个女朋友，两个人几乎一周一封信，每次都写上好长时间，钟国龙刚来那天就见这家伙拿着一个厚厚的信封往邮筒里塞。

在他旁边的那个叫吴建雄，总是冷着个脸，尤其是见了新兵，总让人感觉自己好像欠了他钱似的。此时他正在椅子上看书，忽然转身看到钟国龙看着他，眼睛一瞪，就朝这边扫过来，钟国龙目光丝毫没有退让，两个人足足对视了5秒钟。

“你看什么呢？”吴建雄冷声问钟国龙。

钟国龙也不客气，回答道：“我看什么还得跟你汇报啊？”

吴建雄一下子就站了起来，眼睛要杀人："你个新兵蛋子！造反啊你？"

"你说谁是新兵蛋子呢？你再说一遍？"钟国龙也站了起来。

气氛立刻紧张起来，新兵们害怕地看着吴建雄，老兵们奇怪地看着钟国龙，敢跟老兵叫板的新兵还真是少见！

"吴建雄！"戴诗文一声大吼，"你！回去！"

吴建雄看班副说话了，不敢不听，狠狠瞪着钟国龙退了回去。钟国龙和他眼睛对视着，丝毫也不畏惧。

"行了行了！该干什么干什么吧！"戴诗文冷着脸说道，"有意见一会儿排长回来你们跟他说！"

一提到赵黑虎，大家全老实了。这侦察连里面除了龙云，赵黑虎是最"恐怖"的，钟国龙也不好再说什么。场面重新沉闷下来，刘强走过来拍了拍钟国龙，一副有难同当的神情。

陈明忽然站起来，笑眯眯地从兜里掏出中华烟来，先给了戴诗文一根，又挨个儿给老兵发了起来，边发边跟老兵套词，钟国龙鄙夷地看了他一眼，转过身去。

谭凯走到钟国龙旁边，小声问道："你是湖南人吧？"

"嗯。"钟国龙并不讨厌这个稍微有些内向的新兵，"是，你呢？也是湖南的？"

"不是，我爸妈都是湖南人，后来搞三峡建设，我就随着爸妈到四川去了，听你说话有些亲切呢！"谭凯笑道，"我在新兵连是四连的，早认识你了。"

"嘿嘿！"钟国龙笑得有些尴尬，"我没怎么干好事，净出恶名了！"

"不是。"谭凯也笑了。

两个人正聊着，门口传来一个熟悉的声音："老大，老六！"

"立华！"钟国龙兴奋地跳了起来，旁边刘强也笑了。

3个兄弟半天没见，竟然像隔了10年一样，蹦蹦跳跳地抱在了一起。

陈立华夸张地看着钟国龙，打量了一番，很动情地说道："老大，你瘦了！"

"去你的吧！半天你就能看出我瘦了？"钟国龙拍了他一下，转身跑到戴诗文那里说道，"班长，我和刘强想请一会儿假，老乡来了。"戴诗文友善地说："去吧！半个小时，不能出院子！"

"是！"

钟国龙拽着刘强、陈立华就跑，3个人一溜烟儿跑到院子外面的训练场上，躲进坑道抽起烟来。

“老四，你那边情况怎么样？”钟国龙迫不及待地问，尽管两个人的宿舍相隔不到50米。

“还行，班长对我挺照顾。”陈立华说道，“就是有几个老兵，感觉挺牛的，不好相处。”

“都他×的那样，刚才老大跟一个老兵也差点儿打起来！”刘强说道。

钟国龙猛吸一口烟，狠狠地说道：“我才不怕他呢，管他什么新兵老兵的！只要想欺负咱们，咱就跟他们没完！这些歪风邪气，别人怕我不怕！”

“就是！咱们兄弟3个怕什么？”刘强也说，“看那些老兵我就来气！”

“对了老大，刚才我们班长跟我谈话了，他知道我射击还可以，想让我重点练狙击呢！”陈立华兴奋地说道。

“行啊，老四，有前途！等休息的时候，咱庆祝一下去！”钟国龙笑道，“我听说侦察连的狙击枪用的是我们国家最新式的KUB88式5.8毫米狙击步枪，超级牛！”

“哈哈，行！那你就好好表现吧！”

兄弟几个一聊就是半天，直到快点名了才急忙跑回房子做好点名准备，戴诗文看了看一脸歉意的钟国龙，笑了笑没说什么。

第五十四章　正式训练

正式军事训练开始了。

新兵们这时候终于体会到了“侦察连就是地狱”这句话的含义，由于所处的边疆环境特殊，威猛雄狮团的侦察连训练科目与普通部队特种兵训练科目相比，有过之而无不及。

龙云始终精神抖擞，两只眼睛冒光，特殊的略带沙哑的声音已经深入人心：

“你们是威猛雄狮团的侦察兵，你们需要比任何别的侦察兵付出更多的努力！在我的侦察连，没有老兵与新兵的分别，也没有连长和士兵的分别，只有行的兵和不行的兵！行的，留下，不行的趁早滚蛋！”

龙云说到做到，这个侦察连长，在训练的时候就是一个兵，比谁都不少跑，比谁都不少练。其他连长坐在办公室里面看看文件喝喝茶的场面，龙云只在晚上才有，毫无疑问，整个侦察连在训练成绩方面，龙云还是绝对的第一，这也是所有的兵越来越佩服这个新连长的最主要方面。

侦察连第一阶段的训练主要是体能训练，用老兵的话说，这叫“扒皮”训练，新兵扒一层皮，老兵蜕一层皮。卫生队这一段时间，几乎没有离开过侦察连。

体能训练方面，和新兵时期是完全不同的。新增的训练内容有400米障碍、越野8公里、扛沙袋跑等，龙云又新发明了一种训练方式：两个战士，一个背着一个，5公里后互换，然后又是5公里。这样，既练习了体能耐力，又熟练了战场紧急救护，每次跑完，不管是被背的还是背人的，都跟死了一回差不多。

很多新兵难以适应，得了骨膜炎，一跑起来钻心的疼，龙云不管那一套，嘴上喊着："死了没有？没死就继续！"到训练结束的时候，他又第一个跑过来，把新兵往背上一背就往医务室走。有的新兵说龙云曾经哭来着，眼睛红红的，可是说出来的时候谁也不相信，等过了几天，连这个新兵自己也不相信了。

时间一天一天地熬过去，每天最大的乐趣就是吃饭和睡觉，新兵们也学会了穿着短裤跑进水房，把一盆又一盆冷水从头上浇下去，从彻骨的寒冷中体会到一种莫名的畅快。

老兵和新兵的关系暂时沉寂在临界点上，新兵们总能在自己落后的时候发现老兵眼中闪烁着不屑的神情，新兵毕竟是新兵，在体能方面和这些身经百战的侦察连老兵没法比，尤其是在训练持续了一段时间以后，新兵体内储存的那点儿精气神已经消耗殆尽，越来越落在后面了。

钟国龙通过在新兵连时期的加练，体能提高很快，虽然进步很大，但是和老兵比起来差距还是比较大，他十分不服，那股倔劲又上来了，心想：自己又不比别人少条胳膊少条腿，别人行自己为什么不行，自己一定要拿第一，今天不行明天练，明天不行后天整，总有一天自己要超过所有的人。

这个脾气倔强的小子，又开始了玩命的追赶。这天的400米障碍训练，钟国龙翻过高墙板的时候，左腿忽然剧烈地扭了一下，那种疼痛像被子弹穿透一样，一下子瘫倒在地上。

"钟国龙！你怎么样？"旁边的赵黑虎看出他又在拼命，"要不要休息一下？"

"不用，刚才抽筋了！"钟国龙擦了擦汗，扶着墙边站了起来，一瘸一拐地继续往前跑，赵黑虎看了看不远处的龙云，龙云也正好看他呢，两个人眼睛对视，龙云摇了摇头，赵黑虎会意，不去管钟国龙。

训练场上又传来了龙云的吼声："侦察兵，时刻处在战斗的最前线！对于我们来讲，平时即战时！你们现在就是在战场上，战场是永远不相信眼泪的！我只听说过由于平时训练不足被敌人拖垮拖死的兵，从没有见过一个在训练场上累死的兵！你们要真在乎自己的身体和性命，就坚持着训练吧！受伤怕什么？战场上有不受伤的吗？挨了枪子儿，你就心安理得地躺着不动了？你不是还没死吗？没死为什么不冲锋？"

又是一天过去了，战士们拖着疲惫的双腿回到宿舍，钟国龙的腿还在疼，他隐约感觉到自己不是抽筋，应该是扭伤了，他没有跟任何人讲，自己拿着盆子，用手巾从外面包了点儿积雪，敷在受伤的腿上。他见老兵这么做过，现在冰冷已经渗透到腿里，感觉有些麻木了，一麻木疼痛就减轻了许多。

“老大，你怎么样？”刘强发现钟国龙脸色不对，担心地问。

“没事，一晚上保准没事！”钟国龙放下已经化成水的毛巾，刘强拿过来想再给他换一下，钟国龙拦住他，“走，出去抽根烟！”两个人来到坑道一角，掏出烟抽了起来。

“老六，你说咱们这么练值得吗？”钟国龙若有所思。

“嘿嘿，我也说不好。”刘强憨厚地笑道，“反正我看你拼了命地练，我就也练，咱们兄弟一向是心往一处的！”

钟国龙感动地拍了拍刘强的肩膀，说道：“是啊！也不知道老家那几个兄弟怎么样了，这几次我打电话，总感觉他们有什么事情瞒着我。你知道，那几个家伙哪个也不是撒谎的料。”

“他们能有什么瞒着的？大不了还是和以前一样呗！老大，我感觉有时候你还真应该说说他们了……我也不知道为什么，总感觉……不对。”刘强喃喃地说道，“可又不知道什么地方不对，你说，以前咱们在家的时候，不也是那么过吗？每天在街上晃荡着，要么就聚在一起喝喝酒，玩玩扑克什么的，日子也那么过去了……”

“嗯……我也这么想，可能是咱们训练太苦了吧。”钟国龙像是在自我安慰，“日子突然改变，也就看不惯以前的日子了！等咱们复员，估计还不适应了呢！”

两个人同时笑了。

“钟国龙，钟国龙！”远处传来王晓伟的声音。

“这儿呢！”钟国龙探出身子，冲他挥手。

王晓伟跑过来，气喘吁吁地说道：“钟国龙，连长找你呢！你赶紧去连部！”

“连长找我？”钟国龙有些意外，很快又兴奋起来，跳出坑道就走。王晓伟跳进去，从刘强那里拿过打火机来点着烟，酸溜溜地说道：“你看看，这人好不如运气好！自己新兵的班长现在是连长，就是不一样！大晚上的又叫去吃小灶了不是？”

刘强瞪了他一眼，说道：“我说你能不能每天别那么多怪话？小心哪天让我们老大知道了他收拾你！”

王晓伟连忙摆手道：“别，千万别！龙哥可是声名在外，我怕他！你看那天他和吴建雄两个人那样子，我看了后脊梁都冒凉风，我说你们老大是什么胆子啊？那吴建雄可是3年的士官，要不是脾气臭最少已经是班长了，平时连班副都让他三分，你们老大愣是不怕？”刘强笑道：“我们老大怕他？我们老大怕过谁呀？”

钟国龙一瘸一拐跑到团部，龙云果然还在桌子上写东西，一见钟国龙喊报告，连忙合上本子招呼他过来。

“我没事，就是想找你聊聊天。”龙云笑眯眯地递给钟国龙一根烟，“你腿好点儿没有？”

“班长，你怎么知道我腿受伤了？”钟国龙有些意外。

“就这100多号人我还看不过来呀？”龙云不想让钟国龙知道自己其实每天都在注意他。

“没事，就扭了一下。”钟国龙笑道，“班长……嘿嘿，现在得叫连长啦，你最近怎么样？忙吗？”

“你小子！我本来就是连长，新兵的时候是为了让你们叫着顺口！”龙云笑道，“我忙不忙你不知道？这不每天都跟你们在一起吗？钟国龙你说说看，咱们现在训练重不重？你能不能适应？我顺便了解一下新兵的感受。”钟国龙想了想，认真地说道：“重！但是我能坚持！”

“嗯，好！像我龙云带出来的兵！”龙云满意地笑了笑，“这些天我一直忙，也没跟你们新兵沟通沟通，尤其是你们几个十连上来的。钟国龙，你说说看，你对现在的侦察连有什么认识？就说你们班吧，你对你们班有什么看法？想到什么说什么！”

钟国龙点点头，说道：“我们班……挺好的，班长就不用说了，班副待我们也挺不错的。我……挺适应的！”

龙云看着钟国龙，说道：“真的吗？你真的很适应？”

“真的！”钟国龙心里没底。

“嗯，适应就好，适应就好！”龙云点点头，忽然问道，“钟国龙你告诉我，你要在一班成为骨干，需要多长时间？”

“骨干？”钟国龙吃惊地说，“没想过！怎么才算骨干呢？”

“骨干，就是说是这个班的中坚力量，训练成绩要排在全班所有人前头，思想意识也要比普通人高那么一层……就像你们的排长兼班长赵黑虎那样。”

“连长，这个我说不好，但是我会努力的！”钟国龙坚定地说道。

“好，你回去吧！”龙云从抽屉里面拿出一瓶红花油扔给钟国龙，“回去自己好好揉揉！明天越野考核呢！能跑你就上！”

“是！”

钟国龙转身要走，又被龙云叫住。龙云指着自己的脑袋，说道：“你，这里！这里更重要，知道吗？”

“是！”钟国龙笑着走了出去。

周末，全团进行5公里武装越野考核。

“你们都给我听好了！全力以赴、永争第一！”龙云给官兵动员，“历次越野考核，咱们侦察连都是第一，这是咱们连看家的功夫！谁能跑进全团前十名，连队重重有奖！哪个班综合第一，这个月优秀班集体流动红旗就是他的！”

“全力以赴，永争第一！”全连战士举枪高喊。

赵黑虎站在队列中，小声嘱咐一班：“这次咱们一班露脸的时候到了！都给我精神着点儿！一定要把红旗给我拿到！”

“嘿嘿！排长，咱一班拿他个全团第一都没问题！”侯因鹏笑道，“就怕咱们新来的这几位大爷拖后腿！”

“你少给老子放这个屁！你刚下新兵连的时候不也那样吗？”赵黑虎瞪着眼睛骂他，“有本事你侯因鹏给我拿个全团第一我看看？”侯因鹏没想到赵黑虎真怒了，吓得不敢再说话了。

“老大，老大！”刘强小声对钟国龙说道，“你的腿行吗？”

“行！”钟国龙咬咬牙回答，昨天晚上他拿龙云给的药油使劲搓了好久，早上起来腿好多了，他自己也不知道能不能行，只是脑子里想着，不能让那些老兵给看扁，自己一定要坚持下去！

“准备——出发！”

“杀！”

“冲啊！”

战士们号叫着往前冲，侦察连的战士果然厉害，刚一开始就冲到了前面。营区对面的山上立刻被这些战士的脚步震起了黄沙。今天的越野考核是威猛雄狮团每个月的考核科目之一，路线经过多次测算是最艰苦的，从营区门口出发，要翻过4个不小的山坡，还要跑过一片戈壁和沙地交错的地带，最后到达5公里外的独立营驻地大门口。一路上难有平地，尤其是那4个山坡，全是风吹沙形成的，土质疏松，每迈出一步都很困难。

钟国龙和大家一起冲了出去，还没跑出几十米，他就感觉小腿像扎了刺似的痛得迈不开步子。钟国龙沮丧地大叫一声，心想完了！昨天扭伤的腿，虽然走路不疼了，但负重跑起来还是承受不住，一下子老伤复发，把钟国龙疼得脸色苍白，冷汗直淌。

“老大，你怎么啦？”刘强急忙跑过来问他，“要你请假，你非硬撑着！”

“我没事，不要管我！你快往前跑！”钟国龙吼着，把刘强推开，“这是请假的时候吗？别人还以为老子故意的呢！”

刘强还想说话，钟国龙又推开他，吼道：“你管我干什么？你想一下子废咱们班两个吗？你快跑！快跑！”

刘强知道劝不住他，没办法，只好自己冲了上去。钟国龙咬着牙，一瘸一拐地往前跑。旁边跑过的老兵们没有一个说话的，全从他身边跑了过去，钟国龙冷着脸，倔强地往前冲。

在下第一个山坡的时候，钟国龙已经落在了所有人的后面，他心里那个着急啊！完了，完了，这回要沦为倒数第一了！

倒数第一这个现实他决不能接受，钟国龙心想自己的一世英明恐怕要栽在这条路上了，这该死的腿呀！早不扭晚不扭，为什么非得这个时候扭呢？钟国龙越想心里越痛苦，树活一张皮，人活一张脸，现在他还有什么脸面回去面对他的集体、他的战友，还有龙云、赵黑虎？

“老天！我又丢人了！我有罪，我对不起我的连队，对不起我的一班。今天给他们丢了这么大的人，以后在连里还有什么颜面！”钟国龙感觉天都塌下来了。

难道真要放弃吗？钟国龙望着前面的长路叹了一口气。不就是一次5公里吗？这次不行，下次总还有机会的！给自己打气，只要能跑到终点就是胜利！还有什么好犹豫的？这么一点儿路程，爬都爬去了！

钟国龙一瘸一拐地在山道上奔驰，此刻他的心中只有一个目标——赶到终点与战友们会师。这话说起来容易，做起来可太难了！几十斤的装备背在身上，自己的腿又越来越疼，再看看眼前这崎岖的山路，正常人走起来都有困难，更何况是他呢？

坚持吧，还是要坚持下去！昨天晚上，龙云已经问过他了，他当时说自己没问题，既然已经说了没问题，既然自己今天没有请假选择了参加，那就没有任何放弃的理由了！腿疼还在继续，上坡的时候疼，下坡的时候更疼，几乎不敢迈步子！钟国龙干脆坐到地上，几乎是连滚带爬地下了山坡，这几天训练磨出来的血泡和擦伤，这个时候全破了，腿疼加上全身伤口疼，钟国龙感觉自己的身体已经不是自己的了，跟头一个接着一个，满嘴灌进了沙子。

前面的队伍已经离他很远了，钟国龙边跑边骂，骂天骂地骂自己的腿，最后骂累了，就瞪着眼睛往坡上爬，管不了那么多了！就是死老子也要死到独立营大门口去！

半个钟头后，他终于看到了独立营的大门，黄昏里站着一群军人，迷彩服在夕阳的余晖里一片斑斓，显出别样的美。终于快到了！钟国龙长出一口气，连滚带爬地跑下山。

顾长荣拿起望远镜看着钟国龙龇牙咧嘴的样子，忍不住问：“那个是哪个连的兵？怎么回事？”

龙云大声回答：“报告！是我们连一排一班的钟国龙！他昨天训练把腿扭伤了，今天没有放弃！”

“受伤了？”顾长荣有些不忍，“那还让他参加什么？受伤了就是受伤了，部队也不是完全不通情理啊！要严格也不是这么个严格法！”

“报告团长！是他自己没有放弃！”龙云坚定地回答。

顾长荣不说话了，拿起望远镜继续看着钟国龙。

“钟国龙，加油！”

“钟国龙，加油！”

他听到了，是刘强、陈立华的声音，还有连长龙云和李大力的声音……

还有一个声音怎么那么熟悉？是赵黑虎的！钟国龙用尽全身力气向他们扑去，终于忍不住“哇”的一声叫了出来，倒在了赵黑虎的怀里。

“傻小子！不就是倒数吗？叫什么？”赵黑虎抱着钟国龙，岩石一般的面容上终于露出了温暖的笑。

“排长，我是不是很傻啊？从新兵连到现在，哪次我都是焦点，都跟小丑似的让别人看着揪心……”钟国龙此刻的心情很不好。

赵黑虎笑道：“你可不是小丑！成为焦点也不错啊，刚才团长因为你把连长都给骂了。”

“什么？”钟国龙猛地站起来，“为什么骂连长？跟连长有什么关系？”

“行了啊！”赵黑虎拽着钟国龙，意味深长地说道，“这次骂跟平时骂不一样！这次是好事！”

钟国龙搞不明白为什么挨骂还是好事，一脸的疑惑。这个时候，顾长荣忽然走了过来，钟国龙和赵黑虎连忙敬礼。

顾长荣看了一眼钟国龙，对他说道：“钟国龙是吧？”

“是！”

“嗯，精神可嘉，但行为不提倡！”顾长荣严肃地说道，“很感人，但是我不会表扬你，否则要是全团的人都带伤考核，我这个团长恐怕就有问题了！回去好好休息吧！”

“是！谢谢团长！”

顾长荣转身走上车，汽车开走了，赵黑虎把钟国龙交给了刘强、陈立华他们，自己跑到龙云那里汇报情况去了。

戴诗文走了过来，拍了拍钟国龙，说道："怎么样，行吗？"

"班长，咱们今天第几啊？"钟国龙已经很虚弱了。

"第几？你还好意思问？"旁边的吴建雄忽然说道，"你受伤了就请假，来这里凑什么热闹？想让团长看看你是不是？你这叫出风头知道吗？你自己跑了个全团倒数第一，你说咱们班能排第几？"

"老吴你少说几句！"戴诗文一把把他推开。"是啊，老吴，你就少说几句吧！这以后啊，这种事情还多着呢！一个班里面要是没有这样关键时刻拉稀的，那不全是好事了？"旁边，侯因鹏凑过来说起怪话。

"你们说什么呢？再说一遍？"钟国龙气急了，挣脱刘强就要冲过去，被刘强赶紧拉住了。

"怎么？你牛大了是吧？你个新兵蛋子！早知道你在新兵连挺牛的，怎么，想来这里撒野了？"吴建雄怒声说道，"今天有别的班在，等回班里再跟你算账！"

"算账就算账！老子还怕你不成？"钟国龙瞪着眼睛盯着吴建雄，要不是自己腿疼加上浑身无力，他早冲上去了。

赵黑虎一看这边吵起来了，连忙要过来，却被龙云一把抓住了，赵黑虎不解地看着龙云。

龙云说道："你得让他自己过这一关！这小子个性太强，这一关不过，对他没好处！"

这次的越野回来，钟国龙足足休息了5天，每天吃饭都是刘强打来饭菜，不少人都来看他，陈立华没事就跑过来，拉着钟国龙说天道地，就是怕他闷得慌，还有李大力、余忠桥等，新兵十连的人都来遍了，一帮兄弟见面，分外亲热，也给了钟国龙莫大的安慰。

班里面，戴诗文对钟国龙比较照顾，经常询问他的腿伤，有几次还拿着药水给钟国龙擦，这让钟国龙很感动。钟国龙受不得别人的好，班副的举动让他有一种莫名其妙的感恩。

当然，其他那3个老兵还是不断地冷嘲热讽，钟国龙这时候想好了，他从来不顶嘴，老兵说着，他就听着，甚至有时候嘴角还能露出笑来，这让戴诗文很安心，可是刘强却越来越害怕。从小和钟国龙一起长大，刘强知道钟国龙这样的举动很反常，而这种反常刘强也曾经见过，这种微笑意味着钟国龙在积蓄仇恨。

然而这些不是最重要的，目前困扰钟国龙的还是谭小飞的那封信。信是钟国龙两天以前收到的，一开始兄弟们都很兴奋，但是谭小飞单独写信过来，还是让他们很意外，钟国龙一字一句反复读着信上的内容。谭小飞在信里提到了王雄他们现在做的事情，钟国龙靠在坑道边上，看着刘强和陈立华，有些不自信地问：“你们说，他错了吗？”

一阵沉默后，陈立华站起身长舒一口气，缓缓地说道：“老大，我觉得老三他们现在走的路，好像就是当年咱们兄弟设想的那样——称霸，收很多小弟，赚钱。跟咱们无数次讨论的一样。”

“是啊。”刘强说道，“可是不知道怎么回事，我就是觉得别扭。老大，你说是咱们变了，还是他们变了？”

两个人的目光一齐聚向钟国龙。钟国龙紧皱着眉头，他此刻很烦，几股不同的意识交织在一起，拧得死死的，龙云那坚定严厉的目光，谭小飞那满含泪水的双眼，王雄、李冰、老蒋在脑子里面翻来覆去，没有个头绪。

“先不管这些了！”钟国龙烦闷地挥了挥手，吐掉嘴里的烟头，“咱回去给老三写信去！老三究竟在做什么，咱们谁也没在身边，也说不准。这个我得好好考虑一下，当下最着急的是小飞想上学，上学总不是坏事吧？我总感觉，我欠小飞的太多……怎么说呢，以前我从来没这么想过……”

3个兄弟回到宿舍。周末，老兵们集体去上街，新兵们也都跑出去会老乡了，只剩下他们3个。钟国龙拿出信纸来，左思右想，终于下定了决心，说道：

“还是写给老三吧！咱们不在，老三最聪明，不提别的，就说小飞的事情。”刘强和陈立华点点头，钟国龙又想了想，提笔写下去。

老三，其他兄弟们好！

很想念你们！我和老四、老六都分在了侦察连，全团最牛的连队，我和老六在一个班，老四在别的班，但是每天都能见到，我们都好，不用挂念。

老三，几次的电话，时间紧张，光扯用不着的了，今天才想起写信来。你们在那边的事情，我不想过多说什么，你自己看着办就是了，但是要记住，不要做坏事。这句话我从来没跟你说过，因为我自己也搞不清楚坏事的范畴究竟是什么。我想等我搞清楚了，会告诉你们的。

今天这封信，我主要想说说小飞的事情。老三你知道，小飞从跟我们那天起，和我们就不一样。那时候咱们是臭味相投的混小子，小飞是一个经常挨欺负的好学生，我把小飞拉上，也主要是考虑这小子家里是开五金店的，提供家伙方便，而且他文笔好，可以帮咱们写检查。

小飞就这样加入咱们了，没想到这小子真是很够意思，和咱们兄弟之间的感情越来越深，和咱们一起打架，一起喝酒，一起提心吊胆地混日子。现在想起来，我越来越感觉咱们兄弟其实欠小飞挺多的。他本来就应该是个好学生，不该和咱们过一样的日子。

老三，我们几个迟早也要回去的，我们回去的时候，咱们的理想和目标，我自己都不敢肯定会有什么变化，但不管咱们几个怎么样发展，小飞读书的年龄却只有这几年了，我的想法，也是我和老四、老六的想法，还是让小飞去好好读书吧！

咱们兄弟7个，不应该让任何一个人放弃自己的理想。小飞想读书，我觉得这不是坏事，咱们也没有理由拦着小飞，在这一点上，我是一定要坚持原则的，作为你们的老大，我的态度已经很明确了。你们几个，尤其是老三你，多帮帮小飞，他家里面做生意赔了钱，妈妈又有病，其实也不容易，咱们几个能帮多少就帮多少吧！小飞要是将来考上了大学，有了出息，我想也一定不会忘记我们的。

老三，我想我们以后还是要经常写信，电话这个东西，方便是方便，但总说不了太多，也不舒服，有什么事情写出来，我和老四、老六有时间就可以拿出信来看一遍，尤其是训练累了又睡不着的时候，看着你们的信，好享受啊！

我们想着老家的兄弟，你们也想着我们，总有一天，咱们兄弟还会在一起开创一番大事业！

你们的老大：钟国龙

×年×月×日

信写完了，钟国龙把信放进信封，心情居然很沉重。这封信的内容与以往不太一样，钟国龙也从来没给兄弟们写过这么郑重的信，感觉怪怪的。“老大，你想什么呢？”细心的陈立华发现钟国龙有些忧郁，忍不住问道。

钟国龙没有回答，反问他们两个：“你们说，将来咱们要是回去，还能和当初那样吗？喝酒、唱歌、打牌、争老大……”

刘强想了想，有点儿不自信地说：“能……能吧？”

“能吧……一定能吧。”陈立华也说，“咱们为什么来呀……”场面冷清下来，兄弟几个不说话了，都在想着什么。

第五十五章　新兵老兵（一）

钟国龙的腿伤逐渐恢复，每天开始玩命地训练，随着时间的推移，他的训练成绩虽然还是无法和老兵们相比，但在新兵里面已经名列前茅。

但是，钟国龙总是感觉和新兵连那时候不太一样，并且逐渐不快乐起来。和新兵们一样，一直隐含着的新兵老兵的隔阂，此时也突破了“蜜月期”，老兵们开始摆架子了。应了部队那句老话：“新兵下连，老兵过年。”老兵们开始以“老”自居，和新兵之间的那种界限，越来越明朗起来。

钟国龙越来越看不惯，越来越气愤，这种气愤的情绪，直接影响了他的心情。

侯因鹏又把自己的衣服塞给谭凯，嘴里还“语重心长”地说道：“新兵同志，你不用感觉自己现在很累，这就是部队的磨炼啊！部队是个大熔炉，怎样才能早成才呢？你就得会做人，多长点儿眼色，就得多做点儿事情，只有这样，你才能让老兵接受，你才能让班长喜欢，谁当新兵不是这样过来的？”

谭凯不敢得罪这些老兵，以一种虔诚的姿态接受着侯因鹏的“教导”，陈明、王晓伟也是如此，两个人抢着帮班长洗床单、刷胶鞋，戴诗文包括赵黑虎，在这件事情上居然也是睁一只眼闭一只眼，任由他们去表现，仿佛这一切都是约定俗成的一样。

全班不给老兵洗衣服递烟的就只有钟国龙和刘强，老兵们也多少知道钟国龙在新兵连的历史，不敢惹他，用王晓伟的话说，这叫人善被人欺，马善被人骑。刘强是钟国龙的兄弟，和老大一起坚持着原则。两个兄弟自扫门前雪，训练拼命，休息的时候洗完自己的衣服就只管玩自己的，老兵的那些规矩对这兄弟两个丝毫不起作用。

又是一个周末，钟国龙、刘强早早洗完自己的衣服，跟副班长请假说要去买些日用品，戴诗文准假，两个人高高兴兴地走了。

“看见没有？这才叫牛气！”侯因鹏懒洋洋地躺在自己的床上，斜着眼睛看出去的钟国龙，“这谱儿摆得比咱们老兵还大呢！到底是连长、排长带出来的强兵啊！”

“狗屁！”吴建雄狠狠地说道，“这几天不想动弹而已！看哪天老子好好收拾一顿这小子！”

“我说老吴，你可别光说不练啊，”侯因鹏一副唯恐天下不乱的嘴脸，“前几天团越野考核，这小子可没怕你！要不是他腿有伤，估计早把你的蛋子给踹下来喽！”

吴建雄被他几句话说得热血沸腾，腾地从床上跳了下来，喘着粗气说道：

“哼，你要是不说，我他×的还忘了！你等他们回来，看我怎么收拾他！”

赵喜荣在一边笑道：“你就尽管收拾，这群新兵蛋子，是得给他们立点儿规矩了！”

几个老兵憋足了气，钟国龙和刘强毫不知晓，两个人买了洗衣粉、信纸、牙膏，往宿舍储物柜一放，又要出去找陈立华。

“站住！”旁边的吴建雄抬眼看了看钟国龙，冷声说道，“新兵蛋子！把我的裤子洗了去！”

说完，他从床上抓起裤子，一把扔到钟国龙怀里，钟国龙看了一眼裤子，眼睛马上红了，吼道：“老子要是不洗呢？”

“你敢！那我整死你！”吴建雄毫不示弱地站了起来。

旁边刘强一看不好，连忙过来拉住钟国龙，小声说道：“老大，好汉不吃眼前亏！”

刘强把裤子拎起来，又放到床上，强露笑脸说道：“您先等等，一会儿我们回来，我给你洗行了吧？”说完，不由分说把钟国龙拽了出去。

门内传出吴建雄的吼声：“新兵蛋子！别给脸不要脸！今天这裤子，你他×的非洗不可！”

钟国龙被刘强拽到门口，又想冲进去，刘强死拽着他不放，忙劝他：“老大！老大！咱不生气！咱们去找老四去啊，你新兵的时候就没少打架，这次要是连长再知道你打架，可难办了！忍忍，忍忍就过去了！”

钟国龙一听刘强提到龙云，这才强压着怒火，被刘强拽着去二班找陈立华去了。

陈立华刚借书回来，一看钟国龙一副要吃人的样子，连忙问：“老大，谁惹你了？”

刘强连忙摆手道：“你就别添乱了，快带着老大出去抽根烟！还能有谁啊？老兵！”

陈立华苦笑道：“我们班也这样，全连、全团都这样，习惯了就好了！老大你跟他们生气至于吗？”

“我就是看不惯这臭规矩！”钟国龙气呼呼地说道，“你们说说，这训练、站哨，咱们哪点比他们少了？不就早来几年吗？有什么了不起的？”

刘强急忙把陈立华拽到一边，小声说道：“老四，你带着老大出去溜达溜达！可不能让他再打架了知道吗？”

“知道！”陈立华也清楚钟国龙的脾气，怕他再犯纪律，点头答应，又问道，

“那你干什么去？”

“我回去把那孙子的裤子洗了啊！要不回来不还是乱？为了老大别犯纪律，就忍一回吧！”

刘强说完，又走到钟国龙跟前，说道：“老大，你先跟老四出去消消气。我得去趟卫生队把体温计还掉！”刘强说完就跑。

钟国龙奇怪地问：“还体温计怎么这么着急？”

陈立华急忙应付道：“还不是急着看刚来的小护士吗？老大别管他了，咱们走吧！”

钟国龙被陈立华拉着，不情愿地往外走，陈立华一路上劝着钟国龙。钟国龙仍旧气鼓鼓地说道：“要说咱刚来的时候，我钟国龙不懂事，和忠桥打架不应该，训练落后也不应该，我都认了！可是现在不一样，我每天都努力训练，各方面也都严格要求自己，却还得受老兵的气，我就是不服！我他×的这辈子最烦欺负人的！”

“行了，老大！你没必要生这个气，部队都这样，我打听过了，咱排长刚来的时候还给老兵洗过臭袜子呢！这是规矩！就像……就像旧社会的学徒，学徒你知道吧？得给师父干杂活儿，等出了徒就不用了，咱就是师父了！”陈立华尽量安慰着钟国龙。

钟国龙还是不服气，两个人跑到坑道里抽了根烟，钟国龙问：“老六怎么还不回来？”

“嘿，洗那么大条裤子，哪儿那么快呀！”陈立华刚说完，自己先给了自己个大耳刮子。

“你说什么，老六干什么去了？”钟国龙呼地站了起来，鼻子都气歪了。

“我……老大，老六这都是为了你不是。”陈立华一见瞒不过去了，只好拉住他，“你不能再犯错误了，新兵连和老兵连不一样！”

“不一样个屁！”钟国龙一把甩开他，拔腿就往水房跑，陈立华感觉一切都晚了，急忙在后面追，但根本就追不上钟国龙。

钟国龙疯了一般跑向水房，一眼看见刘强正拿着吴建雄的裤子在洗呢。

“老六！你他×的干什么呢？”

刘强猛地看见钟国龙冲了进来，吓了一大跳，只好解释：“老……老大，这是我自己的，我自己的！”

“自己个屁！上午咱俩一起洗的，你能比我多发一条？你跟我说，这是谁的裤子？”钟国龙快冒出火来，瞪着刘强。

刘强吓坏了，只好承认：“是……是吴建雄的，老大，我不想让你再犯错误！”

“浑蛋！惹不起我，让我兄弟给洗裤子！我非杀了他不可！”钟国龙端起盆子就往宿舍跑。

这时候正好陈立华跑了过来，一看钟国龙端着盆子往宿舍跑，知道出事了，急忙拽着刘强在后面追。

钟国龙一口气跑到宿舍里面，吴建雄、侯因鹏、赵喜荣3个老兵正在里面玩斗地主，一见钟国龙端着盆子进来，还以为他洗完了，也没在意。

钟国龙大步走到吴建雄面前，大声说道：“吴班长，这是你让我兄弟洗的？”吴建雄头都没回，懒洋洋地说道：“是啊，怎么，洗干净了吗？我那儿还有一件上衣呢，一块儿洗了吧？”

“你自己不洗，为什么非让我们新兵洗衣服？”钟国龙咄咄逼人地问。

吴建雄这才发现钟国龙语气有些异样，转过头来，看见钟国龙的样子，并没有害怕，忽然笑道：“怎么？你生气啦？你不该生气啊！谁让你是新兵呢？我在侦察连吃的盐比你吃的饭都多呢，让你洗洗衣服又怎么了？新兵蛋子，你得好好表现啊！”

“那老子就给你表现表现！”

钟国龙终于忍不住了，大吼一声，把洗衣盆连衣服带水扣到吴建雄头上，冲着吴建雄前胸就是一脚。

吴建雄没想到钟国龙真敢动手，一下子反应过来，被钟国龙一脚踹到了地上，湿淋淋的像只落汤鸡一样。

"你他×的还真敢动手哇！"

吴建雄一下子跳起来，作为当兵3年的老兵哪受得了这个气，被一个刚到部队3个多月下连半个月的新兵锤了一顿，这是何等的奇耻大辱！二话没说，冲着钟国龙的上腭就是一拳。

钟国龙从小实战，又在部队练了这几个月，猛地闪身躲了过去，抬腿就又要踹，忽然感觉后背像被锤子锤了一下，整个人趴在了地上。

旁边，侯因鹏、赵喜荣已经把他围了起来。

"新兵蛋子！你还反天了！打他！"

"打这个新兵蛋子！打！"

3个老兵一阵拳打脚踢，钟国龙转眼之间就挨了十几拳，脸上被打开了花，鼻血也喷了出来，一下子疯了一般，和老兵们对打起来。钟国龙再厉害，也架不住3个老侦察兵合力攻击啊！一下子又被侯因鹏打倒在地，吴建雄上来冲着钟国龙就打！不到一分钟，整个一班宿舍乱作一团。

这个时候，刘强和陈立华冲进了宿舍，一眼看见3个老兵把钟国龙打翻在地，钟国龙浑身是血的样子让他们的理智全部烟消云散了！两个人冲到楼道储藏室，一人拿了一把铁锹冲到宿舍里面，挥起来就冲老兵猛拍了过去！

"你敢打我们老大！"

陈立华冲着刚站起身来的吴建雄脑袋上就是一锹，吴建雄的头"嗡"了一声就被拍倒在地，头上鲜血顿时冒了出来，刘强上去又一阵猛拍。

老兵们被他们3个这不要命的打法给惊呆了，但毕竟都是练过的老兵，很快缓过神来，侯因鹏眼疾手快，一把抢过陈立华的铁锹开始反击，钟国龙猛地跳了起来，捂着被吴建雄踢得生疼的小肚子站了起来，整个人鼻青脸肿，嘴角流出些许鲜血。钟国龙右手擦了一下嘴角，放到眼前看了看，眼睛开始充血，舌头伸出来舔了舔嘴角的血，把擦在手上的血也舔干净，大喝了一声："今天老子们的兵不当了！吴建雄，今天我要你命。"

老兵们被他这一声怒吼吓了一跳。钟国龙已经冲了出去，跑到自己床底下，一下子抽出一把水果刀来，这刀还是上次钟国龙偷偷买来藏着的，现在被打红了眼，也顾不了太多，拿着水果刀就冲了回来！

"刀！他有刀！"赵喜荣大声喊着，3个老兵这才感觉事情闹大了！钟国龙已经不顾一切地冲了过来，照着吴建雄前胸就是一刀！吴建雄慌忙闪身躲了过去，锋利的刀锋还是擦到了前胸，立刻把上衣划开了一道口子，划破的皮肤立刻渗出血来。吴建雄大叫一声，惊出了一身冷汗！钟国龙不管这一套，手中的小刀一阵狂舞，吓得老兵们连忙退后。

这个时候，一班宿舍已经围满了人，老兵们一开始看老兵教训新兵，原本没当回事，这种事情在部队再正常不过了，就算连长看见也顶多训几句完事，这下子一见钟国龙拿出刀来，全都害怕了，赶紧冲进来大喊："快把刀放下！快把刀放下！会出人命的！"

钟国龙已经完全疯狂了，一把推开刘强和陈立华，挺着小刀继续往前杀，心中想的就是要把这3个打他的老兵一个个生吞活剥！

"钟国龙！住手！"忽然的一声怒吼，像晴空打了一个响雷，连钟国龙都忍不住回头看了过去，门口如天神一般站着的，正是猛冲过来的龙云！

原来，刚才龙云正在四楼图书室看书，听见一楼有动静，急忙往下走，路上遇见上楼的战士，一听说一排一班老兵和新兵打起来了，马上想到了钟国龙，这才急忙从四楼跑下来，一进门，正看到了这个"祖宗"拿着刀子要杀人！龙云大步走过去，吼道："钟国龙！把刀给我！"

"我不给！"钟国龙忽然委屈起来，冲着龙云吼道，"我是来当兵的，不是挨他们欺负的，谁欺负我我就要他的命！"

龙云看着浑身是血的钟国龙，语气没有丝毫的放松，咬牙吼道："我让你把刀给我！"

"我就不给！"钟国龙疯了似的又要往前冲。

龙云怒了，上去一步，一个擒拿扣腕，一把抓住钟国龙拿刀的右手，一用力，"当啷"一声，钟国龙小刀落地，整个人也横着飞了出去，重重摔在地上。

龙云弯腰拿起小刀，脸色阴沉得让人窒息，旁边的刘强慌忙扔下铁锹，上去把钟国龙扶了起来。钟国龙眼睛看着上面，还是不服气。

"有什么好看的？都给我滚回宿舍去！"龙云冲外面的战士怒吼一声，战士们急忙跑散了，这个时候，赵黑虎和戴诗文刚从卫生队回来，一看见这个场面，也都吓坏了。

龙云瞪着杀气腾腾的眼睛，看了看钟国龙他们，又看了看3个惊魂未定的老兵，怒声说道："所有人，去卫生队包扎，然后直接到我办公室！赵黑虎、戴诗文，你们也去！"

说完，龙云转身就走。

“闪开！敢欺负我战友！”又一声大吼，把众人全吓了一跳，只见余忠桥和李大力兄弟两个，一人拿一把铁锹冲了进来，一看见龙云，两个人顿时没了电，铁锹“当啷”一声掉到地上。

“连……连长，我们……想去种树……”李大力这样说。

“种你个大头鬼！什么季节你种树？”龙云脸都气白了，“你们两个，去操场跑完10公里，然后到我办公室！拿着你们的铁锹跑！”

“是！”

兄弟两个咧着嘴看了钟国龙一眼，灰溜溜地跑了。

一个小时以后，一群人走进了龙云的办公室，钟国龙他们一个个像刚从战场上回来的伤兵，脑袋上缠着纱布，鼻青脸肿，老兵们也好不到哪儿去，一个个伤痕累累地站在那里，连大气也不敢出。旁边还有低着头的赵黑虎、戴诗文以及二班长陈兴隆，还有被汗水湿透、扛着铁锹的余忠桥、李大力兄弟俩。

龙云手里还拿着钟国龙那把刀，脸色阴沉得可怕，抬眼先看了看余忠桥他们两个，说道：“余忠桥，3个月前你还拿着铁锹要拍死钟国龙，怎么，你们兄弟的感情发展得不错嘛！你们说，这一幕要是发生在战场上多好啊！钟国龙被敌人围攻，你们跑过去救他，说不定连我都得被感动呢！”

“报告连长，我们……我们错了！”余忠桥和李大力低着头说道。

“你们两个！再背着铁锹出去跑10公里！回去写一份不少于5000字的检查，在班会上大声给我念5遍！”龙云喝道。

“是！”两个人急忙答应。

“滚蛋！”

“是！”两个兄弟扛着铁锹就跑。

剩下这些人站在那里，龙云又不说话了，3个老兵互相看了看，吴建雄连忙说道：“报告连长！我们错了！”赵黑虎和戴诗文也连忙认错。

龙云眼都没抬，说道：“你们错了？那就是钟国龙对了？钟国龙，你对了吗？”

钟国龙怒气仍没有消，站在那里大声说道：“报告连长！我，没错！”

“没错就好！继续！”龙云说道，“我就知道你钟国龙没错！你继续站着吧！好好想想自己的光荣事迹！”

一个小时过去了，所有人除了钟国龙，全都认了错。龙云似乎一点儿都不着急，自己坐在那里看着文件，示意赵黑虎坐下，因为他腿伤还没全好。赵黑虎拒绝了，龙云也不管，仿佛办公室里面没有这些人一样。

已经到晚上了，一群人在龙云的办公室站了一天，龙云收起文件，站起身来，说道：“快熄灯了，你们都回去吧！你们的事情明天再处理。钟国龙除外！”

“是！”几个人全出去了，刘强和陈立华本来不想走，看见龙云那眼神也不得不走了。

“钟国龙，想得怎么样了？”龙云问。

“报告！我私藏刀具，不对！和老兵打架，没错！”钟国龙倔强地回答。

“好！英雄啊！”龙云拍起手来，“英雄，稍息——立正！向后——转！目标，操场正中，跑步——走！”

钟国龙按照龙云的口令，倔强地跑到了操场正中，像一根柱子一样站在那里，龙云怒气冲冲跑到宿舍楼门口，无数探出去的脑袋立刻缩了回去。

“都给我听着！今天晚上，除了哨兵，任何人不准离开宿舍一步！哪个班的人敢去操场，班长撤职，当兵的滚蛋！”龙云在门外怒吼着。

钟国龙站在操场，寒风吹进衣服里面，冻得直发抖，他还是想不明白，龙云似乎也知道他想不通，一晚上龙云没有来操场。

钟国龙站到半夜，实在受不了了，就在操场上跑，越跑越快，越跑越快……

第五十六章　新兵老兵（二）

半夜，一排一班宿舍，几乎没有人能睡得着，所有人都能听得见赵黑虎粗重的呼吸，新兵老兵此刻都害怕极了，仿佛自己的身边真的有一只老虎在那里磨牙。

清晨，终于，赵黑虎噌地从床上跳起来，大声吼道："都别睡了！吴建雄、侯因鹏、赵喜荣，跟我到操场集合！刘强，你去二班给我叫上陈立华！"

"是！"

新兵老兵们此刻反而如释重负一般，与其在床上躺着受罪，还不如去操场呢！一群人很快到操场集合，戴诗文和二班班长也不敢再在床上躺着，也跟到了操场。

黑夜中，透过路灯的光亮，所有人都看见了赵黑虎那凶狠的眼神，钟国龙也被叫了过来。边疆的3月依然十分干冷，今天虽然没有下雪，但是人站在外面不活动，久了浑身还是冻得发麻。看到赵黑虎那尖刀一样的眼神，3名老兵和陈立华、刘强心里都发怵。3名老兵甚至浑身在发抖。这3名执行过生死任务的老兵，在死亡面前都不低头的老兵为什么会浑身发抖？

"刚才熄灯前，连长的命令你们都听到了！他说谁敢上操场，班长撤职，战士滚蛋！但我还是把你们带来了！因为我感觉，现在的一排，离滚蛋已经不远了！”赵黑虎一字一顿地说道，“我首先告诉你们，我没有连长那么仁慈，让你们去睡觉，都不用睡觉了，我也不睡了！从现在一直到天亮出操，我们就一起在这操场上过了！”

没有人说话，大家都知道这个排长兼班长发起火来是不听任何解释的。赵黑虎继续说道：“本来按照我的想法，是把你们一个个地狠揍一顿，最好是能打死你们！现在我改变想法了，今天天气不错，不如我们来上一场特殊训练，你们说怎么样？”

“是！”

“好！一班副，你回去拿格斗护具！”赵黑虎咬着牙命令道，“白天我来得晚，还真没看见你们的龙争虎斗！现在都没有外人，你们也好像都没有耗费完精力，那就练练吧！”

戴诗文没有办法，从宿舍取来护具，给3个老兵和3个新兵全都戴上，钟国龙气哼哼地戴好护具，杀人的眼睛又对上了吴建雄。

“钟国龙！”赵黑虎径直走到钟国龙跟前，冷声说道，“你心里恨不恨这些老兵？”

“报告！恨！”钟国龙始终没有想通，直接回答。

“好！那就开始吧！3个对3个，你们可以群殴，也可以单挑，没有招式，也不用留情！打吧！打！我不说停，谁也不能停！”赵黑虎咆哮着，“打倒了，我给你们准备担架！”

6个人一对一地站在那里，每个人想得都不一样，钟国龙下午的怒火还没有发泄完毕，虽然刀子被龙云下了，但他那颗杀人的心还没有死，此刻又对上了吴建雄，真恨不得将眼前这个老兵碎尸万段才来得痛快！刘强和陈立华看着钟国龙的眼神，感觉老大现在是那个当兵前在家打架不要命不计后果的那个老大，眼睛里只有杀字。他本是见不得血的，一见血就会发狂，不能自控。打吧！是死是活也得打了！

3个老兵是另外一种心态，毕竟是他们欺负人家在先，下午被龙云软刀子先挫了一回，现在赵黑虎要他们打，他们心里实在是不想打。但一看到对面3个新兵的样子，他们知道，事情闹大了，由不得他们了！一种恐惧感涌现出来。“杀！”

钟国龙挥舞着拳头，首先向吴建雄扑了上去，完全是不要命的打法！刘强、陈立华紧随其后，老兵们没办法，只好迎战，6个兵顿时战在一起，操场上杀声不断。

两个纠察兵在操场外面用手电筒晃了一下。其中一个无奈地摇摇头，说道：

“侦察连的，听说下午打起来了！这会儿又练呢！”

“算了，睁一只眼闭一只眼吧！这群家伙，真是不要命！”纠察兵走了。

操场这边的搏斗已经到了白热化，6个人全都打红了眼，手脚并用地在互相身上招呼。打倒了，马上爬起来，接着扑上去，老兵底子厚，新兵不要命，真是一场龙争虎斗！赵黑虎压根没打算喊停，瞪着眼睛吼：“打！打呀！离起床号还有时间呢！你们不是有仇吗？往死里打吧！”

吴建雄喘着粗气，对红着眼睛的钟国龙低声说道：“兄弟，别打了！咱们谈和吧！再打下去，对谁都没好处！”

“和你妈！今天老子就是要打死你！”没有任何商量的余地，钟国龙又挥拳打了过来。吴建雄也怒了，“我还怕你呀！”两个人又打在一起！

时间一分一秒过去，快一个小时了，6个人早就没了体力，动作越来越慢，最后全都站不稳了。钟国龙还不想停，他仿佛忘了浑身的疼痛，心中那仇恨仍没有消除，挣扎着挥舞着拳头：“我打死你！让你欺负新兵！老子今天就让你知道知道新兵也不是好惹的！”

又半个小时过去了，起床号响起的时候，6个人已经瘫在了地上，再也打不动了！赵黑虎走过去，一把把钟国龙拎起来，问道：“钟国龙，说说想法！”

“我没错！”钟国龙浑身是土，血水又从鼻子里冒出来，脸已经肿得跟馒头差不多了，却还是坚定自己的那个理由，“欺负新兵，就是不行！”

“好！那就继续！继续呀！”赵黑虎一把放开钟国龙，钟国龙立刻疲惫地倒在了地上，“钟国龙，我还真小瞧你了！都给我起来！继续打！”

所有人都站不起来了！1个半小时的激烈格斗，耗费了所有的体力，6个人仰面朝天躺在冰冷的地上，只有喘粗气的份儿了！这个时候，侦察连已经整队上了操场，看见这边赵黑虎和一班的人正在这里，忍不住围了过来，看着地上的几位，忍不住议论纷纷。

“一排长，怎么回事？”一声大喝，龙云也跑了上来，看见眼前的情景，明知故问。

赵黑虎跑过去，报告道：“报告连长，一排几个战士正在进行格斗加练！”

“好啊！”龙云大步走到近前，“怎么都不动了？死了没有？”

“报告！没有！”钟国龙躺在地上大喊。

“嗯，不错！真不错！”龙云嘴角抽动了一下，忽然大喊，“侦察连全体集合！”

全连立刻集合，一班二班的其他战士连忙上来搀起6个人，6个人大口喘着粗气，站在队列中摇摇晃晃。

“侦察连，目标，格斗训练场！跑步走！”龙云大声命令。

连队跑步赶到了侦察连平时训练的场地上，龙云站在前面，说道：“同志们，今天的早操取消，我给大家介绍几个人物！你们几个，出列！”

6个人走出队列，一个个鼻青脸肿地站在队列前面，钟国龙还是仰着头，满是不服气的神情。

龙云围着6个人走了一圈，冷声说道：“怎么样？格斗训练进行得还不错吧？还尽兴吧？”

侯因鹏低着头，小声说道：“报告，我们……错了！”

“浑蛋！”龙云疯狂地吼道，“谁问你对错了？我问你们尽兴不尽兴！”

“报告！已经尽兴了！”吴建雄大声回答。

“嗯，你尽兴了，可有人还没尽兴呢！”龙云看了一眼钟国龙，“不过，我不想让你们再练下去了！格斗练多了，伤感情啊！下面咱们再练点儿新鲜的！”

“一排长！”龙云对着站在队列中气得发抖的赵黑虎喊了一句，“指挥全连唱一首《团结就是力量》！”

“是！”

赵黑虎走到台阶上，一把把站在前面接受众人“审判”的吴建雄和钟国龙等人拨拉开，站在他们中间开始指挥，嘹亮的歌声立刻传了出来：

团结就是力量，
团结就是力量，
这力量是铁，
这力量是钢
……

一首歌唱完，龙云盯着6个战士，只有钟国龙的眼睛里露出复杂的神色，好像很委屈，又很不服，其他人全低下了头。

“你们台上几个今天没资格唱这歌。”龙云指着钟国龙、吴建雄几个大吼道，台上几个老兵的身体颤抖得更加厉害了。

龙云的声音又变得沉闷了起来：“你们团结吗？你们友爱吗？你们对待同志像春天般的温暖吗？这些话对你们几个来说简直就是狗屁，不过秋风扫落叶般的残酷我今天倒是看到了，知道了什么叫互相残杀，阶级同志的革命斗争。老兵不爱护新兵，搞特殊。新兵不尊重老兵，搞冲突。你们这就叫团结吗？你们自己说，想不想团结？”

“想！”5个人回答。

“钟国龙，你想不想团结？”龙云问咬着嘴唇不说话的钟国龙。

“想！但是是在平等下的团结！”钟国龙倔强地喊。

“好啊！说得没错！是应该平等！打了一早上了，不用再打了！下面咱们就玩个团结的游戏吧！”龙云转身冲旁边的两个战士喊，“你们去打两桶水！”

两个战士莫名其妙地去打水了，龙云不再说话，所有人都看着连长，不知道龙云这个时候要水做什么，只有几个三排的老兵皱了皱眉头。

水打来了，龙云命令他们把水泼到院子上的水泥地上，战士把水泼上去后不到5分钟，水在地面结成了一块约10平方米薄薄的冰。

龙云看了看结冰的地面，冲6个战士说道：“下面咱们玩的这个游戏，我已经几年没玩过了，这个游戏很有意思，能充分体现团结互助。游戏很简单，就是进行冰面低姿匍匐战友互救。一人充当伤员，一人充当救护员，这样来回营救，在冰面上来回互救。我来当裁判。30分钟内，看哪组来回营救的次数最多。有什么问题吗？”

6个人倒吸一口凉气，硬着头皮回答：“没问题！”“好！没问题就好！当然，我是有条件的！我要求你们脱下衣服，每人只保留内裤！”龙云眼睛闪出异样的神情，“当然，事后你们完全可以去上面告我体罚，甚至虐待士兵！但是我始终认为，（即使在真实的战斗环境下，像这样从冰天雪地中把战友抢救回来，也是值得的！）钟国龙和吴建雄一组，陈立华与侯因鹏一组，刘强和赵喜荣一组，有问题吗？”

几个战士互相看了看，回答：“没问题！”说完开始脱衣服，只有钟国龙站在那里动也不动。

“钟国龙，你是怕冷，还是没听清规则？没学过战场互救吗？”龙云瞪着钟国龙。

一阵冷风吹过来，其他5个已经被冻得发抖了，钟国龙站在那里，大声回答道：“我不怕冷，就是不想做！我不愿意和欺负人的老兵在一组！”

“钟国龙！吴建雄也是你的战友！我的设定没有任何问题！脱衣服！”龙云愤怒地吼道。

钟国龙无动于衷，这是他第一次不听龙云的命令，站在那里，眼睛里面快流出眼泪了，他可以接受龙云设定的残酷的环境，可现在心中的那个结还是没有解开，他宁可被龙云枪毙，也不愿意和吴建雄一起战场互救。

龙云刚要发作，旁边赵黑虎站过来大声说道：“报告连长！我愿意替钟国龙完成训练！”

所有人都惊讶了！赵黑虎坚毅地站在那里，开始脱衣服，龙云明白他的用心，并没有阻止，赵黑虎的衣服一件又一件地脱下，旁边钟国龙的表情也越来越复杂。尤其是赵黑虎脱下棉裤，露出腿上还没有完全愈合的伤口，伤口上用纱布缠着，还能看到渗透出来的黄褐色痕迹，那是伤口化脓后的脓血从厚纱布中渗了出来！

所有人都心头一紧，钟国龙的心像是被谁用铁锤砸了一下，猛地抽动了一下，目光盯在了赵黑虎的腿伤上面。这个腿伤是怎么来的，没有谁比钟国龙更清楚了！上次战斗，正是因为自己的鲁莽，战场抗命，赵黑虎为了救他才受的伤，一直以来，钟国龙始终感觉这伤比在自己身上还难受。

赵黑虎趴到了冰冷的冰面上，其他人也全趴了下去！钟国龙内心剧烈地抽痛了起来！难道还要因为自己的过错，让排长经受这样的痛苦吗？钟国龙！你算什么？英雄还是狗熊？还是什么都不算？钟国龙终于对自己的行为有了一丝忏悔，这种忏悔虽然还没能让他认识到错误的本质，但已经足够让他对赵黑虎的愧疚上升到顶点了！他决定豁出去了，为了赵黑虎，即使今天死在这里也认了！

“排长！我来！”

钟国龙上前猛地将赵黑虎拽了起来，旁边的戴诗文连忙过来把衣服给赵黑虎穿上，赵黑虎打着哆嗦，忍住右腿的疼痛，看着已经流下眼泪的钟国龙。

“钟国龙，你要是条汉子，就别这么叽叽歪歪的！自己做的事情，自己要负责！”赵黑虎冲钟国龙喊道。

钟国龙擦了擦眼泪，又瞪起了倔强的眼睛，猛地将自己的衣服脱下来，卧倒在冰冷的冰面上。身体刚一接触冰面，那彻骨的寒冷立刻传遍了全身，冰面像无数的钢针一样进入了钟国龙每一个毛孔。

龙云看着面前趴着的6个兵，似乎没有任何的怜悯，大声下着口令：“开始！”

“啊——”

所有人怒吼着，开始在冰面上匍匐前进，钟国龙和吴建雄接触的一刹那，两个人的目光对在一起。两人谁也没说话，机械地做着救护动作，你来我往，不断反复，身体下面的薄冰被体温化了，又马上冻结起来，冰碴在迅速解冻的一刹那间凝固，又瞬间被皮肤磨平，一分钟、两分钟……一直到每个人的身体凉得再也无法融化薄冰，冰面被蹭得溜光，每个人的身体也逐渐失去知觉，浑身发紫，嘴唇变白。

最后，大家基本上爬不动了，像蠕虫一般在地面拖着战友慢慢蠕动，全连战士看着心里都发憷起来，忍不住开始给他们加油。

龙云站在旁边，看着这些在冰面上挣扎的兵，脸色冷得可怕，谁也不知道他在想什么。6个战士体能消耗得差不多了，现在又忍着寒冷在冰面上爬着，早已经不成样子了，尤其是钟国龙，一晚上没有休息，又有伤在身，此时已经快晕过去了。

钟国龙在冰上吃力地蠕动着，脑海里却无法平静。4个月了，那五天四夜的火车，冲余忠桥挥舞的菜刀，九连长尖酸的话语，更深刻的是在那场战斗中，恐怖分子那狰狞的面容，赵黑虎那痛苦的表情，以及自己关在禁闭室里的一幕一幕，乱得要命，却全想了起来……“老龙，老龙，快停下，快停下！”侦察连指导员郝振平急匆匆从外面赶来，老远就喊了起来。他刚刚从团政工干部教育研讨会上赶回来，一进门就听说了这件事，急忙跑过来。

郝振平跑上前来，看见6个兵已经冻得不成样子了，急切地喊道：“行了！快停下！来几个人把他们抱走！”

战士们早看得于心不忍了，见指导员发话，急忙上来一群人把6个兵抱起来，又跑回去拿了几床被子给他们包上，这6个兵在被子里面哆嗦得跟筛糠差不多。

“老龙！出了问题可以好好教育嘛！你这样万一出了事情怎么办？”郝振平着急地冲龙云说道。

龙云眉毛一挑，生气地说道：“好好教育？指导员，你看这几个浑蛋是好好教育就能教育出来的吗？不让他们吃点儿一辈子都忘不了的苦头，他们还以为自己没错呢！”

“你呀你呀，怪不得都叫你‘龙阎王’呢！”郝振平苦笑着给了龙云一拳，龙云自己也笑了，笑得有些沉重，指导员是他的老领导，一向宅心仁厚，这次要不是他去开会，绝对不让他这么折磨这几个兵。

“指导员，棱角都让我磨得差不多了，这思想教育，晚上还是你来吧！”龙云说完，又吩咐炊事班长，“熬一锅姜汤给他们喝掉！多放姜，多放辣椒，最好辣死这帮浑蛋玩意儿！”

炊事班长急匆匆跑了，郝振平苦笑着说道：“你这小子！心里比谁都心疼他们吧？”

龙云不承认，摆摆手，又冲旁边的赵黑虎说道：“你也回去看看他们吧，晚上把处理意见报给我！”说完回自己办公室了。

几个人被抬回宿舍，一阵的折腾，直到喝了几大碗姜汤，还是忍不住地哆嗦。其他新兵把自己的被子全给他们盖上了，一直折腾到快中午的时候，这6个人才安定下来，全睡着了。

晚上的连队军人大会在侦察连小礼堂召开，会议的气氛很凝重，所有人都知道原因，又全都为这6个人捏了一把汗，6个人坐在那里，更是大气不敢出。

赵黑虎站起来发言："经过和几个班长一起研究，我代表一排，对我排发生的这次恶性斗殴事件，向连里上报处理意见，意见如下：建议给予钟国龙、吴建雄，留队察看处分，其他参与打架人员记大过处分，取消一班优秀班集体称号，我本人和一班、二班班长，申请连带责任。"

龙云和郝振平低声商量了一下，最后龙云站了起来，看了看全场，看得出他的怒火还没有消。龙云走到前面，冷着脸说道："具体的处理结果，会后由连支部讨论决定，一个基调：从严、从重！大道理，一会儿指导员会给大家讲，我就说几点。这次发生在我们连的打架事件，十分恶劣，也是前所未有的！咱们侦察连的档案里面，有十几年没有出现过这么严重的事件了！大家都看看这6个人的样子！成什么样了？活像6个残兵败将！没有伤在战场上，也没有伤在训练场上，却伤在了自己战友的手里！我看你们几个还有没有脸再走出侦察连的大门！这是耻辱，不仅仅是你们6个的耻辱，也是整个侦察连的耻辱！这种耻辱在你的心里，是永远也消除不了的！我真恨不得把你们一个个全都拉出去毙了，省得在我眼前晃荡！"

场内静悄悄的，龙云越说越有气，到最后声音震得人耳膜直响。郝振平知道龙云的脾气，这样下去可是要出事啊！

第五十七章　处理结果

郝振平连忙示意龙云坐下，自己站起来说道："同志们，我刚开会回来，听说了这次事件，我也十分震惊。今天我们开这个会，先不谈批斗了。我想跟大家讲一讲关于连队内部团结，特别是新兵老兵关系和谐的问题。说来也巧了，这次我们政工干部会讨论的也正是这个问题。我原本打算整理一下，现在既然事情赶在这里了，就在这里讲了吧！"他喝了口水，语气也随之凝重起来，"同志们，其实大家都清楚，在我们部队里面，一直流传着一种恶习，那就是老兵欺负新兵。这个现象，在我们连已经有很悠久的历史了。我们在座的各位都经历过新兵时期。就拿吴建雄来说吧，当初他当新兵的时候，没准儿也挨过老兵的欺负。"

吴建雄看了指导员一眼，低下了头。

"这次我去团里参加政工干部会，讨论的就是这个问题。团领导已经充分认识到这种陋习给部队精神文明建设带来的不良后果，这次，就是要下决心解决新老兵不平等问题。那我们就说说根源吧，在我们的思想里面，始终有一种先入为主的概念，这是我们祖先在长期艰苦的生活环境中逐渐积累下来的习惯，好像谁先到了这里，这里就自然是他的地盘了。我们部队也是这样，老兵入伍比较早，已经在班里占据了一个很好的'位置'，现在新兵来了，他们那种先入为主的思想马上就占了上风，于是，要新兵洗衣服、刷鞋，甚至会出现打骂新兵的现象。

“这样一来，陋习就逐渐产生了！被称作什么‘新兵下连，老兵过年’。每个新兵似乎都必须经历这样的考验，等自己成了老兵，又会再欺负下面的新兵。过去，我们这些当干部的，因为自己也是这么走过来的，于是就见怪不怪了。这样一来，久而久之就成习惯了！因此，这次打架事件，说到底跟我们这些当干部的平时没有认真矫正有很大的关系！

“老兵比新兵先来连队，他们受到的训练和战斗经验，都要强于新兵，这确实是事实。但这绝对不能成为老兵在新兵面前吆五喝六的资本！作为一名老兵，假如真想让新兵服气，也绝对不是靠让新兵给洗洗衣服就能做到的，而是应该通过自己先于新兵掌握的战术技能和思想境界，用良好的表现来征服新兵，做新兵的好榜样。老兵要爱护新兵，发扬好传、帮、代作用，新兵要尊重老兵，向老兵训练、生活中突出的方面学习。

“这样一来，我们的部队才能和谐，才能一代又一代地保持我们优良的传统！我希望大家能从这次打架事件中吸取教训。以后，老兵自己的内务必须自己干，自己的卫生区也必须自己负责。新兵也要尊重老兵，在平等的关系下，多向老兵学习！

“我这次回来，马上要在咱们侦察连开展‘互帮、互学、互助’活动，开展‘一帮一，一对红’活动，即一个老兵帮一个新兵，互相学习，互相帮助，每月连队要评选优秀士兵月评榜，‘三互活动’和‘一帮一，一对红’的优秀个人和小组。会议结束以后，各班班长马上着手把自己班的‘一帮一’名单上报到连部来！”

郝振平话音刚落，全场响起了一片热烈的掌声，所有的新兵都喜形于色，而老兵们，也开始在心里检讨自己的不是了。

龙云再次站起来，走到前面，说道：“指导员说得没错！我们就从今天开始，各班班长一定要加紧自己的工作，不要再出现昨天的事情，我不希望我们侦察连再出现任何不和谐的声音！下面，我们就解决这次军人大会最后一个问题！你们六个起立！”

六个人，三个新兵三个老兵，面对面站到了一起，每个人都不好意思起来。

“怎么了？昨天的豪情都不见了？怎么跟娘们儿似的学会害臊了？你们知道该干什么吧？知道不知道？”龙云急脾气又上来了。

“知道！”

几个战士又沉默了几秒钟，吴建雄最先走到前面，冲新兵鞠躬说道：“昨天的事情，是我犯错在先，我不应该故意刁难你们，在这里，跟你们真诚地道歉！我保证，以后再不会出现这样的事情了！”

侯因鹏、赵喜荣也走上前去跟新兵道歉。轮到新兵了，陈立华刚要说话，龙云说道："行了行了！节省点儿时间，新兵派代表说吧！钟国龙，你说说？"

钟国龙昨天一夜没睡觉，早上又冻得差点儿晕倒，睡了一天，精神好多了，刚才指导员的一番话，也说到他的心里去了，钟国龙不是第一次因为打架被处分，这次也一样，他其实心里早就知道打架不对，特别是自己动了刀，他只是因为看不惯老兵欺负新兵的陋习，始终不肯承认自己的错误罢了。刚才指导员说了新老兵平等，吴建雄也诚恳地道了歉，他心里那股子气顿时消了大半。龙云说让新兵派代表，其实他明白什么意思，刘强和陈立华早知道错了，现在关键就在他。

钟国龙停了几秒，看了看三个老兵，终于走上前去，低声说道："只要你们不欺负我们新兵，我愿意与你们和好！"

"钟国龙，你好大的架子！好像你根本没有错似的！你自己说，你这次有没有错？"龙云看着又臭又硬的钟国龙，真恨不得上去给他一下子。

"我错了！"钟国龙低声承认。

"大点儿声！打架的时候我没发现你嗓门小啊？"龙云故意说道。

钟国龙惭愧起来，大声说道："老兵同志，我错了！"

吴建雄上前一步，主动把手伸过来，钟国龙犹豫了一下，也伸出了手，两个人手握在一起，别有一番滋味在心头。

龙云松了口气，示意他们坐下，转身对所有人说道："我看过一本书，上面谈到过我们步兵。书上说，无论战争多么惨烈，无论战争的科技含量多么高，只要战争继续，航母、导弹、飞机、大炮，都总有打光的时候，最后决定战争胜负的还是人。我们作为步兵，是最后统治战争的兵种。而怎样使步兵的威力发挥到最大，除了努力提高单兵作战能力，最重要的还是各战斗小组之间的合作。所以，各国的步兵部队，都把考核战斗小组的成绩凌驾于考核单兵成绩之上。我们这个连队，是侦察连，侦察连的职能不用我说，你们每个人都清楚！

"我们是全团的一把尖刀，要冲在最前面，还要给后面的战友提供推进的各种信息，我们战斗力的强与弱，将直接关系到战斗的进展顺利与否。通过上次的战斗，都看到了我们侦察连的实际作战能力，同时，我们更深切地感受到了团结对于一个战斗集体的重要性。要想让侦察连这把匕首、尖刀不锈，保持锋利，团结是最重要的一项！

"从今天开始，侦察连的每一个成员，都必须要记住这样一句话——不要让战友的鲜血因为你的过失而流出！血染到战场上，光荣！染到自己战友手里，耻辱！侦察连不需要这样的耻辱！"

小礼堂鸦雀无声，龙云的话回荡在里面，传到每个战士的耳朵里，大家默默体会着连长这一番话，各自下着决心，那首唱了几十年的老歌，回荡在每个人的脑海里：

团结就是力量，
团结就是力量，
这力量是铁，
这力量是钢，
比铁还硬，比钢还强。
向着法西斯蒂开火，
让一切不民主的制度死亡！
向着太阳，向着自由，
向着新中国发出万丈光芒！
……

大会结束，连部又紧急召开了支部会议，研究决定这次事件处分，内容有些沉重，所有人都埋着头，不肯轻易发言，大家心里都清楚这次事件的严重性。赵黑虎提出给吴建雄、钟国龙留队查看，其他人记大过，这处分明显是轻了，他小心翼翼地看着龙云。

“老龙，还是听听你的意见吧。”主持会议的郝振平看着龙云，龙云虎着脸，正使劲捻烟头，“真要是严格执行，这些兵开除军籍都不过分啊！”

龙云明白郝振平的意思，他是在提醒自己，不过绝对不是提醒自己这几个兵错误的严重性，指导员把最坏的处理结果提前说出来，摆明了是想让他考虑清楚。

龙云又点起一根烟，想了想，说道：“指导员说得没错。我现在发愁的，不是这三个老兵。吴建雄留队查看，侯因鹏、赵喜荣记大过，这三个意见我都同意。一排长、一班副、二班长、二班副管理不善，连带警告，我也同意，我现在发愁的是三个新兵怎么办？”

“是啊，我们要对这三个新兵负责啊！”郝振平叹了口气，“说实话，要真是把他们三个任何一个开除军籍，也就等于毁了他们一辈子。他们原本在当地就是混混，这一回去，百分之百是做不了好人了！”

赵黑虎激动地站了起来，着急地说道：“连长指导员，这三个兵训练的各项指标都很不错，也是我和连长一手带出来的，后期潜力很大，可不能真让他们回家啊！”

其他干部也纷纷附和赵黑虎，龙云更加烦躁，站起来左右走了一圈，自言自语道：“他×的，三块好钢，硬度有余，韧性不足啊！”

所有人又是一阵沉默，赵黑虎听龙云这么说，知道他在想什么，钟国龙、陈立华、刘强三个人，还没有真正从地方风气中脱离出来，尤其是钟国龙，个性使然，从新兵连到现在经过多次教育引导，始终不能完全改变，虽然说这次全部责任不在他，他只是看不习惯老兵的一些做法，但是禀性不改，以后在部队还会惹出很多事情。这样的兵是每个干部最头疼的那一类。

“连长指导员，我有个提议！”赵黑虎忽然站起来，脸色居然有些奇怪。

“什么建议？说！”龙云看着赵黑虎。

所有的目光都聚集在赵黑虎身上，赵黑虎低着头，声音居然有些小：“我……这个，当初……”

“唉——我说虎子，你这是害羞呢还是嗓子不舒服？”龙云奇怪了。

“哈哈，好主意！”郝振平忽然笑了起来，把龙云搞得莫名其妙，郝振平笑着说道，“老龙，当初你是从哪里把虎子接过来的？”

“哪里？新兵连呗！”龙云嚷嚷着，“当初老连长从山东把他接来的，在新兵连就看好了，是我把他接到侦察连的呀，怎么了？”

“你再想想！后来，后来你是不是又接了他一次？”郝振平这么一说，在场的老兵们全笑了。

“对呀，我怎么把这个给忘了！”龙云恍然大悟，看着赵黑虎笑道，“我说你小子今天怎么学会害羞了！不错！那里练韧性最合适，哈哈！”

“我感觉也不错！那地方能练出赵黑虎来，说不准也能练出这三个小子来！”郝振平点头道，“不过有一种风险啊，他们要是好兵，就能练出来，要是不行，可就毁了！”

“要是不行，毁了有什么可惜的？”龙云大声说道，“我同意虎子的意见！三个新兵，钟国龙留队查看，刘强、陈立华记大过。申请把他们调到后勤部门，钟国龙去后勤锅炉房，刘强去团农场养猪，陈立华……一营一连不是有个菜园子吗？上次他们连长老晋还跟我抱怨没人愿意种菜呢，正好！不能让他们再到一起了！”

“大家还有什么意见？”郝振平笑着问其他党员。

“同意，同意！”其他人都忍不住地笑。

郝振平说道：“那好，处理意见我马上报到团里去。思想工作还是要做的！”

“思想工作？赵黑虎最合适啦！他有生活啊！”旁边三排长笑道。

“合适，绝对合适！虎子，就交给你了！”龙云说完，又转向郝振平，“指导员，你写报告的时候可千万得记着注明一下：这三个兵，要是表现好了，我可还要，别让后勤那帮家伙捡了便宜！”

“你小子，什么时候也不吃亏！”郝振平笑道。

威猛雄狮团的政工效率全军闻名，侦察连的处理报告打上去，不到一天就批了，第二天全连集合宣布处理结果，钟国龙、刘强、陈立华当场就傻了！留队查看也就算了，还要“发配”，这叫什么处理呢？

“你们三个，有什么问题可以现在提出来！”龙云看着三个大眼瞪小眼的兵。

“报告连长，我们去多长时间？”陈立华问。

“多长时间？我说过多长时间了吗？没时间！”龙云说道，“每个星期连队都会到你们所在的单位了解情况。工作干好了，心静下来了，到时候可以申请回侦察连，不行的话，你们就老老实实在后勤干上两年，然后痛痛快快卷铺盖滚蛋！”

“连长，那里发枪吗？有实弹吗？”刘强急切地问，喂猪就喂猪吧，只要能有枪打就行。

龙云吼道：“发枪做什么？打猪啊？你的任务是喂猪，不是打猎！”

龙云又看着站在那里一直不说话的钟国龙，问道：“钟国龙，你有什么问题吗？”

钟国龙站在原地，一句话也不说，龙云等了几秒，见钟国龙没有说话的意思，便说道：“钟国龙，你不说我先说，我对你的考察，最直接不过了！我回头跟锅炉房要一个值班表，轮上你值班的那天，我只要一摸暖气片，就知道你小子有没有好好干活了！”

全连都笑了起来，钟国龙还是有些发蒙，没想到这次居然是这样的结果，自己不但离开了侦察连，还连累了两个兄弟，心里面真不是滋味！

“指导员已经去联系你们转档案的事情了，今天给你们三个放假一天，好好道个别，后勤挺忙的，以后你们三个想见面很难了！”龙云说完，宣布全连解散，只剩下这三个难兄难弟傻呆呆地站在那里。

“我的娘啊！”陈立华都快哭了，“我的命怎么这么苦啊！种菜？想起来我都想哭！”

“行了老四，你那儿还不错呢！”刘强沮丧地说道，“好歹你还能吃上新鲜黄瓜什么的！我和老大不比你惨？”

“惨？你们惨什么？”陈立华说道，“一连那个农场我知道，一年四季在大棚里面，连个说话的人都没有！老大在锅炉房还能有几个战友，你也不错，猪虽然脏点儿，但好歹是活的呀！我能跟倭瓜聊天吗？”

“要不咱俩换换？”刘强苦笑。

陈立华想想，说道：“算了，我还是种菜吧。”

两个人哀叹了一会儿，又把目光转到钟国龙身上，陈立华问道：“老大，你怎么一直不说话呀？都已经这样了，你难过也没有用。”

钟国龙咬了咬嘴唇，说道：“兄弟们，是我对不起你们俩……”

“行了，老大！说这个干什么？”刘强急道，“咱们兄弟，没什么对得起对不起的，有难同当吧！你说这连长还真狠心，好歹咱们是他带出来的兵啊！他就这么收拾咱们？”

“不怪连长！”钟国龙忽然说道，“他一定也很为难。我知道，要是真按纪律走，咱这罪过足够开除的了！”

钟国龙说完，转身离开了，剩下兄弟两个在那里纳闷：老大这是怎么了？这不是他风格啊！按照这两个人的理解，钟国龙这次应该大发雷霆才正常啊！烧锅炉，这不是侮辱人吗？怎么老大这次这么平静呢？

钟国龙走到操场，在跑道上一步一步地走着，心很乱，烧锅炉，是自己为自己的鲁莽付出的又一个代价！他实在不知道自己以后的日子该怎么过，当兵三年，烧三年锅炉？

钟国龙猛地跑到操场边上一棵大杨树下面，狠狠踹了树干几脚，树枝上的积雪落下来，掉进他脖子里，凉！钟国龙急了，又一阵猛踹，积雪更多。

“钟国龙！跟树撒什么火？”赵黑虎不知道什么时候上了操场，冲钟国龙喊道，“走！跟我聊聊去，走啊！”

钟国龙不情愿地转身，跟赵黑虎下了操场，一路上谁也没说话，两个人一直走到连部的会议室，陈立华和刘强已经在那里了，两个人刚才见钟国龙上了操场，又不敢去追，正好遇见赵黑虎在找他们。

赵黑虎让三个人坐下，忽然笑道：“不是开会！找个地方想跟你们聊聊。”

“排长，我们都这样了，还聊什么呀！”陈立华苦笑道，“您不用做什么思想工作啦，我们都知道，不会有怨气，我们好好改造，争取重新做人！”

“你小子！”赵黑虎笑道，“我才懒得给你们做思想工作呢！我来给你们讲故事来啦！”

讲故事？这回连钟国龙都奇怪了，三个人看着笑眯眯的赵黑虎，不知道他葫芦里卖的什么药。

“对，讲故事！其实也不是讲故事，就是想给你们讲讲我自己的事儿。”赵黑虎说道，“我知道，你们现在心情比较乱，想不通的想法有，想放弃的想法也有，反正不是那么痛快是吧？这个时候给你们讲大道理，我还不如回去睡觉呢！大道理以前连长没少给你们讲，我啰嗦什么？”

“排长，你要讲什么故事？”

“我？我有生活呀！”赵黑虎说道，“你们去的那几个地方，我基本上都去过！我就是想给你讲讲我的经验。哈哈！我告诉你们，就你们三个去的地方，在几年前叫作团后勤保障中心，什么锅炉房、菜园子、养猪场，应有尽有，前年部队整合建制的时候才取消的，这几个地方也就分开了，菜园子归一连，锅炉房专门有一个班管，养猪场也归到农场了。我在的时候，那里还没有分家呢！

“有五年了吧，那年，我刚从新兵连下来，跟你们一样，不过我犯的错误比你们高级多了！你们那是斗殴，我是破坏。那时候训练累啊，我饭量大，爱吃肉，可是炊事班的饭老是不合胃口，那班长是个广东人，不知道犯什么邪了，老是爱煲汤，还说这是炊事班新思维，合理改革伙食习惯！我是北方人，那汤我能喝得下去吗？我就去炊事班跟那班长说：‘老子要吃煎饼卷大葱！老子还要吃炖猪肉块儿！’那班长不服气呀，就说：‘你个新兵蛋子！你以为连队食堂是你们家开的呀？没有！’后来……”

几个人的兴趣来了，问：“后来怎么了？你把人家打了？”

“没有！”赵黑虎不好意思地说，“我把炊事班的汤桶、汤勺、大锅全砸了……”

“是够高级的。”三个人由衷赞叹，“后来呢？”

“后来，炊事班终于吸取了我的意见，开始改善伙食，做适合侦察连需求的饭菜了，我却一口没吃到。”赵黑虎笑道，“连长说，你不是爱吃大葱吗？自己种去！爱吃猪肉？好，让你天天喂猪！这一开始啊，我老大不愿意了！我当兵是来打枪放炮的，不是来干这个的呀！但是，等我去了才知道，这里面乐趣很多呢！”

“乐趣？能有什么乐趣？”刘强问，“就拿猪来说吧，能有什么乐趣？”

“笨蛋！猪，不是只用来喂的！你可以训练它跨障碍吧？你可以跟他赛跑吧？你还可以用它练体能吧？多了去了！回去自己研究吧！”赵黑虎笑道，“跟你们讲这个，没有别的意思，就是想跟你们说，不管到了哪里，不是看环境如何，而是看你心态如何！《少林寺》看过吧？那里面做什么都是练功，就是这个道理！不是能练不能练，是你练还是不练！送一句连长的话给你们：日出东海落西山，郁闷也是一天，快乐也是一天，遇事不钻牛角尖，黑暗一天，光明一天！”

第五十八章　龙困浅滩

这一天，赵黑虎和钟国龙他们三个人聊到很晚，这个平时看来铁血坚强的人，这次没有说任何大道理，也没有对三个人的错误做任何分析，只是闲聊，聊自己，聊部队，聊战斗。聊到最后，三个人的心情平静了许多。一直到晚上快吹熄灯号，几个人才回宿舍。

宿舍里面的气氛有些压抑，其他的兵也什么都没干，躺在床上发愣，钟国龙和刘强走进来，默默地躺到自己的床上。

戴诗文起身，来到钟国龙的床前，小声说道："钟国龙，别泄气！到了那边好好表现，争取早点儿回来！"

钟国龙没说话，此时他也不想说话，心情说不出来的复杂，伸手和戴诗文握了握。戴诗文似乎很理解他的心情，也没说什么，转身离开，又过去拍了拍刘强的肩膀，刘强"嗯"了一声，扯开被子盖住了脸。

三个老兵彼此看了看，最后吴建雄尴尬地走了过来，冲躺在床上的钟国龙说道："钟国龙，想什么呢？"

"我在想着晚上睡觉的时候，怎么才能不知不觉地把你给掐死，你睡觉要小心一点儿！"钟国龙说完就笑了。

吴建雄也笑了，说道："钟国龙，说真的，我挺佩服你的那股冲劲儿！你这样的兵，其实很适合侦察连的脾气！道歉的话我不说了，祝你……早点儿回来！”

“再回来的时候，咱俩比训练成绩吧！”钟国龙若有所思地说道，“但是我可不敢保证能不能回来。”

“等着你！”吴建雄拍了拍钟国龙，起身上床。

吹灯号响起，军营陷入寂静中，钟国龙辗转反侧，就是睡不着，一直耗到半夜十二点多，只好站起来披上衣服，向刘强那边走去，还没走到跟前，刘强一下坐了起来，钟国龙忙示意他安静。

“老大，我就知道你没睡，我也没睡！”刘强小声说道。

“想什么呢？”钟国龙小声问。

“我在想排长说的，拿猪练体能怎么练！”刘强回答。

“走吧，出去抽根烟！”钟国龙转身，刘强正有此意，也起来披上衣服，两个人轻手轻脚地走出门外。

“叫上老四！”钟国龙在楼道里说。

刘强摆了摆手，说道：“不行，今天排长睡他们宿舍！”

赵黑虎平时就有这个习惯，钟国龙也知道，只好和刘强往外走，刚要抬腿，那边一声轻响，钻出一个人来，正是陈立华！

三个人见面大乐，钟国龙忙摆摆手，一起蹑手蹑脚走出了宿舍楼。

宿舍外面十分安静，气温也很低，三个人有些哆嗦，溜着墙边儿跑到坑道里面，刘强给大家分烟，三个人没说话，默默地抽了几口。

陈立华靠着坑道壁，小声说道：“哎呀，明天，明天咱们兄弟就离开这侦察连大院了，想想就心酸啊！咱们新兵连的时候，辛辛苦苦训练成了尖子，这下可好，英雄无用武之地喽！”

“老四，都是我不好！自己犯浑，还连累了你们俩！”钟国龙叹了口气，沮丧地说道，“要不是我，你们多好啊！一个狙击手，一个摆弄重机枪，都是骨干！”

“说什么呢，老大！”刘强把烟一扔，小声说道，“老四不是那个意思！我早说过，咱们兄弟之间，有难同当，没什么对得起对不起的！”

陈立华也接过来说道：“老大，我们兄弟的心思你都知道，你不用老自责！我就是不明白，你这次表现可是够冷静的，到底怎么想的？”

钟国龙猛吸了几口，把烟砸到地上，咬着牙说道：“我这次想的不一样！咱们被调到后勤部门，其实就跟武侠小说里面壁思过差不多。说心里话，我挺郁闷的，甚至都没想过还能不能回来。或者说，回来又能怎么样？一句话，我准备面对现实了！”

“面对现实？老大，你真想在锅炉房待一辈子啊？”陈立华紧张说道，“那可是龙困浅滩了！你真的感觉连长是放弃咱们了？”

钟国龙没说话，沉默了好久，站起身说了一句：“走一步算一步吧！”

说完，钟国龙走出坑道回宿舍了，剩下陈立华和刘强两个人愣住了。

“老大这是怎么了？破罐子破摔？他不是这风格啊！”刘强着急地看着陈立华，“我的四哥，平时就你脑子活，赶紧想个办法呀！”

陈立华想了想，说道：“没办法！要是你整天碰壁，你会怎么想？老大从来部队以后变了许多，却老是遇见这种事，够他受的了！现在，得看他自己怎么调整自己了！”

“他自己能调整得过来吗？”刘强担心地问。

陈立华瞪了他一眼：“你问我，我问谁去？我自己守着菜园子还不知道能不能调整过来呢！你就别操心了，好好想想怎么养猪吧！”

刘强苦着脸说道：“我不敢想，一想我就头疼！”

陈立华笑着给了他一拳，说道：“得了，咱老大不是一般人，要相信他！咱俩呢，也别太消沉，好歹咱是侦察连出来的，到了后勤咱也不能忘了这点。连长不是说了嘛，日出东海落西山，郁闷也是一天，快乐也是一天，遇事不钻牛角尖，黑暗一天，光明一天！”

两个人站起身，各自往宿舍走，临进大门，刘强忽然说道：“老四，我还真怕老大在那里被磨得没棱角喽！”

陈立华指了指漆黑的夜空，说道：“问它，天知道！”

三个人调任的部队派人来侦察连办好了调离手续，钟国龙、陈立华、刘强依依不舍地走出了侦察连的大门，三步一回头，毕竟在这里生活了三个多月，这里也是他们军旅生活的起点，今日就要离开，而且不知道要多久才能回来，还有可能永远回不来了。

冷冷清清，没有人来送。龙云早有命令：任何人不得送他们三个，侦察连出去的孬兵，送了不吉利。这让钟国龙有些接受不了，回头看了看，几乎每个窗户里面都伸出一堆小脑袋看着他们，有一个窗户里面伸出一只手来挥了挥，钟国龙抬眼看了看，是余忠桥，旁边是李大力，那小子眼泪正往下流呢！

钟国龙狠狠心，走出了连队大门。

连部，龙云神色凝重地隔着窗户看着走出去的三个新兵，轻叹了一口气。

郝振平看龙云那表情，笑道："怎么，舍不得了吧？"

"哼，有什么舍不得的？"龙云嘴硬，想了想，又问道，"指导员，你说，后勤那边训练到底严格不严格？"

"嘿嘿，你都问我三遍了！严不严格其实你自己也知道，那边有什么严格可言？分到那里的，都是训练拖后腿的孬兵，能严格到哪儿去？我说你也是，你好歹让他们班的人送送他们啊！气氛浓烈些，这样他们还有个动力！"

"不送，不能送！这又不是光荣的事！"龙云倔强地说道，"要想浓烈些，除非他们表现好了，我亲自带着全连到门口迎接他们！"

钟国龙和两个兄弟随着领兵的人一起来到团水泥路十字路口，再走方向就不同了，三个人不约而同地停下来，接兵的人知道他们有话说，知趣地闪到了一边。

钟国龙咬着牙，终于憋足了气，说道："兄弟们，咱们在这儿就要分手了！虽然没出营区大院，可见面的机会不多了，一起保重吧！"

刘强伸手握住钟国龙的手，说道："老大，好好干吧！咱们争取早点儿再聚到一起！"

陈立华眼睛红着，强忍着眼泪，冲钟国龙说道："老大，我们俩不会放弃的，你也不要放弃呀！"

钟国龙沉默了一会儿，抬头说道："一起努力吧！"

三个兄弟把六只手紧紧叠在一起，谁都没有说话，好久以后，终于分开，各自往各自的方向去了，谁也不知道自己将面对什么样的境况。

钟国龙走上前，跟等着他的那个黑乎乎的三级士官说道："班长，咱们走吧！"

"不多说一会儿了？"

士官叫牛伟，是钟国龙今后所在的单位——团后勤锅炉房的班长，他个子不高，挺结实，二十多岁，人却长得像三十岁，山西人，说话一股子酸醋味儿。他知道钟国龙这时候心情不好，也没好意思催。

"不了，走吧！"钟国龙起身上路。

牛伟带着钟国龙穿过操场，走进当初钟国龙打九连长的那个废弃的猪圈，又往里面走了足足十五分钟，终于来到了全团最偏僻的地方——锅炉房。锅炉房坐落在团营区东侧角落，是一栋用红砖砌成的房子，房子顶上几个高大的烟囱正在向天空冒着浓浓的白烟，院子很大但是基本堆满了煤块。院子里几个全身上下都黑乎乎的战士正在堆煤，钟国龙一想到自己马上也要成为他们之中的一员，不由得心情郁闷低落。

牛伟大大咧咧走进院子，冲那几个堆煤的老兵说道："加快速度，一会儿咱们给新同志开个欢迎班会！”

几个老兵立刻停下了手中的活儿，像看大姑娘似的看着钟国龙，把钟国龙看得有些难受了。

“班长，不容易呀，团里终于给咱们锅炉班上新兵了！这太阳从哪边儿出来了？”一个黑大个儿龇着洁白的牙齿冲牛伟说道，黑大个儿浑身都是黑煤灰，几乎看不出军装的颜色了，脸上也全是煤，看不清什么模样。钟国龙又看了看旁边其他人，也都是黑炭一般，自己果然是个另类。

“赵新春，别扯淡，赶紧把煤先堆过去！”牛伟责怪道，“从早上就安排你们几个干这点儿活，这都快中午了！”

“嘿嘿，班长！这日子啊，是天天没意思，我们这都舍不得干呢！得留着慢慢干，这要是干完了，不得憋死啊！”赵新春好像并不惧怕班长的责怪，边拿锹弄煤边说道。

牛伟也不理他，带着钟国龙往宿舍走去，宿舍在锅炉房不远处，是一个用砖砌成的尖顶房子，外面已经被煤烟弄得快看不出红色了。

“来，钟国龙！”牛伟热情地招呼着钟国龙，给他介绍道，“这个，就是咱们锅炉班的宿舍了，咱们班连我这个班长在内，一共五个人，哦，你来了咱们班就成六个人了。这是宿舍，左边那儿是厕所，右面那稍微低点儿的是厨房，咱们班自己轮流做饭。”

牛伟把钟国龙领进了宿舍，钟国龙开始打量起宿舍的环境来：一共是三张铁架子上下铺，一排靠墙的三个绿色写字台，看得出有一定年岁了，上面绿皮已经脱落得差不多了，宿舍中间，两个桌子并成一个正方形大桌，下面是五把椅子，除此之外，就没有什么别的东西了。至于内务，钟国龙看来看去，感觉这要是在新兵十连或者侦察连，这样的内务足可以让龙云把他们的被子全扔到外面去！被子不是“豆腐块”，床铺也皱皱巴巴，星星点点的黑色污迹随处可见。

牛伟看得出钟国龙的神情，有些尴尬地介绍道：“咱们这里就一个班，平时也没谁来，大家就自由了些，再说咱们班是专门和煤打交道的，想干净也干净不起来，说得过去就行了！”

钟国龙没说话，他自己也不知道为什么，自从来到锅炉房之后，他平时那种说话的冲动消失得无影无踪。这也难怪，从全团看着都眼红的直属侦察连，到现在最角落里的锅炉房，差距太大，大得超过钟国龙的心理预估了。

牛伟把自己的铺放到上面，又把钟国龙的背包打开，放到自己原来的下铺，钟国龙上去想帮忙，被牛伟拦住了："你先休息一下，喝口热水——咱们这里热水比别的地方都方便。"

看着牛伟忙活着给自己铺完床，钟国龙欲言又止，独自在那里喝起水来，一抬头看见墙上挂着一个用泡沫做成的环靶，上面还钉着几个用铁丝打磨的飞镖，镖尾巴上特意卡着保持方向用的鸡尾毛。

"那就是咱们班的靶场了！"牛伟回头笑道，"咱们班不配枪，打靶也是一年只有象征性的两次，平时大伙就用这个当打靶了，咱们班扔飞镖可个个都是好手！"

钟国龙忍不住苦笑了一声，又想起了自己的那把95自动步枪，看来，这里和枪是无缘了。正想着，宿舍门口一阵嘈杂，四个老兵浑身漆黑地走了进来。

四个人，两个士官，两个二年兵，一进门就开始吵吵起来，争执的焦点好像是刚才究竟是谁打死了那只跟着煤车进来的老鼠。

牛伟皱了皱眉头，说道："你们几个能不能消停点儿？赶快去洗澡，换完衣服开会！"

"班长，就这么开吧，开完再洗。"赵新春一屁股坐到了椅子上，顺手从桌子上抄起一个闲置的飞镖来，手腕一甩，飞镖准确无误地击中了对面墙上的环靶九环，把钟国龙看得目瞪口呆。赵新春不以为然地自言自语道："老喽，没准头儿了！"

牛伟不管他们那套，絮叨着让他们去洗澡，这四个家伙才不情愿地拿着干净衣服走出宿舍，来到后面一个用木板搭成的小屋子里面。洗刷完毕，这才又进了宿舍。

钟国龙终于看清了四个人的真正面目：赵新春眼睛不大，被煤烟长期熏得有些红肿，高大的身材和凑在一起的五官有些不搭配，但还算端正。另外三个身高都跟钟国龙差不多，但身材明显要结实，皮肤都不白，一个大脸盘，一个红鼻子头，一个满脸都是青春痘留下的疤痕。

"开会！"牛伟又从宿舍一角拽出一把椅子来，用抹布擦了擦上面的尘土，递给了钟国龙。

几个人坐下，牛伟说道："给大家介绍一下新同志，他叫钟国龙，刚从侦察连调过来，以后就是自己班的兄弟了，大家欢迎一下！"

钟国龙老大不情愿地站起来点了点头，对班长提到自己从侦察连下来有些不满意。几个老兵的掌声明显大不过惊诧，那个红鼻子头"咦"了一声，操着浓重的东北口音说道："侦察连？从尖刀连到锅炉房，哥们儿你够惨的！犯啥事了？"

"许进，别扯淡！"牛伟瞪了他一眼，继续说道，"你们几个，自我介绍一下！"

赵新春笑道："我，赵新春，河南开封人，当兵四年零两个月，来锅炉班两年零六个月。性格呢，属于那种豪爽型的，热情、大方、善良……"

"得了得了，你征婚呢？"红鼻子打断了赵新春，介绍道，"我叫许进，当兵三年，新兵连直接分来的，根红苗正，这里除了班长就属我资格最老。"

"我叫陈更，济南人，和那个共和国大将同音，但我是三更半夜的更。"大脸盘子介绍道，"不过这不重要，你以后就直接叫我大将就行了！"

最后一个满脸青春痘疤的介绍道："我，姚明生，安徽的，简称姚明，篮球我不会打，台球技术一流，号称'东方的奥沙利文'，哪天出去运煤的时候我教你几招儿……"

钟国龙和每个人点了点头，这几个老兵并没有侦察连的老兵那么跩，个个都很好相处的样子，让钟国龙放心不少。

"行了，大家都认识了，以后多了解一下吧！我马上要去团里找后勤王干事，你们随便聊聊吧，赵新春，你负责带钟国龙熟悉一下班里面的情况。"牛伟站起身来，急匆匆就跑了。

"班长可越来越不着调了啊！既然这么着急，还非得等咱们洗完澡再开会。什么意思？看不起咱们劳动人民？"姚明生絮叨着说道。

几个人闲聊了几句，很快把目光全对准了钟国龙，赵新春最先发问："钟国龙是吧？新兵？"

一句话让钟国龙警惕起来，钟国龙仰起头来，瞪着眼睛说道："是新兵，怎么了？"

赵新春却并没有发现钟国龙神色异样，晃着大脑袋，五官凑得更近了："唉——命苦啊！好好的侦察连怎么不待了？到这里，可惜了！"

钟国龙不想回答他，神情沮丧，站起来准备睡觉去，却被赵新春拦住了："兄弟，先别着急睡呀！以后有的是睡觉的时候，刚才班长不是交代了嘛，我得给你介绍一下班里的情况啊！干脆我们几个一起给你介绍吧，这样全面一点儿！"

钟国龙看他这么说，也不好意思睡觉去了，再说他正想了解一下这个锅炉班到底什么情况，于是坐下来，等着听几个老兵介绍。

几个老兵顿时来了兴致，一起把椅子搬到钟国龙面前，开始轮番介绍。

赵新春清了清嗓子，说道："咱这锅炉班，主要任务基本上就是围绕前面那几个大锅炉。咱们负责全团的冬季供暖，工作很简单，就是每天按时往锅炉里加煤，控制好温度和水压等，还有就是平时的热水供应。所以，咱们班的日常生活总结起来有个特点，就是冬天忙死，平时闲死，现在还在供暖期，所以还算忙，等天气一暖和，就剩下烧开水的时候，你就能体会到什么叫清闲了！”

大脸盘子的陈更补充道：“闲啊！闲得你把每半个小时往炉子里添几锹煤看成是你人生所有的事业。闲得你能把偶尔打死一只老鼠当成军旅生涯中最大规模的一次实战演习——就像我们刚才一样。”

许进果然一副元老的样子，深沉地说道：“咱们班，在这个团的地位，说重要也重要，没咱们他们都得冻死。要说不重要呢，也不重要，威猛雄狮团所有的荣誉和名气基本上跟咱们没关系。锅炉烧热了呢，后勤部的骂咱们超支浪费煤炭；烧不热呢，所有部门全骂咱们光吃饭不干活儿。”

姚明生瞪了他们几个一眼，忽然转身跑了出去，几个人奇怪地看他出去，不大一会儿，这家伙手里拿着一个铁戳子跑了回来，从里面拿出来六七块烤白薯，先扔给钟国龙一块，又把剩下的给几个人分掉，这才笑道：“你别光听他们几个说消极的，咱们班也有好多优点呢！比如这烤白薯，全团哪个班能时刻吃到新鲜的？还有洗热水澡，你别小看咱宿舍后面那小房子，那里面的水是咱们班长亲自施工建设的，冷热水管齐备，直接引导热水，还有啊，你也感受到了，咱们班的人都很热情友好。兄弟们快乐地生活在一起。基本上从不红脸。还有就是这里很少有人来检查内务什么的，你不用每天费尽心思搞卫生，搞也白搞，全是煤灰。厨房咱们班独立，趁运煤的机会到镇子上，想吃什么直接买回来做，这比吃大锅饭强多了！”

钟国龙听这几个人介绍着班里的情况，越听心情越低落，这哪是部队生活呀，基本上跟外面的普通单位差不多！想了想，他忍不住问道：“那……这里训练呢？”

“训练？”赵新春笑道，“训练干什么？每天把煤倒来倒去的，这还不叫训练？锅炉房是后勤单位，除了早上和下午的体能训练——说是体能训练，也就走走过场，意思意思而已。咱们不用参加军事训练，管理方面相对于基层作战连队肯定也要松很多，在这里主要提倡自我管理，自我管理的基本意义就是没有管理。”

钟国龙知道，黑暗的日子已经来临了！

陈立华跟着一连司务长贾成，径直来到一连炊事班，一连炊事班长已经带着炊事班战士在宿舍迎接了。按部队的传统，新兵来的时候都要有这个程序，陈立华做了自我介绍，没好意思说自己是怎么来到这里的。大家互相认识了一下，工作很明确，就是负责连大院后面的那个菜园。

中午吃完饭，陈立华在班长带领下去跟原来的种菜员交接工作，种菜员姓李，复员报告早打了，日夜盼着有人来接他的班，见到陈立华异常兴奋，紧紧握住陈立华的手，第一句话就说："同志，可把你盼来了！"看那神情，跟地道战里面的民兵见到武工队一样激动。

班长交代几句，就忙着回班里去了，剩下陈立华和老李在那里打量着菜园。这是两个大棚，南北朝向，塑料大棚上面盖着芦苇编的草席。

老李为了表示欢迎，专门给陈立华摘了一根顶花带刺儿的小黄瓜，开始介绍情况："这个菜园是当年继承后勤基地的，对咱们连很重要，一年下来咱们连比别的连省下好多伙食费就全靠它补贴了！两个大棚，一个种生菜，里面有黄瓜、萝卜、西红柿，还有一块儿地种大葱。那个种的是熟菜，有白菜、辣椒、茄子、豆角、佛手瓜，这佛手瓜是我刚引进的品种，可好吃了！就是难伺候，回头我慢慢教你。

"咱们这蔬菜都是纯绿色食品，不用化肥农药，纯有机肥，肥料就直接从咱们营区厕所里面整，可有虫子你就得用手捉，老练眼力了！尤其是那菜青虫，也不知道从哪儿来的，趴在白菜上跟白菜一个颜色，不仔细看根本看不见！一会儿我还得教你怎么辨认。

"这种大棚呢，也需要一些技术。每天正午太阳好的时候，你就把那草帘子弄下来，要不里面温度太高不好。要是温度还高，你就把塑料布稍微露个缝儿，通风，可千万别通时间太长，时间太长就完蛋了，菜都得冻死！我那里有两本关于大棚技术的书，也送给你了，你晚上自己研究吧。

"咱们这菜，要是班里没有特殊要求，基本上你想种什么就种什么，但是也别太离谱，比如去年我看报纸说墨西哥那边都吃仙人掌，我就也种了一点儿，结果不但没长好，长出来的几个做了全连都不爱吃，班长把我骂一顿我手还扎得够呛……菜籽儿都在下面农贸市场买，回头班里小赵买菜的时候你跟着他去就行了。

"再说说你个人纪律方面。咱们这大棚里面的菜都是供连队吃的，按照规矩呢，你本人是没有权力随便吃里面的菜，可是话又说回来了，偶尔尝个鲜也是可以理解的，万一被班长发现，你就说是想尝尝味道，检验一下蔬菜的质量什么的，再给班长吃根黄瓜——他最爱吃黄瓜，基本上也没什么事儿。不过千万别被司务长看见，你吃菜也别光可一棵上吃，到时候一块地就它上面秃，司务长一眼就看出来……"

老李絮絮叨叨地传授着经验，陈立华有一搭没一搭地听着，一点儿兴趣也没有。后来老李又开始介绍班里的情况，这方面陈立华比较感兴趣，听得比较认真。

"咱们班长也姓李，原名叫李道特，东北辽宁的，家离铁岭不远，人特别幽默，没事好整个打油诗唱个二人转什么的，你看他胖胖的样子，手可不笨，刀功特别好，能在你后背上用刚磨的菜刀切肉片，一刀下去，肉片下来，人没事儿！前年跟三连的司务长打赌，给全班赢了一顿小鸡炖蘑菇，后来就号称‘胖刀’了！

“剩下的一个做面食的老徐是副班长，山东的，杠子馒头做得特别好吃，一个馒头半斤，号称徐半斤。还有买菜的小赵，去年刚分来，人挺热情的，好帮助人，你菜园子要是有活儿忙不过来，找他帮忙他准来。小刘是二年兵，负责洗菜，备料。还有小张，你看过炊事班的故事吧？跟里面的小毛差不多，打杂的。就这些人，平时挺忙的，一闲下来就好闹腾……”

老李介绍完毕，最后总结性地说：“总之，咱炊事班情况就这样，很和谐，不像作战连队，动不动就吹胡子瞪眼。像你种菜这活儿，也不是很辛苦，你忙完自己的，想去班里帮帮忙就去，不想去就往菜地里一蹲，抓抓虫子想想事儿什么的，但是一到了演习你就忙了，全班都得背着行军锅去，一场演习一枪不打也能把你累散架。兄弟，我是要走了，你就在这里慢慢享受吧！”

第五十九章　后勤生活

“那——谢谢你了！”陈立华感谢完毕，又想起正事儿来，“炊事班平时训练多不多？”

“训练？不多！每天例行跑跑步，别人训练你得忙着预备饭啊！”

“有没有摸枪的机会？”陈立华眼睛放光地看着老李。

“怎么说呢……反正你摸菜刀的机会比摸枪的机会多多了！”老李坐到地上，四处看了看，抽出烟来，陈立华连忙把自己的烟拿出来递给他，老李也没客气，拿过来点上，“咱们是后勤线的，部队不指望咱们打仗，好好做饭就行了！你是新兵吧？”

陈立华点点头。

“这就对了！”老李一副过来人的样子，“新兵都这样，感觉来部队不摸枪跟白来似的，我刚分到炊事班的时候也这样，后来时间长了，也就那么回事，革命工作不分高低贵贱，摸惯了锄头也跟枪差不多！”

陈立华有些沮丧，坐在地上半天没说话，老李也没客气，待了一会儿就去收拾东西了，一直到下午，班长“胖刀”兴冲冲地跑来，一看见陈立华就喊：“陈立华，刚才司务长都跟我说了，你原来是侦察连的啊？真是看不出来！真是看不出来！”

陈立华对这段历史并不十分骄傲，懒洋洋地说道："班长，你别损我了！我是怎么来的，想必司务长也跟您说了吧？我现在跟发配差不多！"

"扯淡！你听说谁发配发到炊事班的？炊事班是好地方！告别了硝烟和战火，在这里享受田园之乐，多好！全班就数你这活儿好！我要不是因为得炒菜，就自己来种菜了！"胖刀说得唾沫横飞，看得出他对炊事班工作的热爱，"你是侦察连的，说明你的训练成绩不错啊！这下子咱们炊事班有指望了，连里平时搞越野行军什么的，哪回咱都垫底，这下好了，咱们那几十斤的大行军锅，以后就是你的了！"

"多谢班座栽培！"陈立华一脸的苦相。

"别客气！别客气！"胖刀不知道是听不出来还是故意装糊涂，"都是自己同志，对了，以后你没事儿教我格斗吧！我贼喜欢格斗！"

"格斗？"陈立华看着班长那水桶一样的腰，为难地说，"班长，我刚来就面临这么艰难的任务，压力很大呀……"

胖刀下意识地看了看自己的肚子，尴尬地说："基础是差了点儿，可格斗高手也不全是瘦的不是？比如说洪金宝……这样，你教我格斗，我教你刀法！炒菜也行！二人转你要是有兴趣，也无所谓！"

陈立华可不是傻子，他知道班长这是故意的，司务长肯定跟他讲了自己的情况，胖刀这么说，无非是想让陈立华安下心来，不至于太消沉。当下说道："班长，你放心吧。我这次来，心态挺不错的！我和我们老大、老六都约好了，大家一起努力，该干什么干什么。不过，我可先跟您说好，我好好干的目的，还是想早点儿回侦察连。"

胖刀笑了笑，忽然郑重地说道："我知道，好兵我留不住，不过，我也不承认我炊事班的兵不好！所以，你要想成为侦察连的好兵，就得好好干，先成为我炊事班的好兵再说！"

陈立华站起来，由衷地说道："班长，谢谢你！格斗我教你了，你教我种菜、切菜、炒菜！"

"没问题呀！"胖刀恢复了笑容，"走吧！咱们开个班会，送送老李！"

陈立华点点头，跟胖刀回班里，一路上琢磨着在菜地里面怎么训练，尤其是自己的枪法。

"你刚才提到你们老大、老六，怎么回事？他们都在侦察连吗？"

"没有，一个烧锅炉，一个喂猪。"

"是吗……嗯，估计有前途！"

兄弟三个，数刘强那里最远，又数他那里最舒服。说到远，三个人就刘强被分配到团农场，团农场在营区外面，距离营区有三公里，是一圈用矮墙围起来的大约两平方公里的圈子，里面主要饲养鸡、猪、奶牛。这里远离营区，却相对松懈得多，里面主要以生产为主，军事方面则淡很多。

根据指派，刘强和两个新兵一起，被分到农场内的养殖三班，三班在农场最左边，主要工作就是负责圈里那80多头猪，这些猪分成十几个圈喂养着，大猪和小猪分开养，他们这个班原有五个人，一个班长，一个副班长，三个二年兵，加上刘强这三个新来的，一共八个人。每天的工作就是做猪食、喂猪、打扫猪圈。

这里的兵基本上谈不上管理，班长很少管事，班里几个老兵牛得很，一样喜欢欺负新兵，新兵一来，他们更自在了，成天除了吃饭、玩乐，就是睡觉。偶尔到猪场看看，干点轻活儿，刘强感觉几个老兵都快成猪了。

但刘强还是忍了，自己是怎么来的自己最清楚，心想着你们不干就不干，我可还要干好工作等着回侦察连呢。每次老兵不干的时候刘强就带着两名新兵在农场死命地干。刚开始这几天刘强就这么过去了，在老兵眼里，他表现得还是不错，因此也就相安无事。

但最让刘强受不了的是，自己多干些活儿也就算了，但这些老兵空虚无聊到极致，不干活不说，还经常拿新兵开涮找乐子。刘强是个实在人，脾气虽然没钟国龙那么暴躁，但也没有陈立华聪明，几次都被老兵们拿来取乐，让他越来越气恼。

这天班长到老乡家去看猪仔，副班长带着三个二年老兵买了些啤酒小吃在宿舍里聚餐，老兵们酒足饭饱后是看电视的看电视，睡觉的睡觉，房子里乱得和垃圾堆一样。刘强和两个新兵把猪圈打扫干净，喂好猪食后，刘强提着喂猪的勺子回到房子准备喝口水。

“刘强，你们三个过来！”副班长有些醉醺醺地大声喊道，“过来过来！正好闲着没事，我来考考你们这些新兵的思维应变能力！”

这样的事情已经好几次了，每次都是新兵被他们糊弄，刘强老大的不情愿，真想上去把这些家伙暴揍一顿！想了想还是忍住了，倒要看看副班长要什么花招。

刘强手里的喂猪勺子也没放下，扯着凳子坐了过去，副班长和三个老兵也坐到一起，笑得有些不怀好意。

副班长装作很认真的样子，喷着酒气说道：“你们三个是新来的，所以呢，我作为副班长，有必要对你们进行思想教育。下面回答我的问题：假如，军、师、团三级的后勤领导要来咱们班视察养猪工作，这个……团领导来了，问你，小同志，你们班这个猪，平时是怎么喂的？你怎么回答？”

副班长指着一个新兵，那个新兵是农村兵，平时老实，一听副班长要问他，还以为真是在考核他呢，想了想，老老实实回答：“用战士们吃剩的饭菜和连队菜地的烂菜叶，一日三餐就是这样喂啊。”

“浑蛋！现在都讲究科学喂食！上级领导来了，你要是这样回答，还不把咱们班给训一顿啊？你个木瓜脑袋，也不动动脑子，平时白教你们了，还烂菜叶子！找抽吧，这个月五十块钱津贴没了！回头直接给我们买啤酒吧！”

那个新兵被副班长骂了一顿，虽然感觉冤枉，却不敢说话，红着脸低下头。刘强在旁边看着几个老兵笑开了花，心里那个气呀，感觉这火都到嗓子眼儿了，心里不断地嘱咐自己：“忍忍吧，忍忍吧！为了回侦察连，还是忍忍吧！”

副班长又醉醺醺地指着另外一个新兵问道：“你说！要是……师里面，师里面的首长来咱们这里视察，问你，能告诉我你是怎样饲养这些猪的吗？”

那新兵一听就琢磨了，我要是如实回答，那不也得骂我啊？于是答道：“我……每天用上等饲料，加上最新鲜的水果蔬菜，给它们的小菜是三荤一素一汤，必须是海鲜汤……”

“海鲜你个屁呀！”副班长又骂，“难道猪吃的比我们战士吃的还要好吗？是它们重要还是战士重要？假！虚伪！撒谎！你这样是在欺骗领导！你当咱们首长也是猪啊？你这个月五十块钱津贴也没有了！罚！不罚能长记性吗？”

三个老兵快笑到桌子底下去了！副班长还不罢休，又指上了刘强：“你！看你小子五大三粗的，不知道脑子进没进水！你说，要是军领导来咱们这里检查，问你猪是怎么喂的，你怎么回答？”

刘强噌地一下站起来，瞪着眼睛喊道：“我不知道怎么回答！说实话你不行，说假话也不行，你是存心的吧？”

“怎么跟班长说话呢？”副班长瞪着刘强说道，“别废话，赶紧回答！”

“怎么回答？说实话不行，说假话也不行！干脆，老子把五十块钱津贴给猪，想吃什么他们自己买去，省得被扣了！”刘强怒声说道。

“刘强！你敢骂我？”副班长不傻，听出刘强在骂他，一下子就站了起来，“你个新兵蛋子，老子想让你在班里边活着，你就能活着，老子想整你，你就别想好好在这待着！怎么着，你不服气啊？”

这时刘强的心里正在剧烈斗争，本来自己就是“发配”到这里来的，如果这次还打架，那就真完了，不行，得忍！可这几个老兵太过分了，今天要给他们点儿厉害看。欺负我们老实，也不看看人，找死。

几个老兵站起来看着刘强愣在原地半天没反应，又牛开了，一个老兵骂道：“你这个新兵蛋子在我们的眼中就是一条狗，你跳呀，你不是急了会跳……”

话还没说完，刘强手里的勺子就飞到了他的脑袋上。

“啪”的一声，老兵身子往后一仰，重重地倒在了地上。其他三个老兵看到这情况，新兵敢打老兵，立刻准备一起揍他。但是他们很快意识到了自己的错误——他们可不是侦察连的吴建雄之类！农场这个班分来的兵，不是混混兵就是体能实在不行的，加上长久没有训练，体能下降得十分厉害，哪能和刘强比，看到三个老兵围上来，刘强也豁出去了，脸上的匪气也露了出来，弯腰拿起身旁的一张小凳，对着正挥拳过来的副班长头上就是一凳子，身后一个老兵一脚还没踢出，刘强回手就是一凳。

看见刘强这狠劲儿，另外一名老兵待在了地上，不敢再动了。整个过程就几分钟的事情，四个老兵三个倒下，一个站在一旁不敢再吭声，嘴巴张得大大的。刘强走到刚才嚷嚷最凶的那名老兵身边，一把提起他，恶狠狠地问道：“再给老子凶呀，老子今天干死你。”说完对着他的小腹蹬了一脚，老兵身子向后飞了两米远躺在地上。刘强走到副班长身旁，副班长蹲在地上，用于堵着头上刚被刘强拿小凳砸出一个洞的头快哭了。刘强对着他的头拍了一巴掌，眼睛瞪着他说：“你还副班长呢！我跟你们说，今天我打了就打了，你们要是等班长回来敢说一个字，我刘强就把你们舌头割下来，今天我说到做到。”

副班长这个时候酒全醒了，头上的血流了一身，战战兢兢地说道：“我不……不说！刘……强哥，你就饶了我吧！以后我不敢了！”

“看看你这熊样儿！”刘强鄙夷地说道，“就你们这样的，也敢欺负新兵？这几天老子一直忍着呢，亏得老子能忍！要是换了我们老大，第一天你就满地找牙去了！知道爷爷怎么来这儿的吗？老子就是在侦察连打架被发配到这儿来的！识相的咱井水不犯河水，让我在这里好好待几天，没准儿哪天我就回去了。你们要是不服气，咱就来来看！侦察连的老兵老子也干过，战场上老子也不是没杀过人，咱们就斗到底！”

旁边站着的两个新兵看着直笑，他们一直看不惯这几个老兵，但是又没反抗的胆子，今天刘强终于帮他们出了一口恶气，此时简直就是他们心中的老大和偶像。几个老兵一听刘强是侦察连的，顿时没了脾气，侦察连是威猛雄狮团最牛的兵，也是全团真正上过战场的连队之一，刘强这几下子功夫他们也看出来了，一个个全蔫了。

“班副，头上怎么出血了？”刘强很“担心地”问道。

副班长的脸一红，终于说出口：“哦，没啥事，刚才进门时没注意撞墙上了。”

"你呢？"刘强又问那个被他用喂猪勺子打中嘴的老兵。

那老兵一哆嗦，捂着红肿的嘴说道："我……我也撞墙了！"

"都他×的撞墙啊？"刘强大骂。

"我……我撞树上了，撞树上了，喝多了……"

"哈哈，这就对了。那副班长快拿急救包包一下呀，唉呀，流了这么多血，会出人命的。"

"我急救包没了，上次喝多了摔了一跤用了。"

"哦，那你还站着看什么，赶快拿你的急救包给副班长包一下，还说是战友，一点儿也不互相帮助。"刘强对着站在自己身边那名在刚才的'战斗'中唯一没有"倒下"的老兵吼道。

"哦……是！"老兵急忙在自己内务柜的挎包里翻出急救包撕开给副班长包儿了起来。

"唉哟，疼……轻点儿。"

刘强轻而易举地制伏了几个老兵，十分开心，自己转身坐到椅子上，拿起一瓶啤酒，咬开盖子喝了一大口，开始训起话来："你看看你们这些垃圾兵，当兵的没个兵样子！平时活儿不干，训练几乎没有，简直连猪都不如！"

一个老兵苦着脸说道："训练？咋训练？咱们就是喂猪的，又没有训练场，也没有什么器械……"

"我说你怎么这么笨呢？想训练还不容易？"刘强喝道，"俯卧撑、仰卧起坐，用什么器械了？再说了，想要器械还不容易？这么多的啤酒瓶子，找个空地，瓶子里装上沙子，不就是手榴弹了？"

"行，行！"副班长也迎合着说道，"以后你就是我们的教官了，你每周安排我们训练吧！三个老兵打不过你一个新兵，我们也够丢人的了！"

"知道丢人就好，以后多干干活儿！新老兵要平等知道吗？"刘强大大咧咧地说道，"这样吧，我也想几天了，下个礼拜，咱们班搞个比赛。好好练练力量！"

"比赛？什么比赛？"所有人奇怪地问。

刘强笑道："举猪比赛！"

日子一天天在过，钟国龙刚开始还有抵触情绪不想干工作，不过倒也没人管，他开始变得不爱说话，有时候一天也可以不说一句话，就像变了一个人似的。到后来自己实在闲得发慌，天天没事干，看着大家每天工作就自己闲着，心里也实在过意不去了，于是跟着大伙一块干开了，但锅炉房每天就那么点儿事，干完了就完了，人一闲下又找不到事情干，钟国龙感觉快疯了，每天听着营院里训练的口号，心里慌得不行，真想成为他们的一员，和大家一起训练，但是不行，真的不行，他只有远远站在地上看着。是的，现在，他也只有看的份儿。

只有早晚例行训练的时候，钟国龙才能找到发泄的机会。基本上每次都是几个老兵活动活动胳膊腿，然后随便找个东西坐到那里，看着钟国龙发狠地做俯卧撑。几百个俯卧撑下来，又围着锅炉房没命地跑，最后再自己找几个石头放到煤场练跨越障碍跑，直到把自己累得再也跑不动，这才罢手。

“这孩子是吃了什么药？没听说世界军事大赛从咱们锅炉班招人啊！”赵新春费解地看着钟国龙满脸是汗地从煤堆上跳过去，一阵猛跑，再卧倒，匍匐前进，起来再跳……

“还当自己在侦察连呢！”姚明生苦笑道，“要不孔子怎么说，这人啊，从乞丐到皇帝容易，从皇帝做到乞丐就难喽！小时候我们家有头驴拉车不知道累，特别猛，全村的母驴都找它配，后来这驴老了，村里又有了新种驴，可这家伙还是不习惯，见到母驴还往前蹿，没少挨母驴蹶子踢！”

几个老兵忍不住笑了起来，陈更道：“你也太损了吧，驴跟人能一样？再说了，那句话是孔子说的吗？”

“反正是圣人说的，谁说还不一样？”姚明生笑道，“哎，我说大将，你说你当初要是也能跟钟国龙这么不要命地练，估计早进侦察连了吧？”

陈更遗憾地说道：“晚了，晚了！当时光想着别那么卖力气，最好能这样不疼不痒地在三营十连混着，毕竟离通讯班近，能每天跟女兵说上话不是？结果人算不如天算！通讯班搬走了不说，我这一杠子给调到这儿来了！除了感冒打针能让卫生队小护士看看半个屁股，基本上就等于出家了！”

几个人在那里坏笑，班长牛伟走了过来，冲他们说道：“你们几个就不能少扯淡？看看钟国龙，你也跟他学学！这才叫训练过硬呢！”

“这小子不是在训练，是在玩命呢！我看啊，更像是发泄！”赵新春说道，“班长，他是怎么调到咱们班来的？”

牛伟叹了口气，没有回答他。看着钟国龙整天沉默寡言，牛伟心里也十分着急。23天了，除了例行点名，钟国龙跟他这个班长总共说了不到十句话。自己几次试图和钟国龙交流一下，可每次钟国龙都只是听，很少说话。他跟侦察连的赵黑虎沟通过，知道钟国龙平时不是这样的性格，想了想，转身跟几个老兵说道：“你们几个，马上准备一下，跟后勤的车去装煤！”

“好啊，又可以出去放放风喽！”

几个老兵兴奋地跳起来，一起朝锅炉房跑去。

牛伟苦笑地看着疯子一般跑掉的老兵，冲不远处正在训练的钟国龙喊道：“钟国龙，过来一下！”

钟国龙见班长叫他，低着头跑过来。

“钟国龙，上午没什么事情，我想和你聊聊。”牛伟看着一身是汗的钟国龙。

钟国龙点点头，就要往宿舍走，牛伟拦住他，示意就在这里谈。两个人坐到水泥台阶上，正对着锅炉房的大烟囱。

沉默了一会儿，牛伟说道：“钟国龙，感觉这里怎么样？”

“还行！”钟国龙淡淡地回答。

“假话！”牛伟说道，“别以为我看不出来！你小子一天也没想在这里待下去。”

“班长你怎么看出来的？”钟国龙被他说到心事，忍不住问道。

牛伟看着远处，说道：“因为我很了解这里。几根大烟囱，一堆一堆的煤，几个油嘴滑舌的老油子兵，除了这些就没什么了。这里和外面是两个世界，没有热火朝天的大练兵，也没有紧张刺激的大演习。说自己是个兵，却没干兵的活儿；说自己是老百姓，却没有老百姓的自由自在，没有老婆孩子热炕头。人一到了这里，往往就会变得沉闷起来。”

钟国龙抬眼奇怪地看着班长，他没有想到，班长没有劝他别的，却自己先抱怨起来。钟国龙的心里突然生出一种欲望，想了解这个老班长，于是问道：“班长，你来这里几年了？”

牛伟看了看钟国龙，说道：“十年了！”

“十年？一直在这里？”钟国龙简直不敢相信自己的耳朵。

“对，除了新兵连，我这十年就一直跟这煤堆打交道。我跟侦察连的连长龙云是同年兵。新兵连的时候，他在二连，我在三连，两个连紧挨着。”牛伟沧桑地说道，“我跟煤打交道还不止十年。我是山西大同的，从小我就在煤矿背煤，没想到当了兵和以前没什么区别，干的活儿一样。”

钟国龙被彻底震撼了，一个人活了三十年，一直和煤打交道，当了十年兵，在这个破地方待了十年，这是怎样的生活呀！

“班长，那……这十年你是怎么过来的？”

牛伟笑了笑，说道：“一开始的时候，我跟你现在差不多，一天也不想在这里待下去。我和那几个家伙不一样，他们基本上都是连队里面不提气，也不想好好当兵的，来这里反而能安于现状，舒舒服服混日子。我没想这样，我想当真正的兵。我哭过，自己哭，找班长哭，跑到后勤部哭，也曾经感觉到整个世界都是黑的，没什么奔头儿。日子就这样一天一天地过，我掰着手指头算自己的服役期什么时候满，想着只要一到日子我马上打报告复员。两年，整整两年，我都是这么过来的。”

“后来你怎么没走？还转了士官？”钟国龙此时被牛伟的经历吸引了。

“后来，真就到了我服役期满的那一天。那天，我喝了很多酒，喝醉了，拿着早就写好的复员报告，等着第二天就交上去，然后打铺盖走人。那天晚上，我睡得很香，把什么都忘了，可是，我不该忘了往锅炉里面添火。第二天，卫生队门口堵满了冻感冒的战士。我这个锅炉房，也从来没有那么热闹过。我挨了骂，也挨了拳头，最后，我被团里面警告处分，写检查的时候，我把自己的复员报告撕了！

“因为我第一次感觉到，原来我所做的事情，还真那么重要。我本以为对我一点儿意义都没有的生活，居然和那么多人有关系。一个人活着所做的事情，能和别人有关系，就很幸福！我写了检查，领导也原谅了我。后来，我申请转了士官，一直到现在。”

钟国龙听完牛伟的讲述，陷入了沉思，许久，抬头说道：“班长，谢谢你，我明白了，应该安于现状！”

牛伟笑着摇了摇头，说道：“要是你真这么认为，我今天就白跟你讲了！”

钟国龙不理解地看着牛伟，不知道他到底什么意思。

“钟国龙，我跟你说这些，是想跟你说，人呀，不能改变环境，那你只能去适应，不然就是自己给自己找事添烦恼。人必须要适应了环境，才能在适应的环境中发挥自己最大的能动性。就像你现在这么玩命地训练，即使你再拼命，只能算一种发泄。只有你适应了所面对的这个环境，你才是真正的训练。我知道你想回侦察连，我也知道侦察连希望你回去。但最后能不能回去，得看你自己，龙困浅滩被虾戏，为什么呢？是因为那条龙很沮丧，忘了自己可以回到大海了。你要想回去，就必须得先适应这里，你应该把自己当成一个烧锅炉的兵，向更高一层的侦察连去努力，而不是像现在这样，想着自己是侦察连不要的，在这里自暴自弃。有时候换个想法，你的动力也就有了！”

钟国龙仔细品味着班长这些话，想着想着，心里忽然敞亮起来！班长说得没错，老想着自己是侦察连退下来的，不是越想越烦恼？假如就把自己当成一个烧锅炉的兵，通过努力回到侦察连。同样的事情，意义完全不一样啊！

钟国龙由衷地跟牛伟说道："班长，谢谢你！这回我真的明白了！"

"明白了就好！"牛伟站了起来，"你不是孬兵，只要你自己适合侦察连的要求，就不怕侦察连不要你！或许将来你能走得更远呢！你很幸运，我想明白的时候，已经晚啦！"

钟国龙也站了起来，困扰自己多日的疙瘩被解开，心情好了许多，边走边问："班长，你以后有什么打算？"

"我？"牛伟笑道，"今年是我在部队的最后一年了，明年我就要回家了。"

"那你回家想做什么呢？"

"继续挖煤！"牛伟笑道。

"啊？"钟国龙愣在了那里。

牛伟过来拍了拍他的肩膀，笑着说道："我明年回去，和几个兄弟准备合伙儿承包个小煤矿！"

"嘿嘿！"钟国龙笑了起来，这可是他来这儿23天以来第一次笑，"对了班长，下次你出去的时候，给我捎上一块结实的厚麻布吧。"

"厚麻布？你要做什么？"牛伟奇怪地问。

"我自己做套绑腿，再做个沙袋。"钟国龙笑道，"不过，这次可是为了真正的训练！"

"没问题！"牛伟笑了。

第六十章　备感亲切（一）

一连菜地，陈立华半跪在那里，手里拿着个锄头，锄头前端用草绳吊着三块砖头。他锄头指的前方四米左右，一个菜青虫蠕动着肥胖的身子，正趴在白菜叶子上。

一阵脚步声，陈立华连忙掉转锄头方向，对准大棚敞开的塑料帘，锄头方向出现了拿着筐的小赵。

“站住！再不站住开枪了！口令！”陈立华站起身，锄头仍旧指着小赵，半开玩笑地喝道。

小赵苦笑地看着陈立华，快一个月了，彼此已经很熟悉，陈立华跟着他去镇子上买过几次菜籽，两个人现在关系不错。

“我说陈大特种种菜兵，你究竟想干什么呀？这一个月我就来了三次，头一次，你跟个疯子似的抱着两个大南瓜跑，上次你用烂西红柿当手雷炸我，这回可倒好，直接用上枪了！你拿那个破锄头当95呢？”

陈立华笑着收起锄头，一个前滚，正滚到白菜那里，上去给那菜青虫判了死刑。

“小赵，来干什么？”陈立华扔给他一根黄瓜。

小赵惊喜地接过黄瓜，擦了擦，边吃边说道：“班长派我来摘点儿西红柿，还有辣椒。今天得加餐。”

“怎么又加餐？什么情况？”陈立华坐到地边上，又拿起了锄头举着。

“下月全团‘练精兵，大比武’，连长带着全连正加练呢！”小赵一根黄瓜吃完又摘了个西红柿，冲陈立华笑了笑，继续吃起来。

“什么大比武？”陈立华来了兴趣。

“跟你没关系！”小赵边吃边说。

陈立华急了，上去给他来了个“捕俘擒拿式”，一下子拧住小赵的胳臂：“快说！什么比武？”

“哎哟，哎哟！你轻点儿！”小赵疼得直叫唤，陈立华放开他，小赵揉着发疼的胳膊，说道：“我又忘了你是侦察连下来的了！一个个跟恶狼似的，就学不会温柔！你是新兵，不了解，每年春天，团里都要组织‘练精兵，大比武’，全团作战连队全部参加，进行各项考核，每个人限报三个项目，就跟地方上的春季运动会差不多！要是能拿个单项第一，嘿嘿，就算出名了，团长都会对你另眼相看。”

“是吗？”陈立华顿时来了兴趣，凑过去说道，“那小赵你说说，我能参加吗？”

“你？”小赵笑道，“能倒是能，不过，这炊事班战士参加大比武，别的不说，在咱们一连你算是创历史了！老兄，你这久疏战阵的，还是老老实实在菜园子抓虫子吧，上去不还是丢人？”

小赵说完站起来开始摘西红柿，陈立华顿时红了脸，大声嚷嚷道：“炊事兵怎么了？老子虽然被发配到炊事班，可这十八般武艺一天都没停练！咱虽然论格斗比不上我们老大，论体能比不上我们老六，但是在射击和战术基础上面，我谁也不怕！我一会儿就找连长去！一个多月，快把老子憋死了！我还就不信了！”

小赵看了一眼抓狂的陈立华，笑着说道：“不怕丢人你就去吧！你以为全团就你们兄弟三个比了？那侦察连天天练着呢！上次我出去买菜，正赶上他们跑越野，那个‘阎王’连长带队，全副武装，每个人还在脖子上挂四块砖，八公里啊，看着我都起鸡皮疙瘩！”

“嘿嘿，那叫超级越野，我们连长发明的。我当时也练过，习惯了也没什么！”小赵的话又把陈立华带到了热火朝天的侦察连，和那里相比，菜园子里面从来不会有那样的铁血生活。

“那你还敢跟人家比？”小赵笑道，“还是来帮我摘菜吧！还射击呢，就你那破锄头？人家侦察连95子弹随便打！打多少都没人心疼，团长特批！”

“有什么了不起？打枪，光随便打子弹不行，得靠天赋！天赋你懂吗？我就是属于有天赋那一类的。”陈立华又开始吹开了，“我刚到新兵连，第一次摸枪的时候，我就感觉那枪天生就是给我造的！别人打枪靠的是准星，我不是，我凭感觉，感觉你懂吗？这么说吧，没有校准星的枪放在我手里，我都能打出十环来！”

“哎呀枪神，你就吹吧！看哪天你真能从锄头里面打出子弹来，你也就真成神仙了！”小赵笑着说道。

“什么叫吹呀？”陈立华不满意地说道，“你别小看这锄头，我算过了，这锄头加上四块砖，正好是狙击步枪的重量！”

两个人又闲谈了几句，忽然，陈立华停止了说笑，示意小赵安静。

“又怎么了？你别一惊一乍的好不好？老让我感觉不是来菜园子，像进了雷区一样！”小赵苦着脸看向陈立华。

陈立华拿着锄头，小声说道：“别说话，有情况！”说完，他端着锄头，悄无声息地钻出了大棚。

“疯了！”小赵摇摇头，看着神经病一般的陈立华。

陈立华蹑手蹑脚地走出大棚，四下看了看，心中也有些疑惑，当下放低身姿，矮着身子朝大棚后面走去。几步来到大棚后面，那里静悄悄的，什么也没有。

“我说老陈，你到底发现什么了？”小赵在里面喊。

陈立华没说话，仍警惕地巡视着四周，刚才在里面，他分明看见一个人影从大棚后面闪过，现在什么都没有！难道是自己看错了？

陈立华挺了挺身子，低声喝道：“谁？出来！再不出来我开枪了！”

四外安静得出奇，没有任何声响。陈立华有些怀疑，端着锄头开始四下查看起来。

“我说老陈，你不会是因为精神有问题才被侦察连退到这里的吧？”小赵端着一筐西红柿走出大棚，看着陈立华。

陈立华摇摇头，刚要说话，忽然，大棚侧面一个黑影“呼”的一声扑了出来，直奔陈立华身后！还没等陈立华转身，黑影一个低喝，一拳直奔陈立华后胸！

陈立华大惊，反身躲过一拳，一个后摆腿迎了过去，黑影身子一低，竟躲了过去！

“好小子，练过啊！”陈立华冷笑一声，转身迎战，一个冷冰冰的东西已经抵住了他后脑勺儿。

旁边小赵想喊，被来人摆手制止了，他笑着坐在那里看热闹。

陈立华背对着来人，也知道一定是谁跟他开玩笑，当下说道：“朋友，你厉害呀，三下五除二把我给俘虏了！谁呀？让我看看！”

“你猜猜！”来人明显故意哑着嗓子说话，陈立华想了想，还真听不出来是谁，于是胡乱猜道：“谁呢？班长？不对呀，要是班长得拿菜刀啊！小张？没见你这么厉害呀！”

那人还是不说话，陈立华着急了，说道：“那你是谁呢？余忠桥？李大力？排长？你……不会是连长吧！”

“全不对！你这笨蛋！”来人忍不住笑了起来。

“啊——”陈立华忽然惊喜地大叫起来，那神情比中了头奖差不了多少！急忙转身，正是钟国龙！

“老大，你想死我了！”陈立华疯狂地一下子把钟国龙给抱了起来，转了好几个圈儿，笑道，“老大，看来你这些日子没少练啊！一个破铁管儿就把我俘虏了？”

钟国龙看着陈立华笑道：“你也是啊，功夫不错！”

“哈哈！老大，你怎么有时间来看我了？咱兄弟有一个多月没见面了！”陈立华拉着钟国龙的手，两个人往大棚门口方向走。

“和班长请了一天假，就来看你了！”钟国龙亲热地说道，“你这里不错啊！田园诗意的！”

“你得了吧老大，快把我憋死了！”陈立华笑着，又对一边愣神的小赵说道，“介绍一下，这就是钟国龙，我们老大！这是我们班负责买菜的小赵！”

钟国龙微笑着点点头，旁边小赵抢先说道：“钟国龙，可算是见到真人了！平时老陈做梦都喊你的名字，一开始我们班还以为这名字是哪个大姑娘呢！哈哈！”

三个人又聊了几句，小赵起身告辞，去班里交菜去了。

陈立华拉着钟国龙，左看右看，就是看不够。

“看什么呢，老四？”钟国龙笑道。

陈立华笑道：“我得多看看你，平时想死你了！前几天老六来我们这里送肉，还见了一面，你可倒好，一到锅炉房就没声音了！看看你现在，又黑又壮的，没少辛苦吧？”

钟国龙点点头，说道：“活不重，我平时自己训练的多。一开始想不开，后来慢慢习惯了，每天就自己训练，那里不比侦察连，什么事情得自觉！”

“是啊！我这里也一样，没人看着练，自己找项目。”陈立华带着钟国龙走出菜园子，“咱们去我们班里吧？”

“不去了。”钟国龙笑道，“你能请假吗？咱俩找老六去！”

“好啊！”陈立华笑道，“那我去请假！我请假没问题，跟班长混得很熟。你等我一会儿，我请了假咱就走！咱也给老六来个突然袭击！上次我听说这小子快成山大王了，快活着呢！”

“山大王？怎么回事？”钟国龙笑着问。

“路上再给你讲！”陈立华一溜烟跑了。

陈立华请完假出来，兄弟两个有说有笑地一直往外走。

出了营区，陈立华笑道：“现在咱俩混得可不如老六呢！上次他来跟我说他的经历，差点儿没把我笑死！这小子刚到团农场的时候和在侦察连一样，老挨几个老兵欺负，一开始他就忍了，后来实在忍不住，就和老兵打了一架，结果一战成名，把老兵们全制伏了，现在在班里是太上皇，班长都得看他的脸色行事！”

钟国龙心有余悸地问道：“又打架？没挨处分吧？”

陈立华笑道：“没有！那几个老兵稀松得很，也怕传出去丢人，没敢报告。这下子可好，平时见了老六跟老鼠见了猫一样！老六也不客气，班里的活儿，愿意干就干点儿，不愿意干就干脆自己训练。人家别人在那里打扫猪圈，他在旁边把猪放出来追着猪跑，追上以后就和猪摔跤，把猪摔倒了，就举着猪练举重。还真跟排长说的一样，他拿猪练体能都练成系列了！”

钟国龙被逗得肚子都疼了，笑了好一阵子，说道：“这小子！一会儿好好收拾他！”

陈立华夸张地掰了掰手腕，笑道：“没问题！突然袭击，直接拿下！别看他整天拿猪练，咱们兄弟俩放倒他不是玩儿似的？就刚才老大你那两下子，就够他受的了！”

钟国龙笑了笑，陈立华又问：“老大，这些日子你是怎么过来的？”

钟国龙说道：“我你还不了解？一开始想不开，整天拼命练体能撒气。后来，老班长和我谈了一次，我自己也想开了，踏实儿干活，平时训练也没落下。推煤运煤、俯卧撑、负重跑，再后来我们班那几个兄弟就给我当陪练，整天被我摔得鼻青脸肿的，也都没有怨言，他们是一股子劲儿地想把我再送回侦察连！”

两个人沉默了，许久，陈立华说道：“真想回侦察连啊！”

顺着营区的公路走了两公里，两个人又转下黄土道，一直走到头，就是团农场了。团农场周围都是沙丘，中间地势较平的一块绿洲就是农场所在地了，大门口不时有装蔬菜和生肉的绿军车进进出出，门口站着一个警卫，精神气和营区比起来，明显差一个档次。

“看人家这菜园子，可比我那里大多了！”下坡路上，陈立华看着里面隐约露出来的一片大棚感叹道。

两个人径直走到农场门口，钟国龙冲门卫一个敬礼，说道：“老兵同志，我们去看战友，他在养殖三班。”说完就要掏自己的证件，门卫扫了一眼他们，挥挥手就放行了。

“怪不得老六自在！看这门卫，干脆就是摆设！”陈立华笑道，“这要是在咱们营区，不搜身就不错了！这儿连接访人都不用登记啊！”

钟国龙笑道：“这里又不是军事重地，相对要松得多。”

农场里面，除了来往的人都穿着军装之外，完全是另外一种气氛，一进门就闻到一股淡淡的鸡粪味儿，两旁各建着两个尖顶的养鸡棚，不时传来鸡叫声，再往里面走，就是一排整齐的牛拦，后面是大棚，却看不到养猪场的位置。

对面走过来一个兵，手里拎着几个装菜的空柳条筐，陈立华忙过去敬礼，问道：“班长，请问去养殖三班怎么走？”

“养猪场，一直往里面走，大棚最后面是农场食堂，过了食堂往右转，走100米就到了！”老兵说完走了。

“走！”钟国龙和陈立华按照老兵的指点，径直走过大棚区，果然看见食堂，再往右转，看见一排用红砖建成的矮小猪圈，猪圈顶上盖着厚厚的一层石棉瓦，几个战士正在猪圈里面打扫。

两个人看了看，里面没有刘强，奇怪地走过去问一个新兵：“请问，刘强是在这个班吗？”

新兵看了看钟国龙他们两个，指了指不远处的一个平房宿舍说道：“刘班长在宿舍训练呢！”

“你刚才叫他什么？”钟国龙奇怪地看着那个新兵。

新兵不好意思地笑道：“对不起，习惯了，班长不在我们都叫他班长。”

旁边陈立华小声说道：“老大你看见了吧？就差占山头儿当老大了！”

“拿下！”

两个人相视一笑，朝宿舍走去。

刚一进宿舍大门，就听见刘强在里面喊：“我说班副，你能不能用点儿力气啊？我这让你压重量呢，又没让你按摩，你再往上坐坐！”

钟国龙和陈立华轻手轻脚地走到宿舍门口，透过玻璃窗，只见刘强趴在地上，一个老兵坐到他的后背上，正练着俯卧撑。旁边一个新兵左手拿着毛巾，右手拿着水壶，正“伺候”着。

“小武！再给班副拿两个暖壶，我怎么还感觉轻呢？”刘强喘着粗气吩咐道，新兵立刻转身拿了两个装满水的暖壶递给了刘强背上坐的那个老兵。

老兵痛苦地拿着暖壶，说道：“刘哥，差不多了吧？你都练半天了！”

刘强眼睛一瞪，嚷嚷道：“差不多了？差远呢！你知道我们老大和老四平时怎么练的？我再不加练就赶不上他们了！到时候我们兄弟三个就我回不了侦察连，我还不得疯了啊？再往上面坐坐！”

老兵不情愿地往上坐了坐，哀叹道：“老天保佑啊，保佑您早点儿回到侦察连！”

“你看你？不愿意了是吧？要不我坐着你？”刘强生气地说道，“我跟你说班副，要不是咱们养的那几头猪这两天让我摔得不肯吃食，我还真不愿意让你来，好端端地坐着你还不愿意？要不你出去换老郑来！”

班副不说话了，刘强猛吸一口气，上下练了起来。

钟国龙和陈立华笑眯眯地走了进去，班副和新兵刚想说话，被钟国龙摆手制止了，两个人来到刘强后面，看着他一上一下做俯卧撑。

“我跟你说班副，你们平时没事儿也练练，对你们没坏处！我们原来连长就说过，战争会在每一秒钟随时爆发！你说这要真打起仗来，前线的同志们忽然想吃猪肉——是必须要吃猪肉，吃肉才有力气啊！到时候，首长让你火速抱两头猪送上前线去，就你这小体格儿，还不让猪把你给抱上去呀？唉——我说，你怎么下来了？说你不愿意了是吧？哎呀！”

刘强正唠叨着，钟国龙示意那个班副起身，还没等刘强反应过来，两个人一左一右把刘强给按在了地上，陈立华用手按着他的后脑勺儿，一时间刘强动不了了，趴在地上大骂：“哎呀，哪个兔崽子？敢跟老子玩这个？不想在三班混了是不是？你们轻点儿！”

“叫？再叫把你嘴也堵上！”钟国龙笑道，“好小子，人家都欺负新兵，你欺负起老兵来了！”

“老大？”刘强听到钟国龙说话了，惊喜地一个翻身，钟国龙和陈立华放开了他，“哈哈！老大，老四！你们怎么一起来了？”

“我们来看看你呀！”

三个兄弟拥抱在了一起，把旁边的班副和新兵看得目瞪口呆。刘强揉着发疼的脖子笑道：“我说团农场没有谁能把我按住呢，果然是你们两个！”

钟国龙看着结实了一圈的刘强，笑道：“兄弟，你的肌肉见长啊！”

“那是，这里没别的玩意儿，只好每天练体能，我肌肉见长，猪可见瘦！”刘强看了看钟国龙，笑道，“老大你还说我呢，你平时也没少练吧？又黑又壮！”

“彼此彼此！”陈立华笑道。

刘强热情地招呼兄弟两个坐下，正说着，班副被连里叫走了，旁边的新兵连忙过来倒水，也被刘强打发走了。

屋子里面只剩下兄弟三个人，亲人相见，分外激动，三个人眼泪都快下来了。三兄弟自打当兵到现在，从来没有分开过，许多艰苦的日子都过来了，这一下子分开了将近两个月，真像是两年一样的漫长。

一会儿，刘强站了起来，说道：“老大，老四，咱别在这里站着，找个地方好好喝一顿去！”

“是吗？去哪里？”钟国龙感兴趣地站起身，好长时间没喝酒，头一下子被刘强给挑起来了。

“跟我走吧！”刘强张罗着往外走，“出了农场没多远，有个副食店，原本是给这里家属提供副食的，快成我们的后勤补给基地了！”

三个人往外走，路过猪圈的时候，刘强冲正在打扫的几个老兵喊：“老郑！老刘！给我拿点儿钱！”

“我这里有。”钟国龙连忙示意，却被刘强拦住。

两个老兵已经过来了，凑了一百多块钱给刘强，刘强也不客气，把钱往兜里一塞，说了句：“回头还你们哈！”

刘强说完，拉着钟国龙和陈立华往农场外面走，出农场大门向右转，走了不到十分钟，果然见一个不大的店面，挂着“拥军副食”的牌子。刘强大步走了进去，柜台里面一个五十多岁的男人显然跟刘强很熟悉了，立刻满脸带笑地站了起来，热情地说道：“刘班长，今天怎么这么闲啊？”

“兄弟来看我了。”刘强大大咧咧地把一百块钱扔到柜台上，“老齐，来两只扒鸡，两包花生米，再来一袋炸蚕豆，剩下的全上啤酒！”

“好嘞！”老板麻利地准备东西，又说道，“我这里还有干豆腐呢，昨天我闺女从保定高碑店带来的，免费送你一袋！”

“那谢谢你了，老齐！”刘强笑着从旁边拽过来一个破桌子，招呼钟国龙他们坐下。

不大的工夫，酒菜齐备，陈立华看着一桌子的美餐，笑道：“老大，我就说现在数老六混得好吧？和咱们比，这儿就是天堂了！”

刘强拿起啤酒，拇指抵住瓶盖一用力，瓶盖“砰”的一声飞了出去，将啤酒递给了钟国龙，又给陈立华和自己打开了两瓶，说道：“老大，老四，说心里话，要不是憋着一口气想回侦察连，我这地方最适合混日子了！这里几乎相当于半民半兵，平时管理松得很，干完猪圈的活，想干什么就干什么，班长在镇子上搞了个对象，平时没事儿就出去约会，我这个班基本上就放羊了，只要不太出格，没人关注你。”

“老四在路上都跟我说了。”钟国龙说道，“咱们兄弟三个想到一起去了，要说松懈，咱们这三个地方都够松的，与作战连队根本没法比，那些老兵们，有几个不是混日子的？一进到这里，基本上就不会再有什么指望了！好在咱们三个都没有放弃！”

“是啊！”陈立华说道，“一开始，我和老六最担心老大你呢！怕你在锅炉房受不了那个气氛，你那宁折不弯的性格，别再惹出什么事儿来，今天看见你的状态，我们兄弟也放心了！”

刘强举起酒瓶笑道：“就是，就是，老大，来，说点儿什么吧！”

钟国龙拿起酒瓶，想了想，说道：“没什么说的，这第一瓶酒，就庆祝咱们兄弟三个重逢吧！干！”

“干！”

三个人拿起酒瓶，一饮而尽！

“真痛快，好久没这么痛快了！”刘强大叫着，又给每个人拿了啤酒。

“第二瓶，怎么喝呢？”陈立华打了个饱嗝，笑道，“我提议，就为了咱们兄弟三个能早日回到侦察连吧！”

“好！干！”

每个人两瓶啤酒灌进去，话开始多了起来，天南海北胡扯一通，陈立华边吃边说：“来说说看，都是怎么训练的？”

刘强笑道：“我怎么训练的，上次不都跟你说了？我这里没别的，只有猪，我就用猪训练呗！老四，说说你的！”

陈立华喝了一口啤酒，笑道：“我跟你们说吧，这些日子，我除了眼力、体能见长，还练了一手绝活，那就是我的刀功了！我们班长，号称胖刀，刀法据说拿过全团炊事班大比武第一名！体重得180多斤，偏偏喜好格斗，他教我刀功，我教他格斗，结果格斗他没练成，我这刀法可是精进了许多！这以后要是再有机会参加战斗，我一定别把菜刀上前线，到短兵相接的时候，咱也让恐怖分子看看咱们中国人民解放军菜刀的厉害！”

三个人一起大笑，刘强和陈立华又问钟国龙，钟国龙止住了笑，严肃地说道：“现在我想起连长的话来，感觉特别有道理，他说过，我这个人，从不缺乏刻苦训练的决心和争当第一的实际行动，这是我性格的最大优点，但是我最大的缺陷，可能还是我的性格。这些日子以来，我和刚到锅炉班的时候不一样。那时候我每天拼命地训练，完全是一种发泄。这段时间以来，我理智了许多，也明白了许多，整个人的心态基本踏实起来，人一踏实，干什么都变得有意义了。

“不过，我也想清楚了，我这个人，就像是一座火山，冷静的时候，我出奇的安静，山上风和日丽的，一旦爆发，我就不是我了，顷刻间无法自控。几次违反纪律不都是这样吗？所以，我无法确定自己今后是不是还会这样继续下去，尽管我平时想得很明白。

“不管怎么说，我还是感觉自己进步了，火山就火山吧，就像连长曾经跟我说过那样，我就算是一个炸药包，只要能做到该爆炸的时候再爆炸，就是成功了！”

钟国龙说完，举起酒瓶，向两个兄弟说道：“这第三瓶酒，还是那件事，你们不让我说，我还是要提：是我让你们兄弟受连累的，后勤毕竟是后勤，就算再舒服，终归不是咱兄弟心里面要的地方！还是那句话，我这次对不住兄弟，钟国龙先干为敬了！”

钟国龙拿起啤酒就要喝，被陈立华和刘强给拦住了，陈立华说道：“老大，咱们先不说这个了！下个月团里面要组织全团大比武，你们都有什么想法？”

第六十一章 备感亲切（二）

刘强说道："我也听说了！咱们兄弟在后勤部门憋了快两个月了，每天训练得比在侦察连还辛苦几倍，也该施展一下了！老大，说心里话，咱们兄弟三个永远是绑在一起的，你就是我们，我们就是你，所以，说别的没用，还是想想怎么能回到侦察连吧！"

钟国龙被两个兄弟一说，呼地站了起来，大声说道："我早就想好了，这次大比武，咱们兄弟全都要参加！咱们要让全团都知道，虽然咱们从侦察连被调到了后勤，可咱们兄弟是不可能被这些吓倒的！怎么倒下的，咱们就怎么爬起来！回去不回去放在一边不说，咱们要让所有人看见，咱们自己没有放弃自己！"

"好！"两个兄弟也站了起来，"老大，咱们就为这个干了吧！"

"干了！"

兄弟三个一通豪饮的时候，三班副急匆匆到了农场养殖连连部。

"报告！"

"进来！"

三班副推门进到连长办公室，养殖连连长正坐在那里，旁边坐着一位中尉军官，体格健壮，身材高大，一看就是作战连队下来的，坐在那里像是半截铁塔一般。中尉的手里，还拿着一个蓝色的记事本。

连长站起身，介绍道："三班副，你们班长请假外出，就把你找来了，介绍一下，这位是团直属侦察连一排排长赵黑虎同志。他这次来，是想了解一下刘强这段时间以来在你们班的表现。"

赵黑虎微笑着打开笔记本，示意他坐下，说道："你好，士官同志！请具体说一下刘强在你们班的表现吧！各个方面都可以说，千万不要隐瞒。"

三班副紧张地坐下，小心翼翼地问道："您这次来，是不是要把刘强接走？"

赵黑虎笑道："不是，当时有言在先，他能不能回侦察连，要看他的具体表现如何。"

"具体表现？"

三班副那原本就不笨的大脑迅速运转起来！说什么呢？说刘强整天不干活儿一心抓训练？说他把全班辛辛苦苦养的上百头猪在院子里追得乱跑？说他在班里面作威作福不把老兵放在眼里？不行，不行啊！要是这样，这小子估计这辈子都走不了了！三班副立刻想起刘强没来的时候他那舒心的日子，也想象到要是刘强一直待在三班自己的苦难生活，当下重新整理了一下思路，换上一副春风满面的笑容，热情地诉说起来："报告排长！要说到刘强，那真是我们整个三班的骄傲！这个同志可不得了啊！一个人，几乎包办了全班的活儿。清晨天不亮，他就起来巡视猪圈，查看每一头猪的睡眠情况。天亮以后，当别人还在食堂打早饭的时候，刘强同志就已经急匆匆赶到猪圈，开始打扫工作了！猪圈的活儿又脏又累，可他从来不怕！他总是说：累了我刘强一个不要紧！只要能为团里面提供营养健康的猪肉，累死我也心甘情愿！"

赵黑虎记了几笔停下来，皱皱眉头，说道："我怎么听着跟先进事迹报告会似的？刘强有那么好吗？"

"好！真那么好！"三班副忍着内心的谴责，昧着良心赞叹道，"太好了！这侦察连下来的兵就是好！喂猪都比一般人优秀！排长，你们准备什么时候把他接回去？我们……我们虽然都舍不得刘强同志，但还是祝愿他的明天更美好！"

"说说别的方面吧。"赵黑虎又拿起了笔，"比如和班内同志的关系方面，尤其是和老兵的关系。"

"关系……关系好，太好了！他从来不因为我们是老兵而嫌弃我们！"

"什么？"赵黑虎瞪大了眼睛看着三班副。

三班副被他瞪出一身冷汗，连忙改口道："不是不是，我是说，刘强同志平时特别注意和我们的团结。我们在一起生活，就像亲兄弟一样，关系非常融洽！"

赵黑虎面露喜色，又问了几个问题，三班副都做了回答，把刘强夸得是天花乱坠，旁边的连长也不断地点头，感谢侦察连给他们送来了一个好兵。

最后，赵黑虎站起来，敬礼道："张连长，感谢您配合我们的工作！也谢谢三班副，希望你说的都是实情！"

"保证是实情！"三班副想问侦察连什么时候把刘强接走，看着赵黑虎的样子没敢问，当晚失眠是一定的了。

赵黑虎起身告辞，连长连忙说道："赵排长，不如吃了饭再走吧！你们侦察连平时训练忙，很少来我们这里呀！"

"不了，谢谢您！"赵黑虎笑道，"我还得去一连和锅炉房，那里还有两个兵，我们连长等着要调查结果呢！"

侦察连连部，龙云坐在桌子后面，看着赵黑虎调查来的资料。赵黑虎坐在一旁，兴高采烈地看着龙云。

龙云翻了几页，抬头看了看赵黑虎，说道："你怎么那么高兴？想你这几个宝贝兵想疯了？"

"嘿嘿，连长，你还不是一样？"赵黑虎笑道，"想笑你就笑两声，就咱两人，又没人笑话你！"

龙云瞪了赵黑虎一眼，说道："你怎么知道我想笑？你呀你！你感觉他们都合格了？"

赵黑虎指了指本子，说道："三个人，我全调查了一遍，一片交口称赞啊！尤其是刘强，那个班副简直都成他的追星族了！"

"我看就这个刘强最可疑！"龙云看着本子说道，"夸人也没这样夸的呀！我看不像是在夸，倒像是盼着他早点儿走！钟国龙这里不错，他们班长老牛我认识，和我是同年兵，这个人比较实在，说的应该都是实话。"

"连长，那就把钟国龙先接回来呗。"赵黑虎连忙说道。

龙云摆了摆手，说道："接回来？早着呢！这么容易就把他们接回来，他能知道难受？再说了，你要是光把钟国龙接回来，这小子一看他那俩宝贝兄弟没在，他能回来？"

赵黑虎点点头，说道："那……就再等等？"

"再等等，不着急！"龙云点了根烟，望着窗外训练的战士，说道，"只要是龙，放到哪儿都能上天；要是虫子，放天上它都能钻地！明天咱俩再走一圈儿，我倒要看看这三个家伙好到什么程度！”

第二天，锅炉班破天荒地来了两个客人，正是龙云和赵黑虎。锅炉班此时空荡荡的，只有几个黝黑的大煤堆。

龙云没有说话，径直往院子一角吊着的用粗麻布做成的“沙袋”走了过去。沙袋长一米，直径相当于一个人的环臂那么粗，整个袋子足有200斤重，与其说是沙袋，还不如说是煤袋，里面装满了黑色的煤干石，粗麻布针脚简陋，中间的位置已经塌陷下去，麻布磨得很薄，边角部分还沾着几乎分辨不出来的凝固的血迹。龙云上去砸了一拳，沙袋发出一声闷响，立刻有碎煤从里面掉了出来。龙云的神色越发严肃起来。

“看见了吧连长，这沙袋可比咱们平时练的大着两号呢！”赵黑虎也拍了拍沙袋，跟龙云说道，“老班长说，这样的沙袋，钟国龙每天击打四五百次，一直把手打得鲜血直渗。后来实在烂得不行了，就用脚踢。他到锅炉房添煤也和别人不一样，别人一锹铲起来就填进去，他端着一锹煤先围着炉子跑一圈再填进去。”

龙云点点头，轻叹了一声，两个人往炊事班宿舍走去。还没等敲门，班长牛伟已经微笑着走了出来，见到龙云，说道：“龙连长，来看钟国龙的吧？他和其他人运煤去了，一会儿就回来。”

龙云笑着向牛伟敬礼道：“老班长，你好吗？”

“我好着呢！”牛伟笑着把两个人带进了宿舍。宿舍有些杂乱，但很暖和，龙云特别注意到三个双层床中的一个，上下铺都比其他床整齐得多，也是整个宿舍内务唯一合格的床。

牛伟招呼两人坐下，又说道：“这里不像你们作战部队，安逸得很！安逸得有时候我都忘了自己还是个兵呢！”

龙云接过牛伟递过来的水，笑道：“我看，您可从来没忘了自己是个兵。这个地方待十年，好兵恐怕都做不到！”

“呵呵！”牛伟笑着说道，“咱这里，好兵我见到一个，不过不是我，是钟国龙！龙连长，不是我当面夸他，咱这里真正把自己当成兵的，也就他一个了！这小子是块好材料，我虽然不带你们那样的兵，可好兵赖兵，我可是一眼就能看出来！”

老班长对钟国龙的夸奖，让龙云内心一阵兴奋，但龙云却并没有表现出来。他在宿舍里面左顾右盼，看见墙上挂着飞镖环靶，便饶有兴致地拿起一支用铁钉砸成的飞镖冲着环靶投掷过去，飞镖啪的一声，钉在8环的位置。

“嘿嘿，你们侦察连的，是看不中这玩意儿的！”牛伟笑着把飞镖拔下来，又在龙云的位置后退两步，屏息凝神，右手一用力，沉重的飞镖重重钉在环靶的红心上，把龙云和赵黑虎看得目瞪口呆。

牛伟笑了笑，说道："你们这用惯95的手，扔这个还真比不上我们锅炉班，现在连钟国龙都百发百中了。"

赵黑虎笑道："连长，我看这本事倒值得在咱们连推广推广，没准儿作战的时候用得上！"

龙云笑笑，说道："回去我先买一个挂连部墙上，我还不信了！咱们侦察连的，多会一样功夫总能派上用场。我记得1998年的时候有一个兵，这小子有个绝活儿，20米开外能用石头砸中啤酒瓶，那年那次遭遇战，三个暴徒端着AK47把他给堵住了，这小子拿起一块石头，'嗖'的一声就扔进一个暴徒的棉帽兜子里，结果暴徒以为是手榴弹，当时就吓傻了，就地一卧倒，这家伙上去就是一梭子儿！"

三个人哈哈大笑，赵黑虎笑道："知道，叫李林树，山西的，那年全军大比武，武装反侦察我和他一组。这家伙枪法也不错，听说现在转业到老家刑警队了！"

三个人又闲聊了几句，龙云终于言归正传，郑重地对牛伟说道："老班长，我们这次来，是想了解一下钟国龙的情况，我想知道，这小子在你这里究竟表现怎么样。"

牛伟也严肃起来，想了想，说道："龙连长，刚才我说过了，钟国龙是一个好兵。这么说吧，假如说你们侦察连是火，处处激情四射，我这个锅炉班就是水，平平静静，在我这里，永远找不到什么激情。演习我们不上，训练我们不考核，甚至连内务都没人检查。在这里的兵，得习惯做给自己看，因为你做得再多，也没有人关注。而且最尴尬的是，在这里，实在没有什么轰轰烈烈的事情。这么说吧，能在我这里安心待下去的兵，只有三种，一种是破罐子破摔的，甘心在这里混日子，另一种就是时刻努力想离开这里的。这两种兵这些年都很常见，但最难的是那种既能在我这里安下心来，又有着走出去的欲望的兵，钟国龙，应该属于第三种。"

龙云点点头，微笑着问道："那你呢？你属于第几种？"

牛伟笑道："只有我是个特例，我属于想离开，但又不知道去哪里的兵。"

宿舍里有些沉默，过了一会儿，龙云又说道："老班长，我想你应该知道我把钟国龙放到这里的原因。我从来不否认，他是个有血性的兵。可钟国龙总是像一座随时可能爆发的火山一样，他的身上总是充满不确定性。就拿他的脾气来说，他平时很清楚这件事情是错的，在他每次犯错误之后，也总能认识到自己的错误所在，甚至每次错误过后，我们都能看到他的成长和进步。但事实却是，每次事情发生的时候，他又会完全将理智抛在脑后，最后做出一系列鲁莽的行为。

“我这次把他调到你这里，也是想磨磨他的这种莽气，我要让他体会到什么是真正的寂寞，真正的没有激情——当然，我只是指作战部队里面那种激情。换句话说，我想让他真正冷静下来。因为我相信，一个真正有激情的人，一旦能冷静地爆发自己的能量，将是十分可怕的。现在的钟国龙，勇猛，但并不可怕。”

牛伟笑了笑，意味深长地说道：“是钢刀，就得淬火，但是要把握一个度，淬得不足，钢性过强，容易折；淬得过了头，钢性就没有了。就像我，韧性很足，再让我在锅炉房干上十年，我也不嫌烦，但恐怕也只能烧烧锅炉了！”

三个人正说着，门外传来脚步声，龙云和赵黑虎转头望去，一个浑身被煤染成漆黑的兵肩上扛着一把平头铁锹走了进来，他浑身上下除了眼白，再看不到任何其他颜色，当兵的把铁锹靠到墙边，径直向宿舍后头走去。

“钟国龙，进来！”

牛伟的一声呼喊，把龙云他们两个吓了一跳，这个看不清模样的兵会是钟国龙？两个人一起站起来，透过玻璃窗观察着。

“黑兵”看都没看，闷声回答道：“班长，等会儿我洗完澡再说！”说完，低着头直奔宿舍后面的洗澡间。

“先进来吧，看看谁来了！”牛伟笑着喊住他。

钟国龙无奈地走进宿舍，推门一看到龙云和赵黑虎，顿时呆在了原地，足足两秒钟，钟国龙才惊喜地喊道：“连长，排长！你们可算是来了！”

龙云看着浑身漆黑的钟国龙，笑了笑，说道：“你还是先洗澡吧！”

钟国龙看了看身上，不好意思地笑了，一溜小跑蹿到洗澡间，打开水龙头一阵猛冲，热水冲在身上，刚才还郁闷的情绪顿时一扫而光。他万万没有想到，龙云会亲自过来看他。两个月以来，钟国龙不止一次梦见龙云，有时候龙云瞪着眼睛看向他，有时候又笑容可掬，但连长对他到底什么态度，钟国龙的心里一直没有底。

这次是真的了，龙云，还有赵黑虎，就站在自己的宿舍里面！钟国龙低着头，看着黑水从身上流下来，又顺着水流灌进铁栅栏盖着的下水道里，心里那股阴云仿佛也随之而去了。

钟国龙将脏衣服放进预备在洗澡间的盆子里面，自己只穿一条短裤跑回了宿舍，身上的水汽立刻化成白雾。看见龙云和赵黑虎，钟国龙又笑成了一朵花。

“你冷不冷？”赵黑虎皱了皱眉头。

钟国龙笑嘻嘻地跑到自己的柜子前，拿出干净的衣服换上，这才擦了擦湿漉漉的头发，跑到龙云他们两个面前，急切地说道：“你们可算是来看我了，我以为你们不要我了。”

龙云笑道：“你又不是我女朋友，搞对象没搞成分手不要你了？”

“连长。”钟国龙这次小心翼翼地问道，“你们是来接我回去的吗？”

龙云故意把目光转向别处，说道：“不是。就是来看看你。”

钟国龙有些失望地站在那里，一时不知道说什么好。

龙云转过头来，看了看他，忽然说道：“钟国龙，我听老班长说你现在飞镖投得挺准的，你就不想给我们露一手？”

钟国龙看着环型靶，不置可否。赵黑虎在旁边说道：“钟国龙，让你投你就投！”

钟国龙无奈，走上前去，从靶子上把三个飞镖全拿了下来，退后几步，依次又投了出去。飞镖果然弹无虚发，准确有力地钉在靶子中心。

这个时候，院内传来嘈杂声，其他战士也回来了。老班长牛伟连忙走出去，示意几个战士先不要进去，大家看了看屋子里面的龙云他们，知道是关于钟国龙的，全都配合地停止说话去了锅炉房。

龙云看着靶心，说道：“钟国龙，我一直希望你能像这些飞镖一样，百发百中，直奔靶心。或者像那院子里面的沙袋也好，能承受一些打击。”

钟国龙站在那里，看着龙云严肃的表情，低声说道：“连长，我明白你的意思……”

“那好！”龙云坐到椅子上，“那你就说说来这里的感受！”

钟国龙沉默了，看着院子里面的煤堆，低声说道：“感受还是有……来这里快两个月了，感觉很寂寞，不是生活寂寞，而是心里面寂寞，在这里，没有训练场上的争先恐后，你争我夺，也没有平时在侦察连那种随时准备上战场的激情。我一个人练给自己看，不知道别人练得怎么样，也不知道自己的成绩究竟如何，练的时候，也没人看，他们有他们的生活，玩玩扑克，或者找一个话题争论半天。我也不知道这样练下去的结果是什么，因为这里没有班长的催促，也没有每周例行的考核。或许我唯一的盼望，就是能早点儿回到侦察连，这算是一个目标吧。”

“那你有没有想过，回到侦察连，又意味着什么？或者说，假如你永远都回不了侦察连了，只能在这里一直待到退伍，你还会这样练吗？”龙云盯着钟国龙，像一个考官一样等着他回答。

钟国龙看着龙云，几秒钟以后，他摇了摇头。

龙云咄咄逼人地问：“是没想过，还是否定回答？”

“没……没想过。”钟国龙有些言不由衷。

龙云站了起来，激动地说道："不，钟国龙，以我对你的了解，你肯定是想过，甚至你来到这里的第一天，你就想过！我可以这么认为，你今天所有的努力，包括打沙袋，包括自己模拟越野跑，包括每天的仰卧起坐和整理内务，都是在为回到侦察连做准备，做努力。或许只有你刚才三支飞镖击中环靶，能说明你有一丝在这里安定下来的心情了！

"我从来不否定你为回到侦察连所做的种种努力，这很好！我把你放到这里，也是希望有一天你能回去。否则，我不会费这么大劲儿，又去团部求上老半天！钟国龙，我没有把你当成一个废兵，这从讨论处分那天我没有把你开除回原籍就可以证明。

"但是，我需要你有一种好的心态。你从入伍以来，一直都是在和压力作对，也是在和自己作对。一开始你体能不行，徒手跑不到5000米，你拼命加练的目的只是为了战友不再嘲笑你，只是为了我不再看低你。你时刻想着这样一件事情：我钟国龙不比别人差，我要做到最好。你在新兵连逐渐做到了许多第一，后来分到侦察连，你又看到了差距，于是你又拼命练，还是在争第一。这没错，这很好！但你需要想的是，当你做到第一以后，你接下来做什么？这，就是一个运动员和一个战士的根本区别！

"对于运动员来讲，得了第一就是终极目标。但作为一个战士，一个共和国的兵，你还要明白，你除了这些第一，还需要让自己成为一个合格的兵，一个合格的兵，从来不只是训练成绩第一！所以，我所希望的是，你除了拿这些第一之外，还要学习一些新的东西，这些东西包括，忍耐、容忍、大局观、正确的方向等，而这些就是你所欠缺的，你只拥有了锲而不舍、永争上游的血性，却还没有心静如水的韧性和海纳百川的气量！

"钟国龙，这才是我把你放到锅炉班的真正目的！钟国龙，千万别小看一个兵！中国当过兵的人成千上万，能真正达到这种境界的，恐怕没有几个！至少我还在努力！做到了这个，才可以称得上兵王，有句话说：不想当将军的士兵，不是好士兵，那么，你就得先当好兵！"

钟国龙站在那里，默默地听着龙云的话，不由得感叹，连长对自己的了解简直太透彻了，甚至超过了自己对自己的认识。他此刻没有话说，也不想说什么，只是在心里反复琢磨着龙云的话。

旁边的赵黑虎站起身，轻轻拍了拍钟国龙的肩膀，动情地说道："钟国龙，这下子你明白连长的苦心了吧！就像你来这里的前一天晚上我跟你说的那样，连长从来没有想过要放弃你。"

钟国龙看了看赵黑虎，又把目光转向龙云。龙云站起身，戴上帽子，说道：“好了，我们也该走了！还得去看看你那两位拜把兄弟呢！”

看着龙云要走，钟国龙才醒过神来，急忙说道：“连长、排长，你们吃了饭再走吧！”

龙云这才笑道：“吃饭？我还是回侦察连吃吧！咱们侦察连的伙食全团第一！”

钟国龙嘿嘿笑了两声，忽然又想起什么，转身拿起铁炉钩，从旁边生铁炉子的灰里扒拉出两块烤白薯来，递给龙云和赵黑虎，笑道：“尝尝这个！全团都有暖气，可就我们这里有炉子！”

龙云笑着接过红薯，掰开吃了一口，不住地点头，忽然又转身说道：“钟国龙，要是哪天，我是说万一，你要是能回侦察连，别忘了给我再带上几块哈！”

“是！”

钟国龙知道连长的意思，感动地敬了一个军礼，龙云还礼，带着赵黑虎走了出去。

赵黑虎又回过头来，看了看大步流星走出去的龙云，小声笑道：“钟国龙，连长说的那些话，你慢慢领会，慢慢提高，但训练也是根本，下个月全团大比武，侦察连每个班派一个，到时候你要是比他们差，我可也帮不了你喽！”

“我明白，排长！”

钟国龙看着赵黑虎和龙云离去，一时百感交集，眼睛忍不住湿润起来。他揉了揉眼睛，心里直纳闷，老子现在怎么总想哭？于是快步来到沙袋旁边，狠命地捶了起来。

旁边人影一闪，几个老兵穿着短裤，浑身湿漉漉地从宿舍后面排着队走了出来，看见钟国龙又在发狠，陈更笑嘻嘻地问：“龙哥，啥时候回去？你这一训练，我们就老自卑，都盼着你赶紧滚蛋呢！”

钟国龙停下来，笑看着这几个兵浑身冒白气，意味深长地说道：“哪天我不想揍你的时候，就差不多快回去了！”

“你还想欺负我们老兵啊？我们这嫩胳膊嫩腿儿的，可受不了你捶！”赵新春说完，又认真地说道，“兄弟，你们那连长说得对！好好干，你肯定能回侦察连！”

“你们都听见了？”钟国龙惊异地看着他们。

旁边许进做了个夸张的动作，两手摊开，说道：“咱们这旮旯，很少能听见那么高深的教诲，兄弟几个在屋后面的洗澡间，光着屁股听，听得眼泪哗哗的！”

“是尿吧？还哗哗的！”赵新春踹了他一脚，几个人嘻嘻哈哈地跑回了宿舍，宿舍里面立刻传来搬椅子码扑克的声音。几个人操着《当兵的人》的曲调，唱起了改编的歌词：

咱当兵的人，有啥不一样，自从离开了庄稼，就端起了铁锹；
咱当兵的人，就是不一样，守着部队的锅炉，就忘记了姑娘……

第六十二章　魔鬼训练

这个春天，驻地遭受了百年不遇的洪灾，钟国龙、陈立华、刘强三人在不违反纪律的情况下悄悄登上侦察连的车参加了抗洪抢险。然而在这个过程中，连续两天两夜奋战在一线的陈立华却接到了奶奶去世的消息。

家里兄弟王雄在医院躺了三个月后终于痊愈出院。其间“三合会”老三毒蝙蝠曾带着几个兄弟“猫哭耗子假慈悲”来医院看望王雄，其实是想打探下口风，看他出院后是否还插足“三合会”在县城的“产业”。王雄早和几个兄弟商量好，采取以退为进的策略，让出了这份“产业”。

王雄出院没几天便收到了钟国龙的回信和电话，得知陈奶奶去世，老蒋、王雄、李兵和谭小飞为老人举行了风光大葬。兄弟几人从小没少受奶奶恩惠，以前打群架一出事就躲到乡下陈奶奶家里，老人对几个孩子都当亲孙子一般对待。葬礼上他们遇到了陈立华的爸爸，陈爸爸原本是县林场职工，后来调到东北工作，这次对几人的操办颇为感激。交谈中，他们从陈爸爸口中得知木材生意利润很大，于是迅速进入东风乡木材市场，并利用各种手段垄断了全县的木材进出，“龙之会”从此进入了新时期。

抗洪结束后，表现优异的钟国龙、陈立华、刘强三人重新回到了侦察连。

团部，顾长荣示意刚刚进来的龙云坐下，指着手里的文件，说道："龙云，你这份上交作训股报批的《侦察连极限训练方案》，作训股把它交给我，我都看过了，你这个方案，可是远远超过侦察连的训练范围啊！"

龙云看着团长手里的文件，说道："团长，我是这样想的，现在新兵下连已经三个月了，我这三个月期间，对新兵进行了强化适应性训练，现在所有的新兵和老兵，已经没有太大区别了，我是考虑到目前我们已有的训练科目，很难再让战士们有进一步的提高，才想了这个计划出来。我计划采用一种超常规的训练方式，将心理训练和体能训练相结合，科学合理地设置了生理耐力、心理承受能力、战场识别能力，灵活处置能力等15项训练内容，并根据战争发展的不同阶段，设置不同的训练课目，从体能、技能、智能等方面磨炼全连战士的意志，提升他们生理、心理耐受力的极限。"

顾长荣笑了笑，又掂着文件说道："你想过没有，这可是特种部队看了都皱眉头的一个方案啊！"

龙云站起身，说道："我在做这套方案之前，已经和各班排长，以及许多新老兵都交换了意见，我也查阅了许多国内外的特训资料，我认为，这个方案虽然有些难度，但还是可以实行的。而且……团长，在我的眼里，我们侦察连和特种部队没有什么区别，部队组建特种部队的目的，是想建立一个足够强大的战斗团队，来适应未来不断变化的战场情况，我觉得，假如我的侦察连，甚至是我们普通的作战部队，都能完成这种困难的训练项目，都能达到特种部队的要求，这不是更好吗？"

"这就是你上次在团报上说的'以战场作为检验一切战斗元素的根本标准'吧？"顾长荣笑着看龙云。

龙云笑着点点头，说道："团长，没想到您还记着呢！"

"只要是对我们部队建设有利的东西，都是我要记住的东西啊！"顾长荣说完，思索了一会儿，坚定地说道，"好，龙云，你这个方案我批准了！训练相关的场地和设备，团里新上的心理适应训练中心，你尽管去用。我们近水楼台先得月，报告我会跟军区打。"

"太好了！"龙云惊喜地看着团长，忙敬礼道，"谢谢团长对我们侦察连的支持！"

顾长荣摆摆手，笑道："我也是侦察连出来的，这个客气话就不要说了。我现在就担心，你这个龙阎王一上这套训练方案，战士在背后骂你呢！"

龙云一听团长也知道自己这个外号，忍不住笑了起来，最后坚定地说道："请团长放心，骂我的兵，侦察连不会允许他待下去的！"

“对！”顾长荣点头道，“训练本来就是艰苦的，怕训练的兵，注定不是好兵！不过，我这里有几点要求，第一，你要考虑到战士的承受能力，合理安排程序，我们的目的是练精，不是练死。第二，要和指导员一起讨论出这次训练期间如何做好战士的思想工作，思想工作一定要做到位，要让战士明白自己为什么要练，练好了是为什么。第三，要在这样的训练中，多多挖掘出一批好兵来。”

“团长，我明白！”龙云点头道，“我都想好了，这次训练结束之后，正好赶上团里的年度演习，后面还有全军的‘戈壁风暴’大演习，到时候，就请团首长检验我们的训练成绩吧！”

“尤其是‘戈壁风暴’！”顾长荣站起身，郑重地说道，“上级通报早就给下面打好预防针了。这次大演习，我们要面对的蓝军，是由从整个军区抽调的精锐部队组成，甚至还有神秘的三猛大队，对手之强，前无古人啊！到时候，你侦察连的成绩，将直接影响到全团的战斗进程，这也是我支持你这次方案的主要原因。你的担子不轻，这我知道，有什么需要团里面支持的，尽管提出来！”

“请团首长放心，我还是那句话，侦察连永远不相信失败，也永远不怕任何困难！”

大半个月之后，在营区边缘的一个占地几十亩的大广场上，一座新搭建的灰色建筑赫然耸立，碎石铁桩网、火墙、断桥、蚂蚁坑、步步高、旋转木马、泥潭、断崖和水池等障碍设施，各种训练器材，还有射击靶场、军用教练车，以及各种训练所需的设置已经全部到位，广场进门的大牌子上，赫然写着“威猛雄狮团特训基地”几个大字。

此时已经进入初夏，天气逐渐炎热起来，但风依然很大，风中裹着的沙砾打在树枝树叶上，发出沙沙的响声。

侦察连已经全体整装集合完毕，龙云和政委站在队列前面，看着这群面色凝重的侦察兵们。

整队完毕，龙云上前一步，大声说道：“同志们，大家都看见了，这里，就是团里新建成的特训基地，远处那座灰色的建筑，就是军区投资几百万建成的心理适应训练中心。我们侦察连，将有幸成为这个即将为各团提供特训的基地的第一批受训连队。接下来的两个月时间，我们的所有训练科目，除去野外训练和一些特殊训练，都将在这个基地内进行。我现在可以告诉大家，我们即将接受的是极其艰苦的一次训练，其艰苦程度，可以说超过了以往任何连队所经历的强度，甚至包括我们侦察连自身。”

队伍静悄悄的，所有战士都在品味着龙云的话，看着面前的这个大场地，大家心里都没有什么底。

龙云看到了战士们的疑惑，继续说道："我们进行这次训练的目的，主要有三个：第一，提升全连已经掌握的战斗技能和战斗素质。第二，适应未来战场的艰巨性和残酷性，保证连队的战斗力与时俱进。第三，为即将到来的全团军事演习，以及全军'戈壁风暴'大演习做练兵准备。基于以上三点，我可以告诉大家，这个训练场，就是我们的地狱！我们究竟能不能冲出这个地狱，就要看各位这两个月的表现了！现在，我可以提前和大家做个声明，我们中间，假如有人认为自己无法完成这样的训练，或者说，在训练的过程中成绩和所表现出来的心理不适应这样的训练，那么，你们随时可以离开侦察连，我和指导员，随时可以在你们的调离申请书上签字！有没有？"

"没有！"

"没有就好。"龙云点点头，继续说道，"我们这两个月的训练，将分三部分进行，第一部分，是体能耐力训练和抗疲劳训练，但是这次我们要重点进行战场模拟场景训练，不远处的那些碎石铁桩网、火墙、断桥、蚂蚁坑等障碍，就是为大家准备的。在这部分训练之中，我们还加进去搜救训练，侦察与反侦察训练，手枪、自动步枪射击，特种驾驶、抗眩晕训练、一条龙体能训练等。

"第二部分的训练，我们将重点进行心理素质训练，目的是要克服战场恐惧，避免非伤亡对战斗力的影响，也叫非战斗减员。第三部分，我们将进入野外实战模拟训练，也是对于你们的终极生存和战斗能力的一次检验考验。

"同志们，我再次强调，这次训练，我们每个人所将要面临的，将不仅仅是疲劳和血汗，我们每个战士，都将真正进行一次最残酷的极限生存洗礼。我现在可以向你们保证，你们恐怕这一辈子，都会永远记住这接下来的两个月！"

龙云看着这群紧绷着脸的战士，越说越兴奋，声音也越来越大，他那特有的略带沙哑的嗓音，在空旷的训练场上，就像重锤一样震动着每个人的耳膜："我知道，你们私下里给我起了个外号，叫龙阎王，我看这个外号起得好！既然是这样，那我建议，你们就把这个训练场，当作你们九转轮回的阴曹地府吧！这两个月的强化训练，你们就当是从地狱里走了一回！两个月以后，你们是人还是鬼，一切就见分晓了！再给你们一次机会，有没有人想声明退出？"

"没有！"

还是那个响亮的回答，龙云的这次"魔鬼训练"，战士们多多少少都已经有所耳闻，也都做好了心理准备。自从他们来到侦察连，艰苦的训练已经使他们具备了一种敢于迎接各种挑战的心理耐受力，当训练真正开始的时候，他们也并不感觉意外了。

“好！”龙云满意地点点头，大声吼道，“我最后告诉大家，在我龙云的眼中，没有普通部队和侦察连的差别，也没有特种部队与普通部队的差别，我只相信一点：做人，要做强人，当兵，要当强兵！几个月以后，我们全军将进行‘戈壁风暴’大演习，我希望到那个时候，我们侦察连，能够战胜一切号称刚连、铁连、无敌连的对手！大家有没有信心？”

“有！”

又是一声震天的怒吼！

“好！我要说的也说完了，以后这段日子，恐怕我很少说话了！”龙云忽然“不怀好意”地笑了笑，“从现在开始，我的眼中，就只有行与不行三个字了！你们有思想压力，尽管找指导员去谈；有情绪，可以带着拳头找我龙云单挑！要是没有其他的屁事，就老老实实完成你们的训练项目！今天是第一天，我决定先让大家初步感受一下氛围。”

龙云指着训练场外面的一个大沙丘，说道：“从现在开始，我们全装越野，翻过我手指的那座大沙丘，你们会看见一大片胡杨树林，穿过去！还有一座比眼前更高的沙山，翻过去！那里有一棵大胡杨树，树上我用红水粉刷了个大红点，那东西掉色，用手摸一把，再跑回来！距离嘛……我算了一下，往返大约也就是15公里左右！我在这里给大家算成绩，快点儿回来，咱们好去吃午饭！注意，别耍花招！各排排长按照预先布设的观察点，各就各位，发现有战士耍滑头，马上通知他滚蛋！还有，成绩最后面的三个人，再跑一遍！”

“侦察连！杀！”

“杀！”

怒吼阵阵，全连战士，沿着龙云指定的路线冲了出去，几分钟以后，正前方的沙丘上，掀起了黄滚滚的沙烟……

团部办公室，张国正依然抽着他的漠河烟，右手拿着话筒，话筒那头，传来副师长王成梁的声音，嗓门依然很大，张国正不得不把话筒拿得离自己的耳朵远一点儿。

“老张，这扯淡的事情，我都说完了，该跟你谈正事儿了。还是龙云的事情。昨天，咱们师长也把我找了过去，我在他面前把龙云大大表扬了一番！喂？老张，你怎么不说话？刚才老子跟顾长荣说龙云，这家伙就老岔开话题，你可倒好，不说话了！”

张国正苦笑道："我说老王，王副师长！你那大嗓门子，有我说话的机会吗？"

电话那头传来王成梁的笑声，继续说道："我就直说了吧。师里面想把龙云调到师属侦察营去，还是老本行。主抓训练的副营长，肩膀上再加颗星，怎么样？我也算没亏待你的爱将吧？我这可是先礼后兵！喂？我说，你表个态呀！"

张国正皱着眉头，说道："老王，我跟你说心里话，按理说，自己的部下得到提升，我没有阻拦的道理。可我认为现在不是时候啊！团里刚刚批准了他的训练计划，那计划你不是也看了？现在龙云带着他的侦察连，每天玩命地训练呢！这个时候把他调走，恐怕不合适！我的想法，还是等大演习结束吧，也没几个月了，到时候，我肯定放人！"

电话那头，王成梁想了想，说道："好吧！我还真想看看他这套方案的最终成果呢！不过我提醒你，看上龙云的，可不光师里。三猛大队的也是虎视眈眈！天天嚷嚷着要补充战斗成员呢！别等到时候龙云副营长做不成，被三猛拉去当兵去！"

"是，我知道！"张国正应付着，这个时候，团长顾长荣推门走了进来，张国正刚要站起来说话，顾长荣连忙冲他摆手。那边王成梁又唠叨了几句，张国正应付着，终于挂了电话。

放下电话，张国正苦笑道："这个王副师长！在你那里吃了闭门羹，又跑来游说我了！"

顾长荣摇头道："真是酒香不怕巷子深！我就这几个骨干，全被上面盯上了！尤其这个龙云，王副师长要，三猛那个什么大队长也盯着，这部队就像一个人啊，割我的肥肉无所谓，要敲我的骨头可没那么容易，哼！"

张国正点头道："是啊！咱们下面的部队，把人才辛辛苦苦培养出来，最后自己反而留不住，这也算一种悲哀啊！龙云这事被我拖到大演习之后了。现在侦察连有那么几把刀，就算留不住龙云，我也得等他把那几把刀磨快了再放人吧？"

"对！走一个不要紧，关键得有人顶上去！"顾长荣点点头，"侦察连那边，情况怎么样？"

"我昨天去看了看，一个个的，真玩了命了！"张国正笑道，"我看见那个钟国龙，别人加四块砖，他加六块，瞪着眼珠子往前跑！这个龙云，真是把点子都用精了！"

特训中心广场，侦察连已经训练一周多了，这将近十天的日子里，战士们充分理解了龙云在训练开始的时候说的那番话，每个人真像死过一回一样：每天的训练强度，都是平时训练的几倍甚至十几倍，每天都是极限挑战，早晨从睁开眼睛就是跑，不停地跑，负重跑，超负荷跑。战士们在跑的过程中吃饭、喝水，跑就是休息，休息就是跑……

在高压水枪的冲击下，受训战士必须在规定时间内通过碎石铁桩网、火墙、断桥、蚂蚁坑等障碍。所有的人，身体各部位几乎全都是青青紫紫的，摔倒，再爬起来，继续前进，这种前进，仿佛永远没有尽头，仿佛永远也停止不了。

此时的龙云，满脸杀气，像个凶神。他在训练场上四处跑动，时刻监视着每个班的训练情况，稍有懈怠，马上就开始怒骂，骂很大声，很难听，不讲任何的情面。龙云不是那种光动口不动手的连长，他自己也练，四处奔波于各个场地，给每个班甚至每个战士做示范："我问你！我是不是人？你是不是人？同样是人，我过得去，你过不去？你装什么熊？给老子上！"这是最好的榜样，不服不行！

钟国龙目前的表现很不错，没有任何情绪，也没有任何的吃不消，即使他已经疲惫不堪，却始终忍耐着。钟国龙那种天生的信念再次支持着他：别人能跑，我就能跑，我要跑得更好，跑得最好！在锅炉房的几个月苦练，已经使他的体能在全连新兵中排到了前面，陈立华和刘强也和老大一起默默地坚持着。

一班今天进行的是一条龙体能训练，全班全副武装，背着几十公斤重的装备，站到了广场一角的射击场上。龙云走过来，问道："一班，你们班射击水平谁最高？"

众人对看了一眼，戴诗文回答道："报告！是陈立华！"

"陈立华出列！"龙云指着不远处的一个胸环靶，问道，"你目测一下，这里距离环靶多少米？"

陈立华看了看，又竖起拇指目测，回答道："大约有80米！"

龙云点点头，问："现在要是让你用95点射，十发子弹，你自信能击中靶心几发？"

陈立华胸有成竹地回答道："十发全中，应该没有任何问题。"

"我也相信你没有问题！"龙云点点头，忽然话锋一转，命令道，"陈立华听口令：卧倒！俯卧撑100次，要求快速不间歇，开始！"

陈立华不明就里，只好按要求卧倒在地，一口气做了100个俯卧撑。

龙云大喊："不要停！不要停！射击！马上射击！"

陈立华急忙爬起来，拿起旁边已经准备好的95自动步枪，对着胸环靶开始射击，意外发生了：他刚才连续做了100个俯卧撑，两臂已经十分疲惫，龙云命令他马上射击，陈立华端起枪才发现，呼吸调整不过来，心脏快速跳动，这胳膊怎么也不听使唤。

"啪！啪……"

十发子弹打完，陈立华沮丧地低下头，远处报靶显示：中靶仅六发，只有一发击中靶心。

龙云说道："大家都看到了！刚才陈立华在剧烈运动之后，仅击中了一次靶心。我认为这已经很不简单了！知道我要说什么了吧，战场不是训练场，敌人不会等你休息完毕，瞄好以后沉着开枪的！也许你刚刚奔袭了十几公里，也许你已经几天没吃饭，也许你的一个胳膊已经受伤……各种各样的情况，都有可能发生，所以，我们要训练的内容，就是在模拟战场的情况下提升你们的各项战斗能力！一班！你们今天的科目：先跑上5公里，然后开始穿越碎石铁桩网，穿越用汽油点燃的火墙，飞跃断桥，再匍匐穿过二十米的泥潭，趟过水池，最后攀岩，从崖上一下来，就要使用92式9毫米手枪、自动步枪射击。注意！我要求的射击精准度，近乎苛刻，我要求每个人达到平时射击训练的正常标准！"

一班在龙云的命令下，开始了一条龙的训练科目……

一趟下来，全班有一个算一个，全都躺到地上，浑身都是泥，泥水混着汗水，还有被碎石划出的血水，疼！谁也不想说话，把全部的精力都用来大口地呼吸。老兵和钟国龙他们几个还好些，剩下的很多新兵就不行了，脸色发白，嘴唇发紫，浑身跟散了架一般。

"一班！老子让你们练体能，没让你们练装死，都给我爬起来！赵黑虎！赵黑虎！"龙云疯子一样冲了过来。

"到！"赵黑虎此时正在带着二班过泥潭，浑身的泥水，听龙云喊他，急忙跑了过来。

"赵黑虎！你还是一班的班长，你看看你的兵，全'壮烈牺牲'了吗？"

赵黑虎瞪着眼睛吼道："一班！都滚起来，每人200个俯卧撑！"

一班被龙云臭骂了一顿，再也不敢躺着了，开始做俯卧撑……

"都给我听着，你们是侦察连的兵！当时把你们分到侦察连的时候，都知道这里是全团最牛的连队，一个个高兴得全都跟吃了蜜蜂屎一样。但是我告诉你们，别整天想着荣誉，荣誉是用胜利换来的，训练就是为了争取胜利！没有平时的刻苦，哪儿来什么狗屁荣誉？别以为进了侦察连你就是一等兵了！你是几等，战场上见！谁也别给老子装熊，吃不消的趁早滚蛋！"

龙云抄起扬声器，大声训斥着这些已经累得不成样子的兵："现在你们耳边响的是机枪打出来的空包弹，只是为了增加战场氛围和真实性。可真到了战场上，敌人不会用空包弹！你们眼前设置的这些障碍，跟真正的战场相比，跟游乐场没什么区别！如果平时不练到战场上伤亡，没人同情你们！咱们训练已经快十天了，每个人都到了极限，只要挺过去，就是胜利！"

第六十三章 克服恐惧

体能训练已经整整一个月了，一个月的时间，侦察连完成了常人难以想象的训练科目，这样艰难的日子，每个人都在忍受着……终于要结束了，但是，更艰难的训练，还远没有结束……

都说这一代的战士是在父母给的“蜜罐”中长大的，此时此刻，我想，假如他们的父母看见自己的孩子在训练场上的样子，一定会心疼不已……谁不心疼呢？我在训练场上，要表演出一副冷血的模样，然而每天的训练结束后，我又睡不着。训练很苦，我是知道的，可是，作为一名战士，要时刻准备着投入战斗，假如能用平时艰苦的训练来换取战场上宝贵的生命，再苦又算什么呢？

钟国龙的背包，比其他人要重许多，陈立华和刘强也在效仿，很不错！但是，我要装作并不知道，我想，钟国龙自己知道该怎么做……

——摘自《龙云日记》

特训场上，高压水枪已经关闭，全连战士浑身湿漉漉地站成队列，看着龙云从水车上下来。一个月了，这些战士已经完全适应了这种残酷的训练，与一个月前相比，目光中的迷茫再也看不见了，取而代之的是一种坚毅，也是一种承受过数次生命极限之后的冷静。龙云走到队列前面，扫视着每一个战士，战士们所表现出来的坚毅与冷静的神采，正是龙云所需要的。此时，这位“龙阎王”的嘴角，终于露出了一个月以来轻易见不到的微笑。

“同志们！一个月的强化体能训练，到今天就全部结束了！你们表现得很不错，我很满意！”龙云的嗓音虽然沙哑，但每个人都能从中体会到连长的喜悦，“我知道，这一个月以来，大家人人脱了一层皮，这层皮脱下来，我完全相信，你们已经可以克服各种各样的体能极限了！”

龙云说完，自己带头鼓起掌来，战士们跟随着龙云鼓掌，一时间特训场上掌声回响，战士们响亮的口号声也响了起来：“杀！杀！杀！”

这独特的口号，是龙云最先提出来的，用龙云的话说，战士都应该有一种杀气，这种杀气，绝对不仅仅是体现在杀戮上，还应该体现在战斗生活的各个方面，“杀”字在这里，永远象征着一往无前的气势，以及战胜一切的信心！

“好！”龙云挥挥手，示意队列安静，“体能训练完成了，我们总体的训练还没有完成呢！看见那边那个灰色建筑了吗？”

龙云指着不远处的那座高大建筑，所有人的目光都看过去，大家都知道那是军区投资建成的一座心理训练中心，但里面究竟有什么，究竟如何训练，谁也不知道，此时龙云提到那座建筑，每个人都充满了好奇心。

龙云说道：“那座建筑，是军区投资几百万建成的一个心理训练中心，这个训练中心内的各种设备、场景以及训练模式，起源于M国，重点是锻炼士兵的心理承受能力以及战场自我调节能力，据说在这种训练中心特训过的战士，在海外的一些战争中，发挥了十分重要的作用。咱们军分区经过学习和自我研制开发，在咱们团建起了这座适合中国军人使用的心理训练中心，而我们有幸成为这个中心的第一批参训人员，应该感到十分荣幸，这里面究竟有什么，我不知道，你们也肯定不知道，但是这个心理训练中心的启用，标志着我们这次强化训练，正式进入心理训练阶段！”

龙云说完，换了另外一种轻松的语气：“哈哈！说到这个心理训练啊，可比咱们已经完成的体能训练有意思多啦！有意思归有意思，但对你们的考验可不小。甚至在某些方面比体能训练还能折磨人！你们要有个心理准备。而且，要重视这个训练！因为，一个合格的战士，要胜利完成战场任务，不仅仅是要克服体能的极限，还要克服各项心理压力。精神上要是垮了，比体力的垮掉更可怕！都清楚了吗？”

“清楚！”

“好！”龙云顿了顿，笑着问道，“一个月啦，都累坏了吧？我宣布，今天下午放假半天！好好洗洗澡刮刮胡子什么的！”

“啊，真的？”战士们都以为自己听错了，一听到居然能放假休息，好半天才反应过来，一下子炸了窝一般，全连战士一下进入了欢乐的海洋，顷刻间全跑没影了！

“回来！我还没说解散呢！”龙云站在那里苦笑，“无组织无纪律！”

说是洗洗澡，谁也没认真洗，天天高压水枪伺候着，身上除了泥水，倒是没啥污垢，战士们跑回宿舍，把泥衣服往盆子里一放，使劲揉巴揉巴，把泥水涮干净之后，就挂了出去，再脱个精光，把水房门一关，所有水龙头全部打开，拿起盆子，你泼我一盆我泼你一盆，大家高声尖叫着，整个水房变成了水帘洞。

龙云和郝振平站在宿舍楼门口，听见里面那热闹的声响，龙云骂道：“这帮浑蛋，怎么跟监狱犯人放风似的？”

郝振平笑道：“你就让他们疯吧！一个月了，这帮家伙也该放松放松了！”

两个人在外面聊了几句，忽然发现，整座大楼忽然又安静下来。龙云纳闷，怎么这么快就安静了？这帮家伙到底干什么呢？两个人连忙走进楼去，来到水房，忽然发现水房里面已经空无一人，楼道里此刻也静悄悄的。

龙云大步走过去，拉开一个宿舍门，顿时愣住了：宿舍里面，刚才还在水房喧闹不已的战士，此刻全都躺到了床上，五分钟不到，全都睡着了！不用说，其他宿舍也都一样！

“让他们睡吧，战士们太累了！”郝振平说完拉着龙云走出宿舍，关上门，“咱俩也洗洗睡吧！”

龙云笑了笑，点点头。这些战士们确实太累了！整整一个月，每天爬起来就开始高负荷地训练，中间没有休息过一天，有的战士戏言，跑步就等于是休息了。现在龙云给他们放了半天假，大家尽管有的想回信，有的想理发，也有的想出去散散心，可想来想去，还是睡觉最紧迫！明天就要进行心理素质训练，那灰色的大楼里面，还指不定什么样子呢！

龙云回到自己的宿舍，拿了脸盆，拽上毛巾，也来到水房里面。这里的自来水已经没有冬天那么刺骨的冰冷了，但还远没到人体感觉舒适的程度。龙云将水一盆盆从脑袋上浇下来，冰凉的水沿着身体哗哗流下，他感觉浑身都舒坦了。

回到宿舍，擦干身体，龙云换上一套干净军装，躺到床上。他也很累，也想好好睡一觉，却怎么也睡不着。一个月的训练，也把龙云累得够呛，但是，他心里想的却比战士要多。这次强化训练，龙云的最终目的，还是要迎接即将到来的团里和军里的大演习，演习的成败，是龙云无法估算的。龙云不允许自己失败，他要把自己的侦察连带成不逊色于任何连队的铁军，带成一支战无不胜的常胜军，这是龙云一直的梦想。自从他穿上那身军装起，就一直有这个梦想，这个梦想，使他逐步成为一个好兵，一个好班长、好排长，这个梦想，也促使现在作为连长的龙云，为了实现目标而竭尽全力。

作为一个军人，应该时刻准备着战争的到来，这并不是单纯的军事思想。人类的发展史上，战争与和平从来都是此起彼伏，和平中孕育着战争，战争后带来相对的和平。也许自己这代军人不会经历战争，但是，作为军队，永远应该从前人的战争中吸取经验，再将这种经验传承下去，因为，从来没有一个政权在和平时期没有军队，相反，和平时期的军队，更应该懂得战争，因为这是维护和平的最佳保障。

此时此刻，作为一名军人，又怎么能够有丝毫的松懈呢？

龙云躺在床上，想着这些大道理，也想着自己的侦察连。侦察连的每一个战士，都从龙云脑海里经过，龙云想着他们每个人的样子，思想状态，训练表现，考核成绩，他一个一个想，他记得团长在连营干部会上说的话："作为一个连长、营长，管理一个连、一个营，其实并不难，因为我们无数的前辈，早已经给我们开创了管理模式，我们只需要按照部队定好的管理章程去做就行了。但是，要想把自己的这个连，这个营，带成一个铁打的部队，就难了！要想把自己的兵，全都带成精兵、强兵，则难上加难！前人留下的东西，在这里全部用不上，这需要你们这些连长、营长自己的本事。要知道，部队永远没有一样的连队，也永远没有一样的兵，有第一，就永远有第二，也永远有倒数第一！什么样的连长带什么样的兵，这在军队，永远是真理！"

侦察连的战士今天算美透了，整整睡了一下午，没人打扰，也不用训练，就那样懒洋洋地躺在床上，想怎么睡就怎么睡，做个梦，醒来回味一番，然后接着睡。吃过晚饭，连里也没安排什么活动，居然还可以睡觉，真是过年了！

可惜好景不长！深夜两点，那让人惊心动魄的哨音又响起来了：紧急集合！

三排七班宿舍，李大力疯了一般跳下床，嘴里不住地嚷嚷："我就说吧，没那么容易！这又集合了！我下午还以为这心理训练是训练咱们在战场上睡觉呢……哎——老余！我裤子呢？"

下铺的余忠桥一边忙活一边把裤子扔给他，说道："我说，你就别唠叨了，赶紧的吧！"

好在是熟能生巧，也都习惯了，全班人迅速穿戴完毕，急急忙忙跑到楼前集合，路灯下，龙云早就站在那里了，手里依然拿着秒表。侦察连现在不检查集合时间，因为基本上没有迟到的，全都能少于标准时间集合完毕，要检查的是谁最后一个到，不管他是用了多长时间。换句话说，即使你一秒钟就集合完毕，但其他人都是0.9秒，这就算不合格，照样挨罚。

当全连战士迅速跑出来的时候，一个硕大的身影从楼道里飞奔出来，几乎是以百米冲刺的速度，迅速混入人群。

“李大力！出列！”龙云放下秒表，看着李大力沮丧地出列，“你迟到了！最后一名。”

“连长，我就晚了半秒。”李大力不情愿地说。

龙云眼睛一瞪，说道：“半秒？半秒能打出去几发子弹你知道吧？”

李大力不说话了，心里紧张起来。立正，等待口令，按照龙云的规定，最后一个集合的人员，是要跑上5公里的。

“李大力，入列！”

“啊？”李大力不解地看着龙云，“连长，不……不跑了？”

“有比跑步更刺激的！”龙云忽然神秘地笑了笑，这让李大力十分没底，也不知道连长到底要做什么，只好入列。

龙云合上本子，大声说道：“怎么样？下午睡得都不错？那就好！不能老睡觉啊，睡多了容易落枕。现在我宣布，咱们侦察连的心理素质训练正式开始！全体人员注意，稍息——立正！第一个训练科目，夜间越野奔袭！目标，团农场以东方向约三公里处，以指导员所乘吉普车为目标点，跑步前进！”

全连在龙云的命令下，跑步奔向目标点，龙云这次没有跟着跑，而是开着一辆吉普车走在队列前面。

几个人跟着龙云的汽车，一路向目的地狂奔。总共8公里左右的距离，现在在他们眼里已经算不得什么了。漆黑的夜空，抬头只能看见挡住月光的乌云。战士们跑过团农场，又换到土道上，四周除了脚步声、喘息声，就只剩下龙云驾驶汽车的发动机轰鸣声了。没有灯光，龙云也故意不打尾灯，战士们只好根据汽车声响来辨别方向。

队伍又拐了个弯，顺着那条公路向深处而去，再走就没有什么路了。汽车越过戈壁，因偶尔的沙坑不断颠簸着，战士们也深一脚浅一脚地跟着跑。黑暗中，钟国龙的眼前又浮现出那个死刑犯的死状，在这个时候想这些东西，真不是什么好事儿，钟国龙强迫自己想点儿别的。

由于路况条件很差，又是这样的黑天，加上每个人体能不同，队伍有些凌乱，却没有一个掉队的，大家最近的体能都有了很大程度的提高，再说，这个时候，咬着牙也不能掉队啊！周围阴森森的，掉队得多害怕啊！

“钟国龙！”

钟国龙正想着事情，被一个人拍了肩膀，他忙抬头一看，黑暗中一个大个子，粗气快喷到自己脸上了。

“是我，大力！嘿嘿！”

“原来是大力呀！你小子怎么跑到我们班队列里了？”钟国龙认出是李大力，“不简单啊！这么黑你能认出我来。”

“嘿嘿！就你那两步跑相，我一眼就能认出来！”李大力笑道，“我刚才系鞋带来着，一抬眼就看见你啦！哎——钟国龙，咱们这是去哪里呀？”

“我哪知道！”钟国龙边跑边说，这个时候刘强和陈立华跑了过来，见到李大力，也免不了亲热了几句。

刘强忽然说道：“大力，我跟你说，刚才，就刚才，咱们跑过的那个地方，是一个刑场！”

“啊？”李大力迟疑了一下。

刘强又说道，“大力，你害怕不？”

“怕？”李大力的声音忽然很奇怪，“我才……不怕呢！有什么了不起的？老子又不是没上过战场！我爷爷当年……”

“得了吧你！又要提你们家的当兵历史是不是？”陈立华笑道，“都听腻了！老实交代，是不是在新的班里也把这历史讲了好多遍？”

“才没有呢！低调，做人低调知道吗？我做人，现在很低调！”李大力说着，忍不住回头看了看，黑乎乎的什么也看不见，他赶紧又快跑了几步，跑到钟国龙他们前面，回过头来说道，“你们三个现在挺好吧？在一个班里，多好！”

“是不错！”钟国龙笑道，“要不你和老余也跟连长说说，都来一班得了！”

“嘿嘿！我才不说呢！我见了连长害怕！”

旁边传来赵黑虎的声音：“别说话！安静！”

几个人停止了说话，跟着队伍往前跑去，又跑了有几百米，终于越过了上坡，山坡下面，赵振平的车已经闪着尾灯停在那里。人们禁不住抬眼看了看，尾灯微弱的光在夜空下显得微不足道，眼前所见，还是一片漆黑，看不清四周的景象。

龙云的车与郝振平会合，战士们也到达的目的地，各班清点人数，确实没有掉队的。战士们不停地喘气，好在这里风不小，很快，身上的汗被吹得差不多干了，队伍也安静下来。

龙云已经站在了队列前面，说道：“同志们，咱们的训练地点到了！今天晚上，咱们就在这里了，把车灯打开！”

龙云的话音刚落，两辆吉普车的大灯全部打开了！射击刺眼的亮光，战士们顺着车灯照射的地方看过去，不禁愣住了：车灯所射的方向，居然是一大片开阔地！开阔地上面，左一个右一个，全是馒头状的坟包！这些坟包上面长着杂草，在车灯惨白的光照下随风摇摆着，更增添了几分恐怖的气氛。

“都不用看了，这里是一大片坟地！”龙云的语气中居然有些得意，“这里历史很悠久，当地群众管这里叫野坟地。地里埋的，全都是没有主儿的死人，有的是旧社会累死的农奴，有的是饿死的老百姓，有的有坟头，有的干脆就扔在这里，等着被野狼吃掉，解放以后，当地政府在前面不远处建了一个火葬场，还设有太平间，除了民用之外，有很多无名尸体，火化以后，也全埋在这里！听说这里冤死的不少，一到晚上，经常会发出一些奇怪的动静，搞得人心惶惶的，老百姓都不敢从这里过。所以，我应当地群众的邀请，带领大家来这里守夜，看看是什么鬼怪！”

龙云煞有介事地这么一说，全连战士都倒吸了一口凉气！谁也不知道龙云说的是真是假，但是大家确实看见了这么一大片坟堆，每个人都有些毛骨悚然了！天空依然是阴沉的，看不到月光，这时候恰好一阵凉风吹了过来，不远处一棵孤立的大胡杨树上，一只乌鸦大叫一声，飞了起来，把大家全吓了一跳！

“好了，不多说了！”龙云说道，“今晚我们就潜伏在这片坟地里面，我的要求是每隔三十米放一个人，不得说话，不得随意走动，不得使用打火机、手电筒！没有命令，不能起身……坟场这么大，咱们一个连恐怕还不够呢，还是三十五米吧！”

在这里潜伏？连长不是疯了吧？大半夜的，一群人站在这里都瘆得慌呢，还要三十五米一个人？战士们有些迟疑了。

“哦，对了，我差点儿忘了。白天地方上负责这火葬场的领导还找过我，说这里的太平间也不大太平，今晚上死人又特别多，有十几个呢！他请我派一个胆子比较大的战士去守夜，这地方的同志求到我了，我也不好意思拒绝，我看这样吧，大家自告奋勇，谁去守一晚上？”

太平间？十几个死人？战士们心里嘀咕着，谁也不想去。这大半夜的，守坟地就够呛了，谁还去太平间守着呀！

龙云等了一小会儿，见没人去，忽然说道：“没人去是吧？那我可得点名了！李大力，出列！”

“到！”李大力原本正在队伍中看着坟地发懵，猛地听见龙云叫他的名字，连忙站了出来。

龙云走到他身旁，笑道：“李大力，今天紧急集合，你是最后一个，原本要罚你5公里的。我看这样得了，你就去太平间守一晚上，也算是将功折罪，你看怎么样？”

“我？”李大力眼睛都绿了，浑身开始哆嗦，颤声说道，“连……连长，我看我还是跑5公里吧，10公里也行，我认罚！”

“这么说，你是不敢去了？”龙云故意激他，大声喝道，“李大力，我早听说你小子胆子小得跟耗子似的！今天我就是想治一下你这个毛病！有什么好怕的？都是死人，还能把你吃了？你去不去？要是不去我就派人把你和死人捆在一起！”

“不！别！连长，我……我去还不行吗？”李大力都快哭了，没办法，只好硬着头皮答应了。

“好！”龙云大声命令道，“下面，全体以班排为单位，散开！没有命令，就一直潜伏！”

全体战士立刻展开行动，跑进了这个巨大的坟场，一百多人散进去，各找位置卧倒，坟场又重新安静下来。

龙云带着哆嗦着的李大力，上了郝振平的汽车，说道：“今晚指导员睡在火葬场职工宿舍里，正好把你捎过去，不用害怕，几个小时后我就来接你！”

“连长，你可一定得来呀！”李大力简直是在哀求。

郝振平启动汽车，绕过坟场，向不远处的火葬场开过去。

坟场这边，龙云关了自己的汽车大灯，坟场立刻安静下来，战士们趴在坟堆里面，心情很复杂。这样的心理训练，他们还是头一次遇见，每个人都不敢说话，精神却是百倍集中，偶尔一阵风吹过，一只田鼠蹿过去，都能让人出一身的冷汗，不远处还有乌鸦飞起来惊叫的声音，更是让人感觉到悚然。刚才还有战士打定主意，反正是潜伏，干脆找机会睡一觉，睡着了也就不害怕了，可真趴到坟堆上以后，谁也睡不着了，全都瞪着大眼睛听动静。

过了半个小时，龙云悄悄来到了一班的位置，小声喊：“钟国龙、陈立华、刘强！”

“到！”三个人听见龙云喊他们，都爬了起来。

龙云带着他们三个，蹑手蹑脚地走出坟场，来到距离坟场有一段距离的地方，龙云小声问道：“你们三个，害怕不害怕？”

钟国龙轻笑道：“有什么害怕的？咱仨怕过啥？”

龙云笑道：“我知道你们三个不怕！今天晚上，你们三个就不用潜伏了，你们替我干一件事情！”

三人忙问是什么事情，龙云笑道：“你们三个今天晚上的任务，就是吓唬他们！悄悄地行动，想怎么吓唬就怎么吓唬，别暴露！”

“好啊！”三个人本来就好玩儿，一听龙云让他们干这个，顿时来了兴趣，连忙答应。

“去吧！绕着走，别让他们发现了。”

龙云交代完毕，自己跑回车里睡觉去了。钟国龙他们三个一下子来了精神，蹑手蹑脚弯着腰摸到了坟场边上。此时天更黑了，一大片乌云笼罩在天空中，把原来云缝中的亮光也挡住了，整个坟场黑乎乎的，陈立华从地上摸出来一个泥块儿，猛地扔了出去。

“啪！”泥块儿掉到坟场里面，摔了个粉碎，声音在寂静的空间里异常的响，三个人抬头看了看，顿时发现四周的坟堆后面伸出来一个又一个惊恐的小脑袋，虽然看不清脸上的表情，但可以肯定是吓了他们一跳。

三个人忍住笑，又悄悄换了个位置，钟国龙捂住嘴，故意发出一声惨叫：“啊——”

“谁？什么人？”

马上，坟场里的战士有好几个站了起来，向钟国龙这边张望，但什么也看不见。几个人疑惑了半天，只好重新趴下，刚趴下没多久，另一个方向又传来了一声冷笑。

这下子，所有人全都精神了！他们知道龙云在车上睡觉，全连也都在这里潜伏，但并不知道钟国龙他们被叫了出去，种种异常的声响让他们很是奇怪，难道有鬼？

钟国龙带着陈立华和刘强，围着坟场忙活了半天，终于使整个侦察连草木皆兵起来，三个人尽管累得浑身是汗，却十分得意，这太好玩了！这原本就是他们三个最擅长的本事。

过了一会儿，三个人有些累了，坐在那里，钟国龙抬头看了看远处一点微弱的灯光，那就是火葬场的所在地了，他眼珠一转，忽然说道：“咱们去吓吓李大力去？”

陈立华和刘强看了看那边，立刻点头同意，三个人又悄悄地向火葬场的太平间摸了过去。

火葬场围墙一角的太平间里面，是平时储藏待火化尸体的地方，太平间并不是很大，约有二十多平米，里面陈列着两座冷冻箱，每座箱子都由一个个抽屉一样的格子组成，那格子有一人大小，平时是关着的，尸体进来后，就装进格子里面。

太平间一进门左拐，是一张绿色掉漆的破桌子，上面有一个牛皮纸的本子，用来记录进出尸体的情况，破桌子前面的一把椅子上，李大力脸色苍白，在昏暗的灯光下哆嗦地唱着歌：

“革命军人……个个要……牢记，三大纪律八项……注意，第一……咱当兵的人，有啥不一样……”

忽然，太平间紧关着的门响了一声！

“谁？”

李大力触电一般跳了起来，两只眼睛盯着门，果然，刚才还关着的门，这个时候开了一道小缝，这门李大力并没有插，他怕万一真有鬼，好能在第一时间跑出去。

李大力喊了两声，并没有什么人。

“风，一定是风！”李大力自言自语道，“是风……一定是风！一定是风！”

他挪过脚步，又将门关上，要不是郝振平特别命令他不许出去，他早跑了！他不是没想跑，可是看了看外面阴森森的样子，跑出去不是一样？好歹太平间里面还有灯啊！

李大力又坐回到椅子上，继续唱吧，唱点儿什么呢？唱个抒情的吧，李大力想了想，唱了起来：“妹妹你坐船头啊，哥哥在岸上走……”

“呀——”

忽然，旁边的门又开了！

这下子，李大力的头发都竖起来了。太平间是铁皮门，没听见外面刮什么风啊！

“谁？指导员？连长？”

李大力急了，喊了几句，还是没人，真没人？忽然，外面又传来一阵脚步声，李大力急忙冲了出去，四下里看了看，还是没人。偌大的火葬场里面，只有火化炉那边点着盏灯，李大力想去那里，可又怕违反命令，也害怕被那里的工人笑话，转身就要进去，这个时候，太平间后面又响起了脚步声！李大力急忙追了过去，房子后面居然什么也没有！

李大力狐疑地围着太平间转了一圈，并没有发现有什么人，只好硬着头皮又进到了太平间里面，关上门，他狠了狠心，把门反插上了。

李大力转身，透过昏暗的灯光，向里面看了看，所有的冷冻抽屉都关着，太平间安静极了，可这个时候安静比喧闹更可怕！李大力再也坐不住了，想接着唱歌，可又想不起来唱什么，于是开始在椅子旁边踱步，为了壮胆，这小子又背起了古诗：“离离原上草，一岁一枯荣，野火烧不尽，春风吹又生。”

背了几首小学学的古诗，李大力感觉心绪安定了不少，人嘛，都是自己吓自己！不就是太平间吗？老子待在这里不是好好的？再背首初中的诗！

“秦时明月汉时关，万里长征人未还，但使龙城飞将在……在……下句是什么来着？”

李大力怎么也想不起最后一句了，急得在原地转圈儿。

“不教胡马度阴山……”太平间里面，传出一个尖尖的怪声音。

“对对对！哈哈！不教胡马度阴山……妈呀！谁？”李大力缓过神来，一下子钻进桌子底下，惊恐地四处看。

灯光下，除了一个个冰冷的格子，什么也没有。

“你……是谁？有……有人吗？”李大力急了，带着哭腔问道。

铁箱子后面，那个声音又响了起来：“嘿嘿……小朋友，还挺爱学习的！我喜欢！嘿嘿……”

“妈呀！”这下子李大力真哭了，脸色苍白，抓住桌子腿不放，哆嗦着哭道，“你是人是鬼呀！你出来！你……你别吓我呀！”

“嘿嘿……这太平间里面，哪有人啊！我是鬼，我死得冤啊——”

“啊——你、你冤什么？”此刻，李大力的声音更接近鬼声。

“唉——我呀，生前犯了死罪，被当兵的给枪毙了！可是，我还没活够啊，我都快恨死当兵的了！我就打定主意，只要见到当兵的，我就吃了他！我专门吃当兵的……哎，你是当兵的吗？”

“我……”李大力真吓坏了，可他又不想说自己不是当兵的，硬着头皮说道，“我……我以后就不是当兵的了，复员以后。”

“哼，那你现在一定是当兵的了！好，我就吃了你吧，你准备好吧，我要吃你了！”那声音忽然发怒了，灯光下，李大力甚至听见了对方磨牙的声音。

“你……你不能吃我！”李大力瞪着眼睛，想去开门，又不敢动。

“不能吃你？为什么？”

李大力忽然扶着桌子挣扎着站了起来，用尽最后的力气喊道：“你……不能吃我，我是中国人民解放军！听说过吗，毛主席当年的队伍！我……我们连长叫龙云，龙阎王你听说过吗？还有钟国龙、刘强、陈立华、余忠桥、赵黑虎，都是我的战友，你要是吃了我，他们一定会找你报仇的！”

“哈哈，他们啊，我不怕！哈哈……今天非吃了你不可！”

“你都不怕？妈呀！”“扑通”一声，李大力晕了过去。

钟国龙这个时候从铁皮柜子后面闪了出来，刚想笑，忽然发现李大力脸色苍白倒了下去，急忙跑过去扶起他，大声喊：“大力！大力！是我！我逗你玩儿呢！”

喊了几声，李大力还没醒过来，钟国龙这才吓坏了，急忙打开门，刘强和陈立华也钻了进来，原来刚才都是他们捣鬼，趁李大力到后面查看的工夫，钟国龙钻了进来，原本只是想吓唬吓唬李大力，没想到这小子还真晕了，这还真是人吓人，吓死人呀。

三个人急忙扶住他，又是揉胸口又是掐人中，就差做人工呼吸了。李大力终于醒了过来，大喊："有鬼！有鬼！"

"什么鬼呀，是我们三个吓你玩儿呢！"钟国龙他们忍住笑，急忙跟他说实话，"这不是怕你一个人闷得慌嘛！"

"钟国龙、陈立华、刘强。"李大力长出一口气，终于说出了心里话，"你们太过分了！"

陈立华忙把李大力扶到椅子上，笑嘻嘻地说道："大力，还是先想办法把裤子弄干吧。"

李大力低头看见自己吓得尿湿的裤裆，又要哭，钟国龙连忙劝他："大力，千万别哭！我们保证不对外人说！你刚才表现得很英勇嘛！没给侦察连丢人！"

钟国龙忙给陈立华两个使眼色，两个人连忙附和，刘强认真地说道："你刚才面对魔鬼，居然想到了连长，还有我们几个，而且最值得称道的是，你居然想到了伟大的毛主席，不简单呀，小鬼！"

三个人好不容易把李大力给劝好，这个时候，天也快亮了，坟地那边已经响起了集合哨声。

"集合了！快走！"

李大力苦着脸说道："我这满裤裆的水，怎么去呀！有人会笑话我的！"

钟国龙忍住笑，说道："笨蛋！门口有个水池，你跳进去，就说不小心进去的，浑身全湿了，谁还能看出你尿裤子来？"

第六十四章　心理极限

半宿的坟地潜伏，全连谁也没睡好，尤其是李大力，浑身湿漉漉的，又冷又饿，钟国龙他们三个忍住笑，果然没把他的糗事说出去，此后李大力找了几次他们三个，三个人先请李大力吃饭，向他郑重道歉，后来李大力又请他们三个吃了一次，以确保三个人不泄密，这件事情终于是过去了。

特训中心的灰色门口，一排一班已经全副武装，准备进入，赵黑虎站在前面带队，龙云看了看手表，发布命令："进入！"

全班在赵黑虎的带领下，进入了训练中心已经打开的大铁门，全班一进入，大铁门迅速地关闭了。顿时，周围一片漆黑，按照训练要求，此时没有任何光源，赵黑虎在黑暗中把全班集合到一起，小声说道："同志们，都不用紧张！大家保持联络，不要掉队，相信我们一定能通过里面的所有训练场所，到达中心对面的出口！现在我命令，前进！"

赵黑虎一声令下，一班全体在黑暗中向中心内部前进。整个空间一下子闷热起来，在这样伸手不见五指的环境下，加上闷热的气温，寂静的环境，每个人立刻感受到了一种前所未有的压力。以往的训练，目标地点，沿途情况，大家都了解，也都有心理准备，可这次训练不同，在这个漆黑燥热的环境，前方到底有什么，龙云一直保密，每个人都不知道自己前方的情况，只是凭感觉，自己已经进入了一条狭长、黑暗、闷热的走廊，迷茫中，心理上立刻产生了无助的感觉。

钟国龙紧跟在赵黑虎后面，用手触摸着地面和两边粗糙的水泥墙，一步一步往前走，前面，根本不知道是什么样子，他的身上很快出了很多汗，感觉连呼吸也带着水汽。

“这是什么地方？怎么走不到头啊！”侯因鹏在后面唠叨着。

“别说话！诗文，照顾好新兵！”

赵黑虎叮嘱几句，又弯着腰往前爬，足足又前进了五分钟，他自己也感觉到不对，好像在反复转圈一样，这个建筑是地面加上地下结构，也不知道到底有多大，抬头看看，漆黑的什么也看不到，所有人都感觉有些焦急了。

这个时候，里面的空气似乎更加闷热起来，湿气很重，几乎让人窒息，是不是走错路了呢？赵黑虎停了下来，迅速思考着，不应该啊！刚才进门的时候，只看见这一条通道，而且中间并没有发现岔道，怎么还是走不出去呢？

“排长，怎么没有出口啊！”钟国龙剧烈地喘着气，问道，“这是什么地方？咱们好像在转圈儿！”

赵黑虎想了想，说道：“别管那么多，继续前进！咱们并没有发现岔道，也没有转身，我想，还是没到地方吧！”

所有人不再说话，继续往前面摸索。

“轰！轰！轰！”

忽然，整个空间仿佛突然着起火来！耳边传来了剧烈的爆炸声，战士们急忙卧倒，惊诧地看着眼前的场景：刚才漆黑的环境中，忽然出现了飞机狂轰滥炸、导弹群发和流血牺牲的虚拟场景，说是模拟场面，一切却又是那么的逼真，飞机就在头顶上飞过，导弹呼啸着从天而降，发出巨大的爆炸声，左右两边，子弹带着尖利的呼啸声如一个个流星般闪过，打在两边噼啪作响。紧接着，整个空间忽然剧烈地摇晃震荡起来，仿佛这里就是战场，前面，被炮弹炸得血肉横飞的战士不断倒下，还有子弹打透身体穿透骨头的声音不断传来，让每个人完全忘了这只是一次模拟训练，血腥的场面使他们感觉自己就在战场上一般。

赵黑虎大声喊着：“赶紧寻找生命通道！”

所有人这才醒过神来，在炮弹爆炸发出的强光下四处寻找着通道，这个时候，枪声和爆炸声更加密集了，飞机开始低空扫射，大直径子弹打在地面上，将黄土掀起老高，打在行进的战士身上，立刻将人打得血肉模糊。一发子弹正打在钟国龙前面的

“战友”脑袋上，顿时，“战友”的整个脑袋被子弹击碎，鲜血混着脑浆喷了出来，仿佛要喷到他的脸上！钟国龙此时已经完全忘记了这是训练，本能地闪过飞机扫射轨迹，瞪着眼睛四处寻找着通道。

场面更加血腥了！老兵还好些，几个新兵已经吓得脸色苍白起来，血肉横飞的场面，使他们有一种要呕吐的感觉。

忽然，旁边的陈立华大喊：“排长，通道在上面！”

赵黑虎急忙抬头看过去，只见就在他们身体上方两米半左右，有一条粗铁链构成的悬锁，悬锁有二十多米长，直接通着不远处的一个洞口，正是通过这里的生命通道！

“钟国龙，踩着我上去！”赵黑虎蹲下身体，钟国龙连忙踩上他的肩膀，将枪背到后背，赵黑虎猛地站起身，将钟国龙整个身体扛了起来，钟国龙找好时机，纵身一跳，终于抓住上方的铁索，整个身体吊在铁索上，铁索顿时被他拽低，赵黑虎一声令下，全体战士都抓住铁索，全班开始向着洞口艰难地移动。

两边，轰炸的声音更响了，剧烈的爆炸声使每个人都张大了嘴，特殊装置释放的炸药爆炸的烟雾立刻进入他们嘴里，好几个人被呛得剧烈咳嗽起来。

“抓紧！抓紧！快！”

二十米的铁索，全班人足足用了十分钟，终于全部进入山洞。

赵黑虎回忆着进入前的训练要求，轰炸声已经远去了，但里面更加闷热，仍是一片黑暗，应该是叫作心理引导室的地方了。

“大家注意，全力搜索三把开启通道的钥匙！”赵黑虎命令完毕，和全班人一起在黑暗中摸索起来，这里和外面不同，旁边的墙壁很粗糙，还有很多岔洞，每个岔洞仅有一到两米深，上面还有好多小洞窝，要在这里找三把钥匙，也不是那么容易的事情。

这个时候，闷热的感觉消失了！封闭的山洞里面，忽然有了凉风。凉风从每个小岔道里面猛吹出来，立刻在主道中形成一股强大的气流，刚才还感觉到畅快的战士们，立刻发现这风越来越大，温度越来越低，身上的热汗，立刻变冷，眼看就要结冰了！

“这什么鬼地方！”赵黑虎恼怒地骂了一句，急忙喊道，“赶快找钥匙！否则咱们全得变成冰坨子！”

这个时候，刚才安静下来的轰炸声和扫射声又猛烈地响了起来，战场环境立刻变换成了冬天的高原气候，冷风快要把人吹起来，空气也逐渐稀薄，整个通道变成了高原上的地狱！

“找到了一把！”钟国龙顶着风从一个岔洞中爬出来，手里拿着一把钥匙。

“继续搜索！快！快！”

很快，战士们将其他两把钥匙也找到了，赵黑虎、钟国龙、吴建雄三个人，每人拿着一把钥匙，奋力将钥匙插进洞底的大铁门中，可是由于寒冷，三个人的手全都冻僵了，一时间很难同时拧动钥匙。

“排长，怎么办？手不听使唤啊！”吴建雄恼怒地回头喊，“谁的手还好使？上来！”

“都麻了！”刘强在下面喊道。

赵黑虎想了想，喊道：“你们两个跟我一起鼓掌，使劲鼓掌！”

三个人将手空出来，拼命鼓起掌来，本已经冻僵的双手使劲这样拍打，一时间，钻心的疼痛传到每个人心里，三个人咬着牙，谁也没有停下。

“好！”赵黑虎喊道，“再来一次！”

三个人将手放到钥匙上，赵黑虎大声喊着：“一、二、三——开！”

“咔吧！”一声，大铁门终于拧开了，这个时候，狂风终于停止，赵黑虎连忙命令全班赶紧通过！

全班战士迅速通过那道大铁门，眼前的景象立刻把他们惊呆了：这是一个宽敞的大厅，和刚才不同的是，整个大厅白光耀眼，刺眼的白光从四面八方射过来，照得每个人眼睛眯着，头也快要炸开一般！大厅的四周很空旷，墙上遍布着10万伏的高压电网，随着脉冲噼啪作响，发出一道道恐怖的蓝光。

赵黑虎发现旁边贴着一个说明，急忙爬过去看，然后返回到铁门附近跟战士们说道：“大家注意，这里是光电声刺激室，周围全都是10万伏的高压，足可以把人电出几米远！咱们得在光、电、声三种强烈刺激下，根据控制室发出的微弱指令，打开对面那扇密码门！”

“排长，控制室什么时候发指令？”钟国龙问。

赵黑虎指了指不远处的控制台上面一个红色按钮说道：“那里！不能借助任何工具，需要用手按住十秒钟，控制室就会启动，但那按钮是带36伏电的，要想坚持十秒不被电回，很难！按钮一启动，周围的电网就会聚拢，咱们的空间就会越来越小，等它们完全聚拢，就会自动断电，咱们的训练也就失败了！”

“班长，我去！”钟国龙说道，“我上学的时候触过电，医生说我身体内部电阻大。”

赵黑虎想了想，说道："好吧，钟国龙你去启动按钮，其他人跟我到密码门那里，注意力要高度集中！"

"是！"

钟国龙快速跑到控制台前，伸手就按动电钮。

"啪！"一声脆响，钟国龙感觉手腕上一麻，像被小锤子砸了一下，被电了回来。

"钟国龙，行不行？"赵黑虎已经领着人来到了密码门门口。

钟国龙咬咬牙，使劲擦了擦手上的汗，再次按住了电钮，立刻，一股电流直接传上了钟国龙的身体，手指像针扎一样的疼。

"一秒！两秒！……八秒！九秒！十秒！"

钟国龙咬牙承受着电流，这十秒钟居然像十天那么漫长！终于，红色的按钮变成了绿色，刚才的电流也消失了，钟国龙手上一松，急忙闪开。

"大家注意！努力记住密码！"

赵黑虎话音刚落，整个大厅忽然间变了样子。一时间，红、白频闪的多维强光灯和巨大的噪音就像山一样冲一班压了过来，这样的强光下，人根本睁不开眼睛。巨大的噪音一会儿是飞机轰鸣，一会儿是鞭炮齐鸣，或者变成炮弹爆炸，或者一片防空警报……旁边的电网，在一阵噼啪声中向战士们缓缓移动过来。

战士们从来没有感受过这样的场面！强光照射，耳边轰鸣，电网威胁，还要记住传来的微弱密码，这对于每个人来讲，都是一种巨大的心理压力，这种压力在这个时候出现，甚至强过了子弹和炮弹的威胁。

这个时候，钟国龙也靠了过来，所有人在强烈的刺激下，倾听着控制台的声音。

"3——"

控制台终于传来了微弱的指令。

"3！"赵黑虎大声重复着，在抗干扰机前输入密码。

"9——"

"9！"

……

这个时候，周围的强光忽然四下乱转起来，电网越来越近了，噼啪的蓝色电光夹杂在强光中分外恐怖。巨大的噪音还在回响着，所有人的头感觉像要炸开一样！

钟国龙闭着眼睛，咬紧牙关，此时此刻，他的心里突然产生一种冲动，真想自己的枪里有实弹，他可以疯狂地扫射一番！真想自己的身上有一个炸药包，他一定会拉开导火索，哪怕把自己和这里的一切都炸得粉碎！那种从来没有过的压抑和郁闷，袭击着他的每一个脑细胞。在这种压抑中，分明夹杂着难以名状的恐怖和焦虑。

所有人的心情，此时和钟国龙都差不多，大家仿佛都像到了世界末日一样，脑子里面除了一团凌乱，就只有那控制室的声音算是唯一的希望了！

“9！”

“3！”

控制室在每个噪音仅存的间隙用微弱的声音发布着密码数字，直到第十一位密码播出，电网已经距离战士们不到一米了！

“还有一位，赶紧靠拢！”赵黑虎招呼战士们靠拢，避免被电网击到，电网越来越近，所有人都屏住呼吸，等待着最后一位密码。

“7——”

控制室终于发出了最后一个密码。

“是1还是7？是1还是7？”赵黑虎急了，豆大的汗珠滴了下来。

“是1！”

“是7！”

战士们也说不准是什么，一时间气氛紧张到了极点。怎么办？到底是1还是7？电网已经快挨着身体了！假如这次输入错误，将前功尽弃，赵黑虎有一种要杀人的冲动。

“排长，应该是7！”钟国龙忽然喊道，“刚才的声音发得怪，不可能是1，要是1的话，声音没这么闷啊！”

赵黑虎已经顾不了这么多了，听钟国龙这么一说，咬紧牙大吼：“赌一把！”

手指一动，重重地敲在7号键上！

“咔嚓……”

忽然，传来一阵响动，一切都安静下来。电网上的电光消失了，强光也变成了柔和的灯光，噪音消失得无影无踪，密码门在一片“滴滴”声中，缓缓地打开了。

战士们连滚带爬通过了密码门，全都躺下了，这短短的几分钟是那么难熬，与刚才相比，这里仿佛是另一个世界！紧张的场面一下子扭转了。

“真舒服啊，这种感觉真好！四周安安静静，真是仙境一般啊！”陈立华躺在地上，看着眼前黑暗的空间，居然想到了仙境，可见刚才被折磨成了什么样子。

“排长，下面该是什么了？”刘强的手还在哆嗦，刚才那噪音把他折磨得够呛，直到现在才意识到自己的听觉还在。

赵黑虎喘着气，回忆了一下，但却怎么也想不起来，只好摇摇头，说道：“先等一会儿吧，休息一下，我也不知道是什么地方！”

“我想杀人！”钟国龙瞪着眼睛跳了起来，一脚踹向身后已经关闭的密码门，胸脯上下起伏，满肚子的烦恼全都要发泄出来，在这样的强光、噪音以及强制紧张的环境中，很容易让自己的心理失衡。钟国龙说的是实话，此刻，他直感觉头皮发麻，胸口那股鲜血一直往上冲，杀人的欲望也随之冒了出来。

他的想法并不孤立，此刻，就连赵黑虎都有这样的想法，很压抑，也很烦躁。

几个战士全跳了起来，个个瞪着血红的眼睛，大声咒骂着。

忽然，周围的灯光亮了，所有人赶紧停止抓狂，紧张地向前面看着，不知道又将是什么场面在等着他们。顺着灯光，前面出现了一面白墙，正中有唯一的一道大门，此时大门已经缓缓开启，里面有一道屏风挡着，看不见是什么东西，却忽然传出来一阵激烈的“迪士高”音乐。音乐的节奏很刺激，重低音猛烈的节奏感立刻传感到每个人的神经，那股烈火灼烧的感觉又来了。

“进去看看！”赵黑虎手一挥，带着人就冲了进去。

绕过那个屏风，眼前的场景让大家吃惊不小。这个大厅有30多平方米，像一个舞厅，中间有一个大屏幕，画面上一个黑人在那里边跳边唱，刚才听到的舞曲也是从这里发出来的。此时近距离面对，大屏幕两侧的黑色音响快把房子震塌了，屏幕里黑人的下方是不断变化的数字，对应着大屏幕前面的一块跳舞毯。跳舞毯有4平方米大小，大红的毯子上用黑白线框着数字，中间写着“运动是最好的宣泄”几个字，红底黄字，很醒目。

跳舞毯周围的设施也很特别，左侧一块场地上面，是十几个高低不同的拳靶，拳靶刻意做成了人形，姿态各异，有直立的，也有曲身的，还有侧身站立的和蹲在地上的，样子都很凶。

再看右侧的场地，是一堆特制的手榴弹模型，手榴弹散落的正对面，是一个整面墙的巨大环靶，应该是指示投掷位置的。

几个人看了半天，赵黑虎指着跳舞毯问：“这是干什么的？”

钟国龙笑道：“这是跳舞毯，我在家的时候经常玩。”

“跳舞毯？什么东西？”旁边戴诗文奇怪道，“怎么，不训练了？怎么会有跳舞毯呢？”

“我明白了！这里是心理宣泄室！”赵黑虎忽然喊道，“刚才不是都挺压抑的？上！”

“杀！”

这次不用动员了，战士们把枪往地上一放，脱下背包就冲了上去，刘强和陈立华大叫着冲到跳舞毯上面，跟着指示边喊边跳起来，吴建雄和侯因鹏也跑了过去，四个人在毯子上乱跳起来。赵黑虎走到旁边手榴弹的位置，从地上拣起一个来，冲着环靶猛砸过去，手榴弹模型一接触到环靶，居然发出很大声的“轰！”声，随之还有火花冒出来，这又立刻吸引了其他新兵，大家拿起手榴弹模型，冲着环靶死命砸了起来。

钟国龙对旁边的人型拳靶更感兴趣，一下子冲了过去，手脚并用，对着一堆靶子就是一阵猛打，每击中一次，拳靶都会发出一声惨叫，这更加刺激了钟国龙的杀气，当下更加疯狂起来。

三十多平方米的空间里，一时间被他们给折腾得够呛，重低音中夹杂着人们的喊叫声、手榴弹发出的轰鸣声，以及拳靶发出的惨叫声。

“杀！杀！杀！杀！”

大家此刻最需要的就是发泄，也不管什么招式什么动作了，嘴里脏话也全骂了出来，只是拼命地发泄着，刚才几个训练场带来的压抑情绪，此刻一下子全都被发泄出来。足足折腾了十五分钟，音乐自动停止了，旁边的一个大门也自动打开，预示着应该进入下一个项目了。

战士们重新背上背包，拿着枪，跟着赵黑虎进门。经过刚才的忘情发泄，大家的心情好了许多，此时精神状态不错，十分想知道下面是什么项目。

进入大门，这次没有刚才神秘，里面直接看到一个牌子，上面写着“抗眩晕训练室”。给大家的感觉，这个训练室的设计者一定是从斑马那里得到的灵感，四面墙上全是一道道的黑白条纹，除了条纹，就再没有别的图案了，人一走进去，就感觉有些眩晕了。

除了墙上的条纹，中间就只看见一把巨大的转椅，上面有十个座位，旁边是使用说明，赵黑虎走过去看了一下说明，又看看转椅，自己找到上面有红绿两色按钮的椅子坐下，又招呼其他人坐到椅子上。

战士们再次脱下背包，坐到椅子上，又按照要求系好了安全带。

“把旁边的塑料袋拿在手里！”赵黑虎自己先拿起了塑料袋，撑开口儿。

所有人都把塑料袋拿起来，神色也开始紧张起来，谁都知道，这次一定会很难受了。钟国龙皱了皱眉头，先闭上了眼睛，不闭不行啊，这还没转呢，四周的斑马纹就让他的头都大了！

“准备！开始！”赵黑虎说完，按动了那个红绿按钮，随着一阵尖厉的机器启动声，转椅开始转动了，先是很慢，然后越来越快，最后终于达到了每分钟20转。巨大的转椅很快发出呼呼的声音。

三分钟不到，钟国龙就开始迷糊了，尽管是闭着眼睛，看不见那花纹，但还是能感受到高速旋转带来的不适感，云里雾里的感觉，使钟国龙的胃有些难受了。

“把眼睛都睁大！不许闭眼！”赵黑虎咬着牙，睁开了眼睛。

所有人都睁开了眼睛，这下子坏了，想再闭上都来不及了！顿时，一种难以名状的眩晕感传遍了全身，旁边的黑白条纹急速轮转，就像是有无数的钢针穿透大脑一样。

“啊——”全都喊出了声，钟国龙第一个就吐了，刚才胃里的轻微不适，在几秒钟内变成了翻江倒海！接着，呕吐声不绝于耳，所有人都吐了，那种比死还难受的感觉笼罩着全身。

“排长，快停下，我受不了了！”钟国龙边吐边喊，感觉嘴里吐出来的已经是胆汁了。

赵黑虎拍了一下按钮，坏了！转椅不但没停，好像又快了许多！这一下，大家只感觉眼前发黑，所有的血液仿佛全集中到了脑袋上，脖子上的青筋全绷了起来，没命地一阵吐啊。

“这东西光能开，不能关！”

转椅继续急速旋转着，越转越快，身体已经不是自己的了！一直转了有十分钟，这才慢慢地减速，最终完全停了下来。再看一班的战士，解开安全带，全都没站稳，顺着椅子就滚到了地上，天还在转，地还在转，那斑马线在脑子里根本就没停，饭全吐出去了，胆汁也没有了，大家脸色发紫，在地上痛苦地干呕，这叫训练吗？简直是在上刑啊，死了算了！

“大家坚持一下！这瘪犊子玩意儿我听说过，练上几次就没事儿了！练上几次，你这辈子都不用担心晕车晕船晕飞机了！”赵黑虎边吐边安慰大家。

二十分钟，就没有一个人能稳稳当当地站起来。又休息了十分钟，大家才歪歪斜斜地爬起来，相互搀扶着，向旁边一个写着出口的大门走出去，穿过一个狭长的隧道，向左转，二十米的地方看见了亮光，终于结束了！

一班全体人员，像经历了一场鏖战，再没有什么体力了，走出出口，全瘫在了地上。这个时候，远处入口处，二班已经进去了一会儿，三班正在进入，后面的战士远远看见一班走出来那痛苦的样子，全都紧张起来。钟国龙躺在那里，他这辈子都忘不了这个训练中心了。此后他也曾几次又在里面训练，最终那转椅对他起不了作用了，但这第一次，注定是永生难忘了！

第六十五章　穿越生死

五十多天的强化训练，终于告一段落，侦察连全部完成了在心理训练中心的测试，也完成了龙云自创的各种闻所未闻的训练。在训练中，龙云总有一些新花样使出来，甚至很多听起来有悖常理，但是龙云认为，战争本身就是违反常规的，作为一名侦察兵，必须具备承受各种压力的能力，这种能力不仅仅是体能和心理上的，也包括在各种特定情况下的适应能力。

此刻，侦察连全连再次集合到了一起，与以往不同的是，这次全连全副武装，旁边还停着七辆车：四辆满载军用物资的解放141，一辆北京吉普，一辆依维柯，一辆金杯面包车，压缩饼干和水已经发放到战士手中，看来午饭是要在车上解决了。

龙云站在队列前面，脸上涂着迷彩色颜料，布满血丝的双眼所表现出来的眼神仍旧十分锐利。

“同志们！前一阶段的训练，我们已经完成了！现在，我们面临着最后一次考验。只有完成这次考验，我们的训练才能算是彻底完成。

“侦察兵往往被称为‘军中骄子’，其职业决定了他们在未来战争中必须比一般军人担负更为艰巨的任务，面对更为凶险的战场环境和更为恶劣的自然环境，因此每名侦察兵都必须具备一流的军事技能和绝佳的心理素质。所以这次我们全连进行一次抗极限训练，以前，在我当连长前，同志们，包括老兵可能谁都没有参加过这种训练。但是从这次起，就是考验你们以往训练成果的时刻，尤其是新兵，通过了这次训练，你们才是我们英雄侦察连一名真正的侦察兵。从听到哨音后的37.5小时内，我们每个人将在血水与汗水中蹚过，当然，有时是分不清血水还是汗水的，你只有两个选择：前进或倒下，行与不行，强与弱，还有的就是无情的淘汰。你们要在荣誉与汗水中穿梭，不许后退只许前进，向着自己的极限挑战，为荣誉而战。

“现在，最后一次检查你们的随身装备！我再重复一遍，这次的野外极限考核是37.5个小时，在这两天一夜的时间内，你们没有睡眠，没有休息，只有拼搏！只有不断地前进，我不希望有任何人掉队！”

龙云说话的时候，眼睛依次看着每一个人，眼神中充满坚毅以及越来越浓郁的杀气，这股杀气是那样的浓烈，可以穿透每个人的大脑，使每个人的精神为之一振，他们从龙云的眼神中看到了即将到来的残酷。

上午十点，随着一阵激烈的哨音，行动开始了，侦察连全体登上汽车，车队喇叭齐鸣，迅速启动，驶出营区，向着远处的308训练基地驶去。

308训练基地建在距离威猛雄狮团营区大约100公里的一片戈壁滩上，这里是全军搭建的野外训练场所，也是平时的野战军中途补给点，基地上有军分区的一个班守卫着，除了接待集训部队之外，最主要的工作是给军区机械化部队提供油料补给。

十二点整，侦察连的车队进入了基地广场，龙云跳下车，向前来迎接的基地守卫班班长出示了团里的训练介绍信，守卫班长看了一下介绍信，笑道：“你们团的侦察连，今年可是第一次来这里。”

龙云一面命令战士迅速搭建帐篷，一面回头说道：“我们平时都是在自己营区的训练场，这里离我们团驻地远了点儿。”

班长笑道：“听说了。军区的特训中心不是在你们团了吗？估计以后你们来这里的机会更少了！”

龙云道：“也不一定，毕竟野外训练，还是308最棒。”

这边，战士们一刻也没有闲着，颠簸了一路，一下车就紧急搭建帐篷，卸军用物资，整整忙了一个小时，战士们刚想休息片刻，那催命的哨音又响了起来。

“全连集合！”

两分钟以后，龙云指了指身后的基地，说道：“大部分人都是第一次来这里。这就是308训练基地，曾经是军区的野外训练场所，现在这个基地更多的是为机械化部队提供油料补给。但这个基地仍然保留着三大法宝，咱们今天就是冲着这三个东西来的！”

战士们听龙云这么一说，才仔细打量起周围的环境来。这是一个建立在戈壁平原的基地，面积很大，方圆几十亩，基地里面除了两排平房，后面是一片仓库，左面就是一个训练场了，那里人工沼泽、格斗靶场、射击靶场三个场地占据了大部分空间，仅存的一个场地面积有篮球场大小，上面堆满了废旧轮胎。基地最远处是一个小沙丘，高有三十米左右，挨着小沙丘，居然建着一大溜长水泥台阶，台阶直接通到沙丘顶上，顶上并没有发现什么建筑。

向基地的更远处望去，就是一片戈壁滩了，没有人家，也没有建筑，隐约可以看到一座座丘陵，上面有大片的绿色，看不清楚是什么植物。此时是夏天了，天气十分晴朗，万里无云，阳光直接照射在戈壁上，反射出片片光泽。

战士们急切地想知道龙云说的三个法宝是什么，龙云并没有隐瞒，紧接着说了出来：“这三件宝贝，一个大家已经看见了，就是前面建着的三十多米高的水泥台阶，这是锻炼体能的好东西啊！再有就是这仓库里面藏着的两百多根原木，每根直径40厘米、长5米、净重200公斤！要是浇上水，就有250公斤！这第三样，就是那边的那些废旧轮胎了。这些轮胎放在车上是没用了，可是放在手里，那可是好道具！接下来，在37.5小时的前16个小时，我们的训练主要就围绕这三样了！”

战士们听着龙云的话，没有什么异常的反应，他们就知道龙云大老远把部队带到这里，肯定轻松不了，此时也都不奇怪了。

龙云仿佛看出了战士们的心事，没再废话，宣布开始进行原木训练。全连齐步走，在守卫班长的带领下，走到一个仓库门口，班长打开仓库大门，一堆码放整齐的大原木呈现在每个人面前，和龙云描述的一样，原木光溜溜的，一看就是长期摩擦的结果，上面用皮子顶着把手，把手已经发油黑。

战士们四个人一组，每组搬了一根原木，钟国龙、刘强、陈立华和侯因鹏一组，选了一根相对更光滑一点儿的，四个人把原木提起来，立刻感觉到了重量。原木压在手上生疼。

这样，四个人一根原木，全连被分成了二十多组，龙云宣布了训练科目，战士们憋足一口气，开始训练。

先在戈壁上进行扛圆木100米往返跑。几个来回下来，大家个个筋疲力尽四肢麻木。紧接着，还要背着30斤重的装具，扛着圆木蹚过齐腰深的训练场的人工沼泽淤泥池，接下来是没完没了的抱圆木做仰卧起坐。

“扛圆木和圆木操是一种很好的体能锻炼方法，既锻炼了大家的体能，也锻炼了我们的协同能力和团队精神。”龙云对着脸色发紫拼命咬牙坚持训练的战士们说道。

战士们已经顾不得理会龙云的话了，肩膀、手，甚至肚皮，都已经磨红磨破了，此时经过淤泥地水浸的原木，重量已经远远超过了200公斤，四个人平均每人承受着50公斤以上的重量，躺在地上，下去再起来，做着一个又一个仰卧起坐。

钟国龙这一组还好些，大家体能都不错。谭凯和陈明这组就差点儿，戴诗文、赵喜荣和他们一组，四个人就赵喜荣身体强壮些，要不是刚刚结束的体能训练让他们进步很多，估计早趴下了，就是这样，此刻两个新兵仍快支撑不住了。

整整一下午，战士们的手就没有离开原木。天色一晚，龙云终于宣布停止训练，战士们将原木放回仓库时，都感觉到了一种解脱，仓库大门一关，每个人都在心里想，以后可别再看见这玩意儿了！

吃晚饭了！饥肠辘辘的战士们，看着龙云从卡车上搬下来一个大箱子，打开一看，是满满一箱子的馒头！馒头虽然没有散发热气，但立刻勾起了大家对它的无限热爱。

龙云看了看战士们，笑道："没有了，就这一箱子，我数了数，正好每个人一个。对不起，鸡蛋和榨菜全忘带了，等训练完毕再补上吧，不过，水管够！吃饭时间，一分钟！"

就一个馒头？战士们全傻了，按照全连的平均饭量计算，在这样的高强度训练之后，起码每个人能吃五个！但事实上真就一个一个馒头！没办法，吃吧！能吃一个算一个吧。

一大箱子馒头以最快的速度进入了战士们的肚子，水喝了不少，肚皮好歹是涨满了。龙云看了看手表，还不到50秒，这帮家伙果然厉害！

"好了，我们进行下一项训练！"龙云宣布集合，继续说道，"现在的时间是晚上7点整，我们明天的训练时间是早上7点整，中间有12个小时，我们进行夜间意志训练。所谓的夜间意志训练就是全副武装，每个人全副武装进行长途行军，利用平时所学的军事地形学以星空判定方位，加上指北针，行进至指定作战地域。

现在我宣布作战地域方位，东北方向，距离此地大约100公里，有一个明显的大山包，山包顶上有一座铁架信号塔，我将绕道在塔下等候大家归队。注意，你们的工具只有一个指北针，到目标地的过程中没有道路，全是沙丘和骆驼刺遍布的坑洼地，在明天早上7点之前，你们早到一小时，就可以多休息一小时，这将直接关系到你们的体能恢复和第二天训练科目的顺利完成，7点之前没有赶到的，淘汰！如果没有问题，可以出发了！"

侦察连在夜色中紧急出发了，带着一天的疲惫和一个馒头提供的热量，背上了21公斤的装备。

守卫班班长看着侦察连出发的背影，摇头道："这是什么部队？疯了？"

100公里的急行军，要是平时做起来，侦察连还真不在话下，但是现在不同，刚刚扛着200多公斤的原木做了一下午的体能，唯一的一个馒头早就消化完了，这样的状态下在沙丘灌木丛中行进，简直是在拼命！天色已经很晚了，钟国龙所在的一班，不知道翻过了几座沙丘，前面还是一片黑暗，又翻过一个大沙丘，战士们靠在一丛灌木后面做短暂的休息。

"班副，几点了？"后面的陈明显然是扛不住了，大口地喘着粗气，瘫坐在那里。

戴诗文借着月光看了看手表，说道："两点了！"

"都两点了？班副，咱没有走错吧？"刘强向前面看了看，"咱们走了怎么也有七八十公里了吧？按道理，那山顶上的塔应该很醒目啊！"

戴诗文摇头道："方位应该没错，现在是晚上，哪那么容易看见目标？"

钟国龙也有些着急，说道："怎么和排长他们也碰不见呢？也不知道他们在前面还是后面。"

"行了，走吧！"戴诗文催促大家。

战士们挣扎着起来，陈明却没有动弹，哀声说道："你们走吧，我走不动了！这哪叫训练啊，这不是变相杀人吗？我不走了，爱咋地就咋地！"

"陈明！起来走，咱们班一个不能少，都得到目的地！"戴诗文上去要拽他。

陈明一把甩开班副，哭道："我不走了！大不了我就离开侦察连，离开部队都行，反正我不走了！家里让我来当兵，就是想让我出来玩一玩，我又不缺当兵这几毛津贴！"

戴诗文皱了皱眉头，不知道说什么好，他是个老实人，平时对谁都好，很少发脾气，这要是赵黑虎在，早骂开了。他没什么办法，上去要帮着陈明拿背包，陈明并不领情，干脆躺到了地上。

钟国龙在旁边想了想，蹲下来说道："陈明，你得起来走啊。你一个人在这里躺着，大半夜的，戈壁上经常有野狼和土豹子，你一个人能对付得了吗？"

这话果然有效果，陈明惊恐地望了望四周，有些没底气地问："真……真的吗？我怎么没听说过？"

大家很快明白了钟国龙的意思，都开始吓唬起陈明来，刘强也煞有介事地说道：

“怎么没有？这里野狼可多呢！都是从境外跑进来的。前一段我在团农场的时候，还有野狼跳进围墙，一口气咬死了十几只羊，还咬死一头奶牛呢！那狼可凶了，根本不怕人，专咬咽喉，被它的牙咬上，气管儿就断了，一下子就丧命。它们咬死对手之后，就开始掏肠子吃！”

刘强确实有表演天赋，这段话说出来，不但陈明害怕了，其他人都相信了，大家全都忘了问团农场那两米多高的围墙是怎么跳进野狼的。

终于，陈明打消了留下来的念头，和大家一起出发了。

一班又紧急行进了一个多小时，终于来到一片小树林里。小树林里主要是杨树，草丛很高，可见少有人烟，由于地理位置原因，要早上7点天才蒙蒙亮，这个时候的天色，月亮已经隐去，周围更黑暗了，戴诗文抬头看了看北斗星，确认方位应该没错。

正在这时，忽然小树林的右侧传来一阵沙沙声，声音由远及近，昆虫立刻停止了叫声。一班紧张起来，不是真有野狼吧？那沙沙声越来越大，伴随着的，似乎还有粗重的喘息。

戴诗文示意全班卧倒，自己听了听，小声问道：“谁？”

对面的声音立刻停止了，随即传来一个瓮声瓮气的反问：“你们是谁？滚出来！”

“是排长！”

大家听出来是赵黑虎的声音，都高兴地跳了起来，走到近前，果然是带着二班的赵黑虎。赵黑虎也很高兴，问：“都上来了吗？有没有掉队的？”

“没有！排长，你们也刚到这里？”戴诗文问。

赵黑虎点点头，说道：“这个地形我走过一次，还有些印象，你们可真够快的啊！”

戴诗文笑笑，问：“排长，咱们这是到哪里了？快到了吧？”

赵黑虎点点头，说道：“要是我记得没错，从这个树林穿过去，前面还有一座小山，再走几公里就到了！刚才我碰上三班了，他们有个战士脚扭了，估计得慢点儿，不过咱们一排这次一定是最先到的！走吧！”

“走！”

赵黑虎一来，就像是给每个战士打了一针强心剂一样，两班人兵和一处，迅速向集结点进发。像赵黑虎这样的人，和龙云一样，总能成为一个团队的精神领袖，什么时候只要他在场，战士们就不慌。

两个班一溜烟地穿过树林，果然看见有一个不大的小山包，等翻过山包，透过夜空，战士们立刻就发现了对面山顶上那座孤立的铁架塔，山脚下，提前开过来的车队停在那里，龙云的汽车还在闪着尾灯呢！

赵黑虎开心极了，精神一振，大吼道："冲上对面山顶，活捉连长！杀！"

"活捉连长！杀呀！"

战士们笑着冲下了小山包，冲对面目标山顶冲了上去，刚刚还疲惫不堪的身体，此刻仿佛又增添了无穷的动力。

山顶上，龙云早听见赵黑虎的声音，冲着已经冲上山的战士们喊道："活捉我？小心我弄点儿滚木礌石，把你们全砸扁！"

这个时候，连里其他排基本上全都到了，听见一排两个班喊着往上冲，也一起起哄，顿时满山的喊杀声，把山上栖息的鸟啊野兔啊全轰起来了！全连战士一口气冲上了山顶，一班和二班最先赶到，真就把龙云抓了起来。

龙云在下面笑骂："一帮牲口，下手也没个轻重，疼！"

众人笑着把龙云放开，龙云拍了拍身上的土，喊道："抓紧时间睡觉！快四点了！"

龙云这么一提醒，大家马上安静下来，快四点了，七点就要开始训练了！

不到二十分钟，全连包括龙云在内，全都在山顶的野地里进入了梦乡。

对于这些战士来说，三个小时的睡眠确实是太少了，还没等做一个完整的梦，哨声就又响了起来，大家几乎是闭着眼睛上了车，抓紧时间在路上继续睡一觉。汽车绕到大路，一路狂奔，不到两个小时，就在距离308基地10公里处停下了，龙云命令战士们下车，紧急命令道："这里距离308有10公里，我们的训练正式开始，从现在开始，全副武装急行军10公里，到达308基地的台阶下，要求上下台阶往返20次！整体时间不得超过两个小时，完成后到右侧格斗靶场集合。出发！"

又一轮严酷的训练开始了。全副武装跑了5公里后，全连战士身背重重的背囊开始跳台阶。20遍高度30余米几百级的台阶，足可以把刚才3小时休息储存的能量全部消耗完毕！

战士们拼命完成了规定训练，基地守卫班的同志已经把早饭抬了上来，饭量还是不多，大约可以吃个半饱，大家这才想起从昨天的夜间意志训练到现在，已经整整十几个小时没吃一口东西了。来不及细想，大家狼吞虎咽地把馒头塞进嘴里。

但也顾不了那么多了！又是一阵狼吞虎咽，龙云马上宣布进入格斗靶场。

"下一个训练内容：搏击极限训练，时间3小时！"

战士们用手擦擦睫毛上挂着的汗珠，开始3人一组地挥舞着拳头轮番击打靶具，直拳、勾拳、摆拳，横踢、侧踹、正蹬……完成了60个拳靶训练。紧接着就是搏击中的抗击打训练，重重的拳脚落在大家的身上。大家的脸憋得通红，竭力控制着自己不在战友的击打和挥舞的棍棒中倒下去。在“砰砰”的击打声和战士们的呐喊声中，3个小时过去了。随着龙云一声“停”的口令，满脸是汗、双眼通红的钟国龙几乎失去知觉瘫倒在地上……

训练进行到这里，已经完全超过了人体极限，所有人都已经麻木了，完全靠意志力在坚持着。龙云又恢复了“残忍”的本性，在训练场上咆哮着：“我说过！有战场上被打死的，没有训练时被累死的！很残酷，对！就是很残酷！训练的残酷要是都受不了，还上什么战场？休息五分钟，到轮胎场地集合！”

接下来是臂力训练。地上横七竖八摆满了大大小小的轮胎，全连战士们以下七个小时的训练内容就是扛轮胎、举轮胎、翻轮胎、背轮胎、甩轮胎……霎时，地上开始了“轮胎大战”。直到7点钟龙云喊“停”的时候，大家已经是嘴唇发紫、腰酸臂痛。

人的生命力是顽强的，不管多么残酷的现实摆在面前，只要意志坚定，就没有战胜不了的困难。此时侦察连的战士最理解这段话了！按照常理来说，如此高强度的训练，简直是在自杀，可当大家真正挺过来的时候，发现并没有被累死。

龙云现在是兴奋的！他自己都说不出为什么会这么兴奋，仿佛是因为这高强度的训练激发了他心中的那团火焰，此时他心中的这团火焰已经熊熊燃烧起来，越烧越旺，血与火的激情使他充满力量。

第六十六章　追捕围歼

19点30分，部队进入战斗状态，龙云介绍敌情："4名'恐怖分子'抢劫杀人后，逃窜至距训练场地30公里处的土巴地区。上级命令我特战队员迅速到达该地区，对'恐怖分子'实施追捕围歼。各班为一战斗小组，马上到达战斗地点，展开行动！"

随着龙云一声令下，各班开始了30公里长途追逃，一班仍旧是赵黑虎率领，班里少了吴建雄和侯因鹏，他们两个这次就是四名"恐怖分子"中的两个，龙云给他们的命令就是在战斗地域可以随意展开行动，只要不被抓到，就算完成任务。

钟国龙肩上扛着21公斤的弹药箱，跟在队伍中间，连续的训练已经让他有些麻木了，此时全身的装备加到一起，足足将近50公斤！背着这样的装备长途奔袭30公里，对一个战士来讲的确是一个严酷的考验。钟国龙咬牙坚持着，中间刘强和陈立华想替换他，被他拒绝了，钟国龙此时的想法很简单：承受的多一些，得到的就多一些，兄弟们就轻松一些。

天色已经暗了下来，行进10公里左右之后，前面基本上已经没有路了，一班进入森林地带，这是一片生长在大山包上的森林，仍旧保持着原始的生长状态，里面杂树遍布，十分茂密，地上除了杂草，还有无数从这里很常见的骆驼刺，这种植物，表面全是坚硬的刺状枝叶，不小心碰到，一刺就是一道血印子。

此时连队已经分散开来，偌大的一片森林里面，寂静无声。赵黑虎带着一班沿着预先规划的路线，艰难地前行。黑夜中，森林里茂密的树叶完全遮挡住月光，部队所到之处，昆虫全部停止鸣叫，显得愈发寂静，偶尔有一两只夜栖的鸟兽，被队伍惊起来，四散逃窜，总能吓人一跳。

“排长，那四个家伙会老实地在预定地点待着吗？”陈明走得上气不接下气，边走边问。

赵黑虎抓过他的枪，背在自己背上，说道：“怎么可能？连长给他们的命令是想尽一切办法躲避追捕，范围在目的地方圆15公里内，你觉得他们会老老实实原地睡大觉？”

陈明为难道：“那咱们不是白跑？我的天，方圆15公里，可以展开一个军了，咱们一共就一百多点儿人！”

赵黑虎拿出指北针，用手电筒照着对了一下方位，转头说道：“你想想看，假如这不是演习，真就是四个恐怖分子，咱们用一个侦察连来追捕他们，已经是很优越的条件了！别说话，保存体力！”

大家不再说话了，又前进了有两公里，已经是深夜了，浑身被汗水和森林里的潮气浸透，那滋味别提多难受了，还有手脚上被骆驼刺划破的伤口，被汗水一浸，火辣辣地疼。

凌晨两点，侦察一班终于走出了黑森林，土巴地区已经近在咫尺了！赵黑虎迅速通过电台联系龙云，龙云在电台中给他们班指定了围捕路线，一班立刻执行，从左侧偏西方向向土巴地区恐怖分子藏匿的第一目标搜索前进。

一班沿这个方向前进，需要翻过眼前的一道大山梁，中间没有路，只能顺着山梁爬上去。全班没有停歇，一鼓作气爬上了山梁，迅速隐蔽起来。赵黑虎拿出望远镜，开始观察山梁那头的情景，顺山梁下去，有一片大的开阔地，其间有几条小溪纵横交错，沿岸长满了水草和灌木，小溪是由高山上的雪水融化而来的，流道并不清晰，蜿蜒曲折，周围有不少地方是沼泽地，越过小溪，一个方向是戈壁平滩，另外的方向直通一个叫车道峪的山沟。

只见开阔地上，并没有恐怖分子的踪影，不用说，这几个家伙早就逃之夭夭了！

“01、01！03报告，我小组现在一号地区进行潜伏，经过观察，5公里内未发现恐怖分子踪迹，请指示！”赵黑虎低声向龙云报告。

电台听筒很快传来龙云的声音：“03、03！迅速赶往预定地点，侦察敌人逃窜方向！”

“下山！”

赵黑虎一挥手，一班从山梁上下来，直奔预定地点。

此时，其他班也都赶到了预定地点，龙云也到了，众人开始观察起眼前的情景：开阔地正中，是恐怖分子驾驶的依维柯停泊点，沿着这个点，他们发现了朝各个方向的凌乱脚印，这些脚印没有任何规律，杂乱异常，汽车轮胎印也是如此，从停泊点出发，各个方向的都有，不用说，这几个家伙开着车很是转了几大圈，根本无法判断他们的具体逃窜方位。

让侦察兵来反侦察，他们当然是内行！

龙云左右看了看，低声说道：“现在线索已经中断，我们没有路标，没有方位，只能根据判断来搜索了！你们大家看看，该往哪个方向追击？”

众人仔细观察了一番，意见出现了分歧。赵黑虎并没有急着表态，先是蹲下来看了看轮胎印，又观察了脚印，顺着溪流方向仔细观测了一番，这才站起身来，说道：“以我的估计，东面是一片开阔地，再走上两公里不到就是H公路，那里周围都是硬地，虽然便于汽车驾驶，但是他们肯定也知道我们的车同样利于行进，他们只有一辆车，那地方地势平坦，没有遮挡，估计不会是那个方向。

“西面就不一样了，那个方向直通向距营区约12公里处的车道峪沟，咱们在那里进行过演习，地形他们也都熟悉，沟里林密陡峭，便于隐藏，我倾向于向那个方向追击前进！”

“你是说他们已经弃车？”龙云看着凌乱的轮胎印问。

“很有可能！”赵黑虎肯定地说道，“汽车目标太大，他们没那么傻！”

龙云点点头，想了想，说道：“这样吧，二班、四班，由二排长王一克带领，从东面沿着H公路搜索，其他各班从各个方向，向车道峪沟搜索前进，到达地点以后，每班分成两个小组，迅速占领那里所有的高地出口，潜伏待命，密切观察沟中情况！”

“是！”

各班马上行动了，龙云也放弃了汽车，跟着赵黑虎的一班前进，龙云的加入，立刻让钟国龙几个人兴奋起来，一下子感觉走路都有劲儿了！

顺着小溪一路奔袭，不到6公里，就已经看见车道峪沟了，那里山高沟深，各路小溪汇聚在沟底，沟的两侧起伏着好几个山包，方向一下子混乱起来。这里距离营区约有12公里，是平时部队拉练的地方，地形对于他们来说并不陌生，但关键是这里的出口众多，每个小山包之间都是密林环绕，熟悉地形也没有用，要是他们四个真在这里隐藏，找到他们真比大海捞针还难。

“上256高地！”龙云低声命令道。

一班迅速跟着龙云，向着正前方的256高地前进，256高地是这片山包的最高点，便于观察。到达山脚，部队又进入了黑森林，战士们的体能已经突破了极限，此时爬起山来却是异常的艰难，大家剧烈地喘着粗气，攀着树干往上爬。

“蛇！”陈明忽然一声惊叫。

“别出声！”赵黑虎警告他，大家赶紧看过去。

就在陈明手扶着的那个小树干上，一条足有60厘米的黑花蛇吐着红红的芯子，三棱脑袋距离陈明的手不到半尺！陈明冷汗都下来了，手扶在树干上哆嗦着不敢动，此刻他只要一动，蛇往前一伸头，非咬上不可！

“别动！千万别动！”

赵黑虎慢慢移动过去，从腰间拔出匕首。空气仿佛凝固起来。谁也不知道蛇什么时候会发动攻击，这条黑家伙是当地有名的剧毒蛇，行动十分敏捷，此刻它吐着芯子，发出嘶嘶的声音，显然已经对这群闯入者满怀怨恨了。

赵黑虎不敢大意，一点点挪过去，尽量不发出声响。蛇的视力极差，但嗅觉听觉灵敏，稍微声响过大接近过快，都会使它瞬间发动攻击。

此时赵黑虎距离蛇已经不到一米了，他看了看周围，确定没有阻挡，将匕首横在胸前，准备攻击，说时迟那时快，那蛇早已经发现了赵黑虎，蛇头猛地一仰，借着胸部的张力，电光火石一般向赵黑虎弹射过来，惨白的毒牙已经露了出来！

众人一阵惊呼，赵黑虎急忙后退一步，匕首已经猛挥了过去！

咔嚓！

一道白光闪过，毒蛇在空中一顿，整个身体掉了下来，蛇头已经被锋利的匕首削了下来！

大家终于松了一口气，赵黑虎接下来的举动就很奇怪了，他并没有停下，弯腰抄起蛇身，匕首在上面一划，划破了蛇身体，从里面挤出来一个圆咕隆咚的黑紫色东西，他一仰脖就吃了进去！

“排长，那是什么玩意儿？”众人大惊，钟国龙问道。

赵黑虎咂咂嘴，笑道：“蛇胆，这东西大补！”

众人一阵惊讶，赵黑虎收起了匕首，继续前进，把陈明和谭凯的背包全背到了自己身上，两个新兵很不好意思，赵黑虎没有说话，走在最前面，这个铁血的“赵魔鬼”此时带来的是阵阵的暖流。

毒蛇的出现，仿佛一下子将战士的疲惫全部惊走了，大家也更加警惕起来。一班很快穿过山脚下的树林，紧接着又是一阵猛冲，到达了指定的256高地，此时已经是凌晨5点30分，特殊的经度使这个在内地已经是破晓的时刻仍异常黑暗。

龙云的电台里不断传来各班已经到达指定位置的报告，每接到一个报告，他都会在黑暗中拿出本子，蜷缩身体，借助手电的光亮记录下来，同时用身体挡住光，确保不会暴露。

“01、01！我是04！在距离H公路石坡段右侧约500米处，发现恐怖分子丢弃的依维柯汽车一辆，没有发现恐怖分子！”突然，二排长报告发现了汽车。

龙云皱了皱眉头，命令他们继续搜索，这边所有人开始紧张起来，难道赵黑虎判断错了？H公路发现了汽车，那是不是意味着恐怖分子逃窜的方向不是这里呢？

“连长，这几个小子不会给咱们来个出其不意吧？”赵黑虎也不自信了，抬头看了看山下，黑暗中没有任何动静。

龙云紧锁着眉头，想了一会儿，摇头说道：“不能，这几个家伙够聪明的！”

众人还没明白怎么回事，龙云已经联系二排长了：“04、04！仔细观察汽车周围脚印痕迹，马上报告！”

“04明白！”

等了有两分钟，04那边有消息了：“01、01！在汽车周围，只发现一个人的脚印，其他并没有异常，完毕！”

“嘿嘿，百密一疏！”龙云笑道，“想拿汽车干扰咱们的视线，下车脚印却没有伪装，低级失误！这几个家伙欠收拾！”

情况已经很明确了，四个人，由一个人将汽车开走，弃在道边，其他三个人往相反的方向逃窜，蓄意迷惑。果然，不到二十分钟，二排长带来了好消息，开车的一名“恐怖分子”已经在距离汽车两公里处被抓获，其他三个恐怖分子下落不明。

“01、01！这里地形广阔，请求支援！”二排长已经认定抓住一个，还有三个。

“04！留下一个小组继续看守汽车，其他人迅速赶到256高地左侧！”龙云不会在那边浪费太多的兵力了。

赵黑虎请示：“连长，天快亮了，是不是开始搜索？”

“不用，继续潜伏，等他们自己出来！”

龙云已经胸有成竹，现在天黑，这里地形又很复杂，与其搜索，不如各自占领高地出口，等天亮他们冒头再说。龙云马上命令各班占领周围可疑范围内所有的出口位置，一场埋伏战随即展开。

在沉寂中又过去了两个多小时，这段时间是最难熬的，经历了这样长时间的超负荷训练，每个人都已经疲惫不堪，行军的时候还好些，这样一安静下来，睡意立刻席卷全身，战士们困得要命，却不敢睡着，全都硬撑着，连长仿佛在故意锻炼大家的承受能力，并没有下达轮流休息的命令，这就是说，现在还在战备中。

钟国龙困得已经快晕过去了，上下眼皮不断打架，脑海里也是一阵一阵的空白，这样下去可不行，他想了想，从地上摸起一个尖石头，冲着胳膊就是一下子，疼痛顿时弥散开来，胳膊已经破了皮，但是效果不错，睡意顿无。

早上八点，天才逐渐亮了起来，远远望去，尽管视线还很模糊，但是已经可以隐约看到树木了。

“各班注意！密切观察自己防区动静！”龙云精神得很，眼睛一刻没有闭上，望远镜里的一草一木都在他的观察中。

时间一分一秒地过去，还是没有动静。怎么回事？难道恐怖分子另有地点逃窜？龙云仔细回忆着周边地形，想着各种可能性，与此同时，各个小组也已经开始紧张起来，现在正是关键时刻，天一亮如果还没有恐怖分子的动静，就要开始搜索了，已经累了几天，谁都知道在这样的山谷中搜索将是一项多么艰难的任务！

“01、01！277高地下方发现一名恐怖分子！”

终于，三排八班那里传来了好消息，出现了一个！

龙云掩饰不住兴奋，果断命令：“先不要惊动他，密切跟进！他们肯定要汇合！”

四名恐怖分子配备了电台，他们肯定已经知道同伴在H公路方向被捕的消息，这时候他们看到周围没有什么动静，肯定判断所有兵力都已经到H公路那边搜索云了，演习结束时间是上午10点，此刻正是这几名恐怖分子出来集结的时候。

半个小时后，另外一名恐怖分子出现了，又过了半个小时，最后一名出现在216高地，各组跟踪行进，接连的报告明确表明：三个恐怖分子的会合地点正是龙云他们所在的256高地附近！

龙云沉着指挥，命令各组不要打草惊蛇，防止恐怖分子四散逃窜增加围捕难度，各组秘密跟进，一张大网缓缓张开。

三名恐怖分子没有发现任何异常情况，胆子逐渐大起来，从一开始的隐蔽前进，转向快速行进，沿着沟底越走越近，这个时候，二排从H公路赶回来的小组，已经到达了256高地左侧，大网已经收拢了！

“各组注意！行动！”龙云命令一下，开始收网。三名恐怖分子刚刚会合，还没来得及说话，已经发现从四面八方围过来的战士，三人大惊，急忙向山坡上逃窜，枪声随即响起。

“站住！不许动！”

各班人马开始冲下高地，一起向恐怖分子逃窜的山坡追上去，这三个扮演恐怖分子的老兵经验都十分丰富，加上三个人休息充分，体能也恢复得快，见战士们围堵过来，很快分散开来，两个人分两个方向向山坡上跑，另外一个跑下山坡，沿着水流向山谷里面逃窜。

毕竟范围太大，侦察连一百多人不可能把每个点都挡住，只要分散开来，想全拿下就困难了，龙云赶紧命令分路进行迂回包围。

疯狂逃窜的“恐怖分子”频频向后开枪，试图击退紧追其后的战士，战士们果断还击，但终归是山林茂密，加上几个家伙经验丰富，利用树干边躲边跑，一时间也打不中他们，山谷里顿时展开了一场追逃拉锯战。

“冲上去！注意距离！”龙云和赵黑虎带着三个战士从256高地冲了下去。此时钟国龙和陈立华、刘强却按照命令从另外一侧下山了。

山坡上的恐怖分子向两个方向跑，分别被那边冲过来的五班和六班堵了回来，两个人被迫又跑下山坡，准备向256高地逃窜，被正下山的龙云等人一阵猛冲，后面二排从左面封口，不到两分钟，一个被“击毙”，另一个被“俘虏”了。

剩下一个恐怖分子，正是吴建雄，这家伙一看同伴被抓了，也慌了起来，蹚过溪水，又跑到了对面，那边合围的七班还没来得及收口，也是没想到溪水在这里居然还有几块大石头可以越过去，一下子被吴建雄给闯出去了。吴建雄迅速向深处跑，七班从围堵变成了追击，难度顿时大了起来，枪声一响，两名战士被吴建雄“击毙”了。被“击毙”的战士颓丧地坐到地上，骂起娘来。

“二排！斜插过去！”龙云急红了眼，命令二排斜插，想再次堵住吴建雄的出路，这边龙云也带着人从256高地半山腰冲了下去。

吴建雄算是拼了命了，发疯一般向前面森林逃窜，他明白，只要冲进森林中，就算是摆脱包围了，此时距离结束时间不到半小时，好歹就过了！他这样想着，也没有注意前面，只是不住地回头开枪，注音各方向追兵的行进速度。

“站住！不许动！”

突然一声怒喝，把吴建雄吓了一跳，就在紧挨森林的草丛中，钟国龙、刘强、陈立华端着枪站了起来，三个人喊完一起笑眯眯地看着他。

吴建雄跑不了了，只好束手就擒。

“好小子们，在这儿堵着我呢！”吴建雄喘着气笑道。

“这叫天网恢恢，疏而不漏。”钟国龙笑着拿过他的枪，“你跑得够快的！我们刚到。”

“哎呀，我就后悔呀！”吴建雄坐到地上，苦笑着说道，“原本不打算在256会合呢，侯因鹏这家伙非说256地势高，便于逃脱，结果中了埋伏不是？”

“嘿嘿，他也好不到哪儿去，刚才被‘击毙’了！”刘强笑道。

“该！”吴建雄笑。

这个时候，所有人马全都到了，龙云擦着汗走过来，冲吴建雄说道：“不错，思路清晰，战术明确，击毙我方三人！”

吴建雄笑道：“连长，你别损我了，这不还是被三个新兵给抓住了吗？”

“是连长让我们在这里潜伏的。”钟国龙佩服地看了龙云一眼。

龙云得意地笑笑，说道：“全体注意，原地休息半小时！”

“噢——”

一阵欢呼声，全连都躺下了。

半小时以后，龙云宣布下一个训练项目：涉水行进。

6公里涉水训练又开始了！钟国龙扛着“尖刀侦察连”的红旗，“扑通扑通”跳到深及膝盖的河里，这条河的河水汇集了是山上融化的雪水，此时虽然已是7月，河水仍然冰冷刺骨，一跳下河，钟国龙就感觉冰冷的河水把磨破的脚底板刺激得生疼。

到达开阔地后，全连登车返回，在308基地外一处杂草地上，没来得及体味胜利带来的兴奋，严酷的训练又接着开始了。全连战士被龙云等连队干部用黑布蒙上了双眼，进行匍匐前进训练，后一名战士只能靠摸着前一名队员的脚跟辨别方向。路上杂草丛生、荆棘密布，大家的手都磨破了，被骆驼刺划烂了，但是谁都没停下，只用了一个小时的时间就匍匐行进了500米，在指定的时间内顺利完成了训练任务。

接下来，全连被带到一个射击用的靶坑里面。龙云把靶坑顶部全部封闭起来，并关掉了所有的灯。靶坑外，龙云和战场导调员不断地扔下烟雾弹和爆震弹……靶坑很窄，全连战士只能直直站立，在震耳欲聋的枪炮声中坚持着。

37.5小时生存极限，就这样度过了，除去受伤人员，全连合格率达到87.6%，钟国龙、陈立华、刘强都顺利完成了所有训练任务。

这37.5小时的艰苦，钟国龙一辈子没忘，也正是这艰难的37.5小时，让所有参训战士在以后的训练战斗中受益匪浅。什么叫极限？极限就是自己达到了一个新的高度，而真正的极限，却永远不可能达到！

第六十七章　国家荣誉（一）

一辈子难忘的生理极限训练结束后，侦察连全体战士得到了久违的休整，休息一天，这对每个疲惫不堪的战士来讲，都像是过节一样。

钟国龙几个早想好了，要在这一天偷偷溜出去喝上一顿，参加人员当然少不了刘强和陈立华，余忠桥和李大力也算上了，这次还有胡晓静。这小子刚刚从军区学习回来，已经正式上任侦察连文书了，这个工作在连队就相当于连长的秘书一般，原本是个轻松活儿，可到龙云这里就不一样了，龙云要求他每次的训练一样不能少，这样一来，原本轻松的活儿反而变忙碌了，好在因着这次学习他没赶上那37.5小时极限训练，这件事情龙云一直“耿耿于怀”，专门命令他每天加练5公里负重跑，可把这小子累够呛。

六个人一大早就分别跟所在班排请假，拿到今天连队值班主官指导员签字的批假条，约好到营区门口会合，再一起步行到刘强待过的团农场旁边的副食店好好消遣一番。谁知道刚一出门正遇见龙云和赵黑虎，他俩看见六个吓坏了的兵，居然有些幸灾乐祸。

“你们几个干什么去？”龙云笑眯眯地问。钟国龙反应比较快，连忙说道：“连长，我们几个想去镇子上，看看有没有什么好人好事需要做。顺便……顺便买点儿日用品什么的。”

“得了吧，就你们，能有那觉悟？”龙云不信。

陈立华连忙打圆场道：“嘿嘿，连长，我们觉悟不低呢，好歹我们也是新兵十连出来的不是？”

陈立华这么一说，大伙儿连忙说是，纷纷给龙云戴起了高帽。

“少扯淡！”龙云笑骂，“想喝酒就直接说，绕来绕去的多没意思！”

“连长，你怎么知道的？”大伙儿全傻了，这件事情是绝密呀！

旁边赵黑虎笑道：“我身为一名侦察兵，难道连你们这点儿小秘密都侦察不到？我作为你们的班长加排长，遇见有战士试图违纪，当然要在第一时间跟连长汇报了不是？”

原来是赵黑虎告密！众人没辙了，心里顿时紧张起来，眼看计划要取消了，没想到龙云忽然笑道：“几个小浑蛋！口口声声说是新兵十连出来的，到了喝酒的时候却把班长、副班长全忘了！”

龙云这么一说，大家全明白了，连忙见机行事，疯狂地邀请起龙云和赵黑虎来。两个人也没有拒绝，最后，居然变成了连长请客，一群人喝来喝去，龙云结账的时候感觉自己真是冤！

侦察连就是不一样，在一些细节方面，多少与别的连队不同，像这样，在侦察连其实算不了什么，几乎成了一个传统。

抗日战争时期，我党军队刚刚组建，正是那个时候一些有远见的指挥员，根据战争的需要，开始建侦察班、侦察排、侦察连，这些队伍里的成员，都是部队里面有些“本事”的人，他们的任务除了战地侦察之外，更主要的是深入敌后，抓舌头，勘察地形，接应后续部队甚至直接进行尖刀行动。因此，特殊的作战任务造就了侦察连特殊的风格：作为一名侦察兵，应该努力使自己最不像兵。只有这样，才能在深入敌后时不被敌人识破，久而久之，侦察兵不修边幅几乎是一种普遍的现象了。

侦察兵发展到现在，当然与以往有很大的不同，军纪不能不遵守，也不会有什么不修边幅之类的现象，但没有改变的是，他们始终是各部队领导心中的王牌，用兵的法宝。既然如此，他们这些生活上的小细节，也就不那么苛求了。所以当初只有龙云敢在部队里面喝酒，张国正不但不管，还主动送酒给他们。侦察连的目标，永远是作战第一，其他都可以放到后面。喝酒可以，不闹事，不影响战斗，尽管喝去吧！这也是侦察连除了比别的连队训练艰苦之外，唯一的小特权。在龙云心里，也一直是这样想的，他也有这个能力贯彻自己的想法。放开的时候，他可以放得很开，但是他一旦要抓紧，绝对紧张得令战士心跳加快，大脑充血，战士们最服连长的也是这方面。

当龙云带着兄弟们狂饮时，在威猛雄狮团团部，团长顾长荣正神色凝重地接着一个电话，电话是军长直接打来的。这种情况不多，顾长荣从电话中能听出军长语气的严肃："顾长荣，这次你们团接了个大担子，军党委已经研究过了，你们团来做这个事最合适！"

顾长荣不无压力，有些担心地说道："军长，这事情不太对口吧？人家M国军方交流团是冲着各军区特种部队来的，我这充其量就是个野战步兵团，我觉得三猛大队应该比我合适啊！我们……"

军长不等顾长荣说完，大声说道："没错，就是你们团！三猛是应我国新成立的反恐局要求秘密组建的，它的资料在国内的军区之间都不公开，说实话，我都不太清楚它的情况，你说能让M国人直接与之交流吗？这次M国军事交流团的来访，虽然是友好的，但他们更想知道我们的特种部队在世界各项大赛中屡次取得优异成绩的最根本所在。我们的看家本事，总不能全让人家看了去吧？

"你们团的各项训练指标一直在军区名列前茅，最近几年针对恐怖分子，也没少实战。特种部队是什么？能在艰苦条件下胜利完成任务的部队，就是特种部队！在这些M国人眼里，你们就是解放军的精锐！再说，这次来你们团访问，也是M国交流团点了名要来的。这是他们这次访问的最后一站，你现在不用考虑什么对口不对口了，还是好好琢磨琢磨怎么展现我军的优良风貌吧！三天以后，M国军事交流团将在总部作训部副部长林军少将和军区首长的陪同下直接开到你们团，就看你的表现了！记住还是老原则，不卑不亢，平常心对待！"

军长不由分说挂了电话，顾长荣重重呼了口气，要说外军交流团，威猛雄狮团没少接待过，但这次不一样，在顾长荣的团长任期内，外军特种部队人员组成的团队来访，这是第一次。究竟应该怎么接待，军长没有说，但是从言语中，他也闻出了军长的意思，想了想，顾长荣又拿起电话……

团党委会议在半个小时以后紧急召开，团部各部门领导全部参加。在简单介绍了情况之后，顾长荣想听听大家的看法，他特别补充道："听说这次M国人里面，有六个五角洲特种部队的军官，还有两名海狮部队的骨干成员，分量不轻啊！"

会议现场稍有沉默，政委说道："很明显，对方是想用精锐对精锐呀，客人提着鸡鸭鱼肉，咱们总不能做顿豆腐汤吧？"

顾长荣点头道："是的。军区这次安排咱们团接待，M国人点名是一方面，他们已经认定咱们团就是解放军的特种部队了，咱们是得给人家展示点儿什么，可是又不能太‘热情’，太‘热情’就有点儿过分了，不‘热情’吧，人家是奔着特种部队来的，总不能光看看内务吧？”

众人一阵哄笑，副团长张国正说道：“我看，咱们平时的训练比三猛也差不了多少！三猛到处挖兵尖子，咱们可是从普通兵里面拔尖子，从这点上看，咱们这些普通部队，比他们要强！”

“哈哈！”顾长荣笑道，“老张啊，你老是不服气人家三猛大队，三猛我可去过，训练的艰苦、复杂程度，是我们下面连队无法想象的呢！”

张国正并不服气，说道：“我看未必，咱们侦察连最近这段时间的训练，我看了也头皮子发麻呀！”

旁边作训科长王作为笑道：“这个倒是，侦察连报上来的训练计划，我看着也发憷，这龙云现在是把自己的兵比着特种部队练呢！有时候，我还真想看看咱们这步兵团里直属的侦察连，比他三猛到底弱不弱！”

众人七嘴八舌谈论一番，纷纷表示就让侦察连接待这外国友军最合适不过了。

顾长荣想了想，说道：“让侦察连完成这次接待，也是我早想好的。关键是我们想让交流团看到什么，这才是难题。咱们军长向来是大手放权，从来不会给下面部队设什么条条框框，这文章，还得咱们自己做。”

“我看没什么难的。”张国正耿耿于怀地说道，“去年我也参加过赴M军五角洲部队的交流团，这帮老外领着我们一通乱转，看的全是不疼不痒的地方，核心部分一点儿没露，我看啊，咱们就礼尚往来！”

众人纷纷点头同意张国正的意见，最后顾长荣拍板：张国正负责这次接待具体事宜，侦察连上，项目依旧，具体方面视情况而定。反正有军区首长陪同，真有特殊情况让他们定去！

副团长张国正办公室，龙云身穿作训迷彩服，脸上的迷彩色还没来得及洗去，头上的汗不断往下流。他是被张国正从训练场直接叫过来的，通讯员到的时候龙云正徒手和四个新兵过招儿，浑身臭汗，通讯员直接把他从人群中拽了出来，告诉他说副团长拿着秒表等他呢，龙云眼睛一瞪，撒腿就往副团长办公室跑，通讯员早被甩到后面去了。

“情况都明白了吧？”张国正随手递给龙云一包纸巾。

“明白了，又不是第一次了！”龙云接过来纸巾，没好意思“糟蹋”，用袖子擦了擦汗，又放到桌上。

“这次和以往还是不一样，我跟别的军区打听了一下，这帮家伙可是M军的真精锐，一到部队里面就有些趾高气扬的。”张国正说道。

龙云不屑地冷笑一声，说道：“知道，M国特种兵有典型的傲气。”

“嘿嘿！”张国正被龙云逗笑了，他一直十分欣赏龙云这种气质，这小子心里比谁都傲，又严肃地说道，“上头的意思，不卑不亢，既不能让他们看到真正的核心部分，又不能让他们感觉咱们没有核心部分，具体尺寸，你自己把握好。”

“是！请团首长放心，我坚决完成任务！”龙云说完，又冷笑道，“我还真想看看传说中的M国五角洲、海狮有多大实力呢！”

“回去准备吧，人家是友好交流又不是来打擂台！”张国正挥了挥手，龙云敬礼后走了出去。

这时候的龙云，心里还是憋着一股子劲头儿的，想着一帮M国大兵就站在眼前，龙云还真是很有动力。龙云就是这样，从来不屈服于任何强大的对手，与之相反，对手的强大，往往更能激起他骨子里的好胜心，M国特种部队一直在世界军界声名远扬，如今就要和他的侦察连面对面切磋一番，龙云还真是想好好展示一下。怀着这种心情，龙云回去以后一刻也没闲着，各班各排全走了个遍，给人的感觉，像要打仗一般。连长就是这样，什么事情都认真，什么事情都风风火火，战士们总能从龙云的眼神中看到一股杀气，仿佛人家M国人不是来交流，是来入侵一样。正是因为如此，全连战士谁也没敢大意，全都当战前准备一样，想想也是，这次可是咱们侦察连给全军长脸的时候！

三天后的上午十点，M国军事交流团如约到来，前面四辆黑色轿车，后面跟着两辆装甲步兵车（事后得知，这是交流团特意要求乘坐的），车一停下，顾长荣就有些激动了，林军少将和M军人员不说，军区司令员许战上将居然亲自来了！这实在是太突然了，顾长荣事先并没有接到司令员到来的消息，看样子，估计连军里都未必知道！否则，军领导没有不来的道理。

顾长荣带着部下连忙敬礼，许战上将笑道：“我是临时决定前来的，算是给你们一个突然袭击！”

顾长荣顿时压力倍增，看到上将笑容可掬，稍稍又安定了几分。M军军事交流团由史蒂芬准将率领，史蒂芬身高一米八五以上，体态健硕，眼窝深陷，目光犀利，后面还有四个上校，两个中校，全都是精明干练的样子。两辆步战车车门打开，除了我军几名负责警戒的战士外，跳下来八个大个子M军，身穿M军作训迷彩服，一个中尉，两个少尉官，其余都是上士，这八个人让顾长荣暗自吃惊，显然他们就是海狮和五角洲部队的队员，八个人一下车，那种傲慢的神情顿时显露出来，左右环视着军营和众人，一副无所谓的样子。

相应的程序走过之后，史蒂芬操着生硬的中文说道："这是我们此次中国之行的最后一站，很荣幸来到威猛雄狮团！"

顾长荣等人一惊，旁边林军少将笑道："史蒂芬准将曾经系统学习过中文，和我们交流没有问题。"

"是的！我很喜欢中文，也很欣赏中国的军人！一路上中国军人给我留下了深刻的印象，我想这将是我这一生最美好的回忆。"史蒂芬显然继承了M国人的赞美习惯，言语让人听得很舒服，"这次，很荣幸能和许上将一起参观他的部队，我有些迫不及待了！哈哈！"

顾长荣不禁看了许战上将一眼，上将大手一挥，命令道："直接开始吧！"

"是！"

众人在顾长荣引领下，直接步入营区训练基地，基地正中央，副团长张国正已经站在那里了，后面是龙云率领的侦察连全体官兵，标准的军姿，整齐的队列，使前来的M军人员顿时小声赞叹起来，中国军人的军容仪表在全世界都闻名，这不得不让来访的客人由衷赞叹。

此时，钟国龙站在队列里面，忽然激动起来，上将带着一大群M国军人来到，这可是冲着咱们来的！钟国龙的内心顿时有一种自豪感，能在将军面前，能在外军面前代表中国军队接受检阅，这兵还真是没白当啊！这次一定要好好表现，今天老子可是全军的脸面！

没有太多的客套，一系列整队汇报之后，交流团成员和首长们落座，表演马上开始，当然，还是那些老套的东西：队列表演、擒敌拳表演、障碍行军、行进中射击、无辅助爬楼……所有侦察连已经不再重点训练的内容，龙云带着全连表演个遍！

说实话，这些项目对目前的侦察连来说，简直是小儿科，全连再演上十遍也不会出任何纰漏，M军成员一开始还是饶有兴致地看，看到后来，明显感到乏味，尤其是那八个特种部队队员，已经在微微摇头了。顾长荣和林军相对一笑，两个人不约而同看向许战上将，上将倒是不露声色，看得不住点头。

再看史蒂芬，眼睛半睁着，几次想说话，又碍着上将在旁边那么认真地观看，也不好说什么。一个多小时的表演就这样过去了。

表演完毕，主席台上还是响起了掌声，按照接下来的程序，这群外军朋友该参观部队食堂、宿舍、荣誉室之类的了。

正在这个时候，史蒂芬忽然站起身来，对着许司令员敬礼说道："上将阁下，请恕我冒昧，贵军的表演确实很精彩，但是很遗憾，我并没有看到和我们这几天在贵军其他部队看到的不一样的内容！我想说的是，贵军主力步兵团，在训练方面，应该更有特色才是，我指的是在实际作战方面。您知道，有时候标准的战术动作，整齐的队列，并不能代表一个军队真正的战斗力，尽管这些是很重要的基础，相比之下，我和我的同事更愿意看到一些高于这些基础层面的东西，能亲自感受到真正体现贵军战斗力的方面，是我们这次中国之行最高的追求！”

很明显，这位M国陆军准将不满足了，张国正等人不禁在心里说道：“你们给我们看的，不也是这些东西吗？”

上将笑道：“哈哈……准将先生，我明白您的意思了，这些天以来，我们招待客人的菜，有些重样了！您也许不知道，我们中国人民解放军，在日常操练方面，还是很重视基础部分的训练。”

“不！将军阁下，据我了解，中国的特种部队，是世界上最有创新精神的部队之一，中国特种部队的进步速度，是让全世界都感到惊讶的！我想，这也是我们这次来中国的主要动机。我很难相信，一支让恐怖分子闻风丧胆、让友军佩服的威猛雄狮团，只会凭借这些基础训练作为训练的中心？”

史蒂芬的赞美习惯不变，话里却有些“绵里藏针”了，很明显，对方这次是有备而来，不甘心在即将回国的时候还得不到“真东西”。

许战笑着点点头，说道：“我明白准将先生的意思了，看来，我只好让准将先生自己‘点餐’喽！”

“哈哈！许将军很幽默，是这样的，昨天晚上，我的八位特种兵战友跟我谈到一个话题，他们这次来中国，很希望能亲身经历一次和贵军的切磋，我个人认为，这确实是值得期待的！”

史蒂芬话一出口，所有人都暗自吸了一口凉气。原来大家以为，这些M国军人无非是想看看我们所谓的特种训练内容，没想到对方却提出要亲自下台“比武”！看来对方是有备而来，他这么一说，后面的八个M军特种队员顿时兴奋起来，他们早有计划，要求乘坐步战车，身穿作训服装，原来是一开始就进入了“战斗状态”，但是我方并没有准备这些，许司令员也有些为难地将目光投向了顾长荣。

和首长们想得不同，史蒂芬的一席话，让下面等待命令的龙云差点儿笑出声来。太好了，老子心里正是这么琢磨的！不光龙云这么想，赵黑虎等人也是这么想，全连都是这么想的！钟国龙心跳都加速了，早知道M国作为世界超级大国，经常干涉他国内政，在很多事情上采取强权主义，霸权政策，此次和M军的“交流”显然是长脸的时刻，如果此次交流自己可以上场的话，这辈子就没白活。来吧！五角洲是吧？海狮是吧？今天就好好比试一下吧！谁怕谁呀！

司令员看着顾长荣，顾长荣也没什么底，下意识看了一眼龙云，看完龙云，顾长荣就什么顾虑都没有了！龙云的眼神中没有一丝的突然、疑惑、犹豫，或者说，龙云现在正用眼神告诉团长，他在期盼！许多时候，一个主将的军事决心，除了自身的决断之外，还倚仗于下属带给自己的信心，刹那间，顾长荣不再犹豫，冲司令员点点头。

“那么，就请准将先生出题吧！”许战上将更是坚定，“这次，主随客便！”

第六十八章　国家荣誉（二）

“谢谢将军！”史蒂芬露出一丝诡异的微笑，显然，这家伙早就胸有成竹了。他站到前面，冲着顾长荣说道：“上校！我建议由我的8名同事，和下面任意8位贵军的成员，进行四个项目的比赛，分别是格斗、超体能消耗射击、建筑物内小队实战对抗、战场汽车摩托车驾驶。不知道有没有问题？”

好家伙！看来这个史蒂芬是内行，他选的这四个项目，其实也是特种部队最典型、最体现能力的项目，顾长荣暗自庆幸，幸亏是侦察连参加比试，这些项目还好都在侦察连训练科目之内。不过，顾长荣的担心也随之而来，对方的8个人，6名是五角洲特种队员，2名是M军最精锐的“海狮”部队突击队队员，能够跟着交流团访问中国，不用说在部队里面也是精英了。龙云的侦察连固然是不弱，但和这些经验丰富的真正特种队员比起来，结果究竟如何，谁也不好说。对方提出比试，肯定心里也是大有把握的。但此时已经不能考虑太多，箭在弦上，无论如何也要上！看来，还真到了要考验龙云训练水平的时候了！

不单是顾长荣担心，所有在场的中方人员就没有不担心的！要是眼前站着的是三猛大队，或许还有些把握，毕竟“档次”对等，可要让一个步兵团直属侦察连直接和对方的精锐特种战士对抗，谁有把握呢？但对方已经出招，我们必须接招，没有任何余地了！

“龙云！”顾长荣决心放手一搏。

“到！”

龙云跑上前，顾长荣又跟他重复了一遍对方提到的项目，最后问道：“你有什么疑问没有？”

“报告！没有！”

龙云的回答是那样坚定，那样底气十足，这下子不只顾长荣，连许司令员都有些拿不准，眼前这个粗壮黝黑的连长，竟然没有丝毫的犹豫。许战并不认识龙云，一个军区司令员和一个上尉连长，此刻却都起了雄心。从军几十年，许战当然能分辨出眼前这个连长是在虚张声势，还是真的无所畏惧，显然龙云属于后者，虽然此时没有必胜的信心，但是他分明能感觉到，眼前这个连长不会给他丢脸！

“叫什么名字？”许战问道。

“报告司令员！龙云！”

“好！”许战大声说道，“龙云，这里全部交给你了！”

“是！”

“有信心吗？”

“杀！杀！杀！”

龙云没有回答，敬礼、转身、跑步，立定，目光中那股杀气更浓，他开始在全连扫视，他要挑出另外的七个兵来。他大吼一句：“大家有没有信心！”

“杀！杀！杀！”三声震天响的杀声从队列中直冲云霄。史蒂芬准将和M军交流团所有成员心头也是一震。司令员背着手，脸上露出了微笑。

“赵黑虎！徐占强！”

“到！”“到！”一排长赵黑虎、七班长徐占强跑出队列。

气氛一下子紧张了，侦察连全连鸦雀无声，每个战士的心跳都开始加速，他们是在渴望！龙云早已经把这支一百多人的队伍带成了钢铁的集体，在这群人的心里，早就没有了任何的恐惧。他们和自己的连长一样，有的是对强大挑战的渴望，有的是战胜任何对手的信心！连长会选我吗？要是我该多好啊！

“成思才！董文明！”龙云又点出两名老兵。

一百多人此刻几乎是一百多条恶狼！每个人都红了眼，已经出来四个了，加上连长，已经是五个人了！还有三个人！会是自己吗？

八个M国大兵已经站到了训练场上，彪悍、冷酷、狂傲，挑衅一般看着对面一百多个中国士兵，那种眼神伴随着他们国家的触手所及之处，曾经闪烁在各个地方，多年以来的势如破竹、摧枯拉朽、无往不利，使他们早已经忘记了什么越南丛林，什么三八一线，他们坚信，胜利是忘记失败的最好良药，今天，他们带着憋了好久的冲动，摩拳擦掌，他们绝不相信这些个子明显矮于自己的中国士兵能创造什么奇迹，整齐的队列、漂亮的擒敌拳表演是很难吓倒他们的！

“常树华！侯因鹏！”

龙云又点出了两个！每个被他喊到的战士，都会大吼一声出列，面对八个高大壮汉，他们丝毫没有畏惧，甚至，他们眼中的杀气变得更加浓烈，龙云说过，每一秒钟都是战斗，这句话已经印在了侦察连每个人的脑海中。

还剩最后一个人！龙云有些犹豫，毕竟是和对方的特种队员过招，龙云已经点出的几个，都是侦察连的老兵，这些人全都上过战场！他们作战经验丰富，各项训练指标过硬，龙云狂妄，但并不是没有脑子，他很冷静，这次不同以往，全团、全军的脸面都放在他身上了！

如果说此时唯一一个比龙云还着急的，就是钟国龙了！钟国龙眼睛血红，脖子上的青筋都暴起来了！他紧盯着龙云，恨不得自己主动跑出来，这机会可不容错过！人一辈子能当几年兵？像这样的机会，可不是每个当兵的都能赶上，钟国龙自觉要是让他上，把命搭上都值了！

龙云对钟国龙的了解非比寻常，再说，就算是个外人，看见钟国龙此时的表情，也知道这小子快急疯了！龙云在犹豫，钟国龙的斗志，他绝对不怀疑，别说是切磋，就算真在战场上，钟国龙也不会有半点儿含糊，可是，今天这任务太重了！虽然是友好交流，可是谁也输不起，钟国龙毕竟是新兵，各项训练成绩倒是都不弱，甚至已经超过了很多老兵，可是真到这关键时刻，他龙云也拿捏不准。

钟国龙连呼吸都粗重起来，眼睛快瞪出来了，连张国正在旁边都注意到了。

也就是几秒钟的工夫，龙云再次盯在钟国龙身上，终于下定了决心，大吼道：“钟国龙！”

“到！到！”钟国龙心头发甜，大脑发麻。出列，立定，杀气腾腾！

这边八个人已经选出来了，站到对方面前，钟国龙他们显然小了一号，别说钟国龙了，就连体格强壮的龙云、赵黑虎，与M军这几个大家伙比起来，也明显矮了三分，瘦了几圈儿。八个M国兵看着眼前的“对手”，更是嚣张，其中一个黑大个儿小声嘀咕一句，顿时引来几个人的轻笑。龙云听不懂他说什么，但也知道对方根本没把自己当回事，说白了，这几个M国人心里想着这也就是一场教学比赛吧。

第一场就是格斗，双方约定各出两个人打两场，假如平局，就再进行第三场。这约定本身就够气人的，也就是说，这帮M国特种兵算好了两场就够了，第三场似乎不用安排了。

对方队列里走出来一个高大强壮的黑人少尉，身高足有一米九，脱掉上衣，一身的肌肉把他的汗衫快要撑爆了！少尉高昂着头，目空一切，拳头一收紧，嘎巴嘎巴爆响。

龙云思索了一下，命令赵黑虎上。他要让赵黑虎试探一下对方的实力。赵黑虎的格斗水平，在他这八个人里面属中等偏上，假如赵黑虎输了，第二局他自己上，或者让格斗非常厉害的七班长徐占强上，还可以拼一拼，要是赵黑虎赢了，主动权就在自己手里了。

赵黑虎同样脱下了外衣，站在黑人少尉对面，人种的差异立刻显现出来，赵黑虎固然彪悍，但是在对方面前，身形明显小了两号。

此刻看台上下一片沉寂，M国人还是比较轻松，许战等人可是捏了一把汗！

赵黑虎似乎并不着急，表情上看不出什么来，他眼睛看着对方，身体静止，像钉在那里一般。黑人少尉本来也没想客气，双拳集中在胸前，开始颠步，高大的身体，脚步却异常灵活，看得出来绝对不是业余选手。

几乎是在同时，双方各自大吼一声，火星撞地球一般互相扑了过去！

结果很出乎意料！胜负很快分出。谁也没想到会有这么快，赵黑虎在不到十秒的时间内，别腕、锁喉，直接将对手击倒！如果不是表演，赵黑虎可以直接把这个家伙的咽喉砸个粉碎。

一系列的动作，电光石火一般！赵黑虎使的动作，刚才的擒敌拳套路里面绝对没有，黑人少尉生平见识过的各国特种兵格斗套路里面也没有，这个“小个子”黄种人不知道怎么就跳到了面前，自己挥出的拳头落了空，再想收回已经被别住，腰部挨了重重一膝，咽喉一紧，被猛地一推，栽倒的一瞬间，对方的铁肘已经悬在脑袋上了！少尉不是没打过仗，他知道，假如对方不是友好交流的中国侦察兵而是一名暴徒，一周之后他母亲收到阵亡通知书的概率是100%。

史蒂芬惊诧地站了起来。说实话，他这个人还是比较冷静，不像黑人少尉把自己获胜看作必然，他想到过有可能输，尽管概率很小，但至少是考虑过的，可也没有想过会这么快！黑人少尉叫霍华德，是五角洲部队里面的格斗高手，就算输，总要大战几个回合吧？怎么可能这么快呢？大意了？不会的，与其说是大意，还不如说那个中国士兵的招式太诡异了！假如他看过中国的武侠小说，或许还能释然，格斗跟块头的关系实在不太大，这句话当天晚上他就写进了交流经验里。

黑大个儿尴尬地站起身来，不好意思地退了出去。他要是知道赵黑虎的这一招练了足足四年，或许会感到安慰些许。

赵黑虎这么顺利地就赢了，这也大大出乎中方的预料，许司令员很欣慰地点了点头，顾长荣和张国正等人长长舒了口气。

龙云很高兴，他也很聪明，既然已经探明了虚实，不能让对方太没面子，当对方另一个海狮队员站出来的时候，他派出了钟国龙。钟国龙输了无所谓，这小子输一场不是坏事，而且也给对方留点儿面子，第三场开始，他保证能再干趴下一个！

龙云是这么想的，可钟国龙不这么想，他亲眼看见刚才的黑大个儿不到十秒钟就被排长干趴下了，这给了他很大的信心。这是个永远不想落于人后的家伙，排长能赢，自己也一定要赢，绝对不能输，死了也不能输！

刚上来的海狮队员明显比刚才的黑人少尉谨慎了许多，他已经明白，眼前这些瘦小的中国士兵，绝对没有那么简单。海狮队员比刚才的少尉要矮一些，但也足足高出钟国龙一个头了，蓝色的眼珠瞪着钟国龙，琢磨这个年轻的小兵会有些什么本事。

钟国龙没练过赵黑虎那一招，海狮队员刚刚站稳，钟国龙已经迫不及待，大吼一声扑了过去，右拳直接捣向海狮队员的右颈部动脉。

钟国龙这一招是标准的一招制敌拳法。龙云平时训练的时候，反复强调过，作为特种格斗术，与武术是有一定区别的，特种兵在作战的时候，面对敌人，只有一个目的，就是最简洁最快速地将敌人杀死，没有美观不美观，也不用考虑什么章法，钟国龙这一招很不美观，整个身体侧动，全身的力量都集中到右拳上，他虽然身体不是那么强壮，但这家伙从小就经常打架，再加上对格斗很感兴趣，到部队以后将自己以前的“野战”路数和特种格斗技法结合起来，因此力量和出拳速度也不容小觑。

刚才赵黑虎一招拿下黑人少尉，显然给了这位海狮队员很深的印象，一看见钟国龙恶狼似的扑上来，海狮队员居然没敢接招，往后一撤步闪身躲了过去。钟国龙一拳落空，但是见对方没敢接招，更加有了信心，右拳收回，上去一脚侧踹。

这招就比较平常了，旁边龙云忍不住叹了口气。果然，对方见钟国龙腿踹了过来，由于身高问题，钟国龙的腿只能踹到对方前胸的位置，这给了海狮队员很大机会，这家伙左腿一撤，右臂横抡，将钟国龙的飞腿格开，同时右臂再次回肘，呼的一声，硕大的铁肘正好打在钟国龙的前胸，钟国龙感觉自己前胸像被铁锤砸了一下，砰的一声，整个人倒着飞了出去，重重摔到地上！

钟国龙怒了，从地上蹦起来，整个脸部都变形了。太丢人了！全连都看见了，团长、副团长、司令员全看见自己被这个M国大个子给放倒了。钟国龙不仅心口疼，自尊心也受到了伤害。

海狮队员看见自己一下子就把这名中国年轻士兵给打倒，顿时恢复了信心，看来这小兵和刚才那个中尉还是有一定差距的。或者说，刚才那中尉完全是一种侥幸罢了！中国军人怎么可能这么厉害呢？想到这里，高大的海狮队员开始主动进攻了，到底是人高马大，身体又十分强壮，一阵拳脚相加，把盛怒中的钟国龙逼得节节败退，几次中拳，都险些站立不稳。

钟国龙真着急了！他把脸上的汗一擦，硬挺着一拳接一拳反击，但是他跟海狮队员相比实在太矮小，拳头伸直都打不到人家，反而被对方的拳头屡次击中，不到两分钟，已经摔倒了好几次，看来是输定了！

海狮队员仿佛是想为刚才的兄弟挽回面子，也不着急，站在那里等着钟国龙起来，钟国龙一扑上来，他上去就是一脚，直接再把钟国龙踹趴下。

旁边的张国正看不下去了。心想这样下去钟国龙非受伤不可，急忙喊道："停止！停！钟国龙回来，这一局算我们输！"

"输？凭什么输？"钟国龙急了，从地上跳起来，瞪着张国正，"副团长，我还没起不来呢，再来！"

"行了，钟国龙，你下去休息吧！"顾长荣也说话了，刚才赵黑虎已经轻松地赢了一局，这一局输一场无所谓，也算是给对方面子，顾长荣知道，龙云派上这个新兵，也是这么想的。

"团长！"钟国龙脸都气白了，他感觉自己受到了极大的侮辱，大声吼道："假如这是战场呢？在战场上，我和他相遇了，我打不过，退到一边去，那可以吗？不行！继续！我还没死呢，要想判定我输，除非把我打死！"

钟国龙说完，转身又冲着海狮队员喊道："来呀！"

说完，钟国龙又扑了上去。龙云有些后悔了，他刚才算计错了，原本他想的跟团长一样，派钟国龙上去，赢了更好，输了也没关系，结果他忽视了自己派上去的是钟国龙了。这小子能这么轻易认输吗？龙云最了解钟国龙，他能看出来，钟国龙是真准备拼命了，刚才他冲团长说的话，倒是很合自己的胃口，可要想赢这个海狮队员谈何容易！龙云能看出来，眼前这个白人大个子，比刚才和赵黑虎对阵的五角洲少尉要厉害得多，出拳速度很快，力量也大，钟国龙很难对付得了，看来，这一局得干到最后了！

这边，钟国龙再次被对方打倒，这次是被击中了脸颊，钟国龙半边脸顿时肿了起来，鲜血也从嘴角流了出来。

钟国龙只感觉脑袋“嗡”的一声，天旋地转，左脸撕裂一般的疼，伸手一擦，嘴上的鲜血染了一胳膊。

“不能倒下，无论如何也不能！今天非跟你拼命不可！”

钟国龙提醒着自己，又晃晃悠悠站了起来，睁开眼睛，他看到了自己的血，这小子从小就有一个毛病，不能见血，一看见血他头皮就会发麻，那种麻酥感会以最快的速度蹿遍全身，浑身立刻就像过电一般。杀气往往在这个时候迸发到极限，钟国龙拼命了，他怒吼着，瞪着血红的眼睛，也不管什么招数了，目光始终和对手对视，一拳又一拳，被打倒了，马上跳起来，上去再打，再被打倒，还是怒吼着爬起来往上冲。

钟国龙这举动让所有人紧张起来，许战、顾长荣、张国正全都站了起来，M国人也全都站了起来，侦察连全连都咬牙看着钟国龙。他们知道，这个时候的钟国龙是没有什么理智的，没个你死我活的结果，谁也别想让他停止，这小子不只这一次有这毛病，和余忠桥，三个老兵、九连长，他都是这样。每当钟国龙拼命的时候，他给对手带来的恐惧感会越来越大，他的威慑力是从骨子里迸发出来的，这种气势会让任何对手胆寒。

“连长，怎么办？”赵黑虎悄悄走到龙云面前，“要不我们几个把他拖回来？”

龙云咬着牙说道：“不用，让他打去！这杂种要敢把钟国龙伤了，下一局我废了他！”

场内，海狮队员已经完全被钟国龙这不要命的打法给吓住了。怎么打？这个中国士兵招招都是不要命的，我要是打他的脑袋，他的拳头也会打到我的太阳穴，我要是踢他肚子，他的膝盖也会马上撞上我的要害，没办法打下去了！除非真是拼命，要真是在战场上，估计就只有一个结果，就是我和这个中国小子一起完蛋，我去见上帝，他去见阎王！

海狮队员只好步步后退，勉强招架，钟国龙不管那套，继续进攻，两个人从一招一式，一直打到全无章法，最后简直就是扭打！钟国龙像是一匹恶狼，双手绊住对方的脖子，海狮队员想甩甩不开，重拳打上去，钟国龙像不知道疼一样，两个人扭打在一起，终于，钟国龙带血的嘴咬向了对方的喉咙！

“啊——”海狮队员大声惨叫。

龙云一看坏了，猛冲上去，把钟国龙硬拽了下来：“小王八犊子，你真要杀人啊！”

钟国龙这才醒了过来，吐了口血唾沫，看见对方喉咙部位已经破皮了。

“赶紧包扎一下！”许司令员皱了皱眉头，冲旁边的顾长荣低声说道，“这牲口兵，我算是开了眼了！”

旁边战士急忙找来急救包，帮海狮队员把受伤的脖子包上，又给钟国龙擦了擦血，钟国龙趁大家不注意，小声问龙云：“连长，我是不是惹祸了？”

龙云微微一笑，低声说道：“小子记住，将来万一跟M国人在战场上见面，你就这么整！”

钟国龙感觉连长这话不像是骂他，顿时松了一口气。

那边，许司令员对史蒂芬说道：“这局算是平手吧，我的战士把这当实战了，真是不好意思！”

“不不不！将军，这一局，仍旧是中国士兵战胜了！”史蒂芬由衷地说道，“这位中国列兵刚才已经咬到了我方战士的喉咙，如果是真正的战场，我想我们的迈克中尉已经喉管破裂阵亡了。我很震惊，我从来没有见到过求胜欲望如此强烈的士兵！”

“哈哈，那也好。”许司令员毫不客气地点了点头，又向钟国龙看了一眼，这个一年新兵给他留下了十分深刻的印象。

几个M国特种兵现在很没面子，两场全输了，颜面上很难过得去，几个人冲着台上的史蒂芬用英语嚷嚷，想再赛一局，史蒂芬想了想，摆手拒绝了。没必要再比了，再比就是不要脸了，继续吧，好在后面还有好几项。

第六十九章　国家荣誉（三）

接下来的项目是超体能消耗射击比赛。众人来到了训练基地旁边的射击场，那里已经提前做好了准备，双方各出一个代表，公平起见，大家都用自己国家的枪，素有M国五角洲部队“枪王”之称的约翰·史密斯少尉，挺着M14走到了射击位置。

约翰看了看后面的众人，又走过去跟史蒂芬小声说了几句，史蒂芬准将走上前，冲赵黑虎笑道：“中尉先生，约翰少尉跟我说，他很佩服你刚才在格斗场上的表现，但是他同时认为，我们所处的时代毕竟不是冷兵器时代，一个优秀的特种战士，除了要是一个格斗高手，在枪法上也应该不会差，他想跟您比试一下枪法。”

“就直接说比枪法呗！”赵黑虎笑了笑，冲旁边龙云说道，“连长，我这出场时间可有点长啊！”

龙云笑着从旁边战士手里拿过一把95式自动步枪，扔给赵黑虎：“那你就别客气了！”

赵黑虎拿着枪，也走到了射击位置。

约翰身材很高，有些瘦，长着一张长脸，大鹰钩鼻子很夸张地耸立着，冲赵黑虎笑了笑，叽里呱啦说了一大串话。

史蒂芬暂时成了翻译：“约翰说，在五角洲部队的射击训练场上，队员们经常进行一种很有趣的射击游戏，他们会先做上

100个俯卧撑，然后尝试着用单腿跪地，平举步枪的姿势进行射击，很多时候，队员的胳膊会因为剧烈运动而颤抖，导致射击成绩很糟糕。不知道这样的游戏，在中国的战士中是否也练习过？”

“没有！”赵黑虎如实回答。这种剧烈运动后的射击，在我国的特种部队里面已经采纳了，看似一场游戏，却有很大的实用意义，这是因为，实战中，大部分时间里，战士们都是经过长途的奔袭到达作战位置的，或者是刚刚经历剧烈的格斗体能消耗，这时候的射击精度至关重要，但毕竟赵黑虎所在的是侦察连，对于这种有针对性的训练科目，侦察连并没有进行过单独训练。

“哦——那很遗憾。”史蒂芬耸了耸肩膀，摇头道，“那么，我想我们需要换一种比赛模式了。”

“不必了！”赵黑虎笑道，“好在这没什么难的，就比这个吧！”

“这怎么可以呢？”史蒂芬笑道，“这不公平！”

“没什么不公平的，战场上哪有什么公平可言呢？”赵黑虎正色说道，“战场上，人数、武器装备、战术素养等，从来没有绝对公平的时候，我愿意接受挑战！”

史蒂芬不理解地看了看赵黑虎，无奈只好同意，转身又跟约翰说了几句，看得出来，约翰也很惊讶，同时嘴角露出一丝不易察觉的轻笑。显然，这种技能很难，假如对方没有练过，那么，他为刚才输在格斗场上的两位兄弟挽回颜面的时刻就到了。

一系列的准备之后，比赛即将开始，气氛再次紧张起来，龙云看了看赵黑虎，稍微放下心，赵黑虎他是了解的，这个跟随自己多年的老部下，各方面的能力毋庸置疑，赵黑虎的坚定、勇猛、无所畏惧，给了龙云很大的信心。

无论是哪个行业，手下能拥有一个在任何时候都可以站出来独当一面的部下，是每个领导的幸运，在军队里面更是如此。部下的优秀，可以让领军者的作战意图更好地体现，也可以让领军者有充分的信心，甚至说，有这样的部下存在，可以决定每次战斗的成败。

比赛开始了！

两个人同时将步枪背到背上，开始了俯卧撑，约翰当然也不是弱手，一开始的速度和赵黑虎不相上下，两个人一上一下，快速地起伏，就像是两架马力充足的机器一样，旁边各有一名战士给他们计数。

“一、二、三、四……四十五、四十六、四十七……”

过五十了，赵黑虎咬紧牙关，速度越来越快，频率明显地已经超过约翰，约翰也不甘示弱，加快了速度，但是始终比赵黑虎慢了一拍，此时的约翰还没有着急，俯卧撑要求的是数量，不是时间，你比我先做完又能怎么样？后面的十发射击才是关键，最后比的是环数。

“九十九、一百！”

赵黑虎做完一百个的时候，约翰做到九十五个，赵黑虎迅速起身，拿枪，跪姿，拉栓，平端，射击！

“啪啪啪啪啪啪……”

那边约翰也开始了射击，训练场上顿时硝烟弥漫，子弹像快速划过的电光，带着尖厉的呼啸，一发一发地穿透百米以外的胸环靶。

“啪啪！”

最后两发子弹射出，赵黑虎收枪起立，站在那里像一尊石佛。几秒钟以后，约翰也站起了身，两个人的神色有些凝重，都在等待着前方报靶，后面的众人也都极为紧张，两人在时间上虽然有先有后，但最终的环数才是决定胜负的关键。

“报告！1号靶45环，2号靶45环，完毕！”

对讲机里面，报靶员已经清晰地报出了两个人的成绩，都是45环。这一下子，所有的M国人都惊呆了！结果虽然都是45环，可赵黑虎没有这方面的单独练习经历，而且从用时上，赵黑虎要比对方快几秒，这足以说明，这一局假如非要决出胜利者，是赵黑虎无疑，如果这是换在战场上，在射击准确度相同的情况下，双方出枪射击的速度决定着生死。

约翰原本发白的脸此时更加惨白，他想不到自己会输给这个中国军人，他摇了摇头，对着同样惊讶无比的史蒂芬小声说了几句。

史蒂芬走上前，说道：“中尉先生，刚才您跟我说，您并没有练习过这个科目，可是您的成绩让所有人震惊，能告诉我原因吗？”

赵黑虎笑道：“这没什么难的！确实，我们没有练习过这样的射击技巧，但是，平时高强度的体能训练使我拥有很好的体能，我相信，假如只是比枪法，我和约翰少尉不会相差太多，那决定这一切的只能是体能，如果做完100个俯卧撑后，我的体能并没有太大消耗，那么，射击起来也就不难了！”

“噢——上帝呀！中尉，你让我想起了中国的一句古话：万变不离其宗！”史蒂芬由衷地赞叹。

“哈哈！史蒂芬准将的中文确实厉害呀！”许司令员笑道，“两个人都是45环，这局平了！”

司令员说完，大家都明白了，谁输谁赢很明显，他宣布平局，无疑是给M国人一个面子而已！果然，在场的M国人都不好意思起来，约翰大步走过去，举起了赵黑虎的右手，连说："Very good！"

一场格斗，一场射击，让这些M国的特种兵们彻底改变了对中国军人的看法，原本在他们的眼里，只有自己才是真正的兵王，对于中国这样很少参加实战的军队，他们一贯是比较轻视的。他们一直以为，和平国家的士兵，无非就是装点门面而已，哪有什么值得称道的实力呢？国际大赛上，中国军人的屡次折桂，他们虽然惊诧，但还是不以为然，因为军事比赛上参赛的特种兵，是各国从千千万万名士兵中选取的优异者，中国有几百万军人，找几个特别优秀的总是不难。

但是这次不同，他们来的这支部队，只是中国特种部队其中一支而已，假如他们知道威猛雄狮团并非专职特种部队，只是一个野战主力团，估计会更惊诧。他们面对的只是一群普通的中国侦察兵，结果两场下来，他们这些从自己部队选派下来的精英，连输了两场，简直让人难以置信。

接下来进行的是建筑物内实战对抗，这是M国特种部队一贯的强项，双方模拟实战演习，在移动建筑训练场进行，以全部消灭对手一方为胜利者。双方人员的枪上都装有激光发射器，身上则装有激光接收器，被激光击中者，立马退出比赛。

这一次，龙云也不敢有丝毫的大意，M国特种兵在这方面，不仅仅是训练上在全世界首屈一指，而且近些年来M军多次发动战争，特种队员的实战经验之丰富是任何国家的军队不能比拟的，自己的侦察连虽然也经常开展针对性地训练，并参加过多次与恐怖分子的直接较量，但绝大多数情况都是人多对人少，精兵对民兵，和M国相比，差距是很明显的。

双方各选定五人参加，这次龙云亲自出战，另选了侯因鹏等四个老兵，赵黑虎这次没有上，M国人这次派出的也都是其他队员。龙云要争口气，再让赵黑虎参加面子上不好说，钟国龙也没上，尽管这小子在旁边急得直瞪眼，龙云还是把他留下了。

建筑物应M国军官要求，进行了重新编排。空旷的场地上，各种形状的临时建筑物杂乱地堆放着，矮墙、掩体遍布，正中央设置了一个环型的碉堡式建筑，四面都有入口，双方各自从不同的方向进入"战场"。双方约定，以一方的全部"阵亡"为结束标志。

龙云把队员集中到一起，小声说道："都听着，战斗开始后聪明着点儿，互相做好掩护，注意保持战斗队形！"

"是！"

队员们谁也不敢大意，虽然只是一场演习，但谁都知道，这帮M国人憋足了劲儿想“报仇”呢！咱们这边虽然赢了两场，但毕竟实战才是最关键的较量，这群M国人虽然傲气，可咱们也不是吃干饭的！要是这一局输了，前面的胜利就不值钱了！

战斗开始了！

一开始，双方都采用了密集阵型前进，这种行进方式，能使小组队员之间很好地进行配合和互相掩护，也能保证在突然遭遇后在第一时间组成强大的火力网，但是，这相当考验了双方士兵的思维速度、动作转换速度、由攻换防的速度和相互间协作程度，因为过度的集中会使反应速度慢的一方短时间内遭受重创。

龙云一马当先，快速跃进一个狭长的掩体里面，向后面做了一个手势，后面四个老兵立刻会意，紧跟着龙云，两个人跳进掩体，其他三个人围绕掩体隐蔽，组成交叉火力。龙云从掩体里探出头来，仔细观察着前面的地形。

掩体前面是一道矮墙，从矮墙上再向前走，左右各有两个高点，高点紧邻着中间的环型碉堡。龙云迅速测算了一下距离，他们要想占领这两个高点，就得冲过矮墙，再沿着一段壕沟前进，出了壕沟，与高点之间有大约20米的空地。他有些犹豫，M军从另外一个方向过来，首先要占领的，一定也是这两个高点。但是从距离上看，自己一方距离高点明显要远过对方，要是贸然进发，一旦M军先登上高点，而他们此时正好是在那20米的开阔地上，这完全会成为人家的靶子。

“这地形不公平啊！”旁边侯因鹏也看出来了，小声抱怨。

龙云焦急地向两边看，没有其他通道！两旁除了障碍物就是低地，迂回上去更危险。

“连长，怎么办？”七班长焦急地问龙云。

龙云四处打量一番，最后把目光集中到矮墙那里。矮墙有一米高，二十多米长，他眼前一亮，低声命令道：“占强，你跟我到矮墙下面去！常树华、侯因鹏、董文明，你们原地隐蔽，记住，隐蔽地点确定是从高点上看不到你们的。等M军下了高点，你们就别客气，交叉火力消灭对方！”

“是！”

众人接受了命令，龙云干脆带着七班长徐占强从掩体里跳出来，急速向矮墙跑过去。到了矮墙位置，龙云将身体侧卧，全身紧紧贴到了矮墙下面，徐占强如法炮制，两个人紧贴着矮墙卧倒，刚安顿好，M军一边三个人，一边两个人，已经分头占领了两个高点。

带队的海狮部队布来恩中尉趴在高点上，向这边看过去，居然什么也没有！中国人跑到哪里去了？高点对下面一览无余，可是看不见一个中国军人的影子，他知道，这些中国人一定是隐蔽起来了。他仔细观察了一下，侯因鹏、常树华、董文明三个人的位置首先被他怀疑了，只有这三个位置后面他看不到，这三个地方应该有敌人隐蔽。他当下做了个手势，三名五角洲队员的枪分别对准了这三个位置。

龙云横趴在矮墙后面，他并不知道敌人是否能发现他，他这样做是有想法的：假如敌人发现他，就会向他这边行进，这样侯因鹏他们就有机会了；假如敌人关注侯因鹏他们，自己和七班长也有了机会。就算敌人两边都考虑到，火力一分散，胜负不好说，自己至少可以拼一下。他在心里咒骂着，高点距离敌人近得多，真是不公平，可是又想，战场上哪有什么公平呢？

双方僵持了足足两分钟，布来恩有些着急了。他不肯轻易放弃高点，假如下来，就可能给中国人当活靶子，此时他真恨不得手里有门迫击炮，让他四面轰炸一下。

徐占强小声问：“连长，咱要等多久？这帮M国鬼子轻易不会下来的！”

龙云冷笑：“你别当这是演习，就当是实战，地形于我不利，当然是先静观其变！等，等天黑再说！”

徐占强忍不住笑，连长这家伙，怎么不考虑远处首长们着急呢？

“嗨！中国人，出来！”布来恩着急了，中国人搞什么名堂？对抗赛怎么成僵持战了？

又过了几分钟，M国人鼻子快气歪了，下去也不是，不下去也不是。龙云开始运动了。他悄悄捡起一块石头，冲不远处侧面潜伏的董文明做了个手势，董文明会意，将枪向上挺了挺。

龙云将石头顺着矮墙向左边猛扔过去，石头飞出去十多米，终于高过矮墙，砸到远处的一个障碍上。

“卡！卡！”

M军开枪了，当然什么也没打到。

“中尉，是一块石头！”一个M军特战队员说道。

布来恩也注意到了，石头是从矮墙后面飞出来的，矮墙后面有人，狡猾的中国人！矮墙有二十多米，刚才石头从一个地方飞出来，他立刻命令另外一个人瞄准了那个位置。

现在明确了，矮墙后面显然有人，另外三个点也不能排除。布来恩终于等不及了，命令那三个人继续在高点上潜伏机动，自己带着一个人从高点侧后迂回下来，只要中国人一露面，上下火力各自找准目标射击，拼了！

龙云是故意暴露的，敌人知道矮墙后面有人，就一定会杀过来，因为矮墙距离高点不是很远，要是能消灭潜伏的人，占领矮墙，侯因鹏他们那三个点就被动了。

布来恩不敢大意，下了高点以后，将身体压得很低，这样，一旦那三个位置出来人，就地卧倒，有矮墙挡着，不至于挨枪子，这时候高点的兄弟就可以马上开枪了。他明白，只要高点在自己手里，矮墙后面的人就不敢露头！他甚至嘲笑，中国人有些傻，矮墙只能藏身，不能进攻，你们到那里做什么呢？

布来恩带着一个人一步一步接近矮墙，高点上那三个M军士兵高度戒备，既要掩护中尉，又要关注矮墙后面，三把枪要对五个点，十分辛苦。

这正是龙云需要的！不怕你下来，只要一下来，高点的火力就减了几分，高点火力越弱，对自己一方越有利。龙云将身体回缩，横卧变成了蹲姿，身体使劲下压，刚才他扔石头先平着飞了一段，敌人并不知道他的确切位置，布来恩只能同时戒备着二十多米的长度。

龙云又捡起一块石头，低声对徐占强说道："打一枪，迅速隐蔽！"说着，他又向唯一能看见自己位置的董文明做了一个手势，董文明会意，将指令又传给了侯因鹏和常树华。

徐占强也做好了准备，两个人相隔有三米多，龙云把自己的帽子摘下来，挑到了枪头上，忽然大吼一声，右手使劲把石头向另一方向扔了出去，同时左手把枪举了出去。

石头再次飞出！布来恩两人赶紧卧倒，这个时候，场面变得很有意思了。侯因鹏他们三个随着龙云的大吼同时出现，向着高点开枪，这边龙云的石头、帽子，加上徐占强的真人，一下子出来三个目标，我方一共出现六个点，布来恩卧倒以后，他们两个人看不到帽子、石头和徐占强，当然，有矮墙在，他们也不可能看到对面的董文明等人。六个目标，两个虚的四个实的，对方只有三个实的，他们三个要判断这六个点哪个是实的，而我们这四个人不用判断，直接打这三个点。

双方同时开枪！

几股白烟过后，我方侯因鹏、董文明"阵亡"，敌人高点上两个人"阵亡"。

这机会龙云是不会错过的！徐占强刚蹲下，龙云猛地站起身来开枪射击，高点上最后一个目标刚打完龙云的帽子，就被龙云一枪击中。

我方还有三人，对方高点优势失去，只剩下开阔地上刚站起来找目标的布来恩两个人了！这仗马上简单了，布来恩原本想借助高点掩护来收拾矮墙后面的人，结果高点被人家灭了，没有了掩护的他们俩只好慌忙往后跑。

"卡！卡！"

龙云和徐占强没客气，战斗结束！

M国人快哭了！这叫什么对抗？你们先猫着不出来，让我们着急，又拿石头乱扔，又拿帽子瞎顶，这叫什么？怪不得当年日本鬼子大骂“八路狡猾”，还真名不虚传！

五个人垂头丧气地回到观摩点，史蒂芬也不好意思起来，憋了好久，终于不得不服气，中国人就是比咱们聪明，兵不厌诈，《孙子兵法》咱们也研究过，到底还是研究不过人家正主儿！史蒂芬暗想，这人体炸弹、汽车炸弹，咱们都经历过了，那毕竟是暗器，真刀真枪地干，咱也没怵过，咱们武器精良，训练有素，这都能过去，可今天输得窝囊，看来，打仗还是多用脑子好，高精尖的武器，高素质的战士，有时候遇见中国人这样的对手，未必就好使！

史蒂芬垂头丧气地冲许司令员说道：“将军阁下，我们又输了，中国军队，真是了不起！”

这时候，布来恩大声抱怨道：“不，这很不公平！中国人太狡诈，他们使用了诡计，这并不能代表我们双方的真正实力！”

许司令员哈哈大笑，冲正兴高采烈跑过来的龙云说道：“龙连长，谈谈你的看法！”

龙云正色道：“我是从实战角度出发的，对手占据高地，又都是训练有素的特种部队成员，要是硬打，我绝对没有胜算，没办法，只好耍些小把戏了。既然是实战，当然是要以取得胜利为最终目标，任何所谓的诡计，都是为最后的胜利而设定的，我不认为这不公平。比方说吧，某国的恐怖分子手无寸铁，只是一个妇女，但是她却用藏在身上的炸弹炸死了十个特种兵，这是否也不公平呢？但是，我们怎样才能要求每个这样的妇女都举着‘我有炸弹’的牌子走过来呢？战争本来就是无常规的，本身就是不公平的，甚至战争本身就有正义与非正义的分别，为了胜利，可以使用各种方式，这种诡计和狡诈，和平时的做人处事没有任何关系。因此，你们可以说我们的战术很狡诈，却不能说我们中国人狡诈，这是两个没有任何联系的事物！”

听完翻译后的龙云的话，M国士兵低下了头。

最后是战地汽车摩托车驾驶。五角洲已经连输三局，剩下一局赢了也没丝毫意义！军区首长为了给他们面子，暗中要求龙云最后一局让让他们。

最后一局，在龙云的安排下，成了五角洲部队精英挽回面子的一局。龙云和队友们故意在汽车、摩托驾驶比赛中，始终保持在五角洲的身后。赛后，不等同伴欢呼来之不易的胜利，约翰·史密斯少尉就拉着参加比赛的同伙，让他们看看地上留下的车辙。美方参赛队员惊奇地看到，地上根本没有中方参赛选手留下的车轮印记，只有在拐弯的地方才能看出，另一辆车的印记，覆盖在了前面的车印上！

史蒂芬临走的时候，由衷地感叹道：“今天，我们真正领略了中国军人的实力。我们原本以为，处在无战争时期的中国军人，应该是主观思维占据绝对上风，实践证明，我错了，和平时期的中国军人，能在任何时候都以实战需要为出发点，你们对实战的估计能力，甚至超过了我们这些有丰富作战经验的特战队员，这是我们万万没有想到的！在这里，我们看到了中国军人可怕的一面！”

龙云在今天的日记里这样写道：

今天，我们以绝对的优势战胜了不可一世的M国特种兵，很高兴，很兴奋！战场上到底谁比谁强，不好说！但是有一点已经很明确，精良的武器装备，奢侈的训练条件，强大的国家支持，并不能完全成为战场上的终极优势。军人清醒的头脑，求胜的信念，迸发的血性，在某种意义上来说，甚至要优于前者。

我为我的战士自豪！

第七十章　突发任务

威猛雄狮团直属侦察连完胜M国特种兵的消息，在接下来的几天中，迅速传遍了整个军区，要不是上级首长考虑到对方的面子，没有公开宣扬此事，恐怕早就家喻户晓了。毫无疑问，侦察连这次给全军争得了巨大的荣誉，龙云和他的战士在全军声名鹊起，侦察连这段时间的训练成果成了兄弟部队争相学习的重要内容，而龙云自己也成了全军的名人，各兄弟部队邀请介绍经验的请柬令他应接不暇，搞得龙云忙活了好几天。

这次比武事件，对M国五角洲部队和其他特种部队的影响极为深远，听说，后来他们为此专门组织了军事训练专家，重新审视他们的战斗力，并制定新的作战训练守则。显然，这次与中国军队的较量，让他们深有感触，他们第一次感受到了对手与自己完全不同的对战术的理解。

龙云忙了几天，就开始烦恼了，跑到张国正办公室嚷嚷：“不去了，不去了，谁请老子也不去了！再这样跑下去，我这侦察连都快成专业报告团了！”

张国正笑看着气呼呼的龙云，说道：“我也没办法，都是老人情了，总得照顾一下，除了那些国际军事大赛，你们这回和M军的较量在全军还是首次，赢得漂亮，连许司令员都被你们给震撼了，这就叫人怕出名猪怕壮！”

“真是的，全军大演习马上就要开始了，我们还有一大摊子事儿呢！”龙云抱怨着，“副团长，下午去三猛大队的事，能不能不去呀？他们是真正的特种部队，还用得着我去介绍什么经验？”

张国正叹气道：“你以为我愿意你去呀？三猛的那个李勇军注意你不是一天两天了，这帮家伙跟苍蝇似的，整天到处找肥肉，哪个部队出个尖子，他们就想尽办法往自己大队里挖，谁不烦他们？”

龙云惊道：“那我就更不能去了！”

“不去不行！”张国正无奈地说道，“要你去三猛交流经验，是军区首长推荐的，正好合了三猛大队的心愿，那李勇军一天三遍给团长打电话，催你尽快过去，哼！狼子野心，说是介绍经验，我看是想面试你一番！”

龙云不以为然地说道：“有什么可面试的？我哪儿也不去！特种部队怎么了？我还不服气他们呢！有机会咱侦察连跟他们较量一场，未必我就输。再说了，特种部队我也不是没去过，咱是被人家淘汰下来的人，还能二进宫？”

张国正笑道：“你小子，还没忘旧仇呢？”

龙云叹了一口气，说道：“这都好说，关键是马上要进行全军大演习了，这才是关键啊！您说吧，一个战士在部队的时间，少则两三年，多则五六年，能赶上几次全军大演习呢？弟兄们都等着这个机会呢。这个时候，训练能松吗？这可倒好，战士们在训练场上拼命，我带着几个骨干整天做报告，什么时候是个头儿啊？我说过，那帮M国人并不弱，其实很多方面都比我们强，只是对咱们的训练理念不熟悉才失败而已，这有什么值得介绍的？这不是形式主义吗？”

“龙云！”张国正的神情变得严肃了起来。“按命令执行！全军大演习的事情，我跟你透个底儿，你还不一定参战呢！”

“是！”龙云见到副团长的神情，马上立正站好，大声回答道。接着他又反应过来，急忙问道：“什么？”他的眼睛瞪着张国正，表情像要吃人一样，“不一定参战？什么意思？副团长，你不是开玩笑吧？全团大部分参演，侦察连不参加？团党委不是早决定了？”

“你急什么？”张国正说道，“我是说不一定。实话跟你说吧，团长已经去军区开会了，小道消息，可能这次有更大的行动等着咱们呢！”

“更大的行动？还有比全军大演习更大的？”龙云惊喜道，“不会是真要打仗了吧？”

“你怎么就不盼点儿好事呢？赶紧滚蛋！”张国正笑骂道，“还不确定呢！跟你露了个小底。你小子不要多问，也不用操心，随时听从上级命令就是了！记住，到了三猛，跟那个李勇军别太近乎！这小子当年跟我是一个营的，我对他很了解，最会拉拢人心了，你这革命意志可得坚定点儿！”

“副团长放心！我防着呢！”龙云敬礼，笑着走了出去。

张国正看着龙云走出去，无奈地摇摇头，他心里清楚，龙云现在名头更盛了，恐怕是很难保住，师里、军里、三猛，全都盯着这块“大肥肉”呢。好在现在侦察连被他调教得人才辈出，好苗子不断涌现，否则还真是让人担忧呢！这是每个团领导的共同烦恼，辛辛苦苦搞训练，出了人才，就马上被那些特种部队给盯上，这有什么办法呢？咱们是从老百姓里选人，人家是从兵里选人！

下午，三猛的一辆“中国悍马”，经过十几个小时的颠簸，第二天一大早把龙云直接拉进了三猛大队营区。龙云跳下车，开始自己观察这个神秘的营区。

营区坐落在沙漠内一块小绿洲上，整个营区绿化做得不错，水泥路两旁全是一块块的绿地，路边上苍松翠柏的。绿地上有花坛，还有一左一右两个假山喷泉，地面一尘不染，要不是正前方一座五层大楼上悬挂的“八一”徽章，以及不断往来的军车、士兵，这里的环境还真像是一所大学校园。营区一派如江南风光的景象，与外面无边无际的黄沙荒凉形成了鲜明的对比，要不是身在此处，龙云可真难想象，沙漠中能建设出这么一个营区，可见当初建设的艰难。

龙云第一次来到这个神秘的军营，看不出这里有什么特别之处，营区看不到训练场，看来应该是在后面的山里面了。果然，远处不断传来阵阵的枪响。

正看着，头顶上一阵轰鸣，抬头望去，一排三架直升机盘旋而过，飞得很低，机身下方的“八一”标志清晰可见，直升机从营区上方通过，轰鸣着飞向远方，几个起落，很快消失在山后面。

“龙连长，先跟我去大队部吧！”负责接龙云的叫王成，中尉，和龙云差不多高，棱角分明，皮肤黝黑，一看就不是泛泛之辈，一路上汽车开得飞快。

龙云点点头，跟着他向正前面白色的大楼走去，门口两名站岗的哨兵见到他们，其中一个笑道：“老猫，又接新兵啊？”

到底是特种部队，两个哨兵也是中尉军衔，王成笑道：“接什么新兵？这是威猛雄狮团侦察连的龙连长，来给咱们介绍经验的！”

两个哨兵立刻用肃然起敬的表情看着龙云，倒让龙云有些不自在，笑了笑，跟着王成走进了大楼。

王成把龙云带到了三楼一间办公室门口，门口牌子上写着“大队长办公室”。

“报告！”王成敲门大喊。

“进来！”

一道高八度的声音从里面传进来，龙云暗自心惊。王成推开门，龙云跟着走了进去，房间里面，一张巨大的办公桌后面，坐着一各大个子上校，上校看起来有三十多岁的样子，坐在那里把宽大的靠背椅整个填满了，光看上半身，就感觉他身高至少得一米八五以上。上校四方大脸，两道粗重的眉毛下面，一双大眼睛炯炯有神，产生一种天生的震慑力，见到龙云他们进来，他的目光从电脑前移开，直盯住龙云，龙云顿时有种异样的感觉。这应该就是这支三猛大队的大队长李勇军了。

“大队长，龙连长过来了。”王成报告。

“你先去吧！”李勇军摆摆手，站起身来，高大的身躯绕过办公桌，目光始终没离开龙云。

“首长！”龙云不卑不亢地敬了个军礼。

“龙云！哈哈，百闻不得一见啊，快请坐！”

出乎龙云预料，这凶神一般的上校出奇地热情，一双大手径直把龙云按到了椅子上，然后迅速转身，又回到办公桌后自己的座位上，从桌子下面拿出一瓶矿泉水来，拍到龙云面前，大声笑道：“我不喝茶，就喝凉水，你凑合一下吧！”

“谢谢首长，我不渴。”不知道为什么，龙云看着眼前的李勇军，总有一种很舒服的感觉，眼前这位上校似乎有一种独特的魅力，龙云揣测着他的性格：豪爽、严厉，又不失对下属的关爱。这样的人，发火的时候一定会让人战栗，和蔼的时候也一定令人感觉浑身温暖。

“唔，那好。你抽烟吧？”不等龙云说话，李勇军已经扔过来一包中华烟，大声笑道，“跟你们师王副师长打赌赢的，不抽白不抽，哈哈！”

龙云笑了笑，他原本就不是拘束的人，见李勇军如此，也不客气，点着了一根香烟。物以类聚，人以群分，龙云感觉这李勇军和副师长王成梁的性格还真有些像。

李勇军自己也点着一根烟，看着龙云欣赏着自己身后高大的多宝格柜子上陈列的各种武器车辆模型。左上角一个格子里面，用架托支着的各国特种部队徽章标志让龙云很感兴趣。

李勇军笑道：“好不容易收藏到的呢！还不错吧？”

龙云笑了笑，点点头。

李勇军用打量宝物一样的眼神欣赏着龙云，这倒让龙云有些不自在了，李勇军天生闲不住，没等龙云说话，自己先开口了，嗓门还是不小：“嘿嘿！龙云，干倒了M

国特种兵，不简单啊！上次和你们团联合行动的时候，李磊回来就跟我说，威猛雄狮团有个叫龙云的，厉害！比他厉害。这小子轻易不服人，能说你比他厉害，那你是真厉害！”

龙云谦虚地笑笑，上次抓阿不提的时候，他曾经和三猛大队的李磊在山洞里联合作战，看来那家伙回来没少夸自己。

“首长……”龙云刚说话，李勇军摆摆手说道：“别老首长首长的！这儿的人当面喊大队长，背地里都叫我大老李。”

“是！大队长，其实，我这里没什么经验可介绍的，这次来，还是想跟三猛的战友多学习学习。”龙云说的是实话，他这次来，还真想跟三猛大队好好学习，不为别的，看看人家怎么训练，回去他好借鉴啊。

李勇军说道：“我知道。你们战胜了M国兵，并不能表明咱们的战斗力已经完全胜过了人家，M国特种部队的优势是联合作战能力与现代化武器、打击力量的配合，他们的单兵作战本来就不值一提，但是其战场生存能力、分队破坏能力、实战经验等很多方面都值得我们学习。至于和咱们小组对抗失败，完全是因为他们没有从实战出发，太流于表演形式了！”

龙云暗自吃惊，这几天他去了几个部队，全都是对他的赞美，唯独李勇军说出这种观点，而这个观点正是龙云所认同的，看来，李勇军的内在并不像他的外表那样大大咧咧的。

李勇军又说道：“这次邀请你过来，一是军区领导的推荐，另外，我也正好想了解一下你。时间安排是这样的，和我队员的沟通放到晚上，大家相互熟悉一下。下午的时间，我找人带你看一下我这里的训练，内容对你不保密！”

“真的？”龙云兴奋地站起来，这正是他想要的，“谢谢大队长！”

“嘿嘿，你谢什么？”李勇军忽然诡异地笑了笑，“你这次来，你们那些领导有没有让你防着点儿我的糖衣炮弹啊？哈哈！别人我不知道，张国正那家伙一定是千叮咛万嘱咐的吧？这小子一贯小气，前年我从你们团挑了三个兵，那家伙差点儿没跟我拼命！我上午过去，拉上人就跑，这家伙跟上面说我抓壮丁，哈哈！”

龙云也笑了，他没说什么，这种事情本来说不得，他的脑子里想的还是自己的侦察连，既然来了，可要好好地看看三猛大队的训练！

第二天上午，龙云回到了连队。

这次的三猛大队之行，龙云收获很大，也受到了很大的震撼。这样的训练，这样的战士，使龙云深受触动。一下午的时间，在李磊的带领下，龙云全面了解了三猛大队的日常训练情况，虽然有拉拢的嫌疑，但这也是李勇军对他的绝对信任，他真正了解了这支神秘部队的组建目的和作战训练内容，给他的启发很大。一路上，告别时李勇军跟他讲的那段话不断在他脑海中浮现：“自古以来的任何战争，都遵循着同样的道理：无论武器多么先进，装备多么精良，双方消耗到最后，只剩下人与人的对抗，这个时候，真正决定双方成败的，还是作战单位的精神意志。谁更能克服巨大消耗之后带来的重重困难，谁更能将人的力量发挥到极致，往往就是最后的胜利者。

“三猛大队相对于其他国家的特种部队，除了不断尝试各种极限训练科目之外，更注重对战斗队员协同能力、配合意识、精神意志的培养，我们的枪可以哑火，我们的掩体可以被摧毁，但我们强大的精神意志，绝对不允许崩溃。我们带出来的兵，不仅仅是一个个杀人的机器，更是一群有血性、有精神、有动力的铁血战士，这支部队将永远忠诚于国家和人民，将永远不屈服于任何强大的对手和艰苦的环境，这样的部队，是永远不会被灭亡的！”

这样的观点，和龙云所想的不谋而合。不知道为什么，龙云此刻的心情有些复杂，三猛带给他的强烈震撼，使龙云萌生了一种融入其中的渴望，这种渴望尽管被龙云一次又一次压在心底，但还是不时地跳出来，这让他很烦恼，在侦察连做一名连长，和到三猛当一个兵，哪个更值得？龙云不知道自己为什么会有这种衡量，这很危险吧？我浮躁了？李勇军的种种言行，无疑表明一件事情：他已经向龙云发出了邀请。龙云不置可否，至少现在是如此。

龙云下了车，没做任何停留，直接赶到了侦察连的训练场。“两国之战”胜利的欣喜感还没过去，残酷的训练一刻也没有停止。侦察连的战士在8月毒辣阳光的照射下，一个个精壮的小伙子丝毫不畏惧阳光的“淫威”，在训练场上练得虎虎生威，汗如泉涌，也丝毫不觉得苦和累。他们的心中始终铭记着一句话：“平时训练场上多流汗，战时战场上面少流血”，作为一名战士，战斗班排的战士，在部队待的时间少则两年，多则五年八年……能参加一次全军性的演习，那将是多么的荣耀和自豪，这也是军旅生涯中一次难得的经历。正因为如此，每名战士都忘记了苦和累，拼命训练，等着上演习场的那一天。

龙云的出现立刻使全体战士爆发了一场小型的“轰动”，钟国龙从壕沟里面越出来，笑着大喊：“连长，还以为你不要我们了呢！我们正想着以后怎么办呢！”

龙云骂道：“你还要起义呀？”

“连长，做报告的感觉怎么样？”旁边二排长也跟着起哄。

“挺好，挺好！坐主席台，喝热茶水，吃小灶，以后有这机会老子全让给你们！”龙云调侃着脱下军装，换上了作训服，眼睛立刻瞪了起来，态度急转直下大吼道：“都看什么？老子头上长犄角了？继续训练！”

全连人再不敢玩笑了，连长这人真奇怪，平时挺和蔼的，一上了训练场马上跟发了疯一般，不用说，赶紧练吧！场上很快传来战士们已经十分熟悉的骂声：“五班长！谁让你减项目的？那水坑为什么绕过去？全班给我重新过……李大力！你屁股撅那么高干什么？铁丝网都快被你撑开了，重来五遍！……许明！谁教你的那样过障碍？再不好好练老子把你踢出去……”

不知道为什么，龙云这样一骂，战士们就会立刻打起精神来，进而拼命地训练，龙云骂得越凶，战士们劲头越足，这仿佛已经成了惯例。

现在龙云的“魔鬼训练”计划已经进入战术训练阶段。这是一个十分关键的时刻，战士上战场进行战斗，战术是关键。部队有句老话，“队列没有对的，战术没有错的”，意思就是战术一定要灵活运用，在战场上不管你使用什么样式的战术动作，只要能达到保护自我，消灭敌人的目的，单兵战术就运用到位了，没有什么标准不标准之说。

今天训练的是班组战术，龙云采用了一种新的训练模式。在训练前设置任务。6人为一小组，一人担任小组长指挥小组行动，从老兵中挑选出一些训练过硬的同志担任倒调员，在小组前进的过程中随意设置各种战场情况，以增加战场变化莫测的真实性和训练的针对性，并取得了很好的效果。

龙云现在的训练，不再拘泥于形式，或者说，已经脱离了基本功类的训练。打个比方说，前期的体能训练，无非是战士背上负重，快速行进5公里之类的基础训练，但是现在不一样，龙云要求战士们预想战场上的情况，将训练变成了场景模拟，他会假设有战友受伤，要求一个战士背上另外一个，中途还要越过各种障碍和应付突发情况，这样一来，战士的运动量不降反升，战场真实感也得到加强。

接连不在几天，龙云显然是憋坏了，自己亲自上阵，不断示范动作不说，运动量也出奇的大，三个小时过去，全连都被他给练得快趴下了。

“老大，连长今天受什么刺激了？”陈立华大口喘着气问钟国龙。

“不知道。”钟国龙摇了摇头。

“听说连长昨天去了三猛，肯定是被人家给震了。咱们连长一贯如此，看不得别人比咱们强。”吴建雄小声说道，“前年连长当三排长的时候，兄弟部队一个班来咱们连交流，结果他们排九班越野输了，人家走以后，没等连长发话，他带着九班一直跑到熄灯哨响，最后连长一看九班没回来，带人从操场上把全班背了回来，一班人全累瘫了！当时还有战士告他变相体罚呢！”

“后来呢？”钟国龙问。

“后来？嘿嘿！连长说了，谁让你们输来着？处分老子没关系，输了照样挨罚，你们不会赢啊？赢了老子给你们买肉吃！”

“吴建雄！你说评书呢？”

远处传来了龙云的怒吼，三个人吐了吐舌头，赶紧起身继续训练。

“龙连长！龙连长！”场门口，一个一级士官大喊，“你还真在这儿啊！副团长叫你马上到他办公室！”

“小陈啊！”龙云站起身拍了拍尘土，小陈是团部公务班的，“什么事情这么急？”

“你快去吧！副团长正着急呢！”小陈走到近前，急匆匆地说道。

张国正的脾气龙云再熟悉不过，没敢耽误，拔腿就跑，速度惊人，小陈在后面猛追，又哪里追得上啊。

第七十一章　兵分两路

龙云跑步赶到张国正办公室，张国正此刻正拿着一本厚厚的资料看得出神，看得出这本资料让他很兴奋，张国正一脸眉飞色舞。

“副团长，是不是军里大演习的资料下来了？”龙云一见那资料，也是一阵的欣喜，按照往年的经验，这个时候是下达演习资料的时候了。

“你小子是不是日盼夜盼啊？”张国正放下资料，故意用一本军事杂志把资料盖住，笑嘻嘻地看着龙云，略带酸意地说道，“怎么样？李勇军对你不错吧？”

龙云笑道：“看您说的，李大队长确实不错，可咱不是回来了吗？”

“嘿嘿！你还想一去不返啊？”张国正大笑，“你不用看他那假仁义！这小子，挖人的时候装得可慈祥呢，人一过去，他就想办法收拾你，宽外严内，三猛一贯如此……说说别的吧，这回去受什么启发没有？感觉三猛和咱们有什么区别？”

龙云这才收住笑容，正色道：“这次李大队长让我全面观摩了三猛大队的训练和日常生活情况，虽然时间很短，但是给我的启发挺大。咱们侦察连的作战内容，大部分是前期侦察行动，我们是尖兵，我们的出现是为了给大部队前进指明方向，探测路线。可是三猛大队的作战内容，几乎完全是在没有后方、没有任何外援的条件下深入作战，他们就单兵的个人意志和作战素质训练，以及小团队的协同作战方面，有很多独特的训练方式。说白了，侦察连往往是虚的，是探测器，而三猛是实的，是真正插进去的钢刀！”

张国正认真地听龙云说着，点了点头，说道：“是啊。特种部队，往往是一场战争的最佳终结者。他们发挥的作用，是以一当十，以一当百，在战场上没有任何退路，现代战争，他们往往是真正的主角。”

“副团长，我有个想法，接下来的训练，我也想参照三猛的训练理念，把侦察连的职能进一步深化，我想，侦察连不应该只是一个探测器，也应该是一把尖刀，也应该具备在大部队无法到达时，在敌人内部翻江倒海的能力！”

“呜——那你就不是侦察连了！”张国正说着，把资料拿了起来，递给龙云，“这些以后再考虑，先看看这个吧！”

“好！”

龙云迫不及待地接过资料，一看题目，顿时愣住了：不是“戈壁风暴”，资料封面上是用中英文两种字体写成的标题“绞杀”。怎么回事？大演习代号变更了？龙云迅速翻开资料，皱着眉头看起了里面的内容，越看越玄乎，初步判断，这不是全军大演习的内容。

张国正看出了龙云的疑惑，说道：“昨天我就跟你透露过了，有更好玩的。绞杀，联合军演代号。我军首次与外军真正意义上的实兵演练，目的是加强双方边境联合反恐能力。威猛雄狮团抽调90人参加这次联合军演任务，人员定好后，从明天开始到团战术训练场进行15天的合练。15天后所有参加联合军演的人员带到师部进行全师合练。到达正式演习地域后，参加人员和J国不进行预演合练，直接进入正式演习。这是为了考验两个国家部队应对战场的能力和指挥官的指挥能力以及配合性。团党委决定，由我带队负责这次联合演习，由你负责全面针对性训练工作，为国家争光。有没有兴趣？”

“可是，这也太意外了吧？”龙云指着时间表问，“就这么短的准备时间？”

“废话！战争要是真的爆发，恐怕一天的准备时间都没有！”张国正站起身来命令道，“资料保密，熟读！今天晚上咱们分头行动，侦察连我要30个人，由你选定，其他人员我到各连亲自选。还有什么疑问吗？”

龙云这才从疑惑中清醒过来，说道：“没有。只是，军里的戈壁风暴……”

“那个不是咱们操心的事情了，团长亲自抓。从现在开始，戈壁风暴跟你我都没有关系了，咱们就只考虑怎么完成联合军演的事情。不要有什么遗憾，战场本来就是瞬息万变的，回去准备吧！”

“是！”

龙云走出了副团长办公室，太出乎意料了！自己带着侦察连接连几个月的魔鬼训练，就是想在全军军事大演习上一展身手，连日来龙云就跟着了魔一样，三句话不离戈壁风暴，这可倒好，最后的关键时刻，这事反而跟自己没什么关系了！龙云紧攥着演习资料，一路上努力调整着自己的心态。

这次看似突然的与J国的联合军演，其实是双方酝酿已久的！

J国属内陆国家，东南段领土与我国相邻。前年，两国解决了边界历史遗留问题，陆路已开通两个口岸。这些年来，两国关系良好。

J国是受恐怖主义危害比较严重的地区之一，在其南部边界地区不断有恐怖分子入境。这些恐怖分子受过相当正规的训练，不少人都能熟练使用多种轻重型武器，他们山地作战能力强，频繁越界滋事，令各国的边防驻军头疼。

据J国有关部门向外界透露，演习将在两国某陆路口岸两侧边境地区展开。此处为高山地区，海拔5000～7000米。先前的J国媒体报道说，演习的目的是检验两国边防部队快速反恐反应及合作，演练消灭恐怖分子基本战术，提高边防军人反恐作战能力。具体行动中，两国边防部队极可能实现越境共同作战。

在当前国际形势下，打击国际恐怖主义已成为各国的共识。虽然此次演习规模不大，但意义却非同一般。作为国际反恐活动的重要组成部分之一，此次演习不仅可以为反恐演习积累经验，还将昭示该地区绝不是恐怖分子藏污纳垢的乐土。

持续两天的演习将围绕某“恐怖组织”在国际恐怖势力的支持下，企图制造暴力恐怖事件为背景而展开。两国边防部队共派出数百人及十余辆装甲战斗车和多架直升机参加，演习中双方互通情报，共同指挥，密切协同，联合实施边境封控，全力围堵歼灭“恐怖分子”。

这样的演习，对于龙云来讲，是极其陌生的。他从军十年，大大小小的演习参加了无数次，但是像这样的境外与外军之间的联合行动，龙云简直是闻所未闻。想到这里，龙云心中所有的疑虑反而消化除了，他是一个喜欢接受挑战的人，越是这种艰难的没有先例的任务，反而越能激发起龙云的积极性来。龙云隐约感觉到，国际形势确实是变了，各国之间经过长时间的自我发展，甚至是相互竞争、冷战，走到现在这一时期，忽然有了共同的敌人：恐怖分子。共同的安全隐患将使各国之间的合作越来越紧密，即使是双方比较敏感的军事合作，也将掀起一波新的浪潮，作为一名现代军人，应该有这样的意识和准备了。想想最近几年自己参加的多次战斗，恐怖分子大多数都是跨国境的滋扰，既然敌人能来去作恶，作为各国政府之间，当然也必须加强合作了！龙云感觉，这对于自己来说，是一次全新的挑战，是丰富自己军事经验的极好机会，想到这里，他甚至已经开始期盼这次行动了！

侦察连全连军人大会在当天晚上紧急召开，龙云在会上宣布了上级的军演计划，最后，他充满激情地说道："怎么样？今年真是不一般啊！全军大演习就已经很难得了，这回又赶上境外联合军演，够大家过瘾的吧？刚才已经说过了，人人有份，三十个参加联合军演，剩下的全部参加戈壁风暴，同志们，有没有自告奋勇的？谁想跟着我参加联合军演？现场报名！"

结果却出乎龙云的预料。除了钟国龙他们几个龙云到哪儿跟到哪儿的新兵全举起了手，其他要求参加联合军演的兵寥寥无几。老兵，尤其是今年年底面临复员的老兵没一个人举手的。

老兵有老兵的想法，老兵在复原前想参加一次真正的演习，全军性演习机会难得，多少年才举行一次呀，到时候什么飞机、导弹统统出动，场面多大呀。而J国，每年部队进行高原适应性训练的时候都到达过其边境，而且联合军演只有短短的两天，既然是联合军演，肯定又是早就预演好的，就像演戏一般，有什么意思呀！

龙云有些意外，他虽然早就了解老兵的想法，但是看到自己一贯无往不利的号召力遭遇困境，顿时有些生气，大声说道："怎么？都想参加戈壁风暴是不是？我告诉你们，这次联合军演的资料我都看过了，我敢保证，和以前那些联合演习绝对不一样！场面确实不大，但要求是很高的！这次联合演习双方动用的武器装备和战斗成员，都是精锐中的精锐，有你们过瘾的地方！再说了，这可是咱们代表国家去参战！荣誉，荣誉啊，同志们！"

龙云一席话说完，老兵们还是无动于衷，举手的仍旧是几个新兵，班排干部倒是都举手了，但可以看出来大多数是照顾龙云的"面子"。

龙云彻底火了，怒气冲冲地吼道："看看你们，怎么老是用老眼光看问题呢？一下子两个大演习，都蒙了是吧？还学会挑肥拣瘦了！我告诉你们，联合军演除了是一场演习，还是一个政治任务，也是军事命令！我满怀信心地给你们做动员，让你们主动报名，怎么着，还把你们惯坏了是吧？好！那我也不客气了，各班带回！回去以后，给你们20分钟时间，每个班推荐3个人上来，必须是要求军事训练成绩优秀，参演经验丰富的老兵，解散！"

龙云说完，转身就回了自己办公室，一屁股坐到椅子上，仍有些气恼。

赵黑虎带着一班回到宿舍，马上召集全班开班务会。

“你们也是，看把连长给气的！联合演习有什么不好？还能出国呢！”赵黑虎敲打着笔记本，瞪着眼睛说道，“赶紧赶紧，别逼我点名啊！”

“排长，我要求参加！”钟国龙迫不及待地站了起来，后面陈立华和刘强也站起来，“排长，正好我们三个都想参加。干脆您就报上去吧！”

赵黑虎黑着个脸，说道：“我说你们三个刚才没参加会是怎么的？连长不是说了，要求必须是军事训练成绩优秀，参演经验丰富的老兵！新兵全参加全军大演习！”

“为什么呀？”

钟国龙不服气了，说实话，他什么演习都没参加过，只是感觉连长、排长都铁定去参加联合演习了，他当然要跟着一起去，没有连长、排长，那戈壁风暴能有什么意思？这回连长又指明必须是老兵才能参加，这下子又让钟国龙劲头儿上来了，为什么必须是老兵？新兵就比老兵差吗？钟国龙心里就只有一个念头：这联合军演，老子还非参加不可了！

其实龙云并不是这么想的，他考虑到，这次联合军演，是直接与外军合作的政治性任务，演习的成败，关系到国家的荣誉，这样的任务，除了要求参战人员要作战经验丰富、训练水平过硬之外，多多少少还有一些额外的要求，那就是不能出任何意外，不能有任何差错。此外，龙云自己也考虑到，和联合军演相比，新兵更需要得到“戈壁风暴”这样大型军演的锻炼，毕竟戈壁风暴是全军几年一次的大规模演习，新兵从中得到的锻炼肯定是不可估量的。换句话说，联合军演要的是结果，戈壁风暴要的是过程。

赵黑虎倒是没想那么多，瞪着眼睛说道：“少废话，一切按连长的命令办！你们几个老兵，谁参加？”

赵黑虎接连问了几次，4个老兵终于不好意思了，旁边赵喜荣有些不情愿地举起了手，赵黑虎眼前一亮，不由分说地说道：“好！赵喜荣不错。其他老兵都不愿意？你们几个也不用举手了。班里就推荐赵喜荣、侯因鹏、戴诗文三名老兵参加。”

“排长，别呀！我今年就要复员了，全军大演习还没参加过呢，你让老吴去吧！”侯因鹏苦着脸，向赵黑虎指了指吴建雄，吴建雄慌了，刚要说话，赵黑虎已经骂开了：“侯因鹏！你复员的大事，比联合军演还重要是不是？要不你跟中央军委说说，下半年东海登陆演习你也去得了，那是全国性的大军演啊！回来够你写一本书的！扯淡！复员之前能有与外军联合演习的经历，为国家争光，不是更有意义？都别说了，就这么定了！”

赵黑虎不由分说，转身就去连部填报名单去了，他这脾气上来，比龙云一点儿不小，老兵们不敢说什么了，去就去吧！没准连长说得对，这次和以前不一样呢！

钟国龙气急了！看了看同样不服气的陈立华他们两个，大声嚷嚷道："连长怎么歧视咱们呢？凭什么呀？"

旁边侯因鹏苦笑道："嘿嘿！想去的不让去，不想去的硬挺着往上推，我说你们三个也别在这儿发火了，要发找连长发去！你们要是争取下来，我可就解脱喽！出国有什么好？那边也是沙漠！"

"找就找！"钟国龙腾地站起身，推门就往外走，刘强和陈立华连忙跟着他出去。

三个人腾腾地上楼，迎面正碰上李大力，李大力一看是他们三个，苦着脸说道："怎么样？去不了吧？我和老余也一样，真气死人了，多好的机会啊！到外国作战，我做梦都梦到过呀！我们家三代从军，还没有一个能出国的呢……我爹去过越南，可是去抬担架的，这不能算吧……"

"哎呀，你别叽叽歪歪的了！啰唆什么？叫上老余，咱们一起去连部找连长去！"钟国龙不愿意听他胡扯，大声说道。

李大力忙点头，喊着余忠桥，余忠桥正在宿舍憋闷呢，跑出来一看这场面，正合心意。五个人一起向楼上的连长办公室走去。

走到门口，胡晓静正站在那里，一看见这五个，顿时感到分外亲切，小声笑道："请战来了吧？"

"是！连长呢？"钟国龙拍了拍胡晓静的肩膀。

胡晓静小声说道："在里面和指导员研究各班报上来的名单呢！我说你们还是回去吧，刚才我也跟连长说想参加联合军演，被连长臭骂了一顿，看来是没戏！指导员跟我说，全军大演习才有意思呢！"

"不是有意思没意思的事儿！我就是不服气连长看不起咱们新兵！"钟国龙越说越气，越过胡晓静，直接敲门，"报告！"

龙云正和郝振平研究名单，听人喊报告，叫声进来，钟国龙领着其他四个人气势汹汹地闯了进来。龙云知道这几小子干什么来了，头都没抬，说道："你们都回去吧，名单已经定了！"

"连长，我不服！"钟国龙大声喊道。

龙云火了，站起身吼道："你不服什么？你怎么什么都不服啊？不服也得服，让你们新兵参加全军演习，不是害你们！"

“连长！我知道，全军大演习对我们也不是没意义。”钟国龙昂着脑袋说道，“我就是不理解，为什么只有老兵才有资格参加联合军演，我们新兵什么地方差了？为什么连报名的机会都没有？连长，我感觉你歧视我们新兵！”

“好大的帽子啊！”龙云被钟国龙气笑了，转而又严厉地说道，“钟国龙，我告诉你，我对新兵没什么歧视不歧视的，假如你非得说我歧视你们，我也认了！联合军演是出境作战，我需要的是稳妥，是冷静，你钟国龙能保证冷静吗？你好一下坏一下，立功也是你，违纪也是你，你能控制自己的情绪吗？我不想让你的冲动给国家抹黑！我说得够明白了吧？回去！好好准备全军演习！”

“连长！”

钟国龙快哭了，他明白连长的意思，自己以前因为冲动没少犯错误。一时间，钟国龙不知道说什么才好了。

郝振平也说道：“钟国龙，回去吧！你们几个都回去，有什么情绪回头再说。”

“连长、指导员，我想说说我的想法！”钟国龙倔强地说道，“我承认，连长对我不放心是应该的，我们新兵经验少，也是事实。可是，连长，我们犯过错误，不等于就一辈子都犯错误。这次我们想参加联合演习，也不是想出出国，风光风光，毕竟那边的条件比这边好不到哪里去。我们想参战，一方面是想证明，我们不比老兵差，另外，我们也想有这次出去学习的机会。全军大演习的机会虽然同样重要，我们新兵以后还有参加的可能，我们想多一些参与不同演习的机会，这不是错吧？成熟不成熟，是磨炼出来的，不是提防出来的！我钟国龙也不会永远分不清状况吧？”

钟国龙说完，龙云叹了口气，有些犹豫了。

旁边李大力也保证道：“连长，你就让我们参加吧，我们保证努力完成任务，坚决不给部队抹黑！这对我们也是个锻炼不是？”

龙云思索着，眼前这五个新兵，可以说是自己一手带起来的，眼下论训练成绩，他们五个尤其突出，与那些参军两三年的老兵相比，在成绩上几乎没有什么分别。五个人以前确实没少给他惹祸，现在的表现也是大有长进，可这次与以往不一样啊！但是龙云又想到刚才钟国龙说的话，他在考虑，这样的联合军演，更加突出的是考验战士的协作能力和应对突发事件的冷静处理能力，这确实是钟国龙等人欠缺的！想了想，终于还是点了头：“你们几个，回去每人给我写一份军令状，咱们丑话先说到前头，谁要是敢在演习中不听命令，惹了祸，就不是记个过给个警告那么简单了！还有，陈立华不能去了，这次全军演习，连里面需要狙击手！”

“是！”

四个人兴高采烈地跑了，陈立华有些遗憾，但是想到可以做狙击手，拿着他平时最向往的狙击枪，还是很兴奋，想了想，也跑了。

郝振平笑着说道："老龙，你这几个高足，看来是非跟着你不可呀！"

龙云苦笑着说道："这几个小子！好在这次虎子也去，有他看着这几个宝贝，我还放心点儿……什么时候他们几个能到虎子那程度，我就放心喽！"

"我看有希望！"郝振平笑道，"重新研究一下吧，把他们四个加上去！"

第七十二章　联合军演（一）

第二天上午训练前，全连在宿舍楼门口集合，分成了两个方队，一队是参加全军演习的，一队是30个人组成的联合军演方队。

龙云站在队列前面，目光冷得像一潭冰冷的湖水："兵分两路，但是，我要大家记住，侦察连还是一个整体！不管是'绞杀'联合军演的成员，还是'戈壁风暴'全军演习，你们都是代表着侦察连的荣誉。我绝对不允许侦察连的战士做出任何与侦察连荣誉无益的事情！今天开始，我和一排长将要带领参加联合军演的兄弟和大家分开训练了，剩下的人，指导员和副连长带队训练。

"有的人把军事演习说成是军事演戏，首长是导演，战士是演员，我不这样认为！究竟是演习还是演戏，不在上级的设定，而是在下面的执行！国家每年巨额的军费，不是培养我们当演员的！我一贯认为，一个把演习当成演戏的战士，永远成为不了合格的战士！这样的人，在侦察连永远没有位置！在这里我要提一个要求，侦察连的每一个士兵的心中，没有演习，更没有演戏！我们有的，只有实战！我要你们每一个人都将这次演习当作一场真正的战斗！真正的战斗是什么？是勇往直前，是勇敢无畏，有流血，有牺牲！军人上了战场，就永远没有退路！侦察连冲锋的路上，没有懦夫，没有失败！都清楚了吗？”

“清楚！”战士们被龙云的一席话说得群情振奋，齐声大吼。

“好！演习结束，我和大家一起庆功！”龙云说完，目光转向参加联合军演的方队，“联合军演方队，稍息——立正！目标，团作训场，跑步——走！”

龙云带队赶到团作训场，副团长张国正已经站在那里了，陆续赶到的，还有其他连队选拔出来的60人，一共90人的队伍站在场上，神色凝重，整队完毕，所有人的目光都投向了张国正。此时的张国正，表情严肃，审视着面前的每一个战士，每个人目光与他相对，都能感觉到这位铁腕团长的杀气。

张国正开门见山，大声说道：“我听说了一种言论，说我们这些参加联合军演的人，无非是去走个过场，相当于友好访问。还说演习没什么特别之处，一样的沙漠，一样的高原，只是多了一群大胡子外国兵跟我们一起演一场而已。都给我听好，我今天郑重声明，你们这次要参加的演习，确实是一场预演！不同的是，这场预演的最终服务对象，将很可能是在未来发生的真正的战斗！

“你们平时都上过街，马路边电线杆子上写着的一个解放军人头奖励两万元，都看到过吧？你们绝大多数人都参加过与恐怖分子的战斗，都看见过被他们糟蹋的妇女，也看见过被他们摧残得不成人形的孩子吧？你们都经历过身边战友献出宝贵生命的惨剧吧？我想说的是，恐怖分子猖狂依旧，恐怖行为愈演愈烈，战争，每时每刻都有可能发生！

“这次参加与J国的联合军事演习，是我军有史以来第一次到境外参加行动，陌生的地形，陌生的语言，陌生的人文习俗，陌生的战斗盟友，一切都是陌生的！在已有资料中，找不到可以借鉴的任何资料！两国边防军在语言文字、编制体制、武器装备等方面存在很大差异，对于这次联合演习，曾经有国外的军事专家提出，两国间合作反恐的若干障碍，不可能被完全克服，甚至有人断言，演习只能以失败而告终！

“我们，就是这些言论的直接驳斥者！我们需要用实际行动向世界表明，我们的军队，可以克服任何困难，可以战胜任何敌人，中国人民解放军镇守的土地上，永远没有恐怖分子滋生的温床！我们这次的行动，体现着威猛雄狮团的实力，更代表着国家的荣誉；我们这次的行动，将直接展现中国现代化军队的军威！从现在开始，谁还敢说这是走过场，就马上给老子滚蛋！同样从现在开始，我们将重点演练分队小队战术，侦察、房屋突入、滑降等特殊战术，半个月的训练，再加半个月的全师合练，30天的时间不长，我要求，30天以后，从训练场上走出的是一支支的利剑，是一只只嗜血的恶狼！”

残酷的训练开始了，战士们很快感觉到了前所未有的压力，突击、跃进、匍匐，身体直接蹭在戈壁滩坚硬的石头上，战士们全身没有一块好肉，整个右侧身体全部磨破，伤口还渗入不少沙子，挑起来钻心的疼。一次次的长途越野行军，每个人一天定量一壶水，嗓子像要冒烟一样，嘴唇裂开一个个干口子，房屋突入，直升机滑降，上去，下来，再上去，再下来。负责训练的龙云和张国正同样的冷酷无情，只要一上训练场，他们的眼中就没有伤痛，没有同情，一遍一遍地重复要求，不断设置各种各样的战场情况，整个操场都是他们的怒吼声。

张国正站在训练场上，这个平时还算和蔼的副团长，此时严厉无比，任何人在他面前，都没有讨价还价的机会。当年，他能把龙云带成铁血战士，此刻，他也绝对不允许任何人有丝毫的懈怠。每个战士脑子里都有他说的那句话："行，你就上，天高任鸟飞；不行，你就滚蛋，地缝都没得钻。"前三天的训练，张国正就淘汰了三个，淘汰完补充人，不行再滚蛋，一周以后，陆陆续续换了十几个人，剩下的人，全都拼了命。在部队里，没有什么比被淘汰更让人无地自容的事情了。

侦察连的30个人，没有一个被淘汰的，这让龙云稍感放心，尤其是钟国龙等五个新兵（六班一名战士负伤，在一班新兵谭凯的强烈争取下，龙云同意他加入），简直是拼了命，几个人都憋足了劲，不但不能落在老兵后面，还要做到最好，要超过老兵。钟国龙浑身是伤，不吭一声，伤口被滚烫的沙子烧得钻心的疼，钟国龙干脆嘴里咬上一块毛巾团，动作绝对不变形，晚上回去清洗干净，还是疼得睡不着觉。每到这个时候，钟国龙都一遍一遍告诉自己："我即将上战场了！此时不练，战场上必死无疑！坚持，就是死也要坚持！"

像钟国龙这样咬牙坚持的绝对不在少数。半个月的训练之后，再看这90个兵，皮肤比别人黑了一倍，一个个像半截子铁塔一般，连走路都快上一拍，脸上、胳膊上虽然伤口还在，远远看去倒更显得威武雄壮。90个人再没有了刚开始的浮躁，他们大多数是参军三年以上的老兵，大小演习参加过多次，却从来没有这样练过，用一位三级士官的话说，"这15天比我前面4年练得都多。"话虽然有些夸张，但其中艰辛是显而易见的。

在半个月的团联合军演合练后，明天参演人员就要奔赴师部参加合练。这天所有参加联合军演的战士都拿到了团后勤处发的新式沙漠作战装备军服，团军械股从仓库里拿出前几天军区给配发下来的97式突击步枪等装备送到侦察连。

拿在手里的97式突击步枪让钟国龙兴奋极了，他越发感觉自己要求参加联合军演是绝对正确的选择了！97式突击步枪一直作为外贸枪支出口，此次也许是因为境外联合军演，当然要用上最好的武器，上级将此枪配发下来。一向爱枪如命的钟国龙满脸欣喜握着手上这支乌黑发亮的97式突击步枪，不时地低下头看看，97式突击步枪的长基本和95式自动步枪一样，最特别之处就是把原本95的合成塑料弹夹换成了全钢制弹夹，当然，内部结构也有所变化。

第二天早上，侦察连参加联合军演人员集合，30人的方队就如30只沙漠狼站在地上，清一色的沙漠作战服，QGF02芳纶头盔，内置单兵通信设备与头戴式热成像仪。手上拿着97式自动突击步枪等装备，整个就像未来战士。连队其他战士看着是两眼发直，羡慕不已，一个个肠子都悔青了，当初怎么就那么傻，不参加联合军演呢？

龙云也换上了新式军服，看着眼前的队伍，脸上终于露出了久违的微笑："怎么样？还都合身吧？早跟你们说过，参加联合军演没坏处，看看你们现在的装备，再看看旁边那些拎着95的大头兵，有什么感觉？自豪吧？"

龙云夸张地指了指旁边的戈壁风暴方队，把大家逗得哈哈大笑，那边二排长笑道："连长，这才半个月，我们就成后妈生的啦？"

龙云笑道："活该！当初让你们举手，一个个都缩着脖子，活该！"

"当初也没说发新装备呀！"一个老兵大喊，又把大家逗得大笑。

"笨脑子！咱们这是代表中国人民解放军参加演习，代表着解放军的形象！武器装备当然要最好的，这还用提前告诉？"龙云顶了他一句，转身喊道，"这边，目标，操场集合点，跑步前进！"

30个人跑步向操场而去，一路上又引来各连队战士的羡慕。

两国边境线长达1100公里。

经过半个月的全师合练，参加演习的中方人员到达J国境内，全体人员坐进装甲运兵车，又经过四个多小时的长途跋涉，终于到达了演习指定地点。

张国正负责担任此次军演的中方总指挥，本次演习中方总计270人参战，部队很快被分成三个作战中队，各中队又划分为数量不等的作战小组，按照演习事先设定，中方总指挥所很快设立，张国正坐镇指挥部，认真听取J国军方的战场情况通报。

钟国龙等五名新兵组由赵黑虎担任组长，赵喜荣担任副组长，七个人从装甲车上下来，顿时被眼前的景象惊呆了：空气稀薄的高原上是一望无际的大沙漠，远远望去，看不到边际，沙漠表面坑坑洼洼，看不到任何醒目的植物，大片的戈壁滩隐藏在沙漠中，越发显得此地荒凉无比。

"检查一下武器装备，原地待命！"赵黑虎简短命令道，大家各自检查装备。

"这是什么鬼地方啊？恐怖分子真的能在这种地方生存？"李大力眯着眼睛看了

看前面，“这跟死地似的！”

“废话！你以为恐怖分子在大城市里面住别墅啊？”赵黑虎说道，“地方越荒凉，越是政府打击的死角。这里方圆几十里见不到绿地，偶尔有个泉眼，当地叫作神水！”

“排长，你怎么知道的？你来过呀？”刘强诧异地问。

赵黑虎瞪了他一眼，责备道：“叫你好好看资料，跟害你似的！”

几个人检查完装备，还没来得及休息，集合的哨声就响了起来……

高原群山之间，立首一顶沙漠迷彩野战帐篷，帐篷口站着一名目光坚定、英姿挺拔，身着沙漠作战迷彩服，手端97式突击步枪的中国哨兵。远看，哨兵与蓝天白云，高原群山，山顶雪峰，映成一片。哨兵，神圣不可侵犯，用忠诚将岁月站成永恒。在哨兵的身旁，插着一个白色木牌，上面用红色的楷体字标明“联合军演首长司令部”，下方用英文注释着“CAKU”。

帐篷内部，所有设备已经检测运转完毕，张国正站在折叠桌前，表情严肃地看着参加会议的各中队长。

“刚刚听取了战场情况通报，J国方面详细介绍了这次演习的战场情况，这次我们演习的重点是两国之间的战术配合，第一阶段的作战任务，也将围绕这一科目展开。根据通报，这次我们演习的总任务是要摧毁位于高原深处的恐怖分子秘密训练基地，战斗展开以后，我们和J国的参战特种部队，将分别从两个不同的方向，密切配合，共同拉网，逐渐缩小包围圈，行进过程中双方部队须随时保持联系，各自划分任务区域，确保大网密不透风，最后直接指向敌人的基地位置，予以摧毁。这次演习和以往的走过场不同，大任务如此，但是各战斗小组在行进的过程中，还需要有独立的战斗能力，在恐怖分子秘密训练基地的四周，还隐藏着数量不定的恐怖分子信息交流站，各战斗小组在大部队拉网的同时，还要根据指挥中心的命令，摧毁沿途的信息站。为了保证战斗的真实性，本次演习中，负责扮演恐怖分子的J国某部队，设定了多种假设敌情，有狙击，有抓捕，有解救人质等各种各样的不确定战斗场景，将是考验我各作战小组主观能动性和施展能力的重点。这点一定要跟战士们说明白！

“这次我们是境外作战，地形、人文、语言都不通，需要克服的困难可能连我们自己都想不到，大家回去以后跟战士说明，我们出来代表了祖国的荣誉，绝对来不得半点儿马虎！论武器装备和部队战斗力，J国无法与我们相比，但是论对战场情况的熟悉程度和适应程度，人家比咱们要强得多。咱们要学会取长补短！”

张国正说完这些，看了看在场的众人，目光一闪，大声说道：“在这里跟大家讲明一点，这次摧毁敌人基地的任务，演习总导演部并没有确定具体的执行部队，也就是说，在配合整体拉网顺利进行的基础上，哪个部队先进入核心阵地，先摧毁敌人目标，最终的荣誉就属于他。这可是一个大彩头！我的想法是，最终按动起爆钮的部队，一定是我们！有什么困难吗？”

“没有！”几个中队长回答得斩钉截铁。

张国正满意地点点头，又冲着龙云说道：“龙云，你带领的中队，按照刚才制订的方案，将从区域最广阔、作战目标最多的A区域展开。A区域的地形基本上都是沙漠和戈壁，行进路线长，需要摧毁的敌人目标也更多，从这个意义上说，你有些吃亏了，怎么样，有没有什么困难？”

龙云呼地站起来，大声回答道：“没有！我保证完成任务！”

“没有就好！”张国正吐了口气，看着自己的爱将，无比激昂地说道，“你的中队是以你自己的侦察连为基础，这次全军大演习没参加成，我知道你心里憋着火呢，那好吧，看看你的侦察连在这里的表现吧！检验部队战斗力的标准，永远是胜利，不管是在哪个战场上，这就是真理！”

“是！”龙云眼中像要冒出火来，他早就迫不及待了，这次A区域的作战任务，明显要难于其他任何一个区域，副团长把A区域交给他，是对他的绝对信任，龙云带着部队苦练了一个多月，就等着这一天了！刚才张国正说到的摧毁敌基地的任务，龙云在心里面早就收入了自己的囊中。

张国正没有再说什么，命令各中队准备出发。

已经是下午时分，天气仍旧炎热，干燥的风带着细沙四处飞荡，每个人都感觉到了一丝干渴。他们知道，这只是开始，炎热、缺水、高强度体能消耗，将伴随他们整个演习过程，这样的演习，考验的不单单是战术技能，还考验每个人的生理极限，更重要的是考验着每个人的意志信念。

远处，三颗红色的信号弹升起，像沙漠中飞起的流星一般，信号弹越飞越高，终于到达极限，耀眼的光芒射向四方，演习正式开始！

赵黑虎带领的小组，代号“沙鹰”，七个人身着沙漠迷彩，登上一架WZ-9武装直升机，他们的第一个任务就是迅速到达A区域偏北的沙漠腹心地带，摧毁一个恐怖分子信息站，然后按照既定路线前进，和中队一起，扫平A区域所有障碍，直奔恐怖分子秘密训练基地。

直升机在茫茫的沙漠中低空飞行，天色已经暗了下来，整个机舱里面，除了飞机螺旋桨的声音，战士们都紧闭着嘴，将枪握得紧紧的，在龙云的长期“教导”下，没有一个人把这次行动看作是演习，他们现在脑子里想的，只有真正的战斗。

后来，钟国龙回忆起这一时刻，曾经感叹，那是自己第一次坐直升机执行任务，即使后来他无数次乘坐直升机执行真正的战斗任务，也再没有像当时那样紧张。

飞机超低空飞行了半个多小时，前面还是一眼望不到边际的沙漠，赵黑虎带着单兵通讯耳机，开始检测：“现在测试通信设备，编号：我，01。赵喜荣，02。钟国龙、刘强、李大力、余忠桥、谭凯，依次为03、04、05、06、07。是否清楚？”

“清楚！”

几个人分别测试，确定设备没有故障，赵黑虎低声说道：“大家注意！这是我们第一次编组执行任务，要求，随时保持通信设备畅通，一切行动听从指挥！”

赵黑虎说完，特意看了钟国龙一眼，钟国龙脸一红，重重地点点头。

又前进了5分钟，直升机又下降了一些，驾驶员是一个少尉，扭头笑道：“兄弟们，我只能到这里了，再往前飞，恐怖分子就发现咱们了。祝你们好运！”

赵黑虎拍了拍他的肩膀，一挥手，小组成员开始机降，这是演习要求的科日之一，直升机缓慢飞行，一条滑降绳垂下，战士们依次滑下地面，迅速卧倒观察前方情况。直升机低空盘旋一圈，原路返回。

赵黑虎拿出定位仪，参照地图看了看，将战士们聚拢，低声说道：“现在我们是在这个位置。距离恐怖分子的信息站位置，大约还有5公里的距离，这段距离需要我们徒步行进！大家相互掩护，注意沿途敌情，根据情报，信息站设立在前方一块小型绿地中间，建筑物只有几间土坯房，那里很可能有恐怖分子暗中隐藏保护，需要我们搜索前进，敌人留给我们的时间不多！”

战士们点点头，表示明白，赵黑虎一挥手，七个人开始向预定地点奔袭。

这段高原地形相对比较松软，给快速前进的战士制造了不小的麻烦，脚踏上去，整个脚只露出一块脚背，侦察连平时的魔鬼训练这个时候发挥了作用，七个人速度丝毫没有减慢，荒凉的沙地上留下一串深深的脚印痕迹。

二十分钟左右，前方出现了一个长条形的沙丘，沙丘横着有四十多米长，高有四米左右，从这边看不到沙丘那边的情况，赵黑虎示意停止前进，低头确定了一下方位，小声说道：“注意，前面不远就应该是目标点了！从现在开始，我，03、04、05一组，02、06、07一组，交替掩护，搜索前进！”

七个人迅速分成两组，距离拉开20米左右，赵黑虎率先向沙丘顶端爬去，此时夜色即将降临，能见度出奇的不好，沙丘并不是很高，赵黑虎很快爬上顶端，刚一露头，忽然一个翻身，迅速滑了下来。

“隐蔽！”赵黑虎低吼，众人急忙就地卧倒。

“前面大约100米处，疑似发现敌人哨兵！”

赵黑虎一句话把大家都说愣了，这在通报里面没有提到啊！

“01、01，会不会是当地的老百姓无意闯进来的？”赵喜荣小声说道。

“应该不可能！03你再观察一下，我好像看见对方背上有枪，注意隐蔽！”赵黑虎低声命令距离顶端最近的钟国龙。

“是！”

钟国龙将头放到最低，紧贴着沙丘表面，向上爬了几步，为防止暴露，又小心地将头盔摘了下来，只探出半个脑袋向前面看去。前面200米的地方，果然有一个人，身上穿着白色的袍子，腰间系黑色布腰带，头大概朝向东面，看不到面孔，后背上果然背着一把AK47自动步枪。从他周围的脚印来看，这个人应该待在这里时间不短了，十平方米范围内，全是他踩的脚印。他现在所处的位置，是一个相对较平缓的小沙丘，高有两米，幸亏他刚才没有朝这个方向看，否则赵黑虎已经被发现了！

钟国龙将头缩回来，滑下沙丘，小声说道：“是外国人，背上有AK47步枪，站在一个高两米左右的平缓沙丘上。排长，怎么办？”

所有人的目光全看向赵黑虎，赵黑虎仔细思考了一下，低声说道：“麻烦了！哨兵前面不到500米就是目标所在地，咱们现在有沙丘挡着，他看不到，但是一旦咱们从沙丘越过，就直接暴露了！按照规定，与敌人直接接触后，5分钟之内咱们要是摧毁不了信息站，敌人就会引爆爆炸装置，咱们小组会直接被演习评委会判定全部阵亡！”

“100米加500米，敌人要是在目标点阻击，咱们不全完蛋了？”余忠桥小声骂道。

“是啊，但要想干掉这个哨兵，就不能开枪！100米的距离，咱们怎么过去？”李大力也发愁了。

第七十三章　联合军演（二）

赵黑虎冷静地思索了一会儿，低声说道："没别的办法，只能等天完全黑下来了。敌人在这里有哨兵，别的方向未必没有，想迂回都不行！再说，演习设定，咱们只有这一条路线，下面大家就地潜伏，等天黑下来，我下去干掉敌人哨兵。两手准备！其他人员到时候全部警戒，一旦我的行动失败，就只能强攻了。那时候你们要不惜一切代价冲进目的点，5分钟之内务必解决战斗！"

"排长！你是组长，这事情还是我来吧！"钟国龙担心地说道。

"排长，我去吧！"赵喜荣也争取。

赵黑虎将手一挥，说道："还是我去！这方面我经验多些，再说也没什么危险，一旦被他发现，我开枪就是了！到时候强攻进去！"

其他人见赵黑虎这么说，也不再说话，除钟国龙爬上去继续监视外，全都卧倒隐蔽起来。此时赵黑虎心里急得跟油煎一般！演习虽然没有时间限制，可是最后摧毁敌人训练基地的任务，龙云几乎是硬压给他的，现在距离最终目标还远，第一个任务就遇见了这样的突发情况，时间一下就耽误了！看这样子，距离天色完全黑下来，最少还需要将近一个小时，前面还不知道会有什么情况，时间却只能这样浪费了！

天色越来越黑，所有人都急得要命，大沙丘后面，只听得到风声，这里虽然是沙漠，海拔却不低，大家的呼吸都有些粗重。赵黑虎一边看表，一边焦急地看天色，还好，天上一大块云彩此时将月亮完全挡住了，等黑下来的时候应该没有月光。

钟国龙趴在沙丘顶上，两只眼睛不时看看对面的哨兵，那哨兵显然也很不耐烦，不时地四处张望着，钟国龙只好一会儿探头，一会儿缩回来。渐渐地，天色越来越黑，哨兵的身影逐渐模糊起来。赵黑虎整理了一下装备，悄悄爬了上去。

“怎么样？”赵黑虎问。

“没动。”

钟国龙侧了侧身，让赵黑虎探出半个头，赵黑虎看了看，对面的人影已经不是很清晰了，他又看了看天色，云彩还在，周围更是黑得出奇，是时候了！赵黑虎低声说道：“大家注意！大家注意！我准备行动！注意掩护！”

众人早等不及了，一听到命令，全都将子弹上膛，慢慢爬了上来。

赵黑虎将枪拿在手里，身体紧贴着沙地，趁“恐怖分子”扭头看着别处，像一只蜥蜴一般从沙丘上爬了下去。

气氛紧张到了极点，赵黑虎迅速爬下沙丘，找到下面一个小坑洼，顿了顿身形，观察了一下，确认对方没有发现，又开始向前匍匐前进。其他人低低地趴在沙丘顶上，仍由钟国龙警戒，大伙儿大气不敢出，都准备着万一枪响，便不顾一切地冲上前去，展开强攻。

夜色中，赵黑虎的沙漠迷彩显得越发模糊，他向着目标一点一点地前进着，对方的哨兵显然还没意识到“危险”，背着枪四处张望，只要一看到赵黑虎的方向，赵黑虎马上停止前进，伏在沙滩上一动不动。

距离越来越近了！50米、40米、20米……担任警戒的钟国龙紧张极了，此时他感觉浑身燥热，他小心地将枪顺了顺，暗自瞄准目标，万一赵黑虎被发现，他马上就得开枪。

赵黑虎趴在距离“恐怖分子”20米的地方，暂时停止了前进，这里相对低洼一些，他在寻找时机。恐怖分子的身形已经隐约可见了，个子不低，足有一米八左右，体形也比较健壮，赵黑虎仔细观察着眼前的情况，呼吸都快停止了一般，他知道，再往前走，就快到对方身边了，随时有被发现的可能，这时候，别说开枪，只要对方喊上一声，500米外的同伙就很有可能听见，要是那样，这500米的开阔地带，对他们将十分不利！

空气仿佛凝固了一般，赵黑虎深吸一口气，像幽灵般继续潜行，10米、8米……突然，“恐怖分子”将头转向了他所在的方向！8米不到的距离，再黑的夜色，赵黑虎也很难隐藏了。就在这千钧一发的一刻，哨兵也注意到了赵黑虎所处位置的异样，他虽然还没看出是一个人来，但已经有所警觉，犹豫之间，哨兵居然朝这个方向走了过来！

没有时间了！哨兵向前走了有两米多，距离赵黑虎不到4米，终于发现那里趴着一个大活人！他急忙从后背摘下枪，同时大喊起来。

电光石火！所有的攻击就在这一刻发起！还没等对方发出声来，赵黑虎已经一跃而起，像一头扑向猎物的猎豹，整个人大步一跨，飞身跃起。3米多的距离，赵黑虎就像飞起来一般，将“恐怖分子”一下子扑倒在地，“恐怖分子”大惊失色，倒在地上还没反应过来，赵黑虎已经左手卡在他咽喉上，右手顺势抓了一把沙子塞进他的嘴里。

“呜——呜——”

扮演这名恐怖分子的J国特种兵哪里想到赵黑虎会来这一手，一下子再也发不出声音来，赵黑虎并不停手，一下拉动对方的激光设备，一股白烟，宣告这名“恐怖分子”阵亡。

这个时候，其他人也已经围了上来，扮演恐怖分子的J国特种兵从地上爬起来，拼命吐着嘴里的沙子。

“谭凯，给他点儿水！”

赵黑虎笑着拿过水递给“恐怖分子”，没想到这家伙一摆手拒绝了，叽里呱啦说了几句，听着还是英语，不过相当蹩脚。

“嘿嘿，排长，他大概说，死人不能喝水！”学过英语的赵喜荣笑道。

J国大个子这时候伸出大拇指冲着赵黑虎连连点头，赵黑虎一笑，嘴里蹦出一句：“Sorry！”

解决了敌人哨兵，“沙鹰”小组按照原定分组，开始交替向目标点掩护前进，七个人越过一脸钦佩的J国特种兵，很快消失在夜色中。耽误了这么长时间，他们需要尽快解决战斗。

此刻，前方一片黑暗，刚刚遭遇了哨兵，谁也不敢再大意了！交替掩护前进了300米之后，赵黑虎命令所有人匍匐前进。

黑暗中，前面逐渐显现出几间土坯房建筑，房子左侧有一个小土坡，最右边的一间屋子里能看见火光，众人又前进了100米左右，赵黑虎命令停止前进。此时距离建筑物不到100米了，大家屏住呼吸，观察着前面的动静。有火光的房间里面，门关闭着，看不见里面的情况，听了听，也没有听见有人说话和走动。

赵黑虎低头打开热成像仪，很快发现了奇怪现象：有火光的屋子里面没有人。反而在相邻的一间屋子里面，有两个人各守住一扇窗户，左侧墙角位置，还有一个人趴在那里，应该是敌人的暗哨位置，此外，并没有发现其他情况。

只有三个人？既然是信息站，应该不止这几个人吧？赵黑虎又仔细观察了一下，没错，除了这三个目标，再没有别的人了。

“大家注意！02、05、06，你们三个从左边迂回过去，隐蔽在那边小土坡后面，目标是敌人的暗哨！我带03、04、07直接前进，听我命令，你们率先发起攻击，干掉敌人暗哨以后，马上隐蔽！”

“明白！”

赵喜荣一挥手，带着李大力和余忠桥慢慢向左边匍匐过去，赵黑虎带着其他人继续前进。

热成像仪此时发挥了很大的作用，黑暗中，敌人显然还没有发现他们的到来，三个目标基本上是静止不动的。赵黑虎前进了一段，大家已经到达距离建筑物不到30米的距离了，这时候，赵喜荣他们已经到达了攻击位置。

“大家注意！03，你和我的目标是右面房间左侧窗户后面的敌人！04、07，你们对付另外一个！等02他们发动进攻以后，我们开始行动！”

“03明白！”

“04明白！”

“07明白！”

赵黑虎冷静地观察了一番，确定自己的战术没错：敌人的暗哨在外面，只能先把他打掉，其他人才能对付房间里面的。看一切准备就绪，赵黑虎冷声命令：“02，行动！”

赵喜荣三人听到命令，立刻行动，从小土坡后面冲出来，枪声在那一刻响起，敌人的暗哨还没反应过来，就被他们“干掉”了！

“冲！”赵黑虎大吼一声，起身冲了上去，后面钟国龙等人马上跟进，四个人直冲敌人隐藏的房间，一阵跃进，四人已经冲进了建筑外墙边上。

“隐蔽！”

赵黑虎命令刚下，果然，房间两个窗户方向枪声响了。赵黑虎不管那一套，大手一挥，带领全组沿着屋外墙直接冲至房间门口，一脚踹开房门，自动步枪同时响起！

房间内的两个“恐怖分子”刚才听到枪声，还来不及判断，只好向窗外猛烈射击，却万万没有想到，赵黑虎等人已经冲了进来，几声枪响之后，两个人也宣布“阵亡”。

“赶紧搜索信息站！”赵黑虎大吼。

几个人兵分几路开始搜索，毛坯房只有三间，他们冲进来的这间除了几件破家具之外，什么也没有，那边赵喜荣也报告说没有，众人又向最后面的亮火光的房间冲去，里面有一股浓烈的烧烤味道，火堆上，一只烤羊腿正滋滋地冒着油，赵黑虎不禁暗笑：“这帮家伙，还真会享受，放一堆火迷惑老子不说，顺便还做起了夜宵！”

房间里面除了那堆火，依然是空无一物。信息站哪儿去了？赵黑虎真急了，大吼：“再搜！”

几个人急得乱转，又前前后后找了一圈，还是什么也没有！

“地下！注意地下！”赵黑虎灵机一动，连忙大喊，开始用皮鞋使劲跺脚，大家也学着他的样子，开始到处跺脚。

“排长！这里空的！”钟国龙忽然大喊。他站的位置，正是有火光的那间屋子西南角，那里原本有一张破席子，钟国龙一跺脚上去，地面发出了“通通”的空响声。

“打开！”赵黑虎冲了过去。

钟国龙一下子把破席子掀开，一阵呛人的尘土迅速飞腾起来，破席子下面有一块水泥板子，钟国龙又弯腰把水泥板掀开，里面果然露出一个洞来。

“怪不得热成像仪没看见它！”赵黑虎挺着枪走了过去。

钟国龙着急了，端着枪就要往下跳，还没等迈步，“噌”地一声，地洞里面忽然跳出一个人来，端着枪，半截身子还在洞内，开枪就要打！

钟国龙吓了一跳，下意识倒着滚到一边，举枪还击，这时候赵黑虎的枪也响了，两个人同时击中了“恐怖分子”，一股白烟，“恐怖分子”无奈地走了出来，好险啊！

“嘿嘿！这演习，还真有点儿意思！钟国龙，反应不错！”赵黑虎笑着上去拍了拍刚刚被“击毙”的J国大兵，经热成像仪检查，里面再无危险，“人质”全部得救。

钟国龙虽然刚才惊出一身冷汗，但是能得到赵黑虎的表扬，他很是兴奋。

赵黑虎几个人顺利完成摧毁信息站任务，通过电台向上级做了汇报，再看那几个J国大兵，已经坐在里面吃上烤羊腿了，四个人有些幽怨地看着赵黑虎等人，仿佛在说：“中国军队怎么这么厉害？这才几分钟啊？”

“老子还饿着肚子呢，你们也不知道客气客气！”李大力开着玩笑，他的话人家不懂。

“继续前进！把时间赢回来！”赵黑虎沉声命令道。

七个人赢得了第一场的胜利，顿时精神百倍，按照预先设定的路线继续前进。

走出去不到十分钟，赵黑虎又接到上级传达的“敌情”，他们刚才捣毁敌人信息站的时候，有一个在远处的敌人观察哨发现了情况，虽然敌人因安全起见，并没有在秘密训练基地安装通信设施，但是该哨兵已经徒步出发向秘密基地而去，上级要他们赶在敌人之前，配合从另外一个方向合围过来的J国部队一起，将包围圈彻底封口，防止任何恐怖分子跑到基地报信。

“大家注意！现在的任务是，向敌人秘密基地全速前进！用最快的速度与J国部队会合！沿途注意警戒，随时消灭有可能阻击的敌人！”

赵黑虎一声令下，沙鹰小组开始了10公里的强行军！10公里的高原地带，平均海拔在4000米以上，高原缺氧，对于战士来说，体能消耗是极大的。但只有在第一时间赶到，才能和J国部队会合。这段路程没有飞机，没有装甲步战车，只能靠双腿。顿时，一场考验体能耐力的长途奔袭展开了！七个战士，就像七匹高原中的苍狼，在黑暗的夜色中奔向远方。

和赵黑虎他们这边的徒步任务不同，现在整个演习场已经全面展开了行动。中J两国部队按照事先划分好的路线，开始了铁壁合围，装甲车轰轰隆隆前进，灯光照耀下，扬起一片片的沙尘，两国的步兵在有效地沟通协调之下，相互呼应，紧急行军，在演习划定的广阔区域内，展开了一场声势浩大的围剿行动。

此时的张国正以及在座的两国军队首长，焦急地站在指挥部里面，各部队的行进情况不断反馈过来，电脑上各战斗小组的行进态势一目了然。张国正时而战立，时而坐下来盯着电脑屏幕，旁边往来的参谋工作人员不断进进出出，大多数人都是一溜小跑，整个指挥所处于既忙碌又有条不紊的态势中。

“龙云！龙云！你们的任务更艰巨了！现在友军已经打开了东、北一带，机械化部队正在强突前进，我军其他中队也在快速集结中，那边很多地域无法机械化行军。现在是晚上，直升机不具备搜索运输条件，我现在最担心的是，你们中队能否按时通过A区域，到达合围地点？”张国正接通龙云的无线电通信设备，焦急地询问。

电话那边很快传来龙云呼吸急促却坚定不移的吼声：“请指挥部放心！请指挥部放心！现在我各战斗小组正顺利向合围目标奔袭。我用脑袋向总部保证，保证按时到达！保证按时到达！”

“沙鹰小组刚才又与敌人的小股部队交火，战斗情况如何？”张国正接过刚刚送来的信息紧张地询问。

“报告总指挥！我刚刚接到沙鹰报告，刚才的遭遇战，沙鹰击毙恐怖分子七人，自身无一伤亡，现在沙鹰正全速行进！完毕！”

“好！”张国正惊喜地大吼，“告诉赵黑虎，完成任务以后，演习结束我给他请功！”

……

夜色掩盖下，赵黑虎正带着他的沙鹰小组全速行进着。

“大家注意！不要掉队！再加快速度，把刚才落下的时间给老子补回来！”

赵黑虎边跑边喊，刚刚的一场遭遇战，他们再次取得绝对胜利，但是又耽误了一些时间。现在又接到上级通报，战场情况突变，由于我作战部队沿途不断遭遇恐怖分子，敌人秘密基地已经获悉了政府的围剿信息，秘密行动现在已经变成了强行合围，这个时候，拼的就是速度了。各部队必须以比原定的还要快的速度赶到预定地域，在敌人之前形成合围，坚决不能让一个漏网之鱼跑掉。

“沙鹰”小组在夜色中紧急奔袭。跑了几公里后，钟国龙感觉到自己的胸口快爆了，两腿也开始有点儿打战。旁边的队友也是一样，但他们都在坚持，坚持，再坚持，心里也只有前进，前进，再前进！不能停息。这是一场与自己比赛的任务，只许成功，没有失败。毕竟这是高原，特殊的环境气候导致人的生理机能下降，要是放在平地，几公里对于现在钟国龙等人来说，肯定就是小菜一碟。

两个小时以后，已经将近虚脱的沙鹰小组顺利与J国合围上来的部队会合，来不及休息调整，马上新的作战任务又下达了，继续向敌人的秘密训练基地前进！

天已经蒙蒙亮了，奔波整整一个晚上的沙鹰小组，连续三次和敌人“遭遇”，又成功端掉了恐怖分子两个信息站，中间的几次战斗，赵喜荣、余忠桥和谭凯“光荣牺牲”，现在只剩下赵黑虎在内的四个人了。

正在拼命前进的沙鹰小组此时还没有想到，他们的行动已经引起了中J双方军队的注意，这次演习的各种战场情况，原本是演习导演部门随机设定的，事先参演双方的指挥员并不知情，这原本也是这场演习的特色所在，等到演习正式开始，谁也没想到，沙鹰小组的行动路线就像串糖葫芦一样，把许多战场情况给窜到了一起，换句话说，别的小组可能全程只遇到一两种情况，而沙鹰小组遇到的状况远远比其他小组要多上几倍。演习总导演部几乎一致认为，七个人的小组一下子遇见这么多情况，是不可能完成任务的，可他们万万没有想到，经过一夜激战，沙鹰小组虽然“阵亡”将近一半，行进速度居然毫无减慢。沿途设定的“恐怖分子”与沙鹰小组相遇，几乎是一触即溃，这让大家很是想不通。更加令J国军方惊讶的是，这次扮演“恐怖分子”的，是其一支王牌特种部队，队员的战斗力绝对不容小觑，没想到在这个七人组成的中方战斗小组面前竟毫无建树。

张国正也奇怪，怎么沙鹰小组遇到的阻碍会这么多？这个赵黑虎，平时不显山不露水的，还真是长脸啊！

前面就要进入演习中心地带了，赵黑虎趴在一个沙丘上，用高倍望远镜仔细观察着前方，周围看不到友邻部队，怎么回事呢？部队行进到这个程度，包围圈应该是不大了，按道理说应该能看见其他部队的踪影了。是我们跑得太快了？不可能啊！这一晚上不断遭遇敌人，急得眼珠子都快冒出来了。落后了吗？也不大可能！虽然中间有段时间无线电静默，但是既定的位置没有改变呀！

“沙鹰！沙鹰！听到请回答！”步话机里面传来龙云的声音。

“沙鹰收到！沙鹰收到！请讲！”赵黑虎急忙回答。

“报告你们所在的方位！”

“我现在所在位置为45.103812"N/55.997517"W。”赵黑虎盯着GPS定位仪回答。

那边停顿了几秒钟，很快传来龙云惊讶的声音：“你小子怎么跑到那儿去了？靠前了！你都快到达敌人的秘密基地了！”

“靠前？”赵黑虎傻了，还真跑快了。

“沙鹰，你们赶快后撤！其他部队还没上来呢，你们孤军深入，有被敌人吃掉的危险！”龙云在那边焦急地命令。

“后退？”赵黑虎着急了，“连长，后退干什么？干脆我们直接上去得了！我还担心慢了呢！这下子摧毁敌秘密基地的战果可就是我们的了！”

“沙鹰，别胡闹！就凭你们四个人吗？”龙云在步话机里大喊，“要么后退，要么原地潜伏，等候大部队上来！”

“连长，咱是侦察连的，你看这样行不行，反正我们也到了，不如继续搜索前进，对敌人秘密基地进行侦察，这样也可以给大部队提供详细敌情。我请求立刻行动！”赵黑虎不死心，都走到这里了，哪有后退的道理呀！

龙云无奈，只好请示总部。

张国正看了看电脑上的地图，眉头皱了起来，谁能想到，一路遭遇艰难险阻的沙鹰，居然跑到了所有部队的前面，事已至此，张国正果断命令：“同意沙鹰的行动请求，但是有一点，沙鹰只执行侦察任务，没有命令，绝对不能擅自行动。”

赵黑虎接到命令，那兴奋劲儿就别提了，转过身去，冲已经疲惫到极点的队友说道："哥儿几个，咱们现在可成枪头了！上面命令我们侦察，咱们就侦察！但是我把话说到前头，都机灵着点儿！一旦大部队合围完成，发起总攻的时候，都给我冲进去！这第一名的荣誉，非咱们莫属！"

"排长你就放心吧！就是现在让我冲，我也敢冲！"钟国龙猛拍了一下枪托答道。

"钟国龙！你小子给我老实点儿，是我让冲再冲！你要是敢暴露目标，咱们可就前功尽弃了，信不信我活掐死你！"赵黑虎心有余悸地瞪着钟国龙，暗自祈祷这大爷别脑子一热真冲进去。敌人的秘密训练基地可是有重兵把守，一旦出了意外，不但沙鹰小组全军覆没，他们后方可就成了真空，等于包围圈出了个大缺口。

钟国龙不说话了，他现在对赵黑虎佩服得五体投地，赵黑虎的话他不敢不听。这小子就这样，要说不服，他谁也不服，一旦有人让他服气的，那肯定是有真本事。目前整个侦察连能让他服气的除了龙云，就只有赵黑虎了。

赵黑虎简单布置了一下任务，说了注意事项，四个人开始搜索前进。接连越过两座高大的沙丘之后，敌人的秘密训练基地出现在眼前。这是一座位于低洼地带的大型建筑，特殊的地域环境使整座建筑处于四面高地的正中心，要不是走到跟前，从远处根本发现不了。基地建筑以混凝土为主，东面高耸，西面较低一层，远处看过去像一个巨大的台阶，基地后面有一块少有的绿地，低矮的沙漠植物遍布，一个水泡大约50平方米左右，目测发现，在基地的四周，至少活动着三十几名"恐怖分子"，利用沙袋和壕沟、铁丝网建造的防御工事，将建筑环绕在中间，工事上各种轻重武器散落分布，不断有"恐怖分子"从建筑中进出。

赵黑虎为避免暴露，命令大家隐蔽在最后的沙丘后面，轮流监视，他则根据侦察的情况，迅速向上级汇报现场情况："我已发现敌人秘密基地所在，经过望远镜观察，基地四周有三层环型防御基地，共发现重机枪阵地三个，分别设在东、南两个方向，火箭发射装置两套，型号不详，现场发现有恐怖分子三十余人，建筑内人数不详，建筑外部未发现敌人指挥所，完毕！"

"沙鹰！沙鹰！继续观察！千万不要暴露目标！千万不要暴露目标！"

"沙鹰明白！"

赵黑虎关了步话机，低头看表，已经是上午九点了，按照原计划，合围应该已经接近完成。

第七十四章　戈壁风暴

几乎就在境外联合军演的同时，千里戈壁滩上，已经摆开了一个庞大的战场，面积足有几百平方公里的无人区，此时到处都是掩体，汽车掩体、坦克掩体、导弹发射掩体、单兵掩体遍布在了广阔的戈壁上。一道道长长的作战堑壕，迷彩网伪装的指挥部，以及钢丝网和警戒线，将这里变成了一个辽阔的作战区域。

此时，整个战场异常地安静，远远望去，除了战场边缘负责警戒的部队，以及来来往往的军车之外，演习场内一个人也没有。这里，正是这次集团军代号为“戈壁风暴”军事演习的主战场，作为全军性的一次合成演习，基本上所有部队出动，陆军步兵、装甲兵、炮兵、侦察兵、特种兵、防化兵、电子对抗团、心理战部队、陆航团、空军直升机、歼击机、轰炸机、空中加油机、二炮导弹部队……这支拥有着全军最现代化的兵种配备和武器装备的钢铁之师，几乎动用了自己的全部力量。这是我国史无前例的一次高科技、高合成、大规模的演习。

巨大的作战室里，面对着与会的各部队首脑主将，白发苍苍的集团军中将声音高了八度，震得会议室嗡嗡作响：“这次演习，中央军委高度重视，举国上下高度重视，甚至全世界的目光都将聚焦在这里！这次演习，宣告了我们常规的表演式的军演彻底退出了历史舞台。不定演习结束时间，不做演习步骤计划，没有预演、彩排，没有任何相关的演习预案，仗究竟打成什么样，天知地知，你们平时的训练成绩知！对于这次演习，每个参战部队都应该有一种实战的概念，都应该有一种随时准备牺牲的概念，千分之一的死亡率，在这次演习中设为允许范围内！中央军委的首长，兄弟军区的同事们和我们整个集团军司令部，都将在第一时间关注你们的每一步战场进展情况，这一仗，只有胜利！任何的懈怠和失败，都是在丢我们这支精锐部队的脸，都是在对人民犯罪！”

台下，众位将军、校官们神色凝重，仔细领会着上级的意图，看来这次是要动真格的了！养兵千日，用兵一时，每个人都开始在心里衡量着自己部队的各项准备情况，威猛雄狮团团长顾长荣坐在会议室的中间一排，更是眉头紧锁，这次他的团是整个集团军的前锋团，整个团的推进速度和战斗顺利与否，将直接关系到整个演习中代表红军的我方部队的最终成败。刚刚的战役分析会上，他已经对担任蓝军的部队有所了解，这次的蓝军部队，也是全军的精锐之一，在整个军界赫赫有名，他们经过专业训练，能准确无误地模仿各国外军队的作战风格，自组建以来，不知道有多少部队栽在他们手上。

凌晨一点，一阵尖厉的紧急集合号声，响彻整个雄狮团所在的驻扎点，顿时，场面由寂静迅速转向了火执业，口令声、汽车引擎声、坦克发动声不绝于耳，整个营区像是忽然被点燃的炸药桶，到处是车，到处是人，紧邻的小火车站，一列早已准备好的军列发出一声长鸣，火箭布雷车、机械式布雷车及各种工程机械，逐一被装上了火车。各部队以连为单位，匆忙有序地登上军列，一切是那样的迅速，短短半小时不到，随着军列带着一声长鸣缓缓开出车站，整个驻地顿时又恢复了之前的平静，仿佛这一切从来没有发生过一样……

军列靠后面的一节车厢里面，全副武装的陈立华紧握着他那挺擦得油光锃亮的KUB88式5.8毫米狙击步枪，坐在车厢的靠后位置，这次联合军演他被龙云给留在了连队，原本是很遗憾的，也不知道老大、老六他们两个怎么样了，那边一定也很热闹吧！陈立华默默地想，透过窗帘向外面望去，窗外还是一片黑暗，偶尔经过一个小站，透过转瞬的灯光，能看见铁路边站岗的战士。这次军列全程优先通过，沿途也都放了警戒，中间不做任何停留，全速赶往演习场地。

此刻，距离演习场地千里之外的甘肃某导弹基地，正在忙碌中。基地黑色巨人一般的导弹发射架上，一枚巨大的东风三十一号地对地远程导弹已经树起，弹头直指黑暗的天际，随时等待发射的那一刻，半小时以后，所有人员撤离了发射区，进入地下观测站，发射指挥部里，一位上校紧盯着作战显示屏，手里握着通讯话筒，等待着上级的发射命令。

“各发射单位，迅速报告发射准备情况。”

“两洞幺准备完毕！两洞幺准备完毕！”

“两洞两准备完毕！两洞两准备完毕！”

“两洞三报告，点火装置检测无误，随时准备发射！”

“好！”上校胸有成竹，上级的发射命令已经按着原定时间准时下达了，他抬头看着头顶的发射现场情况，对着话筒，发布命令，“准备！五！四！三！二！一！发射！”

“轰！”

一声巨响，整个指挥室跟着震动起来，巨大的显示屏上，一团白色烟雾升腾而起，伴随着四射的火光，导弹腾空而起，并迅速上升到指定高度，向着西南方向流星一般直射过去……

戈壁滩，凌晨三点，各参演部队已经全部到达了演习区域，夜空中，忽然一道耀眼的光束呼啸而来，那光束在深邃黑暗的夜空中画出一道美丽的弧线，立刻如火龙入海一般迅速下降，忽然，夜空一亮，在一团耀眼的光团闪过后，整个大地像筛糠一般抖了一下，一阵剧烈的爆炸声响起，千里飞来的导弹，准确击中远在无人区的目标，与此同时，天空中三颗红色信号弹在黑暗的天空升起，画出三道火红色的痕迹，整个演习拉开了序幕！

一时间，整个戈壁滩沸腾起来。夜空中，红色弹道以前所未有的密度，交织成一个巨大的火网，火势熊熊，天崩地裂一般，刚刚还平静的演习场内，此刻完全被炮火所笼罩，炸点所到之处，滚滚黄沙灰尘被扬起来老高，一股铁火组成的飓风，带着横扫一切、融化一切的力量呼啸着扫遍战场的每一个角落，爆炸的火光中，那一个个的掩体、高墙，此刻就像是暴风雨中的残帆一样，在火网中摇摇欲坠，现代化战争武器描绘出的壮阔画面，立刻震撼了每一个参演的士兵，在这样的环境下，再没有一个人认为这只是一场演习，在他们心中，真正的战争已经爆发了。

天空中传来一阵呼啸，在红军无人侦察机的侦察下，确定敌情后，以“冰山雄狮”信息化步兵师为主力的红方出动空中轰炸集群，分成三个轰炸中队绕过蓝军防空阵地，对以“王牌战队”信息化步兵师为主力的炮兵阵地、后勤补给，地面导弹分别进行了地毯式轰炸，使蓝方受到了巨大损失。随即，蓝军进行回应，自行榴弹炮分队和火箭发射车快速运行至红军防守相对薄弱的右翼，进行地面密集轰炸。顿时，整个戈壁滩硝烟弥漫，爆炸声无情地摧残着人耳，挑战着所有人的承受度，一团团伴随爆炸的火光，令人窒息，这样的场面，让所有经历过的人终生难忘。这就是现代高科技战争的残酷和杀伤力，在这样的战场环境下，人的生存能力是极为有限的……

整整两个小时，红蓝双方凭借着各自的现代化打击力量，互相较量，整个战场始终处于此消彼长、互有胜负的状态，双方的攻击都是那样的猛烈、准确与无情。这就是战争，在这场钢与火的齐舞中，所有的士兵都忘我地投入着战斗！

三个小时过后，早上八点，东方已经露出了鱼白肚，双方高精尖打击力量已经将战场洗礼一番，红色信号弹再次升空，地面的角逐开始了。一辆辆装甲车、布雷车、坦克、步兵突击车带着滚滚的沙尘，开进了广阔的作战区域，一队队全副武装的战士，像一群饥饿发疯的猛虎，不顾一切地冲进了战场，按照演习科目的要求，各自向自己的作战区域开进。

这个时候，伴随着最后一发炮弹发出的火焰熄灭，整个战场忽地又平静下来。除了扑面而来的硝烟还能让人有所记忆，刚才的一切仿佛是发生在另一个世界一般。寂静，出奇的寂静！所有人都知道，这才是真正的开始，战争双方一旦进入这样的时期，人与人的对抗才真正拉开帷幕！

天边微微有了亮光，硝烟逐渐散去，战场东北角的一片开阔地边缘，一个由一辆火箭布雷车、两辆装甲步兵车、一辆军用卡车组成的战斗连队快速行进着，这是一个连的编制，按照命令，他们这个战斗队列，要开进到配置区域，隐蔽待命，随时准备布置雷区。

火箭布雷车上，一名中尉军官睁着惺忪的双眼，茫然地看向前方，初秋的早晨，空气中还透着阵阵的凉意，整个视野内什么也没有，连兄弟连队的影子也看不到，蓝军部队在天亮之前已经放弃了这块易攻难守的区域，地势平坦，倒不用担心有什么伏击。

“副连长，前面有烟雾！”旁边的一个二年兵机警地喊道。在车队正前方的一道斜坡上方，有一股青烟冉冉升起，顺着风向他们飘过来。

“是场景烟火！别理它，加速前进！”班长并没有在意，命令驾驶员提速。车队全速冲上了前面的斜坡，刚刚通过不到500米，路边停着的一辆挂着伪装的猎豹车内，两名军官伸手示意车队停止前进。

副连长一惊，急忙跳下车，敬了个军礼。一名军官冷着脸，大声问道：“你们是哪个部队的？”

“报告！威猛雄狮团二营八连副连长王师承奉命到达018区域警戒！”王师承有些紧张了，看对方的袖标，应该是演习指挥部的。

“警戒个屁！”军官一点儿不客气，怒声喝道，“刚才敌军为迟滞我军行动，施放了毒气，你们刚才通过的是染毒地带，为什么没有按实战要求佩戴防毒面具？！”

“毒气？”王师承吓了一跳，他以为刚才那股烟是场景烟火呢！“可是，现场并没有戴着防毒面具的警戒哨兵，也没有任何标明染毒地带的标记呀？”

“呵！那你的意思，还得给你们打个大横幅，上面写着‘这里有毒气，小心’是不是？你以为演戏呢？”另外一个军官更不客气，指着后面下车的战士说道，“你、你，还有你，你们五个，躺倒！”

一行八个战士只好按命令倒在地上，军官宣布新的战场情况：“现在，根据情况表明，你方有八名战士中毒，马上进行处置！”

两个军官上车，一溜烟地走了，王师承看着地上躺倒的“伤兵”，有些发蒙了，这是什么演习？还真是没有任何套路可讲！两个人开车放了一股子烟，就成毒气了？不过，要真是实战，这样的情况还真有可能发生，没有任何思想准备的王师承只好向后面跟进的连长报告。

五分钟以后，八连长赵和驾车赶到了，刚才他带人迂回侦察，并没有跟自己的连队在一块，一听到副连长报告，这才和指导员他们一起赶了过来，赵和跳下车，看着地上的八个战士，眉头皱了起来，一个在地上的战士还在添乱，可怜巴巴地喊：“卫生员！卫生员！我裤兜里还有两块钱，帮我交最后一次党费！”

“怎么搞的！”赵和也没有预料到，看看手表，离上级交代的到达预定区域的时间已经很近了，当下命令，“二班长！你带着你的班，马上把中毒人员送到后方临时医院去！任务完成以后立刻归队，其他人不要耽误，继续前进！沿途注意警戒！”

众人一阵忙活，部队继续前进，王师承暗自赞叹，连长就是连长！车队继续前行，到了配置地域，又是一阵紧张地忙活。挖掩体，盖伪装，累得虚汗直流，好不容易完成了伪装任务，吃上了演习的第一顿“野战”早餐——每人一块压缩饼干。

“赶紧吃！估计命令快来了！”八连长一边催促着战士们加快速度，一边拿出GPS定位仪，确定自己连队所在的方位。战士们三口两口将饼干消灭掉，各自回指定点隐蔽警戒了。

就在这个时候，上级的命令通过临时配备的电台准确地传达过来。八连的第一个任务是利用炸药快速开辟防坦克雷场和防坦克壕，以迟滞敌坦克集群的进攻。赵和赶紧命令各排排长向自己靠拢，和指导员一起传达了命令，并在第一时间内命令三排排长李用带领火箭布雷分队，沿着一条土公路向发射阵地开进，务必在第一时间完成上级交代的任务。

李用也是一个参军6年多的老兵了，这样的任务他在以前的演习中执行了很多次，这次更是胸有成竹，带着十三个人组成的布雷分队，立马行动。土公路处在开阔地上，道路并不崎岖，布雷分队求成心切，把车开得像早起出来撒欢的小狗，土路上扬起了滚滚的烟尘。

“排长！咱走得对吧？”车开出去半个多小时，前面还没有阵地的影子，队里的新兵王成连问李用。王成连今年只有19岁，刚刚参军不到一年，但是平时训练很刻苦，成绩不错，这小子干什么事都有个认真劲儿。

“错不了，开就是了！”李用大大咧咧地说。

忽然，一辆猎豹车从右边玩命似的超了过去，猛然刹住，车上“崩”出来一个急得满脸涨红的参谋。

“你们去干什么？”参谋怒气冲冲地喊。

李用跳下车，奇怪地回答：“报告！我们奉命到达前方的发射阵地，进行布雷，协助后续到达的部队开辟防坦克壕沟啊！”

“兄弟！GPS算是给你白发了！你自己看看现在是什么位置？”参谋说完，也不等答话，跳上车一溜烟地返回了。

这指挥部的参谋都有病啊！李用将信将疑地打开GPS系统，顿时吓出了一身冷汗！原来是他没有看清楚地图，再加上土路上尘土飞扬，导致在应该拐弯的地方没有拐弯。

“乖乖，再往前走，咱连人带车全送给敌人了！”李用涨红了脸，马上命令车队返回，迅速行驶到原来的路线上，这下子谁也不敢马虎了，车开得稳当了许多，李用拿着GPS没敢再撒手！

“我就说错了吧！”王成连一脸的得意，较真儿地说。

李用瞪了这小子一眼，没说话。车队调头继续前行，只是开进的速度慢了许多。八连终于到达了发射阵地，很快就做好了战斗准备。新的问题又来了，基准射向是哪里呢？原来命令中并没有明确基准射向，东南西北方位多了，这怎么办？

“朝着大概方向瞄准就行了，反正也不发射实弹。”一个老兵建议道。老兵的话是有道理的，以前的演习，经常有这种情况，各种各样的原因导致前方部队不明确确切的方向，一般这个时候，“经验”丰富的老兵会大概估量一个方位进行发射，反正上级看的是布雷的效果，对于细微的误差，很少有人追究，这种侥幸心理长期以来甚至成了部队的陋习。

“02、02，听到请回答！听到请回答！”这个时候，指挥所的呼叫到了，通信兵急忙联系指挥所，却发现了一个问题：指挥所的声音他们能听见，可就是无法应答，急得那个通信兵满头大汗，束手无策。“破电台，还侦察连专用呢！”通信兵骂开了。

骂归骂，电台还是不通！通信兵只好重新稳定情绪，鼓捣起电台了，耽误了足有十分钟，电台终于通了，李用迫不及待地跟上级联系："报告指挥部！二营八连布雷分队已经做好布雷准备，请指示！"

"02！马上报告你的基准射向！马上报告你的基准射向！"指挥部说道。

"是！"李用心里有些没底了，硬着头皮把基准射向做了汇报，那边停顿了几秒，显然是在寻找方位。几秒钟以后，李用听到了指挥部杀人般的怒吼："02！你疯了？基准射向刚才不是已经下达给你了，为什么私自改变？"

李用吓了一跳，委屈地说道："刚才电台故障，我们根本没有收到啊！"他感觉挺冤枉的，可指挥部不管这些，大声吼道："没收到命令你就可以随意设定了吗？再重复一遍基准射向：××××——×××，重复一遍！"

"是！"李用不敢马虎，老实地重复了一遍。

"02！现在命令你马上实施布雷！再说一遍，射向一定要准确！你刚才的射向位置，正是兄弟团工程机械要通过的地方，你差点儿给自己人布上雷！"

李用放下话筒，有些后怕了。乖乖，以后可不能马虎了！这要是实战，估计得进军法处了！李用马上命令布雷车开始布雷，同时向连里面汇报情况，半个小时以后，八连全部集结过来，迅速占领了发射基地，等待下一个命令。

这时候，八连接到上级通知，因为侦察连任务重，此次参加联合军演连队人员缺编，要求八连挑出三十名军事素质强的战士配合侦察连执行任务。

"嘿嘿！侦察连跟咱们借人了？"八连长赵和笑道，"这次龙阎王加上那个赵魔鬼不在，侦察连战斗力减了一半啊！"

八连的营区平时紧挨着侦察连，赵和与龙云关系不错，这次演习，是全军组织的大规模集团军师级单位信息化作战对抗，每个部队都会有不同程度的侦察分队，既是人员、装备，同时也是侦察兵间的对抗。侦察兵要与大规模的部队紧密配合，反馈所侦察的实际情况，还要做好随时完成突发、吃掉指挥所、奔袭及破坏重要枢纽等任务做准备，因此，部队肯定也想着要保持侦察连有充足的战斗力。赵和想了想，点名让副连长王师承带着各班抽调的三十名战士过去。

"咱也派几个得力的弟兄过去，别等出了差错龙云那疯子又跟老子闹，说老子的人不得力！"赵和对三十个战士说道。时间紧迫，三十名支援侦察连的战士迅速出发了。赵和还是挺够意思，三十个战士大部分都是连里的尖子，最后感觉自己得留几个得力的，又找了几个新兵凑了个数儿，王成连就属于凑数的人员。小战士没想那么多，想到能跟侦察连并肩作战，还挺兴奋的。

第七十五章　侦察奇兵

此时，侦察连所在的013区域，已经成了全军进攻的最前线。这次演习，威猛雄狮团是全军的尖刀团，作为团直属的侦察连，当然是处在刀尖的位置，现在战斗已经由大规模的机群轰炸、导弹摧毁转化为无数个小集团间的对抗，阵地也开始了逐个的清扫占领。双方你防我守，竭尽全力维护着自己的核心位置，而围绕着核心阵地的一个个分支防御工事，成了整个防御体系的重要有机组成部分。要想最终占领蓝军的核心战地，就必须要拔除这样一个个的防御阵地，进而使围绕指挥所的部队陷入指挥瘫痪状态，便于后续部队各个击破。侦察连的使命，正是以小组为单位，对前方无数个敌人的防御阵地进行侦察、监视，引导后续的破坏突击队对其进行精确打击。

战斗进行到现在，已经到了最后关头。在各团侦察部队的精确侦察引导下，蓝军的防御阵地被一个个地摧毁，现在摆在雄狮团面前的，已经是敌人最后的核心防御阵地了。可以说，威猛雄狮团的一路挺进，正好将兵力插进了蓝军的腹部薄弱区，现在蓝军部队已经展开到两翼，中间还没来得及收拢，他们没想到雄狮团会这么快杀进来，此时，正是蓝军首尾不能相顾的时候。一方面，他迅速收拢已经展开的部队，力求在红军插到他心脏之前把部队收拢回来，另一方面，一旦他的目的达成，雄狮团立刻就会陷入被动，所以现在的雄狮团只能前进不能后退，风险虽然大，但是只要突破了这个战地，敌人的核心指挥部唾手可得！侦察连经过一系列的奋战，战果辉煌，但蓝军也不是吃素的，侦察连的战斗减员也不少，到目前为止，侦察连已经“牺牲”了三十多名战士，使原本因为抽调三十人参加联合军演的侦察连的兵力部署出现了困难，这才向上级请示，要了八连三十名战士前来支援。

八连的三十个人到达侦察连集结点之后，在郝振平的具体安排下，侦察连分成了三个大组九个小组，七班长徐占强、陈立华和王成连在一个组，代号“利刃”，由七班长徐占强担任组长，陈立华任狙击手，一组三个人，在敌人的阵地秘密潜伏，配合破坏突击组吃掉敌人的防御指挥所，为后面大部队的总攻开辟良好条件。这次任务要求小组要想尽一切办法找到敌人的指挥所，然后反馈到总部，如果侦察失败后果将不堪设想，因此需要缜密地做好每一个细节。郝振平也是一再叮嘱利刃，现在整个战役的成败，或许就担负在他们三个人身上。敌人防御密集，我们不可能一开始就大规模进攻，只要他们三个人能找到敌人的防御指挥所，先打掉蓝军的防御指挥系统，蓝军就很难首尾兼顾了。

天色已经暗了下来，天空阴沉，又是一个漆黑的夜晚。各小组检查完各种随身装备，开始行动。利刃小组进展异常顺利，三个人身穿沙漠迷彩，脸上涂着保护色，背包四周全用杂草覆盖，将自己伪装得与周围地貌十分相似。趁着夜色，小组秘密挺进了三十多公里，

越是平安无事，越意味着危险无比，这是侦察兵的常识。三个人乘坐许占强驾驶的三轮摩托车行驶了三十多公里后，观看定位仪，仪器显示他们已经到达“敌军”控制范围。三人抛车急行军十多公里以后，许占强明白，这里应该是敌人营区的中心位置了，绝对不能掉以轻心，他果断命令陈立华和王成连放慢速度，三个人搜索前进。王成连第一次跟侦察连执行侦察任务，一脸兴奋，这可比操纵布雷车好玩儿多了！

三个人一路小心翼翼，又行进了不到5公里，前面出现了一片丘陵地带，透过刚刚从乌云中穿出来的月光，前面是一大片密林，几棵粗壮的胡杨树率先露出来，里面则深邃得看不到边际。这样的地貌在戈壁上少之又少。许占强三个人靠在一个隐蔽的山包后面，边警戒边向上级汇报了所在位置。此时他们这一个个小组，就是后续攻击部队的眼睛和耳朵，绝对容不得半点儿马虎。

“来，咱们来个战斗民主生活会，你们两个，谈谈自己的想法！”许占强小声跟他们两个说道。

陈立华透过瞄准镜看了看前方，小声说道：“这里肯定是敌人的防御密集区！咱

们沿途没有受到阻碍，可见敌人现在准备收缩防守了，前面树林密布，情况不明，咱们得想办法过去，我想树林后面应该大有文章！”

王成连也看了看前面，小声说：“组长，我想蓝军的指挥所一定在那片树林后面。后面就到了演习场边缘了，蓝军除了这里无险可守！”

许占强对这个小战士近乎肯定的观点很感兴趣，问道：“说说根据！”

王成连认真地说道：“您看，这树林正好把正面的视线全挡住了，看不见前面究竟是什么，咱们的部队就不敢贸然突进，再说，这树林正好挡住了咱们装甲突击部队的路线，左右又都有河道水沟，要想占领敌人的阵地，所有机械化部队都没办法使用，只能靠人力去占领，这无形中削弱了咱们的战斗实力！”

许占强点点头，笑道：“没想到你年纪不大，想法还挺独到，跟我想的一样！咱们团出其不意地插到了他的底线，让他措手不及了，蓝军没有办法，就是想利用这里的地形顽抗到底，他的两翼部队现在正拼命收拢呢！等天亮，两翼部队反扑回来，咱们突进的全团可就被包饺子了。按照蓝军的行进能力，顶多四五个小时他就可以完成收拢，那时候再想打人家的指挥部就难了！所以，咱们必须得在明天上午十点之前，不等敌人两翼部队收拢，就侦察到树林后面的情况，找到敌人的指挥所，引导地面部队将它端掉！”

三个人很快统一了思想，趁着夜色，快速向树林方向跑去。一阵急行军，三个人很快就到了距离树林不到200米的一片洼地里。

“班长，前面没有敌情！”陈立华透过瞄准镜观察一番，整个树林除了风吹树叶的沙沙声，再没有别的响动。

许占强将身体向前探了探，打开望远镜，仔细观察了四周的动静。果然，黑暗中没有任何动静。奇怪了，蓝军连个警戒哨都没有吗？再说，既然是指挥所，就算夜间灯光屏蔽，总得有车辆出入吧，怎么连引擎声音也听不见？

又观察了十分钟，确认没有敌情，许占强果断命令进入树林。三个人互相掩护着，到达了树林边缘。

“这树林这么大！”许占强有些意外，看样子，树林纵深起码有一两公里，怪不得听不见什么声音。许占强打开电台，向上级通报了情况，上面的反馈很快来了：“利刃！你们的行进路线正是敌人的警戒盲区，你小子撞好运了！继续向前侦察！”

原来如此！许占强笑了，怪不得一路上行进这么顺利！他们走的这个路线，因为正背对着这大片的树林，而敌人后方空虚，这个方向根本就无暇顾及。树林面积这么大，敌人也防不过来，干脆就跟红军打起了时间战。他们不相信红军这一个团能推进这么快，即使能突破树林，也只能是小股的突击队而已，只要挨到明天中午前，自己的部队收拢完毕，整个战役形势就完全相反了！雄狮团一旦被歼灭，整个红军的防御阵地也同样被撕开了大口子。

当然，此时利刃小组三个人根本想不到他们对整个战斗能有这么大的作用，当下他们要做的，就是迅速穿过这片树林，看看树林那一边到底是什么情况。他们一路行进的路线，已经成了后续部队的前进线，破坏小组已经沿着他们的路线在后面跟进了！

三个人钻进了茂密的树林，一路小心翼翼，大气都不敢出，走了足足两公里，终于听见了树林外面的声音，声音不算嘈杂，但不时有汽车开动的声音，还有装甲车的马达声，前面已经能见到忽明忽暗的灯光了！

“还真有货！”看灯光的面积，这里肯定不小！许占强掩饰着内心的激动，一个手势，陈立华会意，将狙击枪往后一背，麻利地爬上了一棵茂密的胡杨树，他将自己隐藏好，这才打开瞄准镜，观察起树林外的情景来：树林的边缘，有一长条形的小土包，土包后侧长满了芦苇，下面是一条小溪，小溪蜿蜒曲折地流向着远处的河道去，再往前，最多100米的位置，赫然架着一顶迷彩丛林帐篷，帐篷大约有二十平米的样子，里面亮着灯，四周两个哨兵围着帐篷警戒着，不断有通信兵和指挥员模样的人进进出出，帐篷上面架设着通讯雷达。再看四周，停着几辆军用吉普车，吉普车旁边，两辆高大的装甲巡逻车停在那里。一切迹象表明，这里正是一个指挥部！指挥部所处位置的地形很平坦，周围没有什么工事，再往前就是一个小高地了，那里一片黑暗，什么也没有。除此之外，没发现任何警戒部队。

陈立华立刻小声地将情况报告给树下的许占强，他特别强调了一下，敌人的指挥所周围没有任何防御工事，这是不正常的。

“嘿嘿，兄弟！不用想那么多！敌人现在是空城计了吧！这个指挥所说不定是临时搭建的，还没来得及挖防御工事呢！”许占强不以为然地笑道。他命令陈立华继续监视，自己则卧倒在地，开始缓缓爬出树林。根据陈立华观测的地形位置，最好的观测点应该就在那长着芦苇的小土包后面！树上虽然一目了然，但是到白天就不行了！

陈立华隐蔽在树上，紧张地看着许占强慢慢向小土包移动，许占强将身体极力压低，几乎是一寸一寸地向前移动着身体。不远处，敌人的哨兵仍然在帐篷左右不到10米的半径内来回巡逻，足足用了半小时，许占强终于移动到小土包侧面的小溪边上，许占强仿佛没有感觉到衣服逐渐被浸湿，继续向前一点一点移动自己的身体，此时帐篷内有些安静，刚才的说话声似乎已经停止了，看来敌人是准备休息了。

许占强不敢发出任何声音，后面的陈立华和王成连也紧张到了极点，此时他们都不能发出任何声响，一旦暴露，三个人的力量根本不可能摧毁敌人的指挥部，不仅他们三个会被消灭，敌人一旦发现已经有人突破了小树林，必定会对这一侧加强警戒，后面破坏组的行动也就无从谈起了！

终于，许占强顺着溪水的流向爬到了小土包后面的芦苇丛中，这里距离敌人的指挥所已经不到100米了。他小心翼翼地扒开芦苇，整个场景尽收眼底：陈立华的观察没错，敌人周围并没有发现任何工事，指挥所此刻很安静，门外只有两个哨兵和几辆车。看来蓝军还真是太大意了！

“02、03，向我靠拢！注意隐蔽！”确认没有问题后，许占强命令已经编号的陈立华和王成连向自己靠拢。树林和土包之间没有什么障碍，天一亮他们两个就有被发现的危险，相比之下，这小土包后面茂密的芦苇丛是最好的隐蔽点了。

陈立华小心地从树上下来，和王成连一前一后，慢慢向许占强靠拢，一切顺利，20分钟以后，三个人齐聚到小土包后面的芦苇丛中，许占强在中间，陈立华在左，王成连在右。

“怎么样？我看可以联系总部了！”许占强眯着眼睛，小声说道，“天亮以后，一旦敌人的指挥所移到前面的高地上，就不好办了！”

“班长，我看还是等等吧！我总感觉有些奇怪，敌人似乎一开始就应该把指挥部放到高地上，怎么会在这个位置？而且周围怎么没有什么工事呢？”陈立华有些担心，他还想说什么，想了想又不敢肯定，于是忍住了。

王成连小声说道：“班长，我看等天亮以后，咱们观察好了再说吧！”

“天亮以后？那可不行，现在蓝军两翼正集结呢！天亮后他们的速度就加快了，咱们要白白浪费许多时间！”许占强坚决地说道，“趁现在蓝军大意，这是最好的时刻！放心吧，他们绝对想不到咱们已经到他们鼻子底下了！”

许占强又看了看蓝军的帐篷，这时候，帐篷又亮了，里面开始出现敌人的说话声，声音在安静的夜空里清晰地传了过来，一个总指挥似的人物正在焦急地说：“联络一下356团和129团到什么位置了，命令他们放开包袱，全力收拢！全力收拢！第一时间必须把红军这个不怕死的雄狮团给老子包住！”

许战强得意地笑笑，小声说道：“都听见了吧，蓝军指挥官就在帐篷里呢！”

一切已经毋庸置疑了！许占强激动地拿起联络电台，迅速向上级汇报了情况，并准确报告自己所在位置，话筒那边，红军指挥员也惊喜地问：“利刃！你确定你小组已经找到了敌人指挥部？”

“是，我确认！敌人指挥官说话的声音我都能听见！”许占强肯定地回答。

片刻之后，那边回应：“利刃！命令你们原地隐蔽监视敌人，随时报告敌人最新动向！现在突击部队破坏小组已经出发，天亮前赶到！”

“是！”

通报完毕，三个人掩饰不住内心的激动，许占强小声命令道：“全体注意！现在开始潜伏观察敌人动向，注意不要暴露，无论如何不要暴露！等突击部队赶到，咱们配合狙击！”

三个人不再说话，小心翼翼地潜伏下来，敌人丝毫没有发觉他们的动向，三个人开始利用身边的芦苇，进行深层次伪装，将旁边的芦苇、杂草慢慢盖到自己的身上。伪装是侦察部队的拿手活儿，半小时不到，许占强和陈立华已经完成了伪装，两个人将身体完全隐藏到芦苇丛中，即使是离近观察，也很难发现他们。王成连毕竟没有受过这方面的专业训练，有些笨拙，在许占强的帮助下，他趴到一个洼地处，整个身体依靠芦苇丛隐藏起来。许占强看着得意的王成连，冲他伸出了大拇指：“03，干得不错！有侦察兵天赋！”

许占强看了看前方，忽然决定自己再向侧前方推进一些，他要顺着小土包，行进到敌人的侧面去，那里是小溪最宽阔处，芦苇也异常茂密，那个位置与陈立华他们两个正好形成45度角，这样一来，就可以在战斗打响的一刻与陈立华、王成连形成交叉火力。突击队到达后肯定也是从这里发起攻击，火力角度单一的话，肯定是不好的。许占强一点一点地移动着，有风的时候，移动一点，风一停，马上原地不动，就这样，不到45米的距离，许占强足足移动了一个小时！

接下来就是漫长的等待，此时距离突击队赶到至少还有两个小时的时间。三个人趴在芦苇丛中一动不动，蓝军的哨兵换防了，两个新接哨的蓝军士兵一度端着枪向这边走了过来，80米、70米……20米、15米！眼看要到了近前！三个人将身体压到最低，仿佛连呼吸都停止了！这个时候一旦被敌人发现，等于前功尽弃。好在哨兵在15米距离的区域游弋了一圈，并没有再前进，哨兵再次回到帐篷位置的时候，三个人这才轻出了一口气！

时间一秒一秒过去，蓝军帐篷中的灯光始终没有熄灭，里面说话声、通讯联络声也是越来越嘈杂，不时有神色匆匆的蓝军人员进进出出，看来敌人的指挥也到了关键的时刻。

天色逐渐朦胧有了亮光，这时候，整个场景更清楚了，敌人的帐篷搭在前方，背面靠着一个小土坡，其余三面完全暴露在许占强他们的观测范围内，另外背着的一侧只是略微高些而已，看不出有什么异样来。

“利刃！利刃！我是闪电！我是闪电！听到请回答！”

终于，许占强听到了突击部队的声音。哈哈！来得太及时了！此刻蓝军指挥所内还是一片嘈杂，看来时机正好，许占强仿佛已经看到了将蓝军指挥员俘虏的那一刻。

“利刃收到！嘿嘿，兄弟们，你们终于来啦！”许占强知道，代号闪电的突击队应该就在树林边缘了。他小声将自己的方位通报给对方，闪电突击队也不含糊，片刻后，一行九人已经到达了陈立华他们潜伏方向的突击位置。

一切就绪，准备进攻！陈立华已经将瞄准镜对准了蓝军的哨兵！这样的距离内，陈立华有十足把握一气干掉两名哨兵！哨兵后背白烟冒起的那一刻，突击队会立刻冲进敌人的指挥部，所有人都做好了准备！

“啪！”

一声枪响！陈立华的狙击步枪准确击发，对面，一个正好面向这方的哨兵还没反应过来，就已经“阵亡”了，另外一个大吃一惊，急忙卧倒，可已经晚了，陈立华第二枪又响了，几乎是对方卧倒的同时，后背的激光接收器冒起了白烟！

“上！”

一声大吼，闪电突击队九名队员端着枪冲了上去！按照原计划，许占强的利刃小组原地狙击，三个人紧张地瞄准帐篷，看着突击队饿虎扑食一般冲了上去。

奇怪的是，蓝军指挥所内并没有任何人冲出来，突击队的进攻异常顺利，一路跃进几十米，已经冲到敌人指挥所的外面了！

“哒哒哒哒！”“啪！啪！啪！”“哒哒哒哒……”

突如其来的枪声让所有人都蒙了！这个时候，帐篷前面的高地上，足足冲下来五十名蓝军战士，而帐篷后面的小高坡后也突然跑出来几名蓝军战士，突击队已经冲到了帐篷前面，此时再没有了任何遮挡物。一阵激烈的枪声过后，突击队九人全部“阵亡”！潜伏在不远处的许占强痛苦地闭上了眼睛。此刻，利刃的狙击已经无从谈起了，他们只有迅速隐蔽，这个时候暴露自己，五十多个蓝军人员会立刻将他们歼灭。好在一切发生得比较快，突击队正好从陈立华他们的位置方向过去，蓝军并没有发现是陈立华开的枪，而许占强根本没来得及开枪！

许占强只感觉自己的脸火辣辣地烧，这回丢人了！蓝军笑哈哈地走进帐篷，自己监视了一晚上的蓝军指挥所，原来是个诱饵而已！许占强这个时候才意识到，所有进进出出的蓝军人员，全都是幌子，那帐篷后方的略高处应该是一个伪装严密的工事！敌人走出来，再通过帐篷进入工事，帐篷只是个诱饵，而蓝军真正的指挥所，并不在这里！

九名“阵亡”的突击队员骂骂咧咧地走了，利刃的侦察失误让他们前功尽弃，幸亏只是演习，要是实战，这九名战士已经永远留在这里了！

“利刃！你他×的发蒙呢？”已经接到报告的总部指挥员训斥道，还好，利刃并没有暴露，“继续监视，给老子找到他真正的指挥所！”

第七十六章　生死之间

蓝军也不是傻子，尽管他们布置了假指挥所，但红军突击队的突然出现，还是让他们吃了一惊，红军能在这么短的时间内突然打击这里，肯定是有先导侦察人员的引导！此时，做诱饵的帐篷已经失去了作用，蓝军迅速把帐篷撤掉，这时候，隐藏在帐篷后面的敌人工事真正显露出来。帐篷的撤掉，使蓝军这个原本暗藏的工事直接面对陈立华的方向，陈立华和王成连一动不敢动。

刚刚冲下高地的蓝军战士迅速跑回了高地，并立刻开始建筑工事，不到一个小时的时间，敌人在高地上建起了三个机枪阵地，狙击手也开始在高地上隐蔽并来回搜索着树林这边的区域，一下子，紧靠芦苇丛隐藏的许占强就被蓝军发现了。许占强知道自己很难再隐藏下去了，小声说了一句："两位兄弟，靠你们了！"

许占强突然跃起，95步枪也随即发动了攻击，一个扇面扫出去，敌人躲避的刹那，许占强猛地跃起，向相反方向跑去，他要在最后一刻引开敌人的视线。果然，蓝军火力齐发，一起向许占强打过去。到底是老侦察兵，许占强左躲右闪，蓝军第一波攻击居然没能击中他，却已经有两名蓝军士兵被他击中退出了演习。许占强利用蓝军暂时停顿的火力，拼了命地向敌人高地的后侧方跑去！

许占强边跑边开枪，眼睛不时向敌人阵地望去，他到了敌人建立在高地上的工事侧后位置，此刻已经没有路了，前面就是河道，根本没有任何遮挡物。许占强对着对讲话筒小声但十分肯定地喊了一句：“敌人指挥所在高地上……”身后白烟冒起，许占强被击中了！

已经退出战斗的许占强沮丧地离开战场，有意无意地向陈立华的方向瞟了一眼，这边的陈立华心中猛地一震，一种异样的感觉涌上心头。自从参加演习以来，他就从来没把这里当成演习场，龙云临走时对全连的叮嘱时刻在他脑海中回荡着，他也始终在提醒自己：这里是真正的战斗，真正的军人永远没有演习的概念！此时，他听到了七班长“最后”的话。陈立华默默告诉自己，假如这是真正的战斗，那么，刚才七班长就是用自己的生命最后履行了侦察兵的职责！陈立华看了看旁边的王成连，茂密的芦苇丛中，仅露出双眼的王成连居然流下了泪水，看来这小子比自己还认真！他那淳朴的内心已经认定七班长和九名战友全部阵亡了。

敌人指挥所在高地上！这是七班长最后说的话，陈立华偷偷看了一眼七班长刚才的位置，他那里的确可以看到敌人工事的纵深。七班长是老侦察兵，刚才虽然判断失误，但那时敌我形势不明，而这次这样直观地看，不可能再犯错误。同时，敌人将指挥所设在高地后面，与刚才的那个诱饵相比较要合理多了。陈立华刚才就感觉那帐篷不对劲，但自己毕竟是新兵，因为七班长的坚持他才没有说出自己的观点，这次看来，这里的后方就是演习场外了，敌人只能在这个区域设置他的指挥所，而就目前的态势看，高地后面是最合适的位置，因为敌人有一个加强工事在原来帐篷的位置，与迅速搭建的工事正好形成上下交叉，左侧有宽大的河道帮忙，敌人的工事构件正好能将自己的指挥部完全挡在后面。

这个时候，帐篷位置的敌人走出来几个，将原先作为幌子的几辆吉普汽车全开到了高地的后面，只有那两辆装甲巡逻车还在原地，此时也已经进去了人，看来敌人要开始巡逻了！刚刚“击毙”了一名潜伏的侦察兵，敌人绝对不相信只有他一个人。装甲巡逻车迅速启动，果然朝着刚才七班长潜伏的位置一路巡逻过去。

陈立华趁着装甲车巨大的轰鸣声，调整电台频率，按照一开始的约定，利刃小组早有准备，许占强“牺牲”，现在由陈立华负责。陈立华迅速汇报了敌人的情况，此时帐篷位置的敌人工事情况已经很明确，驾驶员和几个战士随着巡逻车开走后，蓝军在那里部署了一个十二人组成的加强班，高地上刚才有五十人，相关火力情况通过七班长的暴露也基本上明确了。根据前期侦察结果表明，敌人除了这60余名的警戒部队外，指挥所周围基本上没有其他警戒部队了！陈立华迅速做了汇报，为保险起见，他还是保守地汇报了已经观测到的敌人兵力和武器配备情况，当然，他也将七班长“誓死”得来的情报做了汇报。

此刻，指挥部那边的形势也发生了巨大变化，兄弟部队已经连夜构筑了防御阵地，敌人集结收拢的两翼在短时间内已经很难回来了，现在整个威猛雄狮团完全摆脱了敌人的束缚，全团开始向敌人的指挥所攻击前进。因此，敌人指挥所即使再有部队，也很难守住了，胜利似乎只是时间问题！

“利刃，好样的！现在大部队已经向你位置开进，你的任务是继续潜伏监视敌人的动向，防止敌人指挥部转移，要求你们无论如何要坚持到最后大部队赶到！”

“请总部放心，利刃坚决完成任务！”陈立华关闭电台，脸上露出坚毅的神情，小声对王成连说道，“兄弟，总部命令，监视敌人到最后一刻，坚决不能暴露！”

“放心吧！”王成连笑了笑，坚定地回答。这个刚刚年满十九岁的小战士，刚亲眼目睹了战斗的残酷，也为七班长的“牺牲”流下了泪水，此刻他想的和陈立华一样，坚决完成任务。此时两个人都清楚，他们两个一年的新兵，似乎已经在整个演习中占据了重要的位置，特殊的战场情况把他们推到这个位置，两个人深知自己的关键性，一方面，他们要监视敌人的指挥所，防止敌人指挥所转移；另外一方面，他们如果暴露，马上就会引起蓝军的关注，蓝军刚刚消灭了红军的突击队，并成功击毙了一个侦察兵，他们虽然还不放心，但毕竟此刻认为自己还是安全的，一旦再发现陈立华他们两个，肯定就知道自己已经再次暴露，那样的话，指挥所很可能撤到方圆两公里的树林中，偌大一个树林，不但很难搜索，而且根本无法判断他们会从哪个地方突围出去，而演习的最终胜利判定，只能是摧毁对方指挥所，这样整个演习难度就加大了，谁能保证正被狙击的两翼蓝军不会突破防线迅速靠拢呢？

装甲巡逻车在那边巡视一番，几名蓝军战士跳下车，小心翼翼地下去搜索了一圈，并没有发现什么，再次跳上车，开回了敌人的工事前沿。

时间一分一秒地过去，蓝军指挥员的耐心也越来越不足，刚刚报上来的战斗进程并不顺利，两翼的部队拼死突破，也只过了红军一道防线，按这个速度，要想冲过红军几个团构建的几道防线，一天的时间恐怕都很紧张，而威猛雄狮团正像刀子一样扎过来，蓝军指挥员后悔自己低估了雄狮团强大的战斗力，真不该将部队全都放出去，导致自己的指挥部空成这样，不到一百人的防御部队，想挡住雄狮团一个团的全力攻击，简直是笑话！指挥部已经决定要转移到树林深处，准备突围了！

陈立华和王成连现在不可能知道蓝军的决断，两个人趴在芦苇丛中，将全身都隐藏在了芦苇下面。他们的伪装太完美了，即使是走到近前，只要两人将头低下，除非上来将芦苇掀掉，否则谁也看不出有两个大活人趴在这里！

陈立华很多年以后回忆，在他的军旅生涯中，只有那一次的潜伏令他终生难忘。当时，他和王成连甚至认为，自己的隐蔽手段是完美无缺的，在此后的日子里，陈立华想不起自己还有哪次比那一次隐藏得更好。

装甲巡逻车就是在这时候突然启动，向陈立华他们潜伏的方向笔直地开了过来！蓝军准备撤退，陈立华的方向是通向树林最好的位置，而作为前导搜索，这唯一突起的小土包当然不能忽视。

钢铁履带绞着泥土杂草沿潮湿的溪边开来，装甲车巨大的重力使它压过的每一寸土地都猛地下沉，留下一道深深的印痕。巨大的发动机轰鸣声传得越来越近，陈立华两人迅速将头埋下去，车上几个蓝军战士居高临下地四处张望，手中的武器随时处在击发的位置，此时被发现简直找死。

近了，更近了……

陈立华盘算着，蓝军沿小溪边走一圈到达他这个位置，应该就会掉个头往回开了。他们后面是小溪，再后面就是树林，那里车开不过去，他默默祈祷着，蓝军可千万别下车搜索，否则他们很容易被那帮家伙给踩到，那样的话，藏得多隐蔽都得暴露！他看了看旁边离他两米左右的王成连（两个人眼睛的位置从侧面还是可以看到的），这小子也在看他，紧张得很。陈立华微笑了一下，王成连也点了点头。

装甲车果然沿着小溪开过来，两个人能真切地感受到车履带带来的大地震动。出乎意料的是，装甲车开过他们两人十米左右，居然停了下来！不好，看来车上的人要下来！陈立华倒吸一口凉气。

一旦车上的人下来四散搜索的话，他俩被发现的概率就大多了。陈立华默默祈祷着，将身体压得更低，手中的狙击枪也打开了保险，一旦被发现，就只能拼了！陈立华此时真恨不得自己手里跟王成连一样拿着一把95，或者干脆是两个手雷，便可以和敌人同归于尽了！

意外就在这个时候发生了！蓝军装甲车停了半分钟，人并没有下来，庞大的钢铁巨兽忽然打了个内回旋，朝他们两个的方向碾过来。显然，蓝军战士并没有发现他们两个。装甲车想回头了，但是无意间的偏移，使装甲车在原来的轨迹上挪了那么两米，而现在装甲车的左侧履带，正沿着小土包的边缘开过去，边缘这一侧趴着陈立华；再往前不到两米，小土包边缘的洼地处则趴着王成连！

陈立华此时眼睛都红了。装甲车原本开过时距离他们两个十米左右，而转身后再次前进，距离他只有不到六米的距离了！此时，装甲车一点儿没有减速，要想避免惨剧的发生，除非车顶上的蓝军战士发现陈立华和王成连，或者两人赶紧运动自己的身体，避开装甲车的钢带。前者，即使被发现，六米的距离，想通知驾驶员停车根本来不及；后者的代价，就是两个人全被发现。此时保证不被发现的情况只有一种，那就是眼看着自己和王成连被装甲车压成肉泥！

怎么办？怎么办？陈立华眼睛快冒出血来了！大部队越来越近，也许已经到达了，也许几分钟以后就会发起进攻，而这几分钟时间，足够蓝军指挥部全体人员撤进树林了！不能前功尽弃啊！跑吗？这个念头只在陈立华脑海中闪了一下，很快被他自己否定了——他现在就是战场上的战士，已随时做好牺牲的准备。这个时候如果转移，势必暴露目标，从而导致敌人转移指挥部，大家所做的努力就白费了，这次演习也就意味着失败。陈立华已经来不及多想了，他已经做好牺牲的准备，正像演习一开始时副连长说的那样，这是一场真正的战斗，需要用真正的牺牲精神来对待；也正像龙云在平时一次次叮嘱的那样，侦察兵的无畏，势必成为每一场战斗的关键！陈立华用坚定的眼神看了一眼身旁的王成连，他和自己一样，趴在地上一动不动，仅仅脸部抽搐了一下。他不知道这个小战士此刻在想什么，他来不及揣测与探询，脑海中“嗡”的一下，只在最后的时刻，似乎看到了王成连说了句什么。

巨大的轰鸣淹没了一切，钢铁巨兽从小土包的边缘轰地碾了过去！没有停留，继续向前开进，坐在车内的蓝军战士以及站在车顶上举目四望的蓝军士兵们可能谁也没有想到，刚才不经意间的几秒钟，见证了两个钢铁战士一刹那做出的伟大抉择！

陈立华清醒的时候，装甲车已经开过去几十米了。他刚才只感觉自己右臂猛地一疼，接着整个胳膊变得沉重，睁开眼睛看看，右臂已是鲜血流淌，没死！陈立华意识到自己还活者，他看见了右臂被装甲车的履带擦过——只是擦过，掉了一块皮，一块原本埋在土包表层的大石头被装甲车履带推了出来，正好将履带向右偏移了二十公分，这二十公分可是陈立华的半个脑袋啊！大石头的一部分压在胳膊上，陈立华轻轻地将它移开。王成连怎么样？陈立华脑袋又嗡地一声！他怎么样？是不是也躲过去了？陈立华整个心悬起来，迅速向右边看了一眼。

“啊——”陈立华猛地用手捂住了嘴，努力不让自己喊出来，眼泪已经不受控地涌了出来！泪眼蒙眬中，装甲车的履带被石头绊了一下之后，履带偏了二十公分，让出了陈立华，却正好更准确地压向了王成连！数以吨计的钢铁将整个洼地压了下去，茂盛的芦苇被压平了，芦苇下面，王成连半个脑袋连着一侧的肩膀，被履带直接碾了过去！鲜血和脑浆流了一地，整个人哪里还有活的希望……

这就是战争吗？这到底是战争还是演习？这样做是不是很傻？陈立华没有喊，也没有起身，趴在原地，任凭眼泪从紧闭的双眼中不断地涌出来。刚才，就在刚才，这个认识不到一天的战友还好好地和自己在一起，陈立华还能清楚地记得他坚定的眼神和稚嫩的微笑。一个十九岁的生命就在这一刻结束了！陈立华想起刚才他看到的王成连的嘴型，没错，这个钢铁意志的战士在生命结束的一瞬间说了两个字：再见！

再见！还能不能再见？人这一生真正能再见，是多么幸福的事情啊！陈立华知道，他和王成连永远不可能再见了！死神放过了他，却没有放过王成连。在无数个19岁的青年还沉浸在课堂的书声琅琅的时候，在无数个19岁的青年还沉浸在父亲的关爱与母亲的慈祥中的时候，或者，当无数19岁的青年还在满怀理想迎接自己灿烂人生的时候，千里戈壁滩的绿洲上，就在这溪流潺潺的地方，芦苇茂密的地方，一个19岁的青年战士，用自己的鲜血和生命谱写了自己一生的辉煌！或许这才是战争带给人的最深层次的启示，或许这才是一个钢铁战士最终的归宿！

陈立华不忍再看这位可爱的战友一眼，那场面太残酷，太不近人情！他上过战场，血腥的味道对于同样年轻的他来讲似乎并不陌生，可是现在，当那股还带着热情气息的血腥味充斥鼻端的时候，陈立华的心在颤抖着，这是自己战友的血！这个世界上，恐怕再没有如此近距离地闻着自己生死战友的鲜血的味道更让人心碎的事情了！

装甲车开回了工事前方，下车后随即快速进入工事警戒的蓝军战士们并没有发现履带内侧沾染的鲜血，一切都已经不重要了。陈立华努力擦干自己的眼泪，布满血丝的双眼继续监视着前方，略带沙哑的声音准确地向总部汇报着情况：“一切正常，蓝军指挥部还在原地。一名……一名战友牺牲！”

总部并没有在意陈立华简短的汇报，此刻整个演习已经进入最后阶段，他们并不知道，陈立华汇报中的战友牺牲是真正的牺牲，而陈立华也并没有详细讲述事情的真相，他觉得那样做也许并不是王成连所希望的，这是一场真正的战斗，牺牲就是牺牲，不是吗？

红军及时发动了总攻，回天无力的蓝军指挥部在很短的时间内被红军摧毁，三颗红色信号弹带着胜利的喜悦飞向天空，整个演习以红军的胜利而告终。威猛雄狮团的出其不意使整个战役风云突变，从此威猛雄狮团更加威震全军……

然而，威猛雄狮团最大的荣誉还远远不是成为演习的绝对主角，更让全军震撼的是，两名威猛雄狮团的一年新兵陈立华、王成连，面对突如其来的事件，选择把全军的利益放在了第一位，一死一伤，正如演习后报纸报道的那样，表彰威猛雄狮团，不如表彰他的战士，有这样的战士，威猛雄狮团战无不胜！

当所有演习指挥员全部聚集在英雄王成连牺牲地的时候，这些身经百战的将军们无不动容。陈立华并没有离开，他和赶来的战士们一起把王成连已经残破的身躯从沙土中挖了出来，遗体血肉模糊。许占强跪在地上，已经哭得不成样子了，这个当兵四年的硬汉子从来没这么伤心过。侦察连全体战士、八连全体战士默默站在那里，个个泪流满面。王成连的牺牲，给了这些和平时代的战士们太多的启示。

演习结束后，在英雄王成连事迹报告会上，陈立华的发言是这样的：

王成连，绝对没有潇洒的外表，和我们一样穿着普通的军装。作为一名普通的士兵，一名仅仅19岁的士兵，他牺牲了，永远不可能再回到我们中间，他再也拿不到下一个军功章，再也得不到父母的疼爱，也永远不可能收获属于自己的爱情、家庭和事业，他没有得到的东西太多太多。但是，他已经得到的东西，必将是我们每一个战友毕生的追求！作为一名普通的人民解放军战士，我们没有优厚的报酬，我们没有众人瞩目的名声，我们只是千千万万人民子弟兵中最基本的单元，我们只是浩瀚大海中的一滴水，但正是我们每一滴水的汇聚，才能够掀起滔天的巨浪！正是我们的普通，构成了人民军队伟大的力量！

我们不需要特殊的关注，我们也不需要格外的关照，很清楚我们自己的位置，那就是，我们永远是祖国和人民最可信赖的忠诚卫士，我们必将为祖国和人民的利益付出自己的一切甚至是生命！王成连就这样走了，我们会时刻想念他，但是我们不后悔，我们还有下一个任务，我们还要延续他的生命和他的灵魂！

在物欲横流的今天，在“代代渐弱”论调大行其道的今天，王成连告诉了所有国人，邱少云的壮举虽然已经在那个不属于现代军人的时代演绎过，但是，我们这些屡被贬斥的八零后的铁血战士，同样可以用自己的鲜血和生命谱写出壮烈的诗篇！中国军魂不倒！代代传承！

第七十七章　壮志豪情

就在戈壁风暴进行得如火如荼的时刻，位于J国境内的中国士兵们，已经圆满地完成了联合军演的全部内容。演习场内的一大片开阔地上，此时已经是一片庆功场面，野战餐桌一溜摆出，足足占了一个足球场那么大，桌子上摆放着精心准备的啤酒、烤羊腿等美食，和结束前的风餐露宿相比，简直形成了鲜明的对比！

威猛雄狮团派出参演的部队，这次真是露足了脸，尤其是来了三十个人的侦察连，出击迅速，战术熟练，打击精准，这些描绘优秀部队的形容词几乎都能用到他们身上，龙云喜不自禁，更高兴地还要数赵黑虎和他的沙鹰小组，几个新兵组成的战斗小组这次成了整个演习的明星团队，不但是我方的首长们赞不绝口，J国更是心服口服。几个人从战场下来的时候，龙云给了每个人一个熊抱，在赵黑虎的记忆里面，龙云还真从来没这么“矫情”过。

在去庆功会的路上，侦察连全体坐在一辆军用卡车上，钟国龙他们几个是最兴奋的，几个新兵一路上嘴就没闲着。李大力凑到龙云那里，笑眯眯地问：“连长，是说边吃饭边看演出对吧？”

“对，没错！”龙云心情不错，愿意回答。

“太好了，终于可以吃上肉了！”李大力顿时兴奋起来，第一天沙鹰小组捣毁第一个信息站的时候，几个扮演恐怖分子的J国战士烤肉的场景，至今还让他耿耿于怀。那传统的烤肉美食，现在几乎成了这些家伙的唯一追求。

钟国龙靠过来笑道：“连长，这回演出里面应该有不少美女吧？我都想不起来有多少天没看见过女的了！”

龙云笑道：“怎么，你小子想女的想疯了吧？”

刘强笑道：“可不是！我们老大现在的状态，估计看见个母驴都能觉出眉清目秀来！”

众人一阵哄笑，钟国龙“恼羞成怒”，狠狠给了刘强一拳。

赵黑虎笑道：“钟国龙，今天你可是来着了！我听说，这次慰问演出的是中吉两国的优秀文工团，美女肯定是一堆一堆的，你小子到时候聪明点儿，俘虏个J国美女回去，天天给你烤羊腿吃！”

“嘿嘿，那倒不用！老婆嘛，还是国产的好。”钟国龙笑着摇头，忽然又关注起自己的形象来，几天没洗澡了，身上原本光鲜的新式沙漠迷彩早成抹布了，不禁担忧地说道，“咱们是不是洗个澡换身干净衣服什么的呀？这身打扮实在不太好吧？”

“得了吧！时间紧任务重，再说了，这地方水比油都贵，你要是实在感觉不雅，就在沙子上蹭蹭吧！”龙云看了看钟国龙，笑着说道，“都是从演习直接下来的，对方也好不到哪儿去！”

钟国龙撇了撇嘴，看了看别人也都差不多，拍了拍身上的土，又回去跟余忠桥他们几个讨论起两国美女的不同之处来。

大家说说笑笑，汽车一路在高原平坦的地域高速行驶，不到两个小时，庆功现场已是目之所及了。连成一片的野战餐桌旁，正前方临时搭建的演出台上，工作人员还在忙碌着，J国人员已经陆续到场，我军的各部队官兵也有先到的，大家开始紧张地落座。

“嘿嘿，就是那个位置了！距离演出台最近，位置正中央，还没被人占上呢！哈哈，我看见烤羊腿啦，还有啤酒！”刘强拿着望远镜汇报着现场状况，汽车越来越近。

“得了吧你！你小子还以为是农村看电影呢？随便坐呀？那中间位置得是两国的首长坐！”旁边龙云提醒他，同时严肃起来，同众人说道，“下车以后，注意军容军纪！时刻想着你们的每一个举动都代表着祖国！不管什么时候，都要体现出我们中国人民解放军的作风。”

众人神色一凛，这才停止了说笑，龙云的话并非小题大作，我国向来十分注重国家形象，尤其是这样的军方交流，两个国家的士兵坐到一起，虽然是庆功会，但也会在无形中比作风比纪律，当下谁也不敢马虎，虽然军装已经脏了，但还是要努力整理齐备。

侦察连全体下车，整队、点名，最后和中方其他部队一起，整齐地坐到左侧的方阵中。战士们坐在小凳上腰杆挺得笔直，两手平放在膝盖上，一动不动，右侧J国部队里顿时传来低低的赞叹声。

这样的场面一直持续到庆功会结束。大会上，中J双方的首长对这次演习的成功给予了高度评价，尤其是J国的将军，对中国部队的作战素质是叹为观止，他还着重提出了赵黑虎带领的沙鹰小组。演习中，由于程序的不确定性因素，使沙鹰小组承担了高于其他战斗团队几倍的作战任务，最终沙鹰不但将战斗力保持到了最后，还第一个到达指定区域并配合大部队摧毁了终极目标，这是一个奇迹！我方和对方官兵不时向赵黑虎他们这边投来羡慕、赞赏的目光，赵黑虎此时倒有些不好意思了，笑呵呵地看着旁边笑成一朵花的钟国龙他们几个。钟国龙倒是没什么不好意思的，他的性格就是这样，听表扬对他来说是最开心的事情了！钟国龙的信念只有一个：我牛就是牛，没什么好谦虚的！

讲话很快结束，真正的大会餐开始了！战士们经过两天两夜的艰苦战斗，没吃过一次正经饭，此时餐桌上丰盛的异域美食马上吸引了大家的所有注意力，首长有特殊命令，每个战士可以允许喝一瓶啤酒，量虽然不大，可是足够战士们举杯欢庆了！大家该吃吃，该喝喝，那叫一个风卷残云，天昏地暗。

演出就是在这时开始的，中方J方两位主持人同时上场，用一段满怀激情的开场白拉开了整个演出的序幕。钟国龙他们没有失望，依次登场的节目，不但有漂亮的J国姑娘欢快的民族特色舞蹈，也有我国女文工队员婉转悠扬的歌声，钟国龙直直地坐在小凳上，眼睛睁得圆鼓鼓的，生怕自己错过什么。连他自己都奇怪，以前在家里的时候，这样的歌舞节目是他最讨厌的，每次电视上一出现，他马上就换频道，在他的心里，一直认为自己跟文艺演出这东西实在没什么缘分，看着都头疼。但是今天，这样的观念被彻底打破了！他今天忽然发现，原来文艺节目这么好看！他甚至在看每个节目的过程中能看出它所要表达的意思，似乎他也变得有一点儿“艺术细胞”了。

钟国龙在节目间隙看了看其他的兄弟，这帮家伙和自己没什么不同，拿刘强来说吧，这小子平时倒是也喜欢看个节目，可他完全是瞎看，人家还没开口他就先叫好，人家高潮还没唱到他先喊了起来，整个就是起哄，今天却不一样了，也知道欣赏了，连鼓掌都优雅了不少。李大力和余忠桥更是不一般，两个人随着音乐节奏居然还轻微扭动着身体，整个人跟着了魔一般，就连旁边的龙云此时也看得出了神。再看J国那边的战士，更是激情四射，一到他们熟悉的歌曲，基本上都跟着唱了起来，还有战士用餐具敲起了节奏，如痴如狂一般，没想到此时的文艺表演对这群五大三粗的士兵居然有如此的魅力！

演出随着一位中国歌唱家的《咱当兵的人》推向了高潮，铿锵有力的歌喉震撼着全场，战士们顿时精神百倍，全都跟着节奏鼓起掌来。这个时候，高原上的风又刮了起来，突如其来的大风卷着黄沙，打得舞台背景布噼啪作响，整个会场笼罩在一片风沙中。

恶劣的气候并没有影响在场每一位战士的热情，大家全体站起身来，迎着风，掌声更加炽烈，漫天的黄沙在这些铁血战士面前，仿佛一下子收敛了许多，歌唱家也被这样的气氛触发了激情，伴奏音乐虽然小了许多，但是歌声却越来越响亮：

> 咱当兵的人，有啥不一样，只因为我们都穿着，朴实的军装。
>
> 咱当兵的人，有啥不一样，自从离开家乡，就难见到爹娘。
>
> ……

全场沸腾了！所有的中方士兵全都唱了起来，将近三百人的吼声将风沙的声音彻底压了过去。舞台上，所有演员也全都到了台前，向战士们挥舞着双手，右侧坐着的J国士兵们此刻也被这场面所震撼，他们虽然不会唱，但是他们能体会到旋律中的那份激情，也全体起立，跟着节奏鼓起掌来。嘹亮的歌声在冷冽的风沙中，响彻了整个异国大地！此情此景，所有经历的人永生难忘，只有真正感受过此种激情的战士，才能从歌声中体会到铿锵的铁血铁骨！

整个文艺表演在一片欢呼声中结束了，演员们都被战士们的激情感动得流下了眼泪。这个时候，J国方阵中忽然传来战士们的叫喊声，他们纷纷指着这边的中方战士们，嘴里大喊，中方这边由于语言障碍，并不知道他们在喊什么，一时间场面有些混乱，坐在凳子上，头发花白一头雾水的总部作训部李部长问了问旁边的翻译，翻译急忙解释道：“他们在要求我们解放军战士表演一个节目。”

李部长向身边坐着的军委首长请示，得到批准后，站起来转过身对着后面的战士大声说道：“J国的战友们要求我们中国人民解放军的指战员们表演一个节目。大家能不能表演？”

我方队所有人员齐声高吼："能！"

李部长满意地点点头，冲旁边的张国正喊道："张副团长，我看节目就由你们团来演，你自己点将！"

"是！"张国正兴冲冲地站起身，考虑都没考虑，大吼道，"龙云！你来组织！"

"是！"

三个人一级压一级，把战士们逗得想笑，但是很快都为龙云担心起来，这可不像是平时，两国的高级首长都在场，龙云演什么节目呢？总不会是唱个歌儿吧？那也太普通了！

龙云似乎并不着急，胸有成竹地站起身来，大吼道："侦察连全体出列！咱们就演个绝的！"

三十名侦察连战士迅速跑到台上，龙云整队！

"报数！"龙云大声下口令。

"一、二、三、四、五、六！"方阵第一排从右至左迅速有力地摆头报数。

"以第三名为基准，人与人间隔两米，向中看齐！"龙云又是一阵有力的口令。

啪啪啪，一阵小碎步跺起，三十人表演方队迅速展开，马上形成了一个横六纵五的方队，三十名战士仍然成跨立姿势，如一棵棵挺拔的松柏站在原地，一动不动。三十名战士，就是三十座雕像，三十名的战士方阵，就如一座巩固我河山的鬼雄方阵。

节目还没开始，J国所有参演人员鼓起了热烈的掌声，就算是他们的首长也不得不承认，中国军人的队列养成就是整齐一致，体现出了一个国家的精神面貌，这就是一个国家军队几十年不变的军魂和素养。

队形都站好了，所有人都莫名其妙，想着龙云到底要表演什么节目呢？此时的龙云，也仿佛在故意卖关子，龙云从主持人手中拿过麦克风，并不介绍什么，又下台去跟三个其他连队的战士小声说了几句，三个战士马上跑到旁边，从旁边的啤酒箱中拿来三十一个啤酒瓶子，分发给台上的每一个战士，龙云自己也拿了一个，转身上台。

全场静悄悄，大家都在纳闷，尤其是J国参演人员，一个个睁大眼睛看着，不知道他们要干什么。龙云将右手的空瓶子放下，成立正姿势，对着在场所有人员敬了一个标准的军礼，右手拿着麦克风大声说道："尊敬的首长及亲爱的战友们，下面我们代表中国人民解放军向J国所有参演首长、战友表演一个节目。其实也算不上什么节目，没有时间准备，我们临时表演一个诗配战术格斗表演，希望大家能够喜欢。"龙云在这边说，那边的J国主持人就跟着翻译，龙云一说完，全场响起了热烈的掌声。

台上侦察连的战士们这才恍然大悟！刚才他们上台站好位置，一开始以为真是唱歌，散开后又以为是格斗表演，这下子连长一解释，大家全明白了，原来连长是想来点儿“高雅”的呀！可是大家又都猜不透连长要朗诵什么诗歌，在他们心里，这格斗和诗歌还真是完全不一样的东西，连长要怎样结合呢？

钟国龙站在队伍最前排的中间，左边是刘强，右边是赵黑虎，此刻他们三个人倒是很自信的样子。这节目龙云原来在新兵连的时候曾经给大家讲过，大家都感觉很带劲，只是一直没有演练的机会，这下子没想到要当着外军和首长们的面表演了，三个人都默默告诉自己，一定要演好！

这边龙云已经准备完毕，三十名战士将啤酒瓶放到地上，等待着龙云的号令，龙云站在队列前面呈跨立姿势，目光忽然爆长，厉声吼道：“格斗准备！”

“杀！”

杀声随即震撼全场！声音短促而有力，让人听了有种不寒而栗的感觉。三十人立马两腿并拢，两手握成虎拳，拳心向后，两眼爆出杀气，面对前方。

“下面我们开始格斗，不像以前，这次我们诗配格斗，我念一句诗，你们做一个动作。是否清楚？”

“清楚！”三十人的鬼雄方阵齐声大吼。

台下又是一阵热烈的掌声。

一切准备就绪，龙云傲然挺立，双眼中杀气腾腾，刚刚激情四射的舞台，此刻完全被杀气笼罩，仿佛成了一个血雨腥风的杀戮战场！龙云忽然双目圆瞪，丹田用力，那诗歌就在一声怒吼中从嘴里迸发出来：

“我血铸刀锋！”

“杀！”

战士们立马做出一个格斗动作，同时齐声大吼，在场所有人员心头一震。龙云的声音是那样有力，是那样充满雄浑之气！

“军旗猎猎红！”

“杀！”

“关西长城东！”

“杀！”

“秦汉狼烟烽火台！”

“杀！”

“旗展箭张弓！”

“杀！”

“兵典千年史！”

“杀！”

“铁马踏雄风！”

“杀！”

“今当荷甲枕戈睡！”

“杀！”

“我血铸刀锋！”

龙云的吼声一句比一句有力，一句比一句霸气，原本就十分雄壮的豪迈诗歌，此时从龙云的嘴里发出来，在场的人顿时感觉到一阵寒气，那声音也仿佛从地狱中发出来一样让人毛骨悚然！是的，此刻，龙云的每一句诗，战士们吼出的每一个“杀”，都像是一把把钢刀划破长空！那声音是那样容不得半点的亵渎，那声音让人震撼，让人振奋，让人恐怖，让人胆寒！此时的龙云，更是激昂无比，仿佛自己吼出来的已经不是简单的诗歌，而是中国铁血士兵向一切胆敢侵犯挑衅我国的敌人发出的宣战书，也是中国人民解放军那永远不容侵犯的军魂！我血铸刀锋，军旗猎猎红！任何敢于侵犯的敌人，在这样豪迈无畏的宣言下，无不战栗而退，不敢侵其锋芒一步！战争赋予每个士兵杀人机器的“美称”，只有用铁血的军魂武装起来的杀人机器，才是战无不胜！

在场的J国士兵们此刻也都被彻底震撼了！他们虽然听不懂龙云的诗歌，但是他们能听见那喊杀声，也能看见每一个战士的格斗动作，更能看见每个战士眼中迸发出来的杀气。他们也被这样的威慑所感染，这到底是一支什么样的部队呀！军人最能读懂军人的眼神，他们从这三十个中国士兵的眼中看见了一种令他们感到惧怕的东西。他们现在几乎十分肯定地认为，这样的军人，才是真正的铁血军人，这样的士兵，能面对一切并能摧毁一切！他们也开始相信，这样的士兵，在漫长的历史长河中创造了一个又一个战争奇迹；这样的士兵，他们始终在传承、升华、与时俱进！在这样的军人面前，应该庆幸彼此是朋友了！

此时，龙云带领的这三十人的表演，似乎已经不是什么节目了！

“我——血——铸——刀——锋！”

龙云最后一句故意拖得有些长，最后的“锋”字则戛然而止。三十人表演方队正好打完最后一个动作，迅速右手拿起身前的啤酒瓶，包括龙云在内的30人头一低，将啤酒瓶对着自己的头部猛敲。

“啪啪——”

一阵整齐清脆的响声过后，粉碎的啤酒瓶四散飞出，哗啦呼啦地撒在舞台上，三十名战士任凭玻璃花雨撒落，笔直矗立，那神情就像要与天争气魄，与地讨情怀。全场静默了几秒之后，如雷般的掌声顿时响起！J国干部战士也顾不得作风了，全部站起来鼓掌，表示对中国人民解放军由衷地钦佩。表演完毕，龙云下口令整队、敬礼，而此时全场的掌声还在继续！

J国这次演习的总指挥亚塔母上将带着几名J国高级军官走上台，和龙云等人握手，并一个个拍着他们的肩膀。亚塔母上将紧握着龙云的双手，笑着问道：“上尉，告诉我，你是怎样把这些孩子带领成钢铁士兵的？我敢肯定你们是中国最好的士兵！”

龙云听完翻译的解说，笑道：“上将阁下，我和我的战友都只是中国人民解放军中最平凡的一员！”

“哈哈，上尉，你在谦虚吗？”

“不是！”龙云回答得不卑不亢，“我的士兵里面，有几个还只是不满一年的新兵呢！”

“是这样吗？”亚塔母上将意外地看着龙云，看了看他身后带着一年列兵军衔的钟国龙等人，这才由衷地赞叹道，“要是这样，中国人民解放军真的了不起！”

一阵祝贺之后，龙云将大家带下台，我国一军官也要求J国军队表演一个节目。

J国也是由一名军官带了30来个战士上场，表演起民族舞蹈。欢快的节奏，轻松的舞蹈和刚才解放军的表演相得益彰，场面轻松愉快，进入了另一个高潮。

跳着跳着，台上的J国战士开始邀请我国与J国的首长战士上台同跳，大家开始互动起来。刚开始大家因为不会跳不好意思，后来J国将军和军官们邀请我国领导战士一起跳舞，看着军委首长也跟着上台跳起来，大家才彻底放开，纷纷跳上舞台，整个舞台顿时满员，上不了台的战士们开始在台下欢闹，并和J国的士兵们手拉手跳在一起，整个会场就是欢乐的海洋！

第二天，两国进行演习讲评。中国参加演习的部队得到了J国军方首长的一致肯定和赞扬。当听到两国首长对这次演习的高度评价后，钟国龙等战士顿时心情激动起来，这么久的训练没有白练，汗水和血水没有白流，他们站在台下就如站在奥运领奖台上的运动员一样，自豪之情溢于言表，这里程碑的一幕，也永远记录在钟国龙等青年一代军人的脑海中，这样的场面在未来也不断上演着，在反对恐怖分子的斗争中，全世界人民的手握得越来越紧……

演习结束第三天，上级命令所有部队撤回，唯独龙云和侦察连没有接到团里的返回命令，被要求原地待命。侦察连参加演习的所有人员都在思索，团领导到底有什么指示，我们为什么不撤回？龙云急匆匆赶去团野战会议室开会的时候，谜底没有揭开之前，侦察连三十名战士暂且进入另外一场欢乐之中：洗澡！三辆单台容纳十人淋浴的野战洗澡车里“站无虚席”，几天几夜没有洗澡的战士们此刻真是比过年还高兴！

第七十八章　生命禁区

洗完澡的战士们正在宿舍里聚在一起闲聊，龙云突然兴冲冲地推门闯进来，此时他的神情很不一般，整个人仿佛遇见大喜事似的，满脸兴奋之情。这样的连长大家看到的时候不多，许多人已经在心里猜测，能让连长兴奋成这样的事情，绝对不是什么好事！

“同志们！告诉大家一个好消息！”龙云开门见山，大声喊道，“刚才团领导通知我，经过副团长跟军区领导的极力争取，咱们获得了到幸福湾哨所参观学习的机会！哈哈，这可是我梦寐以求的事情，咱们侦察连这次演习表现优异，军区特批！鼓掌吧，同志们！”

战士们看着龙云那兴奋的样子，大眼瞪小眼，并没有要鼓掌的意思，只有几个老兵在旁边苦笑，几秒钟后，谭凯问道：“连长，幸福湾是什么地方？”

“笨蛋！看连长那么高兴，幸福湾肯定是好地方呗！幸福湾，多美的名字！不用说，肯定是军区首长奖励咱们旅游一次！”钟国龙笑哈哈地替龙云回答了，“连长，我说的对吧？”

“嘿嘿，没错！”龙云神秘地笑着，从裤兜里掏出一张纸来，扔给钟国龙，“钟国龙，这是我刚打印的幸福湾的资料，你给大家念念，念完大家就知道幸福湾是什么地方了！”

“好嘞！”钟国龙兴冲冲地接过纸，大声朗读起来。

“1959年8月，经中央军委正式命名，‘幸福湾’出现在了共和国的军事地图上。幸福湾是因哨所而命名的地点，它位于阿山县境内。这里的海拔高度为5380米，年平均气温低于零度，昼夜最大温差30多度，冬季长达6个多月，一年里17米/秒以上大风天占了一半，空气中的氧含量不到平地的45%，而紫外线强度却高出50%。这里是不折不扣的‘高原上的高原’。

“建哨初期，官兵们靠着一顶棉帐篷和一口架在石头上的铁锅，每天吃压缩干粮、喝70多度就沸腾的雪水，硬是在被医学专家称为‘生命禁区’的地方站住了脚，牢牢地守住了祖国的大门。从那时起，一代代幸福湾人在这里为祖国奉献着自己的青春甚至生命，谱写着一曲曲边防军人卫国戍边的赞歌。”

钟国龙一口气念完，大家都不笑了，难怪刚才龙云那么高兴，要是旅游，龙云不可能高兴成那样，原来是参观这“生命禁区”啊！

“连长，咱们去那里干什么？”钟国龙有些不理解，不就是高原上一个哨卡吗？无非是环境恶劣些，条件艰苦些，值得大家去那里看吗？

龙云对钟国龙的口气很不满意，瞪着眼睛说道：“干什么去？带你们看看那里的兵！带你们感受一下幸福湾的精神！全体注意，明天早上9点装车集合，我连参演人员参观学习幸福湾哨卡！”

钟国龙不理解连长为什么对这个幸福湾这么看重，在他的印象中，龙云也是一个心高气傲的人，但看他现在的神情，简直是幸福湾的崇拜者一般，这么看来，这幸福湾哨卡没准儿还真是不一样！

龙云说完，自己找地方洗澡去了，战士们开始传看幸福湾的资料，议论纷纷。刘强走到赵黑虎面前，看赵黑虎也十分兴奋，不禁问道：“排长，你以前去过幸福湾吗？”

赵黑虎笑道：“前年连长和我跟团里面申请过，不过没批，没想到这回有机会了！”

“排长，这幸福湾无非就是条件和环境艰苦一些罢了，咱们有什么可学习的呢？”钟国龙刚才没敢问龙云，这回跟赵黑虎说出了心里话。

赵黑虎笑笑，说道：“明天不就去了吗？到了你就知道了！我敢肯定，去了幸福湾，对咱们都有启发！”

赵黑虎这么一说，顿时把大家的胃口调动起来，刚才还面露苦色的战士们，这时倒是有些盼望着了，他们想看看这个“高原上的高原”到底是什么样子。

当夜无话，第二天上午九点，侦察连一行三十一人集合装车，终于离开异国的临时营地，开始向祖国的方向开进。一路上，千里戈壁平坦宽广，好几辆车并驰在这样广阔的戈壁上，烟尘滚滚，景象十分壮观。战士们坐在车里，心情仿佛也被这地域的宽广所感染，分外舒畅起来。

“嘿，这是最高时速了吧？”刘强大喊。

“差不多了！在这里开车好啊，天然大广场！司机也不用找什么路了，对准方向一阵猛开就是了！”一个老兵笑道，“要是一路上都是这样，咱们两天能开到北京去！”

钟国龙坐在车内左侧，心中的疑团还是没解开，这时候见龙云正看地图，凑过去问：“连长，咱们得走多长时间才能到啊？”

“三天吧！”龙云皱着眉头说道。

“三天？不是说幸福湾就在阿山县境内吗？咱们现在走的速度不慢啊！”钟国龙不理解了。

龙云笑着指了指刚才说话的老兵，指着地图笑道：“你听他胡扯！哪能都是这样的路啊？这一路是千奇百怪，出了石城就没柏油路了，那天路跟上天差不多，还得经过好长一段搓板路呢！”

龙云这段路线介绍把钟国龙给弄蒙了，急忙问：“连长，这搓板路是什么样的？”

钟国龙一问，战士们的目光全集中到了龙云身上，龙云清了清嗓子，样子真跟个学者似的，回答道：“一开始这地方全是石子路，因为跑的车多，路面形成了像搓衣板一样的沟沟坎坎，坚硬而规则，司机们给它起了个形象的名字——搓板路。在这样的路上行驶，汽车真的就像一团衣服，任凭它揉搓，只能把速度放到最低，缓慢前行。大前年我带着三排去执行过一次任务，当时就是过这种搓板路，咱们的司机没有经验，一点儿没减速，结果车跑到一半减震就全坏了，最后干脆抛锚了，我们走了大半夜才走出去呢！不信你问虎子，这小子那回鞋底都磨没了！”

旁边赵黑虎笑着点头，说道：“没错，遇见那样的路，你着急也没用，就得挂一挡慢慢往前晃悠，废油啊！”

几个人这么一问一答，车内的气氛顿时热闹起来，战士们都饶有兴致地讨论起来，他们虽然在这里当兵，可营区处在戈壁与沙漠的结合地带，沙丘倒是常见，可真正高耸的冰山，大部分战士还是没亲历过，这个时候，战士们倒没有考虑一路会是多么艰辛，反而对路况充满了期待，大家都想亲身感受一下，歌里面唱的天路到底是个什么样子！

车队一路狂奔，越过戈壁，沿着国境线向西一路开去。天晚的时候，海拔逐渐高了起来，此地距离宿营地还有一段路程，战士们都有些疲惫，昏昏欲睡起来。龙云没有睡觉，打着手电筒继续研究他的地图，钟国龙和刘强也没睡，拉着李大力和余忠桥胡扯一通，尽管龙云做了介绍，但他们对幸福湾还是充满期待，此刻还无法想象那里的环境到底有多么恶劣，至于驻扎在那里的战士，他们更是一无所知，几个人不断转换话题，越聊越兴奋，旁边的老兵偶尔醒过来，看他们几个新兵的精神样，都无奈地摇摇头。

汽车又颠簸了一段，终于到达了第一个宿营地——边防某兵站，那边的官兵已经得到他们宿营的消息，此时集体走出来迎接。大伙兴冲冲下车，看这些夹道欢迎的边防战士，十五个人，一个排长，个个精瘦枯黑，典型的高原长住居民模样。

“同志们，抓紧时间补充给养！明天就要上山，路就难走了！”龙云站在人群中大喊，好在这次大家准备很充分，食物充足。野战餐桌铺开，侦察连三十名战士和兵站士兵来了场野外大会餐，双方各尽所能，罐头加馒头，吃得十分开心。

这条山脉是世界山岳冰川最发达的山脉之一。满载侦察连战士们的汽车已经行驶了三天，高原虽然克扣了氧气，但是作为补偿，它大方地陈列了各种美丽的风景任人们欣赏。坐在车上，战士们恨不能时刻都停下来拍照，也恨自己没有一部摄像机，把四周的景色全部记录下来。一样的蓝天，一样的青山，一样的草原，一样的湖水，可这里的一切都比他们之前所见到的更加赏心悦目。这是没有亲身经历过的人所无法体会的。

路上会经过几个小的湖泊，而斯潘古尔湖就在最远靠近边境线的地方。

湖面非常平静，像一块深蓝的宝石，镶嵌在群山的怀抱里。如果不是道路在前方的湖边上蜿蜒伸展，大家简直就要认为以前从没有人来过这里。汽车在湖边山腰的公路上行驶，看着悬崖下方湖水的颜色从近处的碧绿渐渐变深变蓝，直到远方成为墨蓝色，水面静得没有一丝波纹。在战士们看来，这里的一切都有种不真实的感觉，仿佛身处梦境。

这一路上，钟国龙他们终于知道了道路的艰难，同时也见证了艰苦地区人民乐观的心境，那些表面上很浪漫的地名，真实的样子，跟名称完全不相符合。进入这些地方，原本一直困扰战士们的头疼就更严重了，走了不到十分钟，感觉脑袋快要裂开一样，说明这里的高原反应大得要命。半小时以后，战士们不得不拿出在兵站补充的氧气袋吸起氧来。

据兵站派来引路的战友介绍，这里原本有几眼甘甜的泉水，但是因为这里海拔太高，高原反应也太大，外乡人来到这里喝水，还没等喝到，就先倒下了。车行驶到这里的时候，正赶上天空阴云密布，昏暗的云团低低地压过来，增添了这里的恐怖气氛。

终于，自配的司机再也不能适应这险峻的天路了。换了当地兵站的运输兵驾驶员，开始征服眼前的天路，众人一路周折，在山麓下面暂时休整，战士们跳下车来，看着眼前的路，全都惊呆了。

眼前，高原群峰并起，层峦叠嶂之间，一条土路就像一条灰白色的长蛇，从山下向山上一直蜿蜒。由于高原特殊的能见度，整个长蛇尽在眼中，路随着山峰逐渐拔高，远远望去，这路的终点仿佛不在前面，而是在头上！想到汽车要往头上开，所有人都不由得脊背发凉。

“我的妈呀！光听人说天路天路的，我还想不过就是高原上的路，今天我可见到的天路了！”赵喜荣双手搭在钟国龙的肩上，大口喘着粗气，看路看得脸色苍白。

“我最想知道的是，当年前辈们是怎么修的这路！”钟国龙也吓坏了，看路只有几米宽，最多能刚刚通过一辆解放141，一边是陡峭的山壁，另一边可就是万丈悬崖了！这样的路，司机敢开上去吗？

“怎么着，害怕啦？”山下兵站负责开车的司机走过来，笑着看他们俩。

钟国龙满脸钦佩地看着这个黑脸庞的三级士官，小心翼翼地问：“班长，这路您经常走吗？”

“嘿嘿，山上的哨所定期供应氧气、给养，路倒是常走！”老兵笑得很朴实，似乎不以为然。

“那……危险吗？”钟国龙问，这时候其他几个战士也围了上来。

老兵仍旧笑笑，说道：“危险，哪能不危险呢？这样的路，要是几辆车一起上山，司机连眼睛都不能轻易眨！你看那宽度，方向盘稍微偏上一点儿，连人带车可就都没了！这一路都是上坡，得慢慢地走，能上不能下呀！”

“那要是车抛锚怎么办？”旁边刘强问。

老兵脸色严肃起来，认真地说道：“抛锚？这么高的坡度，只能上不能退，车根本就停不下！要真是出故障了，只有一个办法，反方向猛打方向盘，跳车，自己把车扔下去吧！否则后面还有车，万一退下来砸一串可就完蛋了！”

“扔车？”

“这有什么奇怪的？”老兵坦然道，“我跟你们说吧，等一会儿咱们上去，你们就往悬崖底下看看，几百米下面，掉下去的各种汽车能有一堆，遍地废铁皮子破轮胎！”

众人倒吸一口凉气。老兵看着大家害怕的样子，笑着说道：“放心吧，咱对咱的技术有信心，保证带你们安全通过！”老兵说完，就去检修汽车了，这个时候车不能有一点儿故障隐患。

大家看老兵胸有成竹的表情，稍微放下心来，各自转身，再也不敢看那条天路了。

休整几个小时，部队重新登车，开始上山了。汽车启动着开上“长蛇”的一刹那，每个人都开始沉默了，大家全都攥紧了拳头，忧心忡忡地靠紧车帮，汽车稳稳地向上行驶，众人的视线也逐渐高了起来。一百米、两百米、五百米……远远看去，灰白色的长带上，几个绿色的小方块逐渐升高……

这里最高处海拔5700米，随着汽车向上开进，海拔越来越高，战士们的呼吸也越来越困难，心里的不适说不清是因为紧张还是高原反应剧烈，每个人的心脏都在狂跳，剧烈的头痛紧紧地扼住了大家的神经，这个时候，战士们才真正感觉到，有些平日里视为寻常的东西，眼下竟如此重要。平时只感觉水、食物重要，谁也不会想到氧气，可这个时候才真正能感觉到它无比重要，没有食物，人可以活上十天，没有水，可以坚持三天，可是没有氧气的话，能坚持三分钟还是五分钟？尽管有氧气袋，但是大家都明白，不可能时刻依赖那有限的氧气。所有人都咬牙坚持着，感觉自己就像是被扔上岸的鱼，有人已经开始呕吐了，头疼也越来越剧烈，龙云忙着招呼大家，实在忍不住就吃些止痛药。

钟国龙此时也坚持不住了，吸了几口氧气，又吃了两片止疼药，整个身体靠在汽车边上，眼睛红得像要喷出血来。此刻他才感叹，如此的环境下，居然还有长年住在高山之巅的哨兵，这是怎样的意志才能支持下去呢？单单缺氧这一项，一天两天或许能坚持，可要是一年两年下来，真不知道该怎样忍受！我能坚持吗？钟国龙扪心自问。不知道，反正现在他的感觉比死还难受，他甚至在想，那传说中的幸福湾哨卡的士兵们，他们是正常人吗？

“看下面！”一个战士惊呼。

大家将头探出车去，向下面的方向看去，万丈深渊下面，隐隐约约地看见了几辆已经摔成铁饼的卡车，完全变形，部件散落，让人不寒而栗。路边“急转弯”“落石”和“危险”的标志牌接连不断，有的都让飞扬的沙石打得面目全非，成了铁板一块。

“那边还有！还有不少呢！”又一个战士喊。

向下前方看过去，果然如老兵所说，跌落山崖的汽车还真不少！大家开始重新紧张起来，祈祷着一路平安。当汽车有惊无险地开过最险峻地段的时候，战士们忍不住鼓起掌来……

又是一连八个小时的艰苦行驶，晚上宿营，战士们几乎连打开背包的力气都没有了，此时，只需要有足够的氧气，只需要头疼稍微轻缓些，就能美美地睡上一觉，可这似乎都成了奢望。艰难的一晚过后，车队继续出发，上午十点，幸福湾哨卡终于出现在他们的眼前……

远远地看去，幸福湾哨所处在世界高峰的怀抱之中，是真正的天堑。边防公路岔路末端的幸福湾哨所出现在了大家眼前。钟国龙站在车厢前侧，用手拨开车厢前侧的遮风布，看到前方一座高约五米的红漆钢架营门显现在自己的眼前。钢架大门上还有一副对联：“钢铁哨卡铸军魂，雪域高原铸边关”。横幅是：“幸福湾欢迎你”。当三辆军车缓缓停在幸福湾哨卡的门口，战士们第一时间感受到了哨卡的一丝温暖，四十多名边防战士站在门口列队欢迎，每个战士的脸上都洋溢着喜庆的神情，众人开始观察起这哨所的全景来：依山而建的一排白色平房，平房前侧，有一道用石块垒成的围墙，站在边防连门口，一眼望去，就是白皑皑的雪山和无边的国界……

看到侦察连战士们下车卸载，这些边防战士们急忙跑过来帮忙。

“欢迎！欢迎啊！”一名一级士官从钟国龙手中接过物资，看着钟国龙，居然眼睛都湿润了。

“班长，你怎么了？”钟国龙有些奇怪地看着他。

“没什么，没什么，好久没见到这么热闹，太激动了，呵呵……”士官擦了擦眼睛，朴实地笑了。

钟国龙有些意外地看着这位边防老兵，开始打量起他来：看他的军衔，知道他最多不超过25岁，但是他现在的外表看着去就像30多岁的人。脸上皮肤紫红，这是经过高原高紫外线长期照射形成的“高原红”，脸上布满了血丝，嘴唇上也裂开了好几道口子，血迹已经干了。原本是黑色的眼珠，在长期的高原生活下，食物缺乏各种维生素，导致眼珠已变成灰色。

士官很快将所有注意力集中到钟国龙胸前挂着的97式突击步枪上，眼睛闪烁出羡慕的光芒，讷讷地说道：“嘿，你这武器好先进啊！”

钟国龙看出他的心思，大方地将枪摘下来，递给老兵：“新装备的97式！”

老兵激动起来，并没有接枪，双手使劲往袖子上擦了几下——刚才的眼泪，现在已经在袖口上结成冰片了——这才认真地将枪接过来，仔细地打量，自言自语地说道：“真棒啊！以前在山下送来的杂志上见过，真枪可比图片漂亮多了！”

钟国龙笑着点点头，目光很快定格在老兵那双与众不同的手上：那是怎样的一双手啊！干裂粗糙，十个指头的指甲全部是黑色，指甲凹陷到肉中，整个手掌看上去就像是一块干裂的土块一样！老兵抬起头来，看见钟国龙在注视自己的手，笑笑说道：“没办法，这地方住长了，手都这样！”

钟国龙刻意看了看周围，发现这些边防战士的手都跟老兵的手一样的颜色，一样的粗糙，从这一双双手上，钟国龙真正感觉到了他们的艰辛。

物资卸载完毕，原本龙云计划在外边操场搭设帐篷宿营。但是边防连连长和指导员一再要求，让战士们住到自己战士的宿舍中，他们则到俱乐部、饭堂等房子里面打地铺。龙云再三拒绝，两方争执了好一会儿，最后才决定侦察连去打地铺，要知道，在这样寒冷的高原上，帐篷里面住上一晚上，真比死一回还难受！

一切安顿好以后，侦察连全体官兵在幸福湾哨卡驻地连长马成山的带领下，开始参观驻地设施。马成山个子不高，大约一米七的样子，特殊的生活环境使他看起来和其他战士一样，比实际年龄要老得多。这位连长脸庞黑红，眉毛很粗，典型的北方汉子长相。他在幸福湾已经待了六年，六年来从没有回过家乡一次。

战士们跟着马连长详细参观了驻地的各种设施。忙碌的炊事班因为今天有客人到来，提前在厨房里用汽油灶做饭（这里是高原，压力也只有平原的40%左右，饭菜不像在平原那样容易熟，必须用汽油加温），一个大型的高原型高压锅被当作“电饭煲”蒸饭。幸福湾哨所的大棚是整个幸福湾哨所最有生气的地方，大棚温室里一棵棵绿油油的大白菜和其他蔬菜在这里散发出无限生机，以前部队一年之中多半都是食用罐头，很少有机会吃到新鲜蔬菜，战士们缺少维生素，导致很多疾病在战士身上“驻扎”，自从连队大棚建好后，边防连战士可以天天吃到新鲜蔬菜，对他们来说，新鲜蔬菜就是“山珍海味”……整个参观下来，侦察连战士们无不被这里的一切所震撼，这群原本并不生活在这里的士兵们，为了祖国的边防事业，默默承受着所有的艰苦，难怪曾经一位将军这么说过：“就算你们天天躺在这里睡觉，那都是为祖国做贡献！”

“嘿嘿，睡觉？可不能光睡觉啊，国家派咱们来这里，是站岗巡逻来了，别看这里环境艰苦，咱睡觉也同样得睁着一只眼睛，边防无小事啊！”有战士提到这句话的时候，马连长仍旧笑着说。

“连长，这里海拔5380米，这高原反应怎么克服呢？”一个侦察连战士问。

马连长笑笑，说道：“克服是不可能克服的，到这里，只能说是适应。我刚来的时候，足足一个月下不了床，挺挺也就过去了！不过有些东西还是不能适应，就拿这高原缺氧来说，这东西最直接的危害之一，就是能导致一个人的记忆力衰退。因为这个，连里面的笑话闹多了，刮完胡子，随手就把刮胡刀扔进垃圾桶；因为这里气温太低，上级为了照顾咱们，给连里买了台洗衣机，这下可倒好，头一个战士把衣服扔进去，转身就忘了取出来，下一个战士一开盖子，衣服还在里面放着呢；最发愁的是给家里打电话，有时候那边说着，这边答非所问，前言不搭后语的，家里人还以为咱故意装傻呢！说实话，我现在闭上眼睛，想想我老婆长什么样，有时候还真想不起来……”

马连长不免有些絮叨，一下子给大家讲了好多发生在他们这里的笑话，可是战士们却谁也笑不起来。可以想象，这样的事情反复发生，对人将是一种怎样的折磨！

马连长又跟大家讲，高原环境，使边防官兵生活十分艰难，衣服洗完晾出去后，等到收的时候，收的不是干衣服，而是一块块结成冰的“铁片”，把衣服来回折几下，上面的冰块才掉下来，拿回房子里再晾一会儿，衣服才能干。曾经发生好多这样的笑话，军装质量好，这样做没什么事。以前有新兵把自己从家里带来的内衣、毛衣等衣服晾在外面，等收的时候，把“铁片片”的袖子折一下，“啪”地一下，整个衣服袖子就被折断了，衣服落了“残疾”。钟国龙听到哨所战友这个笑话的时候，笑得不行了，可笑完，他又呆了半天。

最后，马连长带着大家来到一个高台下面，指着上面一个圆形尖塔的建筑物说：“这就是我们的哨所了，大家自由参观吧！”哨塔建在幸福湾边防连平房右后侧的一个山峰上，哨塔是用石头垒起来的，成一个圆形平顶形状。在平顶上，立着钢板做的三个飘逸有力的红色大字牌：幸福湾。在平顶的中央，一面鲜红的五星红旗在哨塔上方飘扬，这面血红鲜艳的五星红旗代表有人驻守最高峰，代表着这是我们国家的领土，神圣不可侵犯。

钟国龙等人一听到龙云解散的口令后，马上想飞上去看哨所长的什么样。

“这台阶一共108个，哨所顶的位置，正好是海拔5380的高度！”马连长跟在战士们后面介绍。

钟国龙等人大口喘着粗气，几乎是半爬行地上了哨所。站到了哨所上，钟国龙顿时感觉大脑断电一般！登高望远的经历，也许很多人都无数次地体验过，可是真正站在这生命禁区的最高点上，人竟会出现暂时的迷茫：一座座冰峰尽收眼底，没有任何生命的痕迹，看不到一条路，看不见一个鲜活的生物，映入眼帘的是天的纯净蔚蓝，是云的飘逸洁白，以及下面灰黑中夹带着白茫茫的一切，美丽与压抑只有在这一刻才真正能够并存。放眼看过去，一切都是那样的无边无际！更让人震撼的是，哨所上手握钢枪的两名哨兵，灰色眼珠的双眼坚定地望着哨所周围，肤色已经和山峰融为一体，绿色的军装在这里显得是那样靓丽。冷风在这里肆无忌惮，两名哨兵的军大衣上挂满了被风刮起的雪粒，雪粒在肩膀、帽子上结出一片冰来，在这生命禁区，并没有谁会关注他们的军容仪表，但是他们仍旧坚持着一个军人的操守，光是这种精神，就不能不用伟大来形容！

马连长和龙云并肩站在哨所上，给大家介绍道："这个哨位，晚上最低温度有零下四十度，战士们每站一班岗都得冒一番生命危险啊！"

龙云点了点头，钦佩地问道："马连长，给我们讲讲这里的建设历史吧！"

马连长向前跨了一步，看着战士们期盼的眼神，颇为自豪地说道："这座哨楼，还有后面那一排排的营房、防御工事，连菜窖仓库，全是官兵们自己用双手建起来的！十年前幸福湾哨楼开工新建的时候，连队从山下请来了一个地方工程队，每天的工钱是普通的三倍，咱们战士每个月的津贴还不到100元，大家几乎花光了所有的积蓄，给他们买来牛肉、火腿、好酒，把最好的房间都让给了他们，可是等工程队一上山，当天就跑回去一半，不到一个星期，所有工人一个不剩，全都下了山，说是给个金山也不在这鬼门关上待一分钟！

"为早日建成新哨楼，幸福湾的官兵自己动手，每天一干就是十几个小时。咱们没有机械设备，全都用钢钳撬、锤子砸，硬生生地开辟出场地来，钢筋、砂浆、水泥，都是全连战士用肩膀扛，用脸盆从山下往上端。建哨所用的石头，也是战士们冒着零下几十度的严寒从下面冰河里捞上来的！整整干了四个月，这哨楼高十米，咱们战士用双手把这里的海拔增加了十米！"

听着马连长的介绍，所有人都震撼了！大家不约而同地看着这奇迹般的哨楼的每一个角落，每一块石头，仿佛当年那惊天地泣鬼神的壮举就在眼前……

整整一天的时间，战士们看遍了哨所每一个角落，无不被这里的一切所感动，这第一天的时间里，他们听到了太多的感人故事：

一天傍晚，老指导员卢新忠带领3名官兵执行巡逻任务返回途中，在翻越一座海拔5200多米的雪山时，汽车"抛锚"，捣鼓了两个多小时也没修好，最后只能冒着−40℃的严寒徒步30多公里往回走。在距离哨卡大约4公里时，战士杨永朝倒下了；在离哨卡大约1公里时，他们都倒下了。最后关头，卢新忠向空中鸣放了6枪……哨卡官兵听到枪声赶来将他们救回。此时，杨永朝的3个手指已经发黑，呈坏死状，经三十里外营房医疗站两个多月的全力救治，才保全了他的双手。

某年春节前夕，指导员安广福带领官兵巡逻途中，被暴风雪围困10多个小时；某年初，战士熊涛在翻越海拔5000多米的山口时，不慎滑入一个3米多深的雪坑中，瞬间被冰雪淹没；去年8月3日，连长邓改军带领官兵巡逻途中，突遇山洪暴发，巡逻车被冲进冰河，官兵们通过巡逻车的天窗紧急撤离……

在幸福湾，类似的险情，官兵们不知经历过多少回。高原巡逻，充满艰险，暴风雪、山洪、泥石流、高寒缺氧随时都会吞噬战士年轻的生命。在这里，每次巡逻，都是一次出征！

这一天，在这个创造出最平凡的奇迹的地方，威猛雄狮团侦察连的三十一名官兵，度过了一个永生难忘的夜晚。第二天，侦察连全体官兵要跟这里的边防战士一起，度过在幸福湾当兵的一天，他们要真真切切地感受这里的战士普通一天的生活。

高原的严寒和缺氧，使侦察连的三十一名战士度过了难忘的夜晚，这一晚，剧烈的头痛始终伴随着大家，尽管有氧气袋可以让战士们稍微缓解一下痛苦，但还是不能时刻依赖那东西。马连长也交代，越是依赖氧气袋，越是难以适应这样的环境，好在白天的所见所闻对大家的震撼还没有散去，战士们一开始睡不着，有几个干脆坐起身来，挤在一起小声聊起天来。一直到了后半夜，疲倦和困意才占了上风，战士们沉沉睡去。

8时50分，一轮金灿灿的太阳从雪峰间探出头来。一声清脆的哨笛响起。10分钟后，战友们喊着口号，列队出操。侦察连的三十一名战士——今天龙云也换上了列兵军衔，加上幸福湾的四十二名战士，一齐集合到哨卡对面的简易训练场上。

马连长站在队列前面，大声说道："同志们，今天早上，是咱们幸福湾哨卡出操人数最多的一次！威猛雄狮团侦察连的三十一名战友将和我们一起度过幸福湾哨所普通的一天，大家呱唧呱唧！"

队列里面立刻响起了掌声，马连长示意大家停下，继续说道："今天我们早操的内容依旧，齐步走绕场一周，然后跑步一公里。希望大家集中精神，不要掉队！"

马连长说完，队伍里有了一阵小小的骚动，这是侦察连的战士发出来的。大家对刚才发布的早操内容都很奇怪，齐步走一周，这操场最多也就200米的周长，后面跑步一公里，更是轻松啊！他们整天在龙云的"魔鬼"训练中度过，早操来场10公里越野都是常事，一公里怎么还可能掉队呢？

早操开始以后，战士们很快自己“领悟”到了其中的原因。齐步走还好些，高原行进，疲劳程度不亚于在平地上跑一公里啊！每个人就好像背着百来斤重的东西在生活和训练。后面的一公里跑步，就彻底让大家服气了！马连长口令发出后，幸福湾的战士们并没有加速，而是慢步小跑，那速度和竞走差不多，一开始，侦察连的战士理所当然地跑在前面，把幸福湾战士落在后面几十米，可是刚跑了不到200米，侦察连就喘不过气来了，心跳也持续加速，头疼再次侵袭，两只脚像踩在棉花上一样，再看幸福湾的战士，速度还是那个速度，却跑得很轻快，一点儿一点儿的，侦察连全体被落在了后面，侦察连有几个战士不信邪，咬着牙猛跑几十米，顿时像被大山给压在后背上一样，速度一下又慢了下来。一公里跑完，幸福湾的战士们拉开侦察连足足100米。

侦察连战士到达终点后个个上气不接下气，也很不服气。马连长笑道：“这里海拔太高，根本不允许做剧烈运动，我们的战士天天练，都习惯了，你们这样速度不平均，肯定不行啊！平地我们不行，高原你们就不适应啦！”

“连长，那……那要是追击敌人呢？”钟国龙尽管憋得脸色发青，还是不甘心地问。

马连长笑道：“追击？那跟平地上也不同，平地上凭的是速度，这高原上，凭的是耐力！你跑不快，敌人也跑不快，就看谁的耐力更好了！这5000米以上的高原，要跟下面5公里越野那么跑，也不用追了，还没追上敌人，自己就先累死啦！不过，短途的冲山头和追击训练，就不能这样跑了，那才是真正的生死考验呢！”

9点30分，刚刚在早操中丢失“面子”的侦察连战士们，终于找到点儿自尊，侦察连的卫生和内务，在龙云平时的严格要求下，做得井井有条，赢得了幸福湾战友们的赞叹。大家再去参观幸福湾哨卡的宿舍，得到的是同样的震撼，在这个很少有上级检查也几乎少有人来的高原哨所，战士们的内务是做给自己看的，仍做得是整齐划一，井井有条。

10时整开始早餐，牛奶、鸡蛋，4种咸菜，主食馒头、花卷、油饼和稀饭。战士们吃得津津有味。马连长介绍说，以前哨卡的条件十分艰苦，像牛奶和鸡蛋，是最近在上级的特殊关心下才得以保证供应的。

早餐过后，10点30分，连队举行轻武器射击练习，战友们一路军歌走向靶场。靶场设在距离哨卡不远处的一个高坡下面，场地不大，但是收拾得很规整。经过一夜的严寒，高原的积雪已经冻得像铁板一般，靶场地面上结起了一层耀眼的冰。排长刘华强组织验枪，讲解示范要领。战士们迅速卧姿练习。钟国龙趴在冰冷的雪地上，不一会儿，肚皮透心冰凉。阳光照射下，白雪泛起的强光刺得钟国龙、刘强等战士眼泪直往下淌。旁边的战友张国亮把自己的雪盲眼镜摘下来递给钟国龙，笑道："我们这里就我这一个眼镜，打靶的时候大家轮流戴。"

这次射击训练，侦察连的战士算是真正展示了自己的风采。三十个人参加，命中率高得吓人，幸福湾的战友们惊奇地看着这些战士，忍不住啧啧赞叹起来，纷纷要求侦察连给大家讲讲心得，大家兴高采烈地请龙云讲话。

龙云谦虚地笑道："这没什么，射击这门科目，重点是勤练，倒没什么技巧，平时是我们侦察连的重点训练项目，全连战士日常得到的实弹射击机会，是其他兄弟连队的几倍，要打不好那才叫丢人呢！真要是让我说说诀窍，我只说明一点：咱们是人民的战士，要随时准备为保卫国家和人民的生命财产安全而战斗。因此，我在组织战士练习射击的时候，都要求他们将靶场想象成真正的战场，把环靶当作真正的敌人，敌人在那里也同样用枪瞄着你，你不命中他，自己就没命了，我们没有任何理由这样浪费自己的生命！"

龙云的话赢得大家的热烈鼓掌。这是龙云的一贯训练风格，他要求战士把在部队的每一分每一秒都当成在战斗，这对整个侦察连的战士来说早已经习惯了，但是今天在幸福湾的战友们看来，很受启发。

马连长深有感触地说道："龙连长刚才给咱们也上了一课！咱们想的，跟侦察连的兄弟们也是一样的。荣誉责任，家国天下。从1956年哨卡第一次升起五星红旗，半个多世纪过去了，一代又一代幸福湾戍边人，忘记了缺氧、忘记了病痛、忘记了岁月、忘记了家人，甚至忘记了生死，但卫国戍边的使命、责任，却始终牢记于心。咱们守卫着祖国的大门，不管这扇门是建在山下，还是立在天边，作为祖国的守门人，我们时刻也不能忘记自己的责任。为了这个责任，哪怕这扇大门立在刀山火海，咱们也得睁大了眼睛矗立！"

一阵热烈的掌声响起。马连长的这段话，要是在平时听起来，似乎是在唱高调，可是今天在这海拔5380米的哨所上说来，却是那样实实在在，那样慷慨激昂！

20分钟后，刘排长组织大家活动。战士们围坐一圈，唱歌、跳舞。歌声、掌声、欢笑声响彻云霄。

12时30分，连长马春林组织战术演练。随着急促的哨笛声响起，各班按战斗编组，迅速判断敌情，分头向高高的山头发起进攻，动作迅猛快捷。刘排长提醒钟国龙，不要急跑，小心摔倒。钟国龙没听劝阻，学着旁边战友的样子，提枪弓腰，没跑两步，小腿打战，蹲在地上呕吐起来。5分钟后，战士们攻下阵地，站在山头吼叫。

幸福湾班长王纪明拉着钟国龙说："每天我们都要冲阵地、钻山头，痛快极了。不用害怕高原反应，这东西就跟个影子似的时刻跟着你，你注意它了，它永远是阴影，你要是不在意它，你眼前就永远是光明！不能冲锋陷阵，那还叫幸福湾的兵吗？"

"嘿嘿，你这段话还挺有哲理的呢！"钟国龙感叹道。

王纪明不好意思地笑道："这不是我说的，是我们一排长说的！他叫李行真。"

"一排长？是哪个？怎么没见到他？"钟国龙奇怪地问。

王纪明的眼神顿时暗下来，低下头，狠狠地将一个雪疙瘩踢了出去，沉重地说道："他已经牺牲了。去年冬天，他带着三班的几个战士巡逻，在最高的5600米的点位上，忽然一阵大风向他们刮了过去，对面就是外国的国土，一排长让战士们赶紧撤下去，他自己却来不及了，只好死死地靠住界碑，愣是没有让自己越过国境一步，等大风刮过去，三个战士活了下来，一排长被风雪钉在了界碑上，整个人已经僵了！"

王纪明痛苦地流下了眼泪，抽搐地说道："一排长在幸福湾当兵四年，一次也没回过家，家里的女朋友嫁了别人，他表面上跟没事人似的，晚上自己躲在被窝里哭。牺牲前一天晚上他还跟我说，他爹又托人给他介绍了一个，等过了年要回去相亲呢！谁想到……"

钟国龙愣愣地站在旁边，眼圈也湿润了，来幸福湾的这两天，他听到的这样的故事太多了，每个故事都带给他无限的震撼，他感觉到，幸福湾的战士每时每刻都在用自己的生命履行着职责和忠诚！和他们比起来，自己平时训练的艰苦根本算不了什么，而他与这些边防战士的差距还很大很大，此刻他十分理解王纪明失去战友的痛苦，他甚至在想，假如有一天也有战友离我而去，我会怎样呢？

幸福湾平凡的一天在时刻的不平凡中度过。14时30分，连队巡逻队赴海拔5600多米的点位巡逻，参加巡逻的侦察连战士分两批，全副武装登上巡逻车。被誉为"生命方舟"的多功能巡逻车前两年配发到哨所，车内集供氧、通信、监控设施于一体，信息化技术含量高。马连长告诉龙云，连队巡逻点位都在海拔5600米以上的山脊上，遇到大风大雪，巡逻车到不了点位，战友们徒步也要坚持到点。

19时30分，巡逻车在一片冰湖边停下来。前面已经没有路了，战士们跳下车，踩着没膝的雪，背着枪支、电台一步一步走向点位。钟国龙和刘强艰难地挪动着双腿，忍受不住缺氧的疼痛，打开氧气袋吸氧，而巡逻战友们竟没一人吸。有时在干部的再三叮嘱下，战友才吸几口。班长熊涛说："必须把缺氧扛住，不能天天背着氧气袋巡逻。"

10时20分，大家终于爬上海拔5600多米的点位。钟国龙和刘强等人，此时已经没有一点儿力气了，大家靠在一起，感觉寒风像冰刀一样刺进全身的每个缝隙，全身好像直接暴露在冰雪中一样，厚厚的军大衣此刻仿佛也发挥不了任何的保暖作用。最难受的还是缺氧，一路上大家吐掉了胃里所有的东西，还是感觉天旋地转，脑袋仿佛已经不是自己的了，睁开眼睛，满眼都没了光亮一般，只好抱着氧气袋吸起来，而此时幸福湾的战友们却顾不上休息，迅速潜伏观察，检迹现地。一直忙到21时30分，大家才赶回哨所。

幸福湾的一天就这样过去了，明天一早大家就要下山，再经过长途跋涉，与张国正带领的其他人员在兵站会合，回到威猛雄狮团的驻地。